國家社科基金重大項目《荆楚全書》編纂成果

朱峙三 著
周國林 胡念征 整理

朱峙三日記
（一）

荆楚文庫編纂出版委員會
華中師範大學出版社

荆楚文庫

朱峙三日記
ZHUZHISAN RIJI

圖書在版編目 (CIP) 數據

朱峙三日記 / 朱峙三著；周國林，胡念征整理．
—武漢：華中師範大學出版社，2023.9
ISBN 978-7-5769-0063-7

Ⅰ．①朱⋯
Ⅱ．①朱⋯ ②周⋯ ③胡⋯
Ⅲ．①日記—作品集—中國—近代
Ⅳ．① I266.5

中國國家版本館 CIP 數據核字（2023）第 016859 號

責任編輯：魏耀武　郭志剛　張懷東　熊　然
整體設計：范漢成　曾顯惠　思　蒙
責任校對：張建英
責任印製：劉　敏
出版發行：華中師範大學出版社（湖北·武漢）
地址：湖北省武漢市洪山區珞喻路 152 號
電話：027-67863426（發行部）　郵政編碼：430079
錄排：桂子工藝
印刷：湖北新華印務有限公司
開本：720mm×1000mm　1/16
印張：278.75
字數：3860 千字
版次：2024 年 2 月第 1 版　2024 年 2 月第 1 次印刷
定價：2850.00 圓（全十册）

《荆楚文庫》工作委員會
主　　　任：王蒙徽
副　主　任：諸葛宇傑　琚朝暉
成　　　員：韓　進　張世偉　丁　輝　鄧務貴　黃劍雄
　　　　　　李述永　趙淩雲　謝紅星　劉仲初　黃國斌
辦公室
主　　　任：鄧務貴
副　主　任：趙紅兵　陶宏家　周百義

《荆楚文庫》編纂出版委員會
主　　　任：王蒙徽
副　主　任：諸葛宇傑　琚朝暉
總　編　輯：馮天瑜
副總編輯：熊召政　鄧務貴
編委（以姓氏筆畫爲序）：　朱　英　邱久欽　何曉明
　　　　　周百義　周國林　周積明　宗福邦　郭齊勇
　　　　　陳　偉　陳　鋒　張建民　陽海清　彭南生
　　　　　湯旭巖　趙德馨　劉玉堂

《荆楚文庫》編輯部
主　　　任：周百義
副　主　任：周鳳榮　周國林　胡　磊
成　　　員：李爾鋼　鄒華清　蔡夏初　王建懷　鄒典佐
　　　　　　梁瑩雪　丁　峰
美術總監：王開元

出版説明

　　湖北乃九省通衢，北學南學交會融通之地，文明昌盛，歷代文獻豐厚。守望傳統，編纂荆楚文獻，湖北淵源有自。清同治年間設立官書局，以整理鄉邦文獻爲旨趣。光緒年間張之洞督鄂後，以崇文書局推進典籍集成，湖北鄉賢身體力行之，編纂《湖北文徵》，集元明清三代湖北先哲遺作，收兩千七百餘作者文八千餘篇，洋洋六百萬言。盧氏兄弟輯錄湖北先賢之作而成《湖北先正遺書》。至當代，武漢多所大學、圖書館在鄉邦典籍整理方面亦多所用力。爲傳承和弘揚優秀傳統文化，湖北省委、省政府決定編纂大型歷史文獻叢書《荆楚文庫》。

　　《荆楚文庫》以"搶救、保護、整理、出版"湖北文獻爲宗旨，分三編集藏。

　　甲、文獻編。收錄歷代鄂籍人士著述，長期寓居湖北人士著述，省外人士探究湖北著述。包括傳世文獻、出土文獻和民間文獻。

　　乙、方志編。收錄歷代省志、府縣志等。

　　丙、研究編。收錄今人研究評述荆楚人物、史地、風物的學術著作和工具書及圖册。

　　文獻編、方志編錄籍以1949年爲下限。

　　研究編簡體橫排，文獻編繁體橫排，方志編影印或點校出版。

《荆楚文庫》編纂出版委員會
2015年11月

民國元年的朱峙三

抗戰時期的朱峙三和夫人劉夢嫻

峙三先生日記

商衍鎏題

予幼日記已五十餘年先諸叔己日記仿民國戊午春同學在為阿書眉風筆字規記事皆珠西歲癸巳五月將往韶州講於本邑京樓王氏墊以判蓋破欣試世一類西四錄切仍卯孝手續西記事多文去年同廣州商滌亭先生年八十五歲現任廣東文史館長男有慶榮通自得康寧老人因念其為予懿第冊日記承先生西喜來為先岳以情書甲袁嚴花書店自費黃西年為身健光為美也 乙未初春書昌老人朱峙三年七十有四記於鄂州寄庵

朱峙三日記題簽

中華民國元年·壬子日記

正月朔，晴。甲子日干。星期日。
新曆二月十八號。新曆二月間共二十九天。西曆一千九百十二年。

武昌朱鼎元 峙三民年甘六歲

三時起，道喜畢即隨 父親至貢陽廟進香拜神外錫艾厥訓同孔教謹向 岳忠武稽首

而拜。遂進香畢，拄玉佩壽宮記萬義歸行 父母叩拜，從禮拜年，又與大姊接年進茶

果。七時出外至各拒拜各肆拒年，此以家俸畢畢進茶

拄畢，憩談與久弟去二四日起炎委任，师母逃太夫人壽愛子特為備酒請於鈔伢佳耐寺今年

共讀書數筆已十六年、艾母為以予此次雖得一官西風雲五時半方歸，甚為之力己疲九时即寢。

即首 陰時為寒，午前大晴。

今逐去門拄亲蜂回本俊路共倉一相之午寅春金票室之假泊官初四告這今自卒拄

有十六號

前　言

一

朱峙三（1886—1967），亦作峙山，光緒十二年生於武昌府武昌縣（民國二年改稱壽昌縣，民國三年改稱鄂城縣，今屬鄂州市）縣城。原名鼎元，字峙三。後更名爲繼昌，號峙山山人，晚年自署壽昌老人。朱峙三祖父本胡姓，幼時承祧朱家，峙三隨朱姓。

朱峙三自幼敏悟好學，十六歲爲諸生，後轉習新學。1906年，以優異成績考入兩湖總師範學堂。辛亥首義前後，先後任《漢口中西報》《公論新報》主筆、《中華民國公報》編輯。中華民國成立後，任內務部直委湖北黃安縣公署書記官，兼理司法。不久，因其父病危函至，遂辭職歸家侍親。其父病逝後，應尹仲韓之聘，到鄂城縣寒溪中學任教。1917年，應魏湘屏邀請，到大冶縣金湖中學任教。1919年至1921年，在漢陽晴川中學任教。1921年至1923年，在湖北省第一師範任教，同時兼任武昌三一中學教習。1923年至1924年，應傅幼虛閩海來電邀請，赴閩海道尹公署任教育科長。在職期間，重視人才培養，提出"專職專教，務求合理"的主張，並經常視學於各校，頗受師生歡迎。1926年，在武漢任教。1928年9月，任蒲圻縣縣長。1931年至1933年2月，任湖北省民政、財政兩廳秘書，不久後遷任黃岡縣縣長。1934年，因母病逝，辭去黃岡縣長職務，歸家守制。

盧溝橋事變後，國事危急，董必武勸朱峙三離漢西行。1938年秋，朱峙三帶領全家避亂宜昌。1940年夏，宜昌淪陷後，全家遷至小峰山寨。隨後，又輾轉於巴東、恩施等地，歷五年之久。

1945年11月，朱峙三東歸武漢，續任省府參議，並兼任短期教職。

1947年夏，應沈肇年之邀，任漢口法政學院教授。1948年冬，任湖北先賢遺著編纂處編纂。

1949年5月，朱峙三同李書城、沈肇年、張難先、李範一等，爲迎接解放，在武漢三鎮出示布告，宣傳有關政策，以安定民心。1949年9月至1950年2月，作爲無黨派民主人士，應湖北省人民政府聘請，任省參事室參事，兼任中南軍政委員會政法委員、湖北省文物整理保管委員會委員等職。

二

《朱峙三日記》（以下簡稱《日記》）是朱峙三留給後人的一筆寶貴遺產。朱峙三從1893年七歲時起開始記日記，歷時七十年，終生不輟。日記的內容非常豐富，關注社會人生，涉及政治、經濟、軍事、外交、文化、教育等各個方面，既有關於時事的大量見聞，也有由此生發的感想和議論。

一、對清末廢科舉、興學堂的個性化解讀

朱峙三求學的經歷與清末廢科舉、興學堂的教育大變革相始終。作爲一名普通學子，朱峙三對清末私塾生活的親身經歷，對科舉制度廢止前後的切身感受，對近代學校制度建立之初的獨特體驗，都具有一定的代表性，從一個側面展示了大變革時代青年學子從傳統士人向現代知識分子轉變的心路歷程。

1893年新春伊始，朱峙三入塾讀書，入學儀式隆重而充滿戲劇性。《日記》中寫道：“父親準備香燭，午初帶余至古樓王福堂世伯家上學。余穿馬褂，父親着公服。余先行三跪九叩禮無誤，程師松年大喜，含笑曰：‘昨夕在家所教耶？’向師行禮畢，父親又向程師行拜跪禮。隆師重道，讀書人家應該如此。”

1893年正月入塾，至1905年考入武昌縣師範學堂，朱峙三前前後後度過了12年的私塾生活。其間，雖然有受到先生、鄰里表揚的喜悅，有師生一起背誦唐詩、閱讀《三國演義》的歡愉，也有從同學和塾師口中獲得各種信息的滿足,然而,更多的是枯燥單調生活的無聊與無奈、背書的辛苦、作八股文的艱難:"王師一切教書例與程師、邱師同。上學時,按抽籤先後背書。中午寫字、讀詩、出對聯……學生難受益。""師授詩,從未講過,令學生熟讀背誦,無益也。""予以八比文爲苦,思極窘。"1903 年,17 歲的朱峙三第一次參加童子試,二月縣試,五月府試,六月院試,結果名落孫山。考試落榜讓他嘗到世態的炎涼:"科舉爲誤人之政策。已入學者爲鄉人敬重,未入學者,鄉人冷眼或非笑之。"1904 年再次參加科考,終於取得生員資格,成爲一名秀才。獲得消息的當天夜裏,朱峙三輾轉反側,喜極而泣。"三時醒後,思索枕上。偶憶余祖輩爲辛苦農家,田少而住宅陋……傷哉!"十二年的寒窗苦讀終於熬出了頭。然而,接踵而至的各種應酬花銷不僅遠遠超過了他預期的"可獲賀禮者三百餘串",而且從此使家庭背上了新的債務。"今日結清一切欠賬,尚差四十串文之數。蓋用款之處過多。余入學時,先借王亨甫姻丈一百兩,展轉負利過重也。秋後無他出息,只落得好聽之言而已。父親醫道所入亦盡貼用。"

進入 20 世紀,"廢科舉,興學堂"成爲內憂外患聲迫之下清政府實行新政的重要內容。1904 年 1 月 13 日,清廷頒布了中國第一部近代學制《癸卯學制》。1905 年 9 月 2 日,清廷下令"著即自丙午科爲始,所有鄉、會試一律停止,各省歲科考試亦即停止"。1904 年冬季,武昌縣籌辦第一所新式教育機構——寒溪師範學堂(後改稱武昌縣師範學堂)。朱峙三投考這所學堂,以第二名的成績被錄取。學堂開學時,"師範學生七十三人。魯香齋年最長,年六十三。余年最少,年十九"。一年制的速成師範學堂由於開學延遲,實際上只讀了 7 個月,雖然開設了算術、教育學、圖畫、體操等新課程,但更多的課程仍然是早已熟悉的傳統學科內容。加上師資水平參差,學生程度不齊,課程開設不全,對於朱峙三而言,大半年的新式學堂生活實在大失所望。"師範班期短,今夏又耽延多日。教習缺乏,日本文僅識得片假名、平假名而已。"1905 年底,朱峙三以第一名的成績畢業,取得了小學教員的正式資格。1906 年初,朱峙三開始了人生中的第一次執教生涯。他以極大的熱情投入工作，除負責學堂的日常管理之外，還擔任了文學、地理等課程的教學，"忙碌異常"。讓他感到欣慰的是，"諸生讀書均有進步，較勝於私塾讀舊書也"。但是，他畢竟只接受過一年的新式教育，在教學中他深感知識的不足，認識到必須繼續接受新式教育、求得高深學問才能立足變動的時代。於是，朱峙三決定辭去教職，並於1906年7月報考兩湖總師範學堂，以第二名成績被錄取。

兩湖總師範學堂"以能容師範生一千人爲度"，其設計規模國內空前。對於朱峙三和大多數取得秀才資格的學生而言，算學、物理、化學、博物、地理以及教育學、體操、圖畫、音樂等課程都是所謂"新學"。從《日記》中可以看出，朱峙三對於此類課程有的興趣很高，有的頗爲吃力："今日上課，堂中授三角。去冬幾何已教完，小代數亦快教畢，以後或可教大代數。余每以算學爲苦。"教育學、體操等課程讓學生們大倒胃口，從日本學了8個月速成回國的教員金華祝講教育學："上堂完全吹牛，拿日本瑣碎之事摻入講詞，以欺學生。"最有趣的是體操課："體操已教兵制變牌等等，擦槍則余等不願爲，堂中已雇二兵士代爲之矣。"在學業方面，朱峙三收獲最大的是圖畫課，多年後他回憶說："今年（1908年）與沈雪廬師過從甚密，學畫余得以有進步者，皆師指導之力也。二十以前作畫不知筆法、水法、皴法，迨親見師作畫，則三法俱得之。沈師愛余甚，謂能傳其衣缽。"最讓朱峙三頭痛的是講經讀經課，而這門課每周需7點鐘。在辛亥年（1911年）二月初六的日記裏，朱峙三寫道："今日上課，經學仍講《周禮》，真無味之書。且時勢變遷，如此世界大勢，辦學堂者無不知之，此真王莽復井田也。"

《日記》裏還留下了大量作者與同學私下傳閱各種書報雜志的記載和同學間關於"時勢變遷""世界大勢"的交流與討論，記錄下了一名傳統士子向現代知識分子蛻變的思想軌跡。

二、對清末鄂州民俗的記述

《日記》在對個人經歷及家庭日常瑣事的敘述中，時常涉及原武昌縣城一帶的俗例。比如醫生家庭與鄰近士庶應酬交往的慣例："各處送節人多。父親以醫爲業，每日除來家就診者，當付脈金不欠記也。其餘則城內各商店認識之士庶家看病記賬，分午、秋、年三節，送錢之外，伴以糕點水果等物，名節禮。"

又如，喪葬祭祀方面，祀祖必須過七月初十。在初十之前祭祀的，表明其家剛剛死了人。饋送"喪禮祭幛均爲漢尺八尺，與武漢用雙幅者不同"。光緒二十五年十一月二十日，朱峙三祖父之喪已滿三年，請道士來行上堂禮。當時，"屋内挂紅燈，做齋一天。下午五時，父親帶同余、姊丈、表兄、吳表兄等戚友二十餘人，至江家院燒祖父、叔父靈。着孝服，托靈出門燒後，以孝服由火上丟過去，從俗也。歸後，戚友稱賀，此庶人服闋禮也"。光緒二十六年七月十四日，"今日午後，父親率同余及姊丈、表兄等敬謹祀祖，禮節極繁。余等鵠立左右，自接神至排席、燒包袱、送神，約一點半鐘方畢，汗濕長衫矣"。類似於此祭祀祖先的場面在原武昌縣城非常普遍，朱峙三感慨道："吾邑城内各家祀祖均如此，真美俗也。"

在記敘俗例時，《日記》還不時論及社會時尚風氣。譬如，光緒二十三年臘月，"各處送祖父祭幛禮者極多。當時習尚重門面與情感，人重禮教，俗重純樸，是以結果如此"。又如，光緒二十四年十二月二十九日，"父親結算收入賬，今年較去歲收入總數尤多，惟因祖父出殯多用，故尚虧欠二十餘串。人情世俗重孝恩，故祖父殯禮不能不多用也"。再如，晚清時期科舉盛行，"城市鄉曲尊重讀書人，稱幼童爲無可限量者"。這些，都從不同的側面反映了當時的風情時尚。

對於當地的歲時民俗，《日記》中亦有詳細的記載。光緒十九年正月初八日，"父親請年客，係女賓，俗謂之親家過路"。十三日，"今夕縣中八街均有燈，熱鬧異常"。光緒二十五年正月十五日，"今夕各街均有龍燈。縣官慮有禍，始禁諭不聽，繼乃派衙役多人分赴各街，隨燈前後持杆彈壓。每年肇禍，都是東門外與小西門的龍燈打架，報私仇。西門粗人種田者何姓人衆……流痞混入，以致肇禍打傷事常有"。光緒十九年正月十七日，"元宵已過，看燈者猶未止，四門燈更熱鬧，縣官亦不禁止。祖父抱余看燈曰：此夕爲亞元宵也"。

原武昌縣習俗以五月初五日爲小端陽，而以十五日爲大端陽。光緒十九年五月十五日，"今日大端午，縣中各街所做紙龍船，均抬由余門口過去，熱鬧異常，稱此日爲大會"。次日，"看龍船下水，道士超度，人山人海，在河邊擁擠"。

光緒二十五年臘月二十三日，"今夕祀竈神，打掃廚房乾静。母親敬謹祀竈神，供品一切從俗例"。光緒十九年臘月二十九日立春，"今日縣官迎春，出東門，坐顯轎，十六人抬，旗傘執事，儀仗牌子，上路者百餘人。縣官戴紅花絨大帽，如菩薩之尊嚴。兩旁人立觀之，男女稱羨"。三十日，"今晨貼春聯，貼挂門錢，紅色，寬三寸，長一尺二寸，於門楣上分勻貼之。各家皆然"。光緒二十六年十二月三十日，"早起，父命佈置燈燭。下午四時祀祖，燒除夕包袱，排供較中元稍簡略，禮節僅酒一巡即上飯，時間僅一小時畢。晚飯後，發燈火"。在記載歲時習俗時，朱峙三還常常提及一些特殊的"舊俗"，如"吾邑叩新香者以初一、初二爲敬，初三以後即爲失禮"。

從原武昌縣民俗的變遷來看，太平天國前後是個重要的轉折期。光緒二十五年臘月初八日，天氣奇寒，"西山冰滑，而和尚等尚結隊入城化緣，送臘八粥，以討施主錢米。聞此習尚已行之二十餘年矣。太平軍敗亡後，黃、武兩縣廟宇群僧均以此事取財也"。光緒二十年五月十八日日記記載"看龍船下水"，日記批注曰："吾邑以五月十五爲大端午，十八日放龍船。據說，同治四年太平天國亡後，即行此會也。龍舟下水，聽其自流，名曰送瘟船云。"這是民間習俗方面的變化。與此同時，俗語方面也增添了不少新的內容，如光緒二十三年十月初三《日記》："洪大爹爲余說太平天國時，我邑稱爲長髮賊，或曰長毛，此官兵所稱呼洪楊者也。長毛稱官兵曰妖，如官兵到則曰妖來了。當時武昌在長毛手，一有警報，人民亂吼亂跑，曰發妖風。故至今凡無意識而發吼跑者，曰妖風，已成一名詞矣。"

此外，《日記》中對於藥王、文昌帝君、唯陽會、土地會、馬娘娘會等民間信仰及迎神賽會，均有翔實的記敘，茲不贅述。

三、對清末民初鄂州中醫行業情況的記述

據《日記》記載，清末民初在原武昌縣城行醫者至少有朱仁甫、程少圃、周致廷、黃舜卿、程松年、祝仁安、洪小坪、沈伯卿、萬南山、徐文軒、王子恒等十餘人。

在中藥資源方面，1915 年之前，原武昌縣有大生堂、仁善堂、邵記、延壽堂、普利濟、王同興、夏萬和、春和堂、涂壽芝、馬恒興、福壽康等中藥鋪，其中延壽堂、普利濟、王同興、夏萬和爲城關藥鋪。

晚清時期，朱峙三的父親朱仁甫是原武昌縣的儒醫、名醫。《日記》記載："先父從前所置醫書甚多，如《御纂醫宗金鑑》《黃氏八種》《陳修園全集》等，大部之書或爲程松師借去，或賣與黃舜卿諸人者，約三百餘本。"朱仁甫還藏有《醫方集解》《醫學心語》《王叔和脈訣》《景岳全書》等典籍。而且，所置所藏醫書朱仁甫"閱過數次，手批朱字者，皆木版書"。朱仁甫開始行醫時間不詳，沒有專門診室，一般在家坐診或者請出診。《日記》記載，朱仁甫診療範圍廣及縣城、鄰縣和四鄉，遠及九江。1897 年，朱仁甫爲黃州城協台馬朝龍看病，乘船往來並有兵勇護送。1907 年，九江仲舫觀察病重，朱仁甫乘大輪去九江爲其診病。

據《日記》所載，朱仁甫的收入全部源於行醫所得的脈金和節禮。比如，1893 年，朱仁甫"每日所入，至少者三百錢"，一月約一串錢。因收入較多，這年春節朱家"年飯甚豐"。1896 年，朱仁甫"醫道愈有名於世，月之所入自謂較教書先生束脩已逾數倍"。這年臘月朱仁甫長女出嫁，"嫁奩費用過於尋常人家"。1897 年，朱仁甫"醫道漸聞於鄰邑及四鄉，有發舟遣輿迎以出診者，每月收入又較前去年倍增，生活亦豐"。1898 年，朱仁甫"較去歲收入總數尤多"，"家中環境好"。這年夏天，其父出殯，雖然費用高達一百五十串文，但因朱仁甫行醫收入比較豐厚，"能支持不竭也"。1901 年，因忙於行醫，朱仁甫將端午節戲的事情交給兒子朱峙三，而後又因"今年收入甚豐"，春節應用各物提前購置齊全。

1903年冬，因朱峙三大婚用度過重，家中陳債一百六十串。1904年，朱峙三參加鄉試，朱仁甫"醫道所入亦盡貼用"。朱峙三府試進學後，縣城古樓與朱仁甫素有往來者，共送來賀禮三十五串。1905年，朱家置辦年貨較上年爲少，朱仁甫向漁行新借十串文做過年預備費。1907年，朱仁甫承擔了兒子朱峙三就讀兩湖總師範學堂的費用，朱峙三慨歎，如能不累家中，父親行醫"收入可觀矣"。1909年，由於西醫逐漸行時，有與中醫競爭之勢，朱仁甫"今年醫道收入已減"，總收入僅二百餘串，較往年減少八十餘串。這年朱仁甫大病一場，對收入也有一定的影響。1910年，朱仁甫醫道沒有大的起色。1911年，辛亥首義波及武昌縣城，朱仁甫行醫收入受到時局影響。1912年，朱仁甫"醫道甚好"，出診脈金"較舊年增加"。如正月初四，爲余泰和診病得脈金二百文，爲徐姓診病得脈金一百六十文。當時縣城物價是，二百文可買米五升，或買肉三斤多，或柴四十斤，或油條三十七根，或菜油五斤。這一年朱仁甫"醫道甚忙，進款足敷家用"。1913年，鄂城縣城物價飛漲，米漲到每斗六百四十文，柴漲到一擔五百九十文。朱仁甫再次重病，"病後醫道收入少"。朱仁甫"恃筆墨謀生以養家口，一遭疾病即生七事恐慌"。1914年臘月，朱仁甫病故，朱家失去重要經濟收入來源。1915年，朱仁甫長女去世，朱峙三獨立支撐，"父親去世後，家計困窘，轉而借新債"，朱家再陷困境。

可見，作爲名醫的朱仁甫，大多數年份收入較爲豐厚，能夠支撐全家八口的日常生活。

四、對辛亥武昌首義的真實記錄

1911年10月10日，農曆辛亥年八月十九日，震驚中外的武昌首義爆發。身處辛亥風雲之中的朱峙三，以新聞記者的視野和親歷者的視角，見證了歷史。

武昌首義前夕的情況如何？據《日記》記載，七月十九日（9月11日），邢伯謙來告訴作者，連日與鴻勳迭向軍隊接洽，文學社、共進會已經合併。八月初八日（9月29日），劉菊坡告訴作者，"八月十五殺韃子"的諺語恐怕要重演了。對門寢室的譚少欽也悄悄地説，革命大都督印已經刻好了。八月十一日（10月2日），同學劉蜀疆來作者寢室，謂彭楚藩曾向他討蠟燭數支，外邊情勢緊張，"都督加警衛，似懼黨人起事者"。到了八月十八日（10月9日），作者寫道："午後聞畏可云，邢、牟兩同學不在學中，今日風聲急，武昌特別戒嚴。警士雙雙夯槍站崗，若大難將至者。肖鵠略知內情，彼亦不告知余也。"

武昌首義當天的情況如何？《日記》中寫得更爲詳細。"十九日（10月10日），禮拜二，雨。天未明時，聞外面有警信。六時半，楊萬來向肖鵠云，督署已捕獲革命黨三人，均殺之。本堂牟鴻勳被執，尚未殺……自是外面風聲謠言大起，謂督署已獲革命黨名冊，學堂、營盤中今日一一按名捕之……其時，兩齋同學互相太息，以爲此次革命不成，反犧牲學生、兵士性命不少矣……蜀疆來室中云，今晨所殺者有彭楚藩，即前日向彼取去洋蠟燭者。言時，恐懼萬分之狀……""晚飯後，兩齋同學互相來往，談今日所殺爲彭、劉、楊三人，懸首督署前門。晚六時，齋夫及同學有自外歸者云，今夕特別戒嚴，戈什到處捕人，又破三個機關……十一時，聞長街上有槍聲五六次，清晰可聞，以爲官廳警察仍在搜捕黨人放槍示威者。繼聞槍聲甚密如連珠……余視余錶十二時已過，忽又聞槍聲亂發，密如連珠，繼聞有大炮聲似在兩湖頭門外者。驚疑不定，或者軍隊盡變歟？革命黨已起事歟？又着急病未愈，何日可歸？心煩甚，至不能寐，而堂外長街上槍聲未斷也。"

首義第二天，武昌城裏又是怎樣的反應呢？《日記》中寫道："二十日，禮拜三，晴。天將明，義齋同學嚴斯恩來與仁齋王炯言，謂瑞督逃了，革命軍起義了……此時學堂當局俱已先逃矣，那顧學生，若輩真可恨也。余病急待調治休養。起義復仇固可心喜，設各省無響應，一旦北京滿兵開到，無異以卵碰石也……十一時，打聽牟鴻勳亦未放出，武昌官吏文武早已逃之一空……遂與同行。出兩湖頭門，街上行人甚稀，大炮聲不斷掠空中過。至文昌門，城門半開，逃者擁擠……聞岸上商家已不用官票，銀洋高漲，秩序已紛亂，以後如何尚難逆料……"

武昌首義對鄰近的武昌縣影響如何？辛亥年八月二十一日（1911年10月12日），朱峙三因病回到家鄉胡林。當他將首義之事告之家人，家人"相與駭異久之"，"全灣人不敢到樊口買菜，懼軍隊拉伕也"。到了農曆九月，對武昌戰事的焦慮更顯突出，朱峙三在九月初四至十三的《日記》中記述道："父親前日帶來之報請表兄閱看，知湖南、九江、江西省早已響應武昌起義，宣布獨立矣。""今日自早至晚，聞漢口大炮聲不絕。澤仁來，云漢口連日大戰至晚間。舅父云，見漢口火光燭天，或係滿賊來放火矣，苦我湖北人。鄉間傳聞黃興到漢口，孫文則無下落，未見如何舉動。"

五、對全面抗戰初期湖北民衆心理的記述

1937年7月7日發生的盧溝橋事變，揭開了全面抗戰的序幕。雖然戰爭初期的主戰場位於華北和上海，但是戰爭已經對湖北民衆產生了較大的影響。日寇佔領上海和南京後，至武漢會戰期間，湖北民衆開始感受到戰爭的威脅，他們的生活和心理受到了戰爭的強烈衝擊。

當時的武漢，雖然遠離戰場，但人們能夠通過閱讀報紙或者收聽收音機來獲取戰爭的信息。《日記》記錄著戰事的消息，同時也表達了對戰事的關心。據《日記》記載，朱峙三經常閱報或聽收音機，知曉中國軍隊勝利時，或表現出"可喜"，或表現出"極慰"；知曉戰爭無進展時，則略顯焦躁；知曉中國軍隊戰敗時，則表現出對時局的擔憂；知曉中國軍隊作戰不力時，感到"寒心"，甚至感到"可恥"。當戰事愈演愈烈時，則表現出隱隱的憂慮；當戰事不佳時，更是"終夜展轉不安，太息國事，痛恨敵人，恨余手無寸柄"。而戰爭一時的勝利也激發了民衆的愛國心，"連日午後各報館均有號外出售，武漢市民爭先購買，可見人心均愛國也"。

《日記》反映了戰爭對人們日常生活的影響。在"八一三"事變爆發前，日本便關閉漢口領事館，僑民也全部離開武漢。之後，敵機便開始轟炸武漢。據《日記》記載，1937年7月14日，"有敵機三架自上海來襲擊武漢，各職員紛紛逃出，路人見此紛紛逃亂，秩序頓變"。此後，日機幾乎每日來漢，致使民衆每每聽到戒嚴的消息就驚慌失措。日機空襲武漢，不僅加劇了民衆的恐懼心理，更影響到他們日常的出行，《日記》中有作者多次想外出卻害怕敵機來襲而打消念頭的記載。敵機每次夜間來襲時，民衆受驚更大，往往終夜无眠。敵機對湖北的轟炸始於1937年7月16日，7月18日的《日記》記載了這一次轟炸："敵機前日在青山投炸彈三枚，又在鄂城金家畈投彈二枚，人畜俱有死傷云。"作者對於自己躲過敵機轟炸表現出慶幸的心理。比如，1937年9月24日，敵機在武漢多次投彈，致民房倒塌數百間，平民死傷數百，作者當時在鄂城老家，因此躲過了這次空襲，故感歎"幸余未在武漢，未受驚也"。隨着日機不斷來漢轟炸，武漢局勢日危，朱峙三同其妻商量，讓其妻帶小兒子回鄂城胡林鄉下避難。

戰爭對武漢的工業、商業和教育事業造成了極大的影響。日軍侵佔上海以後，武漢頻遭空襲，大批工廠停業，店鋪關門，人員逃難，市面蕭條。據《日記》所載，民衆因擔心日機來襲，學校開學時，報到學生極少。朱峙三決定讓其子回老家讀書，待時局穩定後再回漢就讀。因時局關係，學校考試錄取學生名額有限，"考試學生猶五六百人，僅五十名之正取學生"。

戰爭對民俗也產生了影響。依鄂城民俗，中元節祭祖，一般人家必須過了七月初十才能行禮。據《日記》記載，1937年的時候，朱峙三還是在七月十二日回鄉祭祖，但是到了1938年，不得不提前到七月初十就回鄉祭祖了。鄂城民俗中，中秋節有互贈節禮的習俗，在烽火連天的環境中，鄉親們彼此都因了國難，互相免除了。殘酷的戰爭打亂了民衆的生活節奏，戰爭導致的動蕩使許多民衆不能像往常一樣遵守禮俗。

六、對新中國建立初期幾件大事的記述

新中國成立初期，朱峙三生活在省城武漢，他以報紙新聞和現實生活爲主要信息來源，真實地記錄了那個風雲變幻的時代，表達了一個知識分子對國事民生的關注。

首先是對抗美援朝戰爭尤其是對和平談判、戰俘遣返問題的關注。

如《日記》中1951年11月18日記載："閱報無新消息,和談恐未能就緒,吾國讓一步,美英則進一步,此可見無誠意。且前日報載英軍又放毒氣彈二次,敢違國際法,其心可知矣。"12月19日記載："連日閱報,和談旋談旋變。交換俘虜事仍無誠意。中國愈牽就,美國則愈變花樣矣。以此證之,和談實難有望也。"揭露了美方假和談、真備戰的陰謀。

再如,《日記》1952年2月23日記載："早起閱報,載朝鮮前線廿一日電,敵人於一月廿九日起至（二月）十七日止,其間五天在伊川、鐵原、市邊里、金化、平康北、漢江以東等處上空,飛機撒放黑蠅、蒼蠅、跳蚤、螞蟻、蚊蟲等類小蟲甚多,以便傳播細菌云云。似此已背公德,不擇手段來殺中朝兵士,可恨已極。"3月9日記載："今日報載朝鮮前線七日電,美軍繼續放毒。二月廿五日起至廿九日止,此電專指朝鮮北帶如平壤以南九龍洞一帶,九化里、南陵洞、金城、泰川、谷山、渭川里、伊川以東、定州、鐵山西南、平康以北、文川以西、兔山東南、順川北、漢江等地,投下蒼蠅、螞蟻、毒蟲、蜘蛛及有毒菌之樹葉、宣傳品等等。……今日周外長抗議,詳述美軍一月廿八起施毒情形,經我軍實地調查後,尤為確實。"3月16日記載："早起。閱報,青島十四日電,美機在青島市郊太平角浮山所撒布細菌毒蟲,如蜘蛛、蒼蠅、甲殼蟲、土蜂、螞蟻等等。又載三月六號、八號又在安東、永豐、大東溝等地撒下黑蓋蟲、壁虱、白蛉子、虱子、黑色小蟲等。並在黃柏、甸子等地投彈六枚,用機槍掃射。"《日記》中類似的記述很多,揭露了美軍在朝鮮戰場、我國東北甚至青島等地撒布細菌的罪惡行徑,令人憤慨。

其次是對"三反""五反"運動的關注。據《日記》1951年12月25日記載："餘為響應中央號召之精簡節約,及反貪污、浪費、官僚主義三事。漢口市屬機關有數人被檢討貪污浪費,數字驚人,皆幹部所為也。可歎可恨。"12月29日記載："閱報,'三反'運動愈擴大。""近日發現貪污者,如漢市企業等公司,已有七十餘人之多,可歎！"1952年1月29日記載："閱報,'三反'運動兼及工商界之'四反',以後擴大,且牽及國營各公司。大商賈如賀衡夫之流,自認為行賄偷稅,數目甚巨云云。"

2月2日："'三反'運動,大貪污案出在中央貿易部、中央公安部、農業部,中央軍委後勤部,空軍司令部、財政部、民航局,如薛崐山、宋德貴等處死刑。想此等大案,醞釀已久方辦者,不然老幹部盡變成從前貪污份子,此非所謂習俗移人者,享受安樂,誰不欲之?" 2月9日記載:"'三反'運動又牽出奸商甚多。《湖北報》載鄂城談少清、王香山等四人因偷稅被押,亦正在舉行'五反'。" 2月17日記載:"'五反'事漢口亦在辦理,貪污皆工商業者,受賄者老新幹部黨員,不知何以墮落腐化,竟被人引誘耶?則平時之強硬、守正不阿,皆虛偽也。" 2月19日記載:"今日報載漢口市長吳德峰,武漢市人民政府監察委員會主任謝邦治,撤銷本兼各職。公安局長朱滌新記大過一次,以李先念兼任武漢市政府市長,王任重兼副市長,係為處理武漢市立第二醫院王清盜竊公款案、冤押紀凱夫八個月種種錯誤也。又中南公安部長卜盛先、副部長錢亦民貪污腐化,同日撤職。工業部副部長王盛榮貪污違法,已逮捕法辦。" 2月26日記載:"午後外出一次,聞'五反'運動鬥爭中,已有周興發、裕豐、和成、協興麵廠四家店主自殺。聞漢口自殺者多。" 3月13日記載:"閱報,政務院對'三反''五反'已定處置辦法公布矣。北京五萬商戶,按市長彭真所公開報告者,有三萬戶均犯行賄、盜竊、偷漏、偷減,是以有五分之三奸商。" 作者在《日記》中記述的這些內容,或見諸報端,或耳聞目睹,具有重要的史料價值和現實意義。

再次是對長江特大洪水的關注。1954年6月份以來,洪水肆虐湖北,武漢汛情形勢嚴峻。據當年7月3日《日記》記載:"今日聞水仍漲,上午至解放橋看水勢,木牌上'漢市人民'四字已不見,似水又漲五寸矣。晚八時去看,'漢'字又沒。乘車至漢陽門輪渡碼頭,則坡僅四級,望天上黑雲如墨,雨腳顯露者,東北際雨已下注。未幾,西北又似大雨狀,予慮雨至,乘汽車歸。" 7月30日:"昨宵雨未停,予起床五次,心煩甚。江水當上漲,聞武漢兩地日夜有十餘萬人搶險。昨下午南風大作,旋又變為北風大作。董君自沙洋乘輪船歸。據其見,沿襄河所見兩岸水淹慘狀難罄述也。今日檢查日記，自正月一日起，至昨日止，共爲半年。其間正月天晴十二日，二月較多，晴十日，餘則大小雨七十四天，晴日共爲八十天，陰天廿三，此則與大水亦有關係者也。晚間雨大作至天明。"7月31日："上午起至下午四時雨止，晚間十二時小雨至上午三時止。""早起。仍大雨，約三小時，旋大小雨不停，直至下午四時半方止。"8月1日："昨《長江日報》載武漢關水位卅號晨。爲二八八二，謂比1931年，即民國二十年漢口大水水位超過了五公寸四公分。約一尺六寸二分。今日報載，昨日水位又漲六公分，下午落一公分，實則爲漲五公分矣。是與昨增算爲一尺七寸七矣。可畏哉！"8月7日日記載："八時起，十時閱報，江水昨日整日共漲二寸一分，如此漲法未已，將奈之何？漢口即日做第四次加高隄防工作，中央來電獎勵荆江大隄、武漢大隄及鄂城防汛部、粑舖防汛部，守住大堤未潰，出力軍民工農等等，又有黃石市在內。"這是對長江幹流湖北段漲水期間的記述。7月22日至8月1日，長江荆江段經歷了三次分洪，分洪區人民作出了巨大犧牲，確保了江漢平原和武漢三鎮的安全。洪水退後，又是怎樣的情況呢？9月25日《日記》中寫道："早起，着棉衣猶寒，天氣之不可測如此。苦哉災民！以蘆席支持爲屋者，此兩日氣候其何能受耶？"9月26日日記寫道："閱報，江水續退，此間災民仍不願回原地。聞政府設法勸其回籍，因災民男女有沿門乞食者，狀極可憫也。"作者身在江城，心憂百姓，既有對江水持續上漲的關注，也有對災民的憐憫，更有對軍民抗洪精神的褒揚。家國情懷，溢於言表。

三

以上只是粗略地介紹了《朱峙三日記》的輪廓，其文史價値尚待社會認同。朱峙三先生是我的祖父，我作爲朱老的長孫，自應該爲《日記》的傳世竭盡全力。記得華中師範大學教授周國林、羅福惠兩位老師來到我工作的鄂州市檔案史志局，找我商討《荆楚文庫》中有關鄂州地方文史資料徵編等事項。當時周國林教授提出：鄂州的《朱峙三日記》史料價值較高，是否可以點校整理編入《荊楚文庫》？我很高興，當場就毫不猶豫地答應了。我對於祖父的生平事跡很熟悉，知道他在湖北的社會影響。多年前我曾專程拜訪過華中師範大學校長章開沅先生，受到了章先生的不少教誨和鼓勵。章先生對我的祖父很尊重，多年以來一直關心我祖父日記的保存、整理和出版，並爲此付出了巨大的心力，還專門爲日記的節選本撰寫了序言。章開沅先生說作者"從來不是風雲際會的英雄，而只是作爲一個普通的正直的知識分子，忠實地記錄下身邊的所見所聞，包括自己當時的思想活動。也正因爲如此，這部日記便區別於一般的史事記載，它的史料價值在於比較具體地敘述了歷次重大事件在民間的反應，保存了不少普通老百姓當年的原始議論，這些倒是在一般官方文獻和顯赫人物回憶錄中所難以見到的"。①

在其後的十餘年間，我動員了鄂州文史界的朋友們來參與《朱峙三日記》的點校工作，他們是萬崇新、張靖鳴、熊壽昌、姜宗哲、姜宗文、宋雙意、徐祥勝、蕭開發、姜長生、歐陽富華等，諸位先生不辭辛勞，不避寒暑，相互協作，終於完成了各自的分工，使人感佩不已。

參加《朱峙三日記》整理工作的還有我的父親胡遲生老師。在上世紀五十年代，他即赴武昌保安街祖父寓所，幫祖父查抄整理日記資料，先後歷經多年，堅持不懈；我的大姑母朱武安、二叔胡定生也爲日記的出版付出了大量心血。可歎這幾位前輩均已作古，他們的在天之靈，如能聞知這部日記在華中師範大學出版社領導和編輯的支持下付梓出版，當會欣慰而感激不盡吧？

此外還有我的弟弟胡慰曾、胡應曾、胡慶曾，妹妹胡德珍，表弟汪詩牛等人，爲日記的整理出版做了不少工作。我的夫人陳虹女士率領子女和親屬胡小軍、胡麗君、周運明、周春來、熊曉紅、謝守泳、陳亮等

---

① 章開沅：《關於〈朱峙三日記〉的說明（代序）》，《朱峙三日記（1893—1919）》，胡香生輯錄，嚴昌洪編，華中師範大學出版社 2011 年版，第 1-2 頁。

人承擔了本書的打印與校對，付出不少辛勞。

　　應該感謝的還有鄂州的領導和師友們，他們是葉賢恩、白雉山、羅福惠、楊濟民、周雋、魏北涵、殷楚才、劉敬堂、姜鋒青、余國民、李洪江等，謹在此一並致以誠摯的謝意！

胡念征

二〇二二年十月六日於鄂州

朱峙三日記（1893—1919）序 *

朱峙三先生是與我交往較多的辛亥老人之一，擅長書畫，勤於治學，日記終身不輟。1955年自行整理彙集，日記已有一百零四册之多。朱老熱心近代史事研討，曾多次邀我前往閲覽，頗有選編付梓之意。但限於客觀條件，歲月荏苒，直至老人病逝，這部日記一直未能問世。幸好其子胡香生同志珍惜先人手澤，歷經"十年動亂"，保存完好無缺。現由香生先將癸巳（1893）至己未（1919）27年日記擇要輯録，以供研究此段史事者參考。朱老地下有知，當亦深感欣慰。

朱老自幼熱愛祖國，關心時事，舉凡近代重大事件，如甲午戰争、戊戌維新、義和團運動、辛亥革命、贛寧之役、討袁戰争等等，在日記中均有所記述。誠如他自己所言："予日記内容在清代者，如朝廷掌故文獻、君后之敗廢荒淫、官吏昏庸貪墨，以及國家貧弱緣由、革命黨會潛伏、内政外交、邸鈔文告，凡可紀者，即民間軼聞亦悉載之。"

但是恕我直言，讀者不可指望在日記中能看到諸如宫廷秘聞、政黨内幕之類的奇特記載。在上述那些重大事件中，朱老並非什麽核心人物，甚至大多也並非親身參與者。他從來不是風雲際會的英雄，而只是作爲一個普通的正直的知識分子，忠實地記録下身邊的所見所聞，包括自己當時的思想活動。也正因爲如此，這部日記便區別於一般的史事記載，它的史料價值在於比較具體地敘述了歷次重大事件在民間的反應，保存了不少普通老百姓當年的原始議論，這些倒是在一般官方文獻和顯赫人

---

* 録自胡香生輯録，嚴昌洪編：《朱峙三日記（1893—1919）》，華中師範大學出版社2011年版。原題爲《關於〈朱峙三日記〉的説明（代序）》，編入本書時對文末的凡例文字進行了删節。

物回憶錄中所難以見到的。

　　作者曾擔任過《中西日報》《公論新報》的主筆（即社論撰稿人）和編輯，他具有新聞記者的社會視野和采訪的經驗，因而日記的許多內容頗有助於我們對清末民初社會環境的了解。迄至己未年（1919年）爲止，作者長期僻處鄂城（清末原稱武昌，民初曾一度改爲壽昌）家鄉，行蹤所至無非是武漢、黃安（今紅安）、大冶數地，至於開封、南京、九江、南昌、北京等省外城市均屬短暫逗留。可以說，他的親身見聞主要限於湖北，但其觀察社會的細致深入則又多少彌補了地區局限之不足。舊中國基本上屬於農業宗法社會範疇，轟轟烈烈的政治事件雖多，社會內部結構的演變卻非常滯緩。重大事件易入史書記載，漸進而又細微的演變則往往爲人們所忽視，朱老日記的側重點恰好在於後者，這自然將引起讀者的濃厚興味。比如湖北縣城的風土人情、禮俗習慣，私塾、書院、學堂的學生生活，科舉考試的繁瑣過程與夾帶舞弊，窮酸秀才如何到各地打"抽豐"，古董商人如何製作贗品，革命黨人在學堂如何秘密活動，縣書記官（相當於主任秘書）如何周旋於縣衙內外，禁煙委員如何巡閱各鄉，虛應故事，以至南洋勸業會的盛況空前，武昌首義之夜的風聲鶴唳，鄂城中元、端午兩節的燈火、龍舟等等無不歷歷如繪，並且帶有濃郁的鄉土氣息。

　　作者自幼讀書，成年後又長期從事教育工作，日記的選編，有意識地較多保留了這方面的記載。例如，以準備科舉應試爲宗旨的私塾教育，入塾有哪些禮節，對不同年齡、水平學生的教學如何組織，課程內容、進展程序與教學方法，學費的數額與交納方式，以及塾師、學生的課餘生活等等，均有詳盡的敘述。更爲難得的是在武昌縣師範和兩湖總師範學堂期間的日記，對學習期限、課程設置、教學內容、教學方法、師資狀況、學生來源、課外活動諸方面，保存了許多相當具體的記述。這些對於研究清末廢科舉、興學堂的教育體制改革，特別是對於研究具有深遠影響的"癸卯學制"，無疑很有裨益。民國初年，作者在湖北省立第一師範學校、鄂城寒溪中學、大冶中學、武昌三一中學、漢陽晴川中學等校任教，日記內容雖然頗多重複且平淡之處，但經過刪節也保留了許多有關早期中等教育的原始資料。我相信，這方面的內容將會引起中國近代教育史研究者的注意。

由於作者生長於清寒之家，成年後又常爲家庭經濟困難所苦，所以日記比較注意銀錢數字的記錄，諸如銀錢比值、借債利率、薪俸工資、文章稿酬、書畫行情、車船票價、食宿費用，乃至年節和婚喪開銷，一筆一筆都寫得清清楚楚，這些數字誠然沒有企業賬目那麼重要，但卻有助於了解各個時期的貨幣、工資、物價。特別是從社會史的角度來說，以此作爲普通醫生（朱老的父親是中醫）和教員家庭經濟的一個個例來分析研究，也是很有意思的。此外，細心的作者還詳細地記錄了火車、輪船、木船、轎子、獨輪車的行程、路線、速度，也記錄了縣與縣之間的郵路和傳遞方式，這些內容對於了解近代中國內地交通狀況的變化，應該也是有參考價值的。

細心人的日記，需要以同樣的細心來閱讀，才能充分發掘那些細微之處蘊含的社會意義。即以家庭和學校的照明用具而言，作者長期習慣於清油燈柔和而又暗淡的光線，所以開始用煤油燈便覺得非常刺眼，熄滅時氣味又很難聞，而及至到教會辦的三一中學教書時，則已經習慣於電燈的亮光了。這種個人生活習慣的變異，與半殖民地半封建社會經濟結構的變化，與外國石油的傾銷和近代市政建設的興起，都是密切相關連的。人們思想意識的變遷，某些傳統思想的隱退，某些近代意識的萌發，也並非在任何時候都通過狂風暴雨式的變革表現出來。南京臨時政府成立以後，決定使用公元紀年和陽曆，作者對此持冷漠態度，仍然在日記上沿襲干支紀年和陰曆月日，所不同的無非是用公元和陽曆給予注釋而已。可是當中學生興高采烈地演戲慶祝新年元旦，並且理直氣壯地以演戲疲勞過甚爲由要求添假一天時，作者這才意識到世事的變化，並且感慨，千百年來清高的"士"是羞於與"倡優"爲伍的，可是現在的"士"卻以行"倡優"之事爲樂了。當然，舊中國的社會進展是相當迂緩的，內地的前進步伐更顯得緩慢，日記中那些灰暗的色彩、感傷的情調、松弛的節拍，可説是一個古老民族落後的影子。

我對作者的真率感到由衷的敬佩。他整理自己五十多年的日記，分明是企盼"當道采集""代爲印行"，但卻努力保持當年日記的原來風貌。除了對自己的學業成績、書畫作品和在黃安（今紅安）的政績稍有自炫之意（這也是原始思想）以外，他並未打算把自己寫成思想多麼高超、功業多麼偉烈的英雄。恰恰相反，倒是如實地記錄下自己頭腦中那些落後思想以至"不潔之念"，譬如名教觀念、迷信思想、迷戀科舉、重男輕女、製作前人書法贋品、邀妓女陪同宴飲等等。當然，日記更多的內容是敘述個人和家庭的苦楚，如失業、負債、貧病交加、喪父失子等等，雖有自我憐憫的弱點，但卻是舊中國知識分子悲慘境遇的真實記錄。不過日記的主要價值並不在這裏，它的好處是比較具體地敘述了作者和他的同輩人（如張肖鵠、劉菊坡等），如何經歷了科舉生涯轉入新式學堂，如何逐步改變傳統觀念接受"排滿"革命思想，又如何在武昌首義以後從興奮轉入消沉並出現新的分化……或許可以説，日記粗略然而頗爲生動地勾畫出辛亥前後那一代知識分子的群像。這些內容將可豐富我們研究中國近代知識分子問題的認識，而從真實性來説又要超過若干堂而皇之的所謂回憶錄。

年輕的讀者也不妨看看這部日記，即令不是從事中國近代史教學和研究的同志，從中亦可吸取某些有益的東西。看看那一代青年走過的道路是多麼崎嶇坎坷，經歷的生活是多麼慘淡艱難，這樣才可以了然於他們何以那樣歡欣鼓舞地迎接全國的解放，何以歷盡磨難挫折而仍然那樣熱愛共產黨和社會主義的新中國。從這個意義來説，朱老的日記又可以作爲愛國主義教育的輔助讀物。峙三先生是一位愛國的正直的知識分子，由於封建文化習染較深，爲人過於謹小慎微，而且受到家庭困難的拖累，在每個歷史轉折時期都未能躋入先進的行列。辛亥革命前夜，剛接受"排滿"思想不久，突然嘔血不止，臥病在床，以致未能投身武昌首義，也未能在新成立的湖北軍政府中謀得一官半職。辛亥革命失敗以後，當友人董必武等繼續抗爭並尋求新的革命道路的時候，他仍然困於貧病，爲一家老小衣食奔忙。直至解放以後，湖北省人民政府任命他擔任參事室參事兼文物整理保管委員會委員，生活和醫療有了可靠的保障，他才得以爲社會主義文化事業充分發揮餘熱，勤奮地工作和學習，直到享有81歲的高齡。

朱峙三先生改變祖國貧窮落後面貌的善良願望，只有在新中國成立以後才逐步化爲現實。他非常珍惜革命勝利的成果，並且真誠地想爲社會主義建設增磚添瓦。關於這部卷帙浩繁的日記，他也想盡可能使之爲社會所利用。他生前曾説："倘蒙當道采集，認爲予此記具有歷史意義，列爲稗官野乘而代爲印行，則朝章國故、民間文藝，或賴以知；歷史沿革、社會發展真相，於各學校授近代史者與社會文藝作家，不無小補也。"我想，日記的選輯出版，正是尊重這樣一位愛國老人的遺願。

日記由於作者本來是寫給自己看的，所以文字未經修飾，錯字、重複以至語句不夠通順之處常有出現。編選過程中，除作必要的不損害原意的删節以外，一般保持原貌。

章開沅
1984年春於桂子山

自　　序

　　予今年五月初九日七十初度，念自童稚而少壯而老大，其間大病幾死者非一次。近五年每以寒暑失度，致痼疾不能愈，一屆秋末欬逆甚劇。憶杜甫詩"人生七十古來稀"，予素體弱，雖耳目聰明而精神疲憊，行步龍鍾。陶詩所謂"人生不滿百"，蘇詞所謂"來日苦無多"，人固不能越自然界而例外生存者也。況中年傷於哀樂，國難後避寇施州，頭童齒豁，忽呈衰老。東歸三年，馴至七事相累，境迫桑榆，讀書時少。洵所謂時過而後學，則勤苦而難成矣。

　　邇來檢所著述，得詩千四百餘首，文稿及雜文二百餘篇。淺陋之辭，固未敢以作家論也。惟日記之作，始念起於光緒戊戌春間。是時讀書五載，每見先師程公松年於其常用書眉上多記年月日時，或間注數語，隨時可查證其過去事。予尚童稚，亦戲仿之，以所讀四書、唐詩、自訂塾課字本，亦記以時日，而時取檢察。八九歲所書字課，經師判有月日者，亦積數帙置几上古瓶中，此瓶爲先祖父冠群公在道光中年，購自本城余相國柱後人所售者，高二尺，有碎冰。志在永遠保存。辛丑春，初從高師讀習制藝試帖，底稿謄真，後尾必記年月，或以紙條貼小册存之。甲辰以後，另以小本，記載尤詳。丙午肄業兩湖總師範學堂，兼記邸鈔與滬漢報社論說，當日報館稱報社，社論稱論說，非如今之稱謂。隨時參與人事評議。民國乙卯，奉諱家居，就近任寒溪中學教員。搜舊時零稿僅存者，整理成册，而完成民元及清代未竣日記。丙辰三月，又補充癸巳至丁酉五年間之事。戊午在金湖中學，舉凡清代日記未完者，復一一整理，彙分成册，然非敢問世也。癸亥供職閩垣，偶借觀閩侯張時蕃君所藏《曾滌生手書日記》影印本，繼又得觀李蒓客《越縵堂日記》影印本，似與予日記同體例。次年甲子，以干支便計算，乃改用大本，爲疏朗大字，立志寫載不缺月日。

幾經變亂，幸賴分寄各地，得以保存無失，即現有之六十三年日記也。甲子至庚寅，每年系分上下二册裝訂。

夫日記非難事也，在有恒耳。二十年前，見同學劉菊坡、張肖鵠二君日記。劉君或作或輟，僅十餘年而止。張則始勤終怠，一二年即止矣。漢川友人嚴其安，亦有二十餘年日記，惟草率殊甚。與予同教三一中學四年，曾閱之。草率之字，本式大小不一，記晴雨氣候與時事重要者亦無缺，且多評論。求之近代教師中，亦難能可貴者。予長黃岡時，有法院庭長黃履思，南城人，予曾閱其日記，自民元壬子至甲戌，二十餘年間所寫無缺，且取材宏富，書法秀美。其後調恩施法院未久，值日機轟炸施南城，衣物與日記俱盡，僅以身免，此則最可惜者。黃爲清諸生，習法學，其品誼甚好，予因連繫敘及之。

予日記内容在清代者，如朝廷掌故文獻、君后之敗廢荒淫、官吏昏庸貪墨，以及國家貧弱緣由、革命黨會潛伏、内政外交、邸鈔文告，凡可紀者，即民間軼聞亦悉載之。次則詩文書畫之品評，音樂戲劇之觀聽，亦間有類載。五十餘年中，國體政治之變更遞嬗，因益改革，凡具有歷史性者無不搜羅焉。今病小愈，乃彙集幼時日記及現存者，共爲百零四册，付予三子保存。倘蒙當道采集，認爲予此記具有歷史意義，列爲稗官野乘而代爲印行，則朝章國故、民間文藝，或賴以知；歷史沿革，社會發展真相，於各學校授近代史者與社會文藝作家，不無小補也。

一九五五年壽昌老人朱峙三

目　　録

第一册

清光緒十九年（1893年）癸巳日記 ·································· 1

　小引 ··· 1
　正月 ··· 1
　二月 ··· 5
　三月 ··· 9
　四月 ·· 11
　五月 ·· 12
　六月 ·· 13
　七月 ·· 14
　八月 ·· 15
　九月 ·· 16
　十月 ·· 17
　冬月 ·· 18
　臘月 ·· 18

清光緒二十年（1894年）甲午日記 ································ 20

　正月 ·· 20
　二月 ·· 21
　三月 ·· 23
　四月 ·· 23
　五月 ·· 24
　六月 ·· 25

七月 …………………………………………………………… 26
　　八月 …………………………………………………………… 27
　　九月 …………………………………………………………… 28
　　十月 …………………………………………………………… 29
　　冬月 …………………………………………………………… 30
　　十二月 ………………………………………………………… 30
清光緒二十一年（1895年）乙未日記 ………………………… 32
　　正月 …………………………………………………………… 32
　　二月 …………………………………………………………… 34
　　三月 …………………………………………………………… 35
　　四月 …………………………………………………………… 35
　　五月 …………………………………………………………… 36
　　閏五月 ………………………………………………………… 37
　　六月 …………………………………………………………… 38
　　七月 …………………………………………………………… 39
　　八月 …………………………………………………………… 40
　　九月 …………………………………………………………… 41
　　十月 …………………………………………………………… 41
　　冬月 …………………………………………………………… 42
　　十二月 ………………………………………………………… 42
清光緒二十二年（1896年）丙申日記 ………………………… 44
　　正月 …………………………………………………………… 44
　　二月 …………………………………………………………… 45
　　三月 …………………………………………………………… 46
　　四月 …………………………………………………………… 47
　　五月 …………………………………………………………… 47
　　六月 …………………………………………………………… 48
　　七月 …………………………………………………………… 48

    八月 …………………………………………………………… 49

    九月 …………………………………………………………… 49

    十一月 ………………………………………………………… 50

    臘月 …………………………………………………………… 50

清光緒二十三年（1897年）丁酉日記 ……………………… 53

    正月 …………………………………………………………… 53

    二月 …………………………………………………………… 55

    三月 …………………………………………………………… 56

    四月 …………………………………………………………… 57

    五月 …………………………………………………………… 58

    六月 …………………………………………………………… 59

    七月 …………………………………………………………… 60

    八月 …………………………………………………………… 61

    九月 …………………………………………………………… 62

    十月 …………………………………………………………… 64

    冬月 …………………………………………………………… 65

    十二月 ………………………………………………………… 66

清光緒二十四年（1898年）戊戌日記 ……………………… 68

    正月 …………………………………………………………… 68

    二月 …………………………………………………………… 70

    三月 …………………………………………………………… 71

    閏三月 ………………………………………………………… 73

    四月 …………………………………………………………… 74

    五月 …………………………………………………………… 76

    六月 …………………………………………………………… 78

    七月 …………………………………………………………… 79

    八月 …………………………………………………………… 81

    九月 …………………………………………………………… 83

十月 ·· 85

　　冬月 ·· 86

　　十二月 ·· 87

清光緒二十五年（1899年）己亥日記 ············· 90

　　正月 ·· 90

　　二月 ·· 92

　　三月 ·· 93

　　四月 ·· 94

　　五月 ·· 95

　　六月 ·· 97

　　七月 ·· 98

　　八月 ·· 99

　　十一月 ·· 100

　　臘月 ·· 101

清光緒二十六年（1900年）庚子日記 ············· 103

　　正月 ·· 104

　　二月 ·· 105

　　三月 ·· 107

　　四月 ·· 109

　　五月 ·· 110

　　六月 ·· 111

　　七月 ·· 113

　　八月 ·· 117

　　閏八月 ·· 120

　　九月 ·· 121

　　十月 ·· 123

　　十一月 ·· 124

　　十二月 ·· 125

清光緒二十七年（1901年）辛丑日記 …… 128

- 正月 …… 128
- 二月 …… 130
- 三月 …… 135
- 四月 …… 139
- 五月 …… 143
- 六月 …… 148
- 七月 …… 151
- 八月 …… 154
- 九月 …… 158
- 十月 …… 160
- 冬月 …… 162
- 臘月 …… 164

清光緒二十八年（1902年）壬寅日記 …… 166

- 正月 …… 166
- 二月 …… 168
- 三月 …… 169
- 四月 …… 170
- 五月 …… 170
- 六月 …… 172
- 七月 …… 174
- 八月 …… 175
- 九月 …… 177
- 十月 …… 178
- 冬月 …… 179
- 十二月 …… 181

清光緒二十九年（1903年）癸卯日記 …… 183

- 正月 …… 183

二月 …………………………………………………… 187

　　三月 …………………………………………………… 191

　　四月 …………………………………………………… 194

　　五月 …………………………………………………… 196

　　閏五月 ………………………………………………… 202

　　六月 …………………………………………………… 205

　　七月 …………………………………………………… 208

　　八月 …………………………………………………… 211

　　九月 …………………………………………………… 214

　　十月 …………………………………………………… 218

　　冬月 …………………………………………………… 222

　　十二月 ………………………………………………… 227

清光緒三十年（1904年）甲辰日記 ………………… 230

　　正月 …………………………………………………… 230

　　二月 …………………………………………………… 235

　　三月 …………………………………………………… 237

　　四月 …………………………………………………… 240

　　五月 …………………………………………………… 242

　　六月 …………………………………………………… 248

　　七月 …………………………………………………… 254

　　八月 …………………………………………………… 258

　　九月 …………………………………………………… 260

　　十月 …………………………………………………… 263

　　冬月 …………………………………………………… 265

　　臘月 …………………………………………………… 268

清光緒三十一年（1905年）乙巳日記 ………………… 271

　　正月 …………………………………………………… 271

　　二月 …………………………………………………… 272

三月	273
四月	276
五月	278
六月	280
七月	282
八月	283
九月	285
十月	287
冬月	288
臘月	289

清光緒三十二年（1906年）丙午日記 294

正月	294
二月	297
三月	299
四月	302
閏四月	305
五月	308
六月	313
七月	316
八月	318
九月	322
十月	330
十一月	334
臘月	338

清光緒三十三年（1907年）丁未日記 342

正月	342
二月	348
三月	350

  四月 ……………………………………………… 351

  五月 ……………………………………………… 358

  六月 ……………………………………………… 362

  七月 ……………………………………………… 364

  八月 ……………………………………………… 366

  九月 ……………………………………………… 368

  十月 ……………………………………………… 370

  十一月 …………………………………………… 371

  十二月 …………………………………………… 372

清光緒三十四年（1908年）戊申日記 ……… 376

  正月 ……………………………………………… 377

  二月 ……………………………………………… 379

  三月 ……………………………………………… 380

  四月 ……………………………………………… 384

  五月 ……………………………………………… 386

  六月 ……………………………………………… 389

  七月 ……………………………………………… 390

  八月 ……………………………………………… 393

  九月 ……………………………………………… 395

  十月 ……………………………………………… 396

  十一月 …………………………………………… 400

  十二月 …………………………………………… 401

清宣統元年（1909年）己酉日記 ……………… 404

  正月 ……………………………………………… 404

  二月 ……………………………………………… 406

  閏二月 …………………………………………… 407

  三月 ……………………………………………… 409

  四月 ……………………………………………… 410

五月	411
六月	414
七月	415
八月	417
九月	420
十月	423
十一月	425
十二月	427

第二册

清宣統二年（1910年）庚戌日記 …… 431

正月	432
二月	433
三月	435
四月	437
五月	438
六月	441
七月	454
八月	459
九月	461
十月	462
十一月	463
十二月	465

清宣統三年（1911年）辛亥日記 …… 468

正月	468
二月	472
三月	476
四月	480

五月 ………………………………………… 485

　　六月 ………………………………………… 489

　　閏六月 ……………………………………… 492

　　七月 ………………………………………… 495

　　八月 ………………………………………… 500

　　九月 ………………………………………… 510

　　十月 ………………………………………… 516

　　冬月 ………………………………………… 520

　　臘月 ………………………………………… 526

民國元年（1912年）壬子日記 …………………… 537

　　正月 ………………………………………… 538

　　二月 ………………………………………… 546

　　三月 ………………………………………… 554

　　四月 ………………………………………… 562

　　五月 ………………………………………… 567

　　六月 ………………………………………… 573

　　七月 ………………………………………… 578

　　八月 ………………………………………… 583

　　九月 ………………………………………… 589

　　十月 ………………………………………… 595

　　冬月 ………………………………………… 600

　　臘月 ………………………………………… 604

民國二年（1913年）癸丑日記 …………………… 610

　　正月 ………………………………………… 610

　　二月 ………………………………………… 614

　　三月 ………………………………………… 617

　　四月 ………………………………………… 622

　　五月 ………………………………………… 629

六月 …… 634

七月 …… 639

八月 …… 644

九月 …… 651

十月 …… 656

冬月 …… 661

臘月 …… 666

民國三年（1914年）甲寅日記 …… 674

正月 …… 674

二月 …… 682

三月 …… 689

四月 …… 696

五月 …… 701

閏五月 …… 706

六月 …… 710

七月 …… 712

八月 …… 715

九月 …… 720

十月 …… 723

冬月 …… 726

臘月 …… 729

民國四年（1915年）乙卯日記 …… 734

正月 …… 734

二月 …… 739

三月 …… 742

四月 …… 749

五月 …… 754

六月 …… 757

七月 …………………………………………………… 762

　　八月 …………………………………………………… 765

　　九月 …………………………………………………… 768

　　十月 …………………………………………………… 771

　　冬月 …………………………………………………… 774

　　臘月 …………………………………………………… 778

民國五年（1916年）丙辰日記 ………………………… 783

　　正月 …………………………………………………… 783

　　二月 …………………………………………………… 787

　　三月 …………………………………………………… 792

　　四月 …………………………………………………… 796

　　五月 …………………………………………………… 799

　　六月 …………………………………………………… 802

　　七月 …………………………………………………… 806

　　八月 …………………………………………………… 809

　　九月 …………………………………………………… 812

　　十月 …………………………………………………… 816

　　十一月 ………………………………………………… 818

　　臘月 …………………………………………………… 822

民國六年（1917年）丁巳日記 ………………………… 826

　　正月 …………………………………………………… 826

　　二月 …………………………………………………… 830

　　閏二月 ………………………………………………… 836

　　三月 …………………………………………………… 839

　　四月 …………………………………………………… 842

　　五月 …………………………………………………… 846

　　六月 …………………………………………………… 850

　　七月 …………………………………………………… 853

八月	856
九月	859
十月	863
十一月	867
十二月	870

第三冊

民國七年（1918年）戊午日記 … 875

正月	875
二月	879
三月	882
四月	885
五月	888
六月	892
七月	894
八月	897
九月	900
十月	904
冬月	907
臘月	911

民國八年（1919年）己未日記 … 916

正月	916
二月	921
三月	926
四月	930
五月	934
六月	938
七月	943

閏七月 …………………………………… 946

　　八月 ……………………………………… 949

　　九月 ……………………………………… 952

　　十月 ……………………………………… 955

　　冬月 ……………………………………… 957

　　十二月 …………………………………… 960

民國九年（1920年）庚申日記 ………… 964

　　正月 ……………………………………… 964

　　二月 ……………………………………… 968

　　三月 ……………………………………… 971

　　四月 ……………………………………… 974

　　五月 ……………………………………… 976

　　六月 ……………………………………… 978

　　七月 ……………………………………… 982

　　八月 ……………………………………… 985

　　九月 ……………………………………… 988

　　十月 ……………………………………… 990

　　冬月 ……………………………………… 993

　　臘月 ……………………………………… 997

民國十年（1921年）辛酉日記 ………… 1001

　　正月 ……………………………………… 1001

　　二月 ……………………………………… 1004

　　三月 ……………………………………… 1007

　　四月 ……………………………………… 1010

　　五月 ……………………………………… 1012

　　六月 ……………………………………… 1017

　　七月 ……………………………………… 1020

　　八月 ……………………………………… 1024

九月 …… 1027

　　十月 …… 1030

　　冬月 …… 1033

　　臘月 …… 1037

民國十一年（1922年）壬戌日記 …… 1041

　　正月 …… 1042

　　二月 …… 1048

　　三月 …… 1053

　　四月 …… 1058

　　五月 …… 1063

　　閏五月 …… 1067

　　六月 …… 1071

　　七月 …… 1076

　　八月 …… 1081

　　九月 …… 1085

　　十月 …… 1089

　　冬月 …… 1093

　　十二月 …… 1097

民國十二年（1923年）癸亥日記 …… 1102

　　正月 …… 1102

　　二月 …… 1105

　　三月 …… 1109

　　四月 …… 1113

　　五月 …… 1117

　　六月 …… 1121

　　七月 …… 1124

　　八月 …… 1131

　　九月 …… 1136

十月……………………………………………………………… 1141

　　十一月…………………………………………………………… 1147

　　十二月…………………………………………………………… 1150

民國十三年（1924年）甲子日記 ………………………………… 1157

　　正月……………………………………………………………… 1158

　　二月……………………………………………………………… 1164

　　三月……………………………………………………………… 1172

　　四月……………………………………………………………… 1179

　　五月……………………………………………………………… 1186

　　六月……………………………………………………………… 1193

　　七月……………………………………………………………… 1199

　　八月……………………………………………………………… 1205

　　九月……………………………………………………………… 1211

　　十月……………………………………………………………… 1218

　　冬月……………………………………………………………… 1224

　　臘月……………………………………………………………… 1231

民國十四年（1925年）乙丑日記 ………………………………… 1238

　　正月……………………………………………………………… 1238

　　二月……………………………………………………………… 1244

　　三月……………………………………………………………… 1251

　　四月……………………………………………………………… 1258

　　閏四月…………………………………………………………… 1263

　　五月……………………………………………………………… 1268

　　六月……………………………………………………………… 1273

　　七月……………………………………………………………… 1277

　　八月……………………………………………………………… 1283

　　九月……………………………………………………………… 1289

　　十月……………………………………………………………… 1296

十一月 …………………………………………………………… 1302

臘月 ……………………………………………………………… 1308

第四册

民國十五年（1926 年）丙寅日記 ………………………………… 1315

正月 ……………………………………………………………… 1315

二月 ……………………………………………………………… 1321

三月 ……………………………………………………………… 1326

四月 ……………………………………………………………… 1333

五月 ……………………………………………………………… 1343

六月 ……………………………………………………………… 1350

七月 ……………………………………………………………… 1357

八月 ……………………………………………………………… 1364

九月 ……………………………………………………………… 1373

十月 ……………………………………………………………… 1381

十一月 …………………………………………………………… 1390

十二月 …………………………………………………………… 1396

民國十六年（1927 年）丁卯日記 ………………………………… 1402

正月 ……………………………………………………………… 1403

二月 ……………………………………………………………… 1411

三月 ……………………………………………………………… 1419

四月 ……………………………………………………………… 1424

五月 ……………………………………………………………… 1433

六月 ……………………………………………………………… 1441

七月 ……………………………………………………………… 1448

八月 ……………………………………………………………… 1455

九月 ……………………………………………………………… 1463

十月 ……………………………………………………………… 1469

十一月 …………………………………………………… 1477
十二月 …………………………………………………… 1484

民國十七年（1928年）戊辰日記 …………………… 1492

正月 ……………………………………………………… 1492
二月 ……………………………………………………… 1499
閏二月 …………………………………………………… 1506
三月 ……………………………………………………… 1517
四月 ……………………………………………………… 1528
五月 ……………………………………………………… 1537
六月 ……………………………………………………… 1544
七月 ……………………………………………………… 1553
八月 ……………………………………………………… 1560
九月 ……………………………………………………… 1572
十月 ……………………………………………………… 1582
十一月 …………………………………………………… 1592
十二月 …………………………………………………… 1601

民國十八年（1929年）己巳日記 …………………… 1613

正月 ……………………………………………………… 1613
二月 ……………………………………………………… 1622
三月 ……………………………………………………… 1630
四月 ……………………………………………………… 1639
五月 ……………………………………………………… 1646
六月 ……………………………………………………… 1655
七月 ……………………………………………………… 1663
八月 ……………………………………………………… 1673
九月 ……………………………………………………… 1681
十月 ……………………………………………………… 1689
十一月 …………………………………………………… 1697

臘月 …………………………………………………………………… 1704

第五册

民國十九年（1930年）庚午日記 ……………………………… 1713
 正月 …………………………………………………………… 1713
 二月 …………………………………………………………… 1721
 三月 …………………………………………………………… 1726
 四月 …………………………………………………………… 1733
 五月 …………………………………………………………… 1739
 六月 …………………………………………………………… 1746
 閏六月 ………………………………………………………… 1752
 七月 …………………………………………………………… 1759
 八月 …………………………………………………………… 1766
 九月 …………………………………………………………… 1775
 十月 …………………………………………………………… 1783
 十一月 ………………………………………………………… 1791
 十二月 ………………………………………………………… 1799

民國二十年（1931年）辛未日記 ……………………………… 1809
 正月 …………………………………………………………… 1809
 二月 …………………………………………………………… 1817
 三月 …………………………………………………………… 1826
 四月 …………………………………………………………… 1834
 五月 …………………………………………………………… 1841
 六月 …………………………………………………………… 1846
 七月 …………………………………………………………… 1852
 八月 …………………………………………………………… 1859
 九月 …………………………………………………………… 1867
 十月 …………………………………………………………… 1874

十一月 …………………………………………………… 1881

　　十二月 …………………………………………………… 1888

民國二十一年（1932年）壬申日記 …………………… 1896

　　正月 ……………………………………………………… 1896

　　二月 ……………………………………………………… 1905

　　三月 ……………………………………………………… 1912

　　四月 ……………………………………………………… 1919

　　五月 ……………………………………………………… 1928

　　六月 ……………………………………………………… 1937

　　七月 ……………………………………………………… 1947

　　八月 ……………………………………………………… 1954

　　九月 ……………………………………………………… 1961

　　十月 ……………………………………………………… 1967

　　十一月 …………………………………………………… 1974

　　十二月 …………………………………………………… 1981

民國二十二年（1933年）癸酉日記 …………………… 1990

　　正月 ……………………………………………………… 1990

　　二月 ……………………………………………………… 1997

　　三月 ……………………………………………………… 2005

　　四月 ……………………………………………………… 2012

　　五月 ……………………………………………………… 2019

　　閏五月 …………………………………………………… 2027

　　六月 ……………………………………………………… 2036

　　七月 ……………………………………………………… 2043

　　八月 ……………………………………………………… 2055

　　九月 ……………………………………………………… 2061

　　十月 ……………………………………………………… 2061

民國二十三年（1934年）甲戌日記 …… 2064
 正月 …… 2064
 二月 …… 2072
 三月 …… 2080
 四月 …… 2085
 五月 …… 2091
 六月 …… 2097
 七月 …… 2104
 八月 …… 2113
 九月 …… 2120
 十月 …… 2126
 十一月 …… 2131
 十二月 …… 2136

第六册

民國二十四年（1935年）乙亥日記 …… 2145
 正月 …… 2145
 二月 …… 2155
 三月 …… 2162
 四月 …… 2171
 五月 …… 2179
 六月 …… 2186
 七月 …… 2192
 八月 …… 2199
 九月 …… 2207
 十月 …… 2215
 十一月 …… 2226
 十二月 …… 2235

民國二十五年（1936年）丙子日記 …………………………………… 2244
    正月 ………………………………………………………………… 2244
    二月 ………………………………………………………………… 2254
    三月 ………………………………………………………………… 2261
    閏三月 ……………………………………………………………… 2267
    四月 ………………………………………………………………… 2276
    五月 ………………………………………………………………… 2283
    六月 ………………………………………………………………… 2290
    七月 ………………………………………………………………… 2297
    八月 ………………………………………………………………… 2304
    九月 ………………………………………………………………… 2310
    十月 ………………………………………………………………… 2319
    十一月 ……………………………………………………………… 2327
    十二月 ……………………………………………………………… 2336

民國二十六年（1937年）丁丑日記 …………………………………… 2345
    正月 ………………………………………………………………… 2345
    二月 ………………………………………………………………… 2353
    三月 ………………………………………………………………… 2358
    四月 ………………………………………………………………… 2362
    五月 ………………………………………………………………… 2368
    六月 ………………………………………………………………… 2373
    七月 ………………………………………………………………… 2379
    八月 ………………………………………………………………… 2386
    九月 ………………………………………………………………… 2393
    十月 ………………………………………………………………… 2401
    十一月 ……………………………………………………………… 2407
    十二月 ……………………………………………………………… 2412

民国二十七年（1938年）戊寅日记 …………………………………… 2419
    正月 ………………………………………………………………… 2419

二月	2426
三月	2432
四月	2439
五月	2447
六月	2454
七月	2463
閏七月	2472
八月	2478
九月	2487
十月	2498
十一月	2507
臘月	2514

民国二十八年（1939年）乙卯日记 ⋯⋯ 2521

正月	2521
二月	2530
三月	2539
四月	2548
五月	2555
六月	2565
七月	2573
八月	2581
九月	2589
十月	2600
十一月	2607
臘月	2614

第七册

民國二十九年（1940年）庚辰日記 ⋯⋯ 2623

正月	2624

二月 …………………………………………………… 2633
　　三月 …………………………………………………… 2641
　　四月 …………………………………………………… 2649
　　五月 …………………………………………………… 2658
　　六月 …………………………………………………… 2670
　　七月 …………………………………………………… 2677
　　八月 …………………………………………………… 2687
　　九月 …………………………………………………… 2694
　　十月 …………………………………………………… 2700
　　十一月 ………………………………………………… 2707
　　十二月 ………………………………………………… 2715
民國三十年（1941年）辛巳日記 ………………… 2722
　　正月 …………………………………………………… 2722
　　二月 …………………………………………………… 2727
　　三月 …………………………………………………… 2732
　　四月 …………………………………………………… 2738
　　五月 …………………………………………………… 2743
　　六月 …………………………………………………… 2750
　　閏六月 ………………………………………………… 2757
　　七月 …………………………………………………… 2765
　　八月 …………………………………………………… 2773
　　九月 …………………………………………………… 2779
　　十月 …………………………………………………… 2785
　　十一月 ………………………………………………… 2791
　　臘月 …………………………………………………… 2797
民國三十一年（1942年）壬午日記 ……………… 2804
　　正月 …………………………………………………… 2804
　　二月 …………………………………………………… 2812

三月	2821
四月	2831
五月	2839
六月	2847
七月	2855
八月	2863
九月	2870
十月	2879
十一月	2886
臘月	2893
民國三十二年（1943年）癸未日記	**2901**
正月	2902
二月	2910
三月	2918
四月	2925
五月	2934
六月	2942
七月	2950
八月	2958
九月	2964
十月	2971
十一月	2978
十二月	2985

第八册

民國三十三年（1944年）甲申日記	**2993**
正月	2993
二月	3000

三月 …………………………………………………… 3008

　　四月 …………………………………………………… 3019

　　閏四月 ………………………………………………… 3027

　　五月 …………………………………………………… 3036

　　六月 …………………………………………………… 3044

　　七月 …………………………………………………… 3052

　　八月 …………………………………………………… 3059

　　九月 …………………………………………………… 3065

　　十月 …………………………………………………… 3072

　　十一月 ………………………………………………… 3077

　　臘月 …………………………………………………… 3083

民國三十四年（1945年）乙酉日記 ……………… 3091

　　正月 …………………………………………………… 3092

　　二月 …………………………………………………… 3100

　　三月 …………………………………………………… 3109

　　四月 …………………………………………………… 3118

　　五月 …………………………………………………… 3125

　　六月 …………………………………………………… 3135

　　七月 …………………………………………………… 3143

　　八月 …………………………………………………… 3150

　　九月 …………………………………………………… 3156

　　十月 …………………………………………………… 3163

　　冬月 …………………………………………………… 3171

　　臘月 …………………………………………………… 3175

民國三十五年（1946年）丙戌日記 ……………… 3182

　　正月 …………………………………………………… 3182

　　二月 …………………………………………………… 3189

　　三月 …………………………………………………… 3195

四月	3199
五月	3204
六月	3209
七月	3216
八月	3223
九月	3229
十月	3235
冬月	3241
臘月	3247

民國三十六年（1947年）丁亥日記 …… 3254

正月	3254
二月	3261
閏二月	3267
三月	3272
四月	3278
五月	3286
六月	3292
七月	3298
八月	3304
九月	3309
十月	3317
十一月	3322
臘月	3327

民國三十七年（1948年）戊子日記 …… 3332

正月	3332
二月	3338
三月	3343
四月	3350

五月	3355
六月	3362
七月	3368
八月	3373
九月	3380
十月	3386
十一月	3392
臘月	3399

己丑（1949年）日記 …… 3407

正月	3407
二月	3414
三月	3423
四月	3431
五月	3439
六月	3447
閏七月	3459
八月	3466
九月	3470
十月	3474
冬月	3478
臘月	3482

第九册

庚寅（1950年）日記 …… 3489

正月	3489
二月	3496
三月	3502
四月	3509

五月 …………………………………………………………… 3514
　　六月 …………………………………………………………… 3520
　　七月 …………………………………………………………… 3525
　　八月 …………………………………………………………… 3530
　　九月 …………………………………………………………… 3536
　　十月 …………………………………………………………… 3543
　　冬月 …………………………………………………………… 3550
　　臘月 …………………………………………………………… 3556

辛卯（1951 年）日記 ……………………………………………… 3565
　　正月 …………………………………………………………… 3565
　　二月 …………………………………………………………… 3575
　　三月 …………………………………………………………… 3581
　　四月 …………………………………………………………… 3587
　　五月 …………………………………………………………… 3591
　　六月 …………………………………………………………… 3598
　　七月 …………………………………………………………… 3605
　　八月 …………………………………………………………… 3613
　　九月 …………………………………………………………… 3621
　　十月 …………………………………………………………… 3629
　　冬月 …………………………………………………………… 3636
　　臘月 …………………………………………………………… 3641

壬辰（1952 年）日記 ……………………………………………… 3648
　　正月 …………………………………………………………… 3648
　　二月 …………………………………………………………… 3655
　　三月 …………………………………………………………… 3663
　　四月 …………………………………………………………… 3669
　　五月 …………………………………………………………… 3676
　　閏五月 ………………………………………………………… 3683

六月 …………………………………………… 3690

　　七月 …………………………………………… 3696

　　八月 …………………………………………… 3702

　　九月 …………………………………………… 3709

　　十月 …………………………………………… 3715

　　冬月 …………………………………………… 3722

　　臘月 …………………………………………… 3726

癸巳（1953年）日記 …………………………… 3733

　　正月 …………………………………………… 3734

　　二月 …………………………………………… 3742

　　三月 …………………………………………… 3749

　　四月 …………………………………………… 3756

　　五月 …………………………………………… 3761

　　六月 …………………………………………… 3766

　　七月 …………………………………………… 3771

　　八月 …………………………………………… 3777

　　九月 …………………………………………… 3782

　　十月 …………………………………………… 3788

　　冬月 …………………………………………… 3794

　　臘月 …………………………………………… 3799

甲午（1954年）日記 …………………………… 3806

　　正月 …………………………………………… 3806

　　二月 …………………………………………… 3812

　　三月 …………………………………………… 3818

　　四月 …………………………………………… 3824

　　五月 …………………………………………… 3829

　　六月 …………………………………………… 3835

　　七月 …………………………………………… 3840

八月 …… 3846

九月 …… 3852

十月 …… 3858

冬月 …… 3866

臘月 …… 3872

乙未（1955 年）日記 …… 3879

正月 …… 3879

二月 …… 3886

三月 …… 3892

閏三月 …… 3899

四月 …… 3905

五月 …… 3912

六月 …… 3917

七月 …… 3922

八月 …… 3927

九月 …… 3932

十月 …… 3938

冬月 …… 3947

臘月 …… 3954

第十册

丙申（1956 年）日記 …… 3963

正月 …… 3963

二月 …… 3970

三月 …… 3977

四月 …… 3983

五月 …… 3988

六月 …… 3995

七月 …………………………………………………… 4000
八月 …………………………………………………… 4007
九月 …………………………………………………… 4013
十月 …………………………………………………… 4020
冬月 …………………………………………………… 4025
十二月 ………………………………………………… 4029

丁酉（1957年）日記 ………………………………… 4037
正月 …………………………………………………… 4037
二月 …………………………………………………… 4042
三月 …………………………………………………… 4048
四月 …………………………………………………… 4055
五月 …………………………………………………… 4062
六月 …………………………………………………… 4070
七月 …………………………………………………… 4075
八月 …………………………………………………… 4081
閏八月 ………………………………………………… 4085
九月 …………………………………………………… 4091
十月 …………………………………………………… 4098
冬月 …………………………………………………… 4103
臘月 …………………………………………………… 4109

戊戌（1958年）日記 ………………………………… 4115
正月 …………………………………………………… 4115
二月 …………………………………………………… 4122
三月 …………………………………………………… 4128
四月 …………………………………………………… 4135
五月 …………………………………………………… 4141
六月 …………………………………………………… 4145
七月 …………………………………………………… 4151

八月	4157
九月	4163
十月	4169
冬月	4174
十二月	4178

己亥（1959年）日記 …… 4184

正月	4184
二月	4189
三月	4195
四月	4201
五月	4207
六月	4214
七月	4219
八月	4226
九月	4231
十月	4236
冬月	4240
臘月	4246

庚子（1960年）日記 …… 4253

正月	4253
二月	4258
三月	4265
四月	4271
五月	4276
六月	4281
閏六月	4286
七月	4290
八月	4296

九月 …………………………………………………… 4301

十月 …………………………………………………… 4307

冬月 …………………………………………………… 4312

臘月 …………………………………………………… 4316

辛丑（1961 年）日記 ………………………………… 4323

正月 …………………………………………………… 4323

二月 …………………………………………………… 4329

三月 …………………………………………………… 4334

四月 …………………………………………………… 4339

五月 …………………………………………………… 4344

六月 …………………………………………………… 4350

七月 …………………………………………………… 4355

八月 …………………………………………………… 4361

九月 …………………………………………………… 4367

十月 …………………………………………………… 4372

冬月 …………………………………………………… 4375

壬寅（1962 年）日記 ………………………………… 4380

二月 …………………………………………………… 4380

三月 …………………………………………………… 4381

四月 …………………………………………………… 4381

六月 …………………………………………………… 4383

七月 …………………………………………………… 4384

清光緒十九年（1893年）癸巳日記

小　引

此爲予初期日記，係檢舊藏童年所讀《三字經》《論語》《孝經》，父親所書方塊字六百餘枚，原有一千四百餘字，壬子遷居失去。查看程師於字旁所列月日，推想癸巳年情況，回憶祖父冠群公與同屋洪、朱二叟所談朝野掌故，觸類旁通而成者也。

民國丙辰，予年三十一，記憶力尚強，故能於童稚事得十之六七。今夕閱竣，恍若垂髫受業時。以干支推計，則已六十五年矣。

戊戌花朝壽昌老人朱峙三時年七十有三[①]

正　月

朔　雪　小建

鄂城舊名武昌。鍾權爲朱姓譜名，重錄仍之，此有歷史性者也。

武昌朱鍾權記，民國丙辰年追錄起

三更時，約丑初刻，父親進香行緊門禮。今夕，南門當鋪更樓上不報更點記時，未能準確也。四更時，祖父、父親帶同余及大姊，持燈出

---

① 眉批紅筆係戊戌花朝起，距予寫此日記已四十三年，距日記初期則已六十四年矣。峙山老人記。——作者批注

方。畢，祖父率父親及余依次向家中祖宗位前拜年，余依次向祖父、父母、大姊拜年畢，母親具茶點，説吉語，祝一年順利。

小憩片刻，父親呼後宅姚三叔、王大伯，同往大南門岳王廟進香，此余家元旦常例。去秋聞父親云：本城岳王最靈驗。王在南宋時，爲秦檜賊所害。卒時係宋代某年臘月廿九日，即該年除夕也，後人永遠不忘。王冤白後，受敕封爲武昌縣主，血食已久。故邑中每值除夕，天未明時，城内住户及距城三四里人家，均於三更時即到廟進香，向王祈福，燭光如晝。大約祀至天明止，人數總在數萬計也①。余隨祖父、父親敬謹行禮畢，出廟；隨祖父、父親至太平橋仁壽宮祀藥王。王即孫真人思邈，父親行醫久，例須進香也。

出宮後，父親時時目注地下，並命余留意。尋地下有收賬人所遺零錢，蓋藉以占一年財運耳。父親拾得三文，余亦得其一，喜甚。歸家後，天漸明，余倦欲寢。

辰刻，父親出門拜年，命余起，在前重應門。來賓均係到余家者，前重朱益舟，皖人，洪大爹、周必元、魯大叔，均係下等人家，與外人交情少。余與洪元愷、周大生戲於庭中，兼放炮竹。午後，叔父自魚行回家，與祖父、父親拜年。叔父爲余及大姊買玩具後方去。叔父與嬸母王夫人向不睦，歸時並不交一言也。表兄劉朝興、朝金先後來拜年。

初二日　今日雨水節

拜年客較昨日少，祖父帶同余，時時在前重應門。

初三日

大舅父吴瑞松公來拜年。傍晚五時方開門。今夕爲祖母忌日，亥初具酒肴祀之②。

---

① 此祀典民國十五元旦尚如此。十六年丁卯元旦，岳廟駐兵，無人入内進香祝福。——作者批注

② 祖母忌日係初三夜迄正交子時，是爲初四辰。——作者批注

初四日

今日來客多，有係初一拜年未開門之至友也。各家均開門，街上賣玩具者多。

初五日

今日，祖父與姚三叔帶同余由小西門上城，城上遊人極多，約一時許歸。

初八日　陰

父親今日請年客，係女賓，俗謂之親家過路。程、鄧二家，父親因診其子病愈，均各結拜爲義親者也。午刻，程親娘帶其子賢智來，文雅有局氣，父親母親均愛之，謂此子將來必出人頭地者。鄧親娘帶其子名爹送者來，年六歲，煩擾不堪，手足不停，父親謂此兒必無成。午後四時客方散去。

十一日

鄧大親爺送來一精巧龍頭燈，贈余翫者。鄧森發紙馬店爲本縣有名第一家，四親爺人極聰明，號心田，喜交遊，即與父親訂爲親家者也。午後，祖父帶余持龍燈立樓門外，街上觀者甚衆。鄧大親爺在家坐甚久去，口吃，又喜多談。父母每笑之，又不能囑其早去也。

十三日

今夕縣中八街均有燈，熱鬧異常，祖父時抱余往四眼井古樓看燈。

十四日

今夕父親引余至東門看燈，見王宅燈燭輝煌，父親謂此東門巨室，曾做奉天學臺者也①。

十五日

余今正識字漸多。戌初，余隨父親至東門看燈。父抱余至肩，命認字。萬、長、庚、花、行五字，僅庚字不甚了了。

十七日　今日驚蟄

元宵已過，看燈者猶未止，四門燈更熱鬧，縣官亦不之禁。祖父抱余看燈，曰此夕為亞元宵也。小西門、大東門、小南門、小北門為四門，俱有燈。

廿五日　晴

去年二月，同屋周大生入塾讀書，余心羨焉，屢請於父親要上學。父謂年尚稚，許以今正上學。今夕亥初於堂中教余學習三跪九叩謁聖禮，並購得《三字經》。為余命名曰鍾權，因余小字汝衡也。用鍾字派，故從朱姓；在胡姓，余則邦字派也。

廿六日　晴

父親準備香燭，午初帶余至古樓王福堂世伯家上學。余穿馬褂，父親着公服。余先行三跪九叩禮無誤，程師松年大喜，含笑曰："昨夕在家所教耶？"向師行禮畢，父親又向程師行拜跪禮。隆師重道，讀書人家應該如此。父親引余見王福堂闔家，作揖。此次程師係就王宅停館。李祖桂年長於余約十歲，余呼渠為舅父，因其父為母親認為義父者也。今日在塾中略坐即歸。

廿七日

辰刻，李細舅爺名祖桂者來引余上學。李曾受業於父親者，以後早、

---

① 王家璧，字孝鳳，曾官大理寺少卿。此時當家人為王仙寰，孝鳳之姪。——作者批注

午、晚李必來引余。塾中生徒多，程師教甚苦。

廿八日

余晨、午、晚均上學。

廿九日　此月小

今日上學三次。祖父喜飲酒，日必二次，手中無存錢，必命余就房中錢比子上取五文，沽酒四兩飲之。本板楔，寬一尺餘，刳十條凹，十①行可嵌制錢一百餘枚，共可置一串，即一千文制錢，俗名錢比子。

二　月

朔　小

晨，上學。今日見同學有送茶錢與先生者。回家問父母，謂此俗例也。余讀《三字經》已兩頁，程師指各字均認識。同學中年齡長者爲周大度、徐宏恭、熊盛恭等八九人，最稚者爲王成章、汪訓誥與余等七八人。每晨上書，午後寫字。程師督課生徒已四十餘名矣，先生極勞苦。

初二日

晨放學歸，家中正祀土地。祖父謂："今日土地生辰也。"飯後上學。午刻，祖父送麵方餅一枚，俗名鍋塊者，於門外呼余名，授之去。晚放學歸，父親考問余各字，並考察各功課。

初三日

早中晚均上學。塾中今日祀文昌帝君，大學生均行禮。今日大學生做八股，小學生出對子囑各人對。余年小，尚未寫字。

---

① 十，疑當作"一"。底稿如此。

初四日

今日三次上學。父親寫紅筆影本。文爲"上大人孔乙己"等字，扶余手習之，帶往程師判優劣。祖父命余在錢板上取錢五文，沽酒四兩飲①。每於桌上開飯時飲之，父親不飲酒也。

初五日

今日上學三次。今日取錢不告知母親。錢板上有餘剩之小錢、砂錢，或曰毛錢②，皆私鑄之錢，較制錢小。

初六日

今日放早學歸，父親爲余扶手寫字，並帶字方塊八枚入塾。所書皆《三字經》中字。字塊保存至今者尚有三百餘枚。

初七日

今日放學歸，父閱程師所判紅字。今日再帶字塊八枚往，以後每日如此。

初八日

午前放學歸，見父親裱褙皮紙殼子，爲余剪成寸餘方塊，摘書《三字經》中字略巧者，囑於每日帶塾中認之，以後每日習以爲常課。自初六日起係臨時寫者，今用皮紙裱二面書。

十二日

今日放晚學歸，父親就《三字經》及字塊上一一教余認熟勿忘。每

---

① 當時酒價甚低，燒酒一斤大概二十文，汾酒約二十八文。——作者批注
② 國家所鑄錢曰制錢，私鑄摻砂者曰砂錢，又銅錢較小者爲毛錢。——作者批注

次放晚學時，如有客在我家坐着時，須向來客作一揖。父云："這是祖宗相傳下來的禮節，所以教初學勿忘者也。"

十三日

今日上學三次，父親寫皮紙字塊已成數十字，擇日帶往塾中。

十四日

今日上學三次。晚間聞各街鬧翫花燈，窮極華麗，縶燈者爲鄧四親爺。時局太平，民康物阜，故有此舉。叔父歸飲，祖父以好酒對飲，或不止四兩。叔酒量大，每次可飲半斤。

十五日　晴

今日放學歸，各街準備接花燈者甚多。晚七時，各街男女填街塞途。鄉間有客來看燈，男女老幼無家無之。縣令不禁花燈，只禁龍燈，因此花燈爲各街商工共同出款舉行。亥正，花燈方過余宅前，前院土牆甚低，余與大姊置梯靠牆頭觀之。街上人滿，不能立足。祖父時引余等上下，頗以爲勞。對門龔姓有女名引弟者，其父與祖父歷言有婚余意。父母以其矮也，托詞拒之。祖父今夕尚頻頻言，余聞之不置可否。今夕看玩燈至子正方臥。

十六日

早飯後上學，父親囑帶新寫字塊八枚到學，交程師逐一付余認識之，如"近、鄰、習"等字，《三字經》第一頁中字也。今晚仍有花燈看，八街八巷中，男婦老幼，擁擠不堪。吾邑原有八條街八個巷子。

十七日

早午晚均上學。帶字塊去認識，仍習紅影本書法，程師云已有進步。祖父每日或間一日午後，必送麵餅至塾，呼余名出取之，習以爲常。老人愛其孫多如此。爲人是以應知孝道，孝父母兼及祖也。祖父在家時，余必問以需酒錢否？取四五文送祖父。吾邑酒每斤售者僅廿文，父親實不願飲。

十八日　今日清明

早仍上學。飯後，父親寫條爲余請假，帶同劉老表及余往城外各處，僅祀朱姓祖墳，因胡姓祖墳俱在胡二林鄉間，未能去也。祖父今年七十二歲，甚健猶昔，先引路指示各墳地。至寒溪塘上，祀祖母晏孺人墳。地屬斜坡，立腳不住。聞孺人係丙戌正月四日卒，其年四月間，葬此官山。父親謂此地不佳，將來必改葬云。申刻方入城休息。晚飯後未上學。戌初，各街猶玩花燈。

二十日

放早學歸，見父親寫一白貢川紙本，正楷書《文昌帝君陰騭文》，謂寫竣請程師講授，此士子進身正心寶閥也云云。晚間，父執余釗垣、洪小坪、陳少圃等，俱習醫業者來談。少圃，程師胞姪也。

廿一日

今午飯後上學，帶父親所寫《文昌帝君陰騭文》，請程師講授。讀十二句，至"天必錫汝以福"止。師講授時，並囑近座諸生來聽。當時一種習尚如此。《陰騭文》有極精刻之本。

廿二日

早午晚三次上學，讀書認字較前增加，程師喜甚，晚間來與父親言之。明日爲父親卅九歲壽誕，家中已備酒席，約父執萬俊夫、余釗垣，親戚如劉姑母、余伯母即余坤之母，余與大姊所呼姨姨者也。

廿三日

劉大老表及細姐來，與父母拜壽。早飯後余仍上學。

廿四日

今日上下午照常上學。家中黎明即起者，係祖父冠群公，日光初照左牆上，必呼余起。送余上學後，即持筐上街買菜，習以爲常。在春二月間，日光初照左牆時，大約卯正三刻①。

廿五日

廿六日

廿七日

廿八日　此月小

廿九日

三　月

朔　此月大建

今晨上學早，書背竣後，程師命諸生叙齒分班，謁先聖，行三跪九叩禮，重道也。二月朔望，已行禮二次。於此補記之。父親爲余製一豆綠色馬褂，朔望上學，必令穿之。余不愛其顏色，頗以爲苦。今日小北門城門口住家三太爹，來約祖父明日往唐角頭祖山祭墳。三太爹於祖父爲叔輩，與祖父交情頗厚。余與大姊以三太爹相貌酷肖家中所懸《三仙圖》上之福星相，故敬之。

---

①　當日余家尚未有鐘錶。——作者批注

初二日

早放學歸，聞祖父要往唐角頭祀祖，余必欲同往。父親與祖父俱不許，因由南郭外乘船，至其處有七里水程也。午初，三太爹來約祖父，余哭泣，堅決欲同往，遂隨朱姓長輩出南門，所謂明塘者。乘小艇行未半里，暈船大吐，遂生悔心。至其地，草草行禮，祖父遂帶余往旱路歸。自此不願乘船①。晚間父執余釗垣、周德容、徐輔卿、王地山等來坐談。

初三日

今日照常上學三次。俗名三月三，同屋朱益舟云：今夕可看鬼火云。

初四日

早晚上學，功課如常，認字塊漸加多，《三字經》快讀畢。

初五日

父親再用本子寫楷字較大的《文昌帝君陰騭文》，命余帶塾中，請程師講授。每次增三十字，囑背誦熟。

初六日

今日上學，師講《陰騭文》，謂將來科舉中，汝爲正士，須熟此文。

初七日

今日程師將《陰騭文》授畢，命余歸晚間焚香，敬謹誦之。

初八日

自今日起，父親教予誦《陰騭文》，讀熟後，跪而誦之。焚香，甚莊重。

---

① 幼年坐船必頭暈，發吐病。——作者批注

初九日

今日小病，未上學，在家休息。祖父爲余講說太平天國故事。每送上學時，在途中亦常言之，就是說長毛與清軍打仗，争天下之事。長毛擄人，不招兵。官兵於長毛退後，殺害人民尤甚。

四　　月

朔　小建

早上學，帶茶錢十五文去。我邑停館，俗例亦有貧苦學生不給先生茶錢者，望日仍送十五文與先生。早飯後上學，父親寫一新摺扇給予，扇名七根柴，因大小骨共七根得名。寫詩云："香驄紅雨上林街，牆内枝從牆外開。惟有杏花真得意，三年又見狀元來。"其二曰："玉殿金門次第開，馬前報道狀元來。三千宫女遥相望，笑是當年小秀才。"父親教予熟記之。

初七日　晴

早上學。飯後，師放假二日，囑四月初九再上學①。因舊例四月八日，本邑城隍廟演戲也。

初八日

祖父今日下午引余去城隍廟看戲，晚間又去觀夜戲。

初九日

今日認《三字經》上字塊，並《論語》前半中字塊已完。

---

① 当時無學校，各私塾先生俱於四月初八爲放假期。——作者批注

五　月

朔　小建

上學送茶錢。午後方字塊溫習已完，師囑以後不必認也。

初三日　晴　熱

今日下午上學。師云："明日起，放端陽假四天，初八再上學。"①縣中今年江家院大廟、東南二街，均有著名漢班到縣演戲。

初五日　晴　今日端節

家中準備端節各事。午後申刻，祖父引余去江家院觀戲。晚間亥初又去。

初八日

父母告余曰"汝今年已滿七歲，進八歲，是今晚亥時生"云②。

十五日　晴　熱

今日大端午，縣中各街所做紙龍船，均抬由余門口過去，鬧熱異常，稱此日爲大會。

十八日　晴　熱

早飯後，叔父森亭來引余及大姊至小東門外四叔祖母家，看龍船下水，道士超度。人山人海，在河邊擁擠。魚行二叔、二嬸均招呼余，並

---

① 五月端午私塾先生第二次放假四天。——作者批注
② 予生時當時無鐘錶可查對，前五年與廖張二先生推測確爲初九日子時，即初八十一點鐘初刻，是以近年爲予推造者均以初九子時爲正確。——作者批注

給錢。

六　月

朔　大建

今日飯後上學，始讀《唐詩三百首》，前日父親買以給余者。師從五言絕句授起，王維《鹿柴》詩，師云"柴"要讀"在"字音。上一首，余立即背誦出。師喜，再上《竹里館》一首。師又云，讀詩要記題目，還必要記作者名。

初八日

今日讀《上論語》三行。師囑將《三字經》再包本背誦。自"人之初"起，到"宜勉力"止，一字無誤。師喜甚，於此書後寫"鍾權全本背誦"云云。晚間在後小院乘涼，父命再背誦。後宅姚五爹、姚三叔所住。余再背與父親聽，果一字不遺。父呼三叔云，汝聽之否？五爹大喜，謂余敏甚，必早成名也。

十三日　晴　熱

連日天氣大熱，父親將堂屋格子撤下，放置後重。惟天井大，熱氣襲人，蓋屋向北，不受南風也。父支蚊帳，花洋布，白底藍花，輕薄如紙者，在堂屋中擱舖。燈下爲余及大姊講二十四孝，以爲常課，謂忠孝大節，讀書人所應有也。禽有反哺，獸有跪乳者，報親恩也。又述幼年困窘，遊江南，與李老先生瑞麐一次遇虎，幾爲嚼走。又一次在華陽鎮江心遇暴風，舟幾覆矣。解褲帶系篷柱下，謂料溺死，而屍不離舟，爲撈者可得諸事，致余與大姊哭泣不止。

十五日　晴　熱

今日下學後，食西瓜兩塊，心稍涼。晚間，父爲余講子路負米事，至"親没，南遊於楚"以下，乃歎曰："雖欲食藜藿之食，爲親負米於百里之外，不可得也。"句。余大哭不能抑，母親勸之乃止。

七 月

朔 小建

祖父買菜後，送余上學。《上論語》已讀大半。《唐詩》五言絶句讀完，現讀七言絶。

初四日 晴 熱

今日隨母親到吴家灣外祖母家。晚熱甚，灣中水圍，在外乘涼，吴舜卿指其扇上詩字中"覺"字，余誤認爲"寬"字。

十四日

祖父率父親、叔父祀祖，燒包袱，具酒肴。父親誠敬主祭，囑余站立視之。今日約表兄劉朝金、朝鑫來吃飯。

十五日 晴

下午酉時聞縣衙門有熱鬧之盂蘭會，祖父抱余去看會，至亥末方歸。

廿四日 晴

今日東門張王廟宏濟王出巡，宏濟王者，張巡也。旗仗鑼鼓喧天，十六人擡張睢陽像，焚香清道，前後鼓樂三百餘人。各街各家俱香案作揖，燃鞭炮致敬。余問父親，張何神也？父親告以張爲睢陽令，於唐盡忠有功，爲安禄山所殺，先拔其齒者。故學中影本，有爲張睢陽齒是也。

八　月

初一日　大建

今日上學，師向諸學生言，自今起放假十八天，因須赴省城科場。囑余歸家以後，由父親補教功課。歸後，與父親言之。父謂程師學問好，今秋或可望中舉云。

初十日

今日晚間有會，名曰放猖。十人裝飾惡鬼像，以刀叉在百勝廟捉二人出，名曰"尋秦檜"。及紙紮之大腹人，頭戴源帽，名涂老爺者，大約万俟卨也。聞祖父云："此會已行之廿餘年，紀岳武穆之忠也。十二日將此紙人鎖於菜園戲臺之下，以壓災亂。"云云。

十三日　今日　晴

今日下晚，前宅朱益舟、洪大爹來向祖父言及縣中菜園有戲，已開鑼。此戲歷年酬神者也。

十五日　今日中秋

各家送父親謝禮者，多月餅水果等物。余以體弱，父親禁食之，蓋每年端午、中秋必如此禁余也。

廿七日

今日孔子聖誕，師具牌位，教諸生習禮謁聖。徐洪恭、皮國棟等大學生呼禮，小學生觀禮。

廿八日

今日祖父欲飲酒，余取錢五文。祖父從來不入父房中。父每日所入，至少者三百文，置錢比中。吾邑以制錢置錢板上，板橫寬約一尺二寸，高四寸，挖成十行，每行可置錢一百文，共可置錢一串文，俗名錢比子。所餘小毛錢、砂錢另置一行中。祖父命余所取者，小毛錢也。又每小毛錢可購醬油，十六文一斤。黑乾子，一枚毛錢買一塊。甚至一文毛錢可買蔥薑二物，真太平世，物價賤也。已批見前。

九　月

朔　小建

今晨上學，謁聖，送茶錢。午前後共上學三次。

初二日

初三日

初四日

今日上學三次。明日爲祖父七十一歲壽誕，晚間辦酒麵一席。父母率余及大姊、姑母、劉表兄等向祖父拜壽。

初五日

晨起，與祖父拜壽後上學。

初六日

今晨祖父送余上學，途中仍談太平天國事。並謂他在天國時代開藥鋪，年三十餘歲。

初七日

初八日

初九日

初十日

十一日

天氣漸轉寒,祖父需酒錢。余每日取錢四五文,自後習以爲常矣。

十二日

今日上學三次,明日爲母親三十九歲壽辰。晚與大姊同向母親拜壽,略備酒食。

十三日

早起,與母親拜壽,仍上學。午後家中有客來,劉姑母來吃飯去。

十　月

朔　大建

廿四日

居停王福堂嫁長女,程師遂遷小西門本宅教讀。

廿九日　晴

晨至塾。先生壁上懸畫一張,余見有詩一首,然不甚了了。同學之長者告以詩曰:"別人騎馬我騎驢,仔細思量命不如。回頭再把車夫看,比上不足下有餘。"畫上人物如此。

冬　月

初一日　大建

十四日

今日冬至，甚寒。家中醃魚肉。

臘　月

朔　大建

今日程師放假，行禮。父親命余着青馬褂，新製萬字大花洋料也，又着新靴子去。師母呼余至前，細觀之，問知爲大姊所做者。師母盛氏，素愛余如子者也。

廿八日　晴

雞鳴時即起，家中具年飯甚豐。但飯甑初起鍋時，嬸母忽將甑底脫下，飯半傾於地。母親大恐，急起拾之，慮父覺察也，闔家認爲不利。叔父晨歸。祖父及母與姊、劉姑母均坐席。

廿九日　陰　今日立春

今日縣官迎春，出東門，坐顯轎，十六人抬。旗傘執事，儀仗牌子，上路者百餘人。縣官戴紅花絨大帽，如菩薩之尊嚴。兩旁人立觀之，男女稱羨，謂此爲一縣之主，民之父母也。祖父引余立門外觀之。

三十日

今晨貼春聯，貼挂門錢，紅色，寬三寸、長一尺二寸，於門楣上分勻貼之。各家皆然，前重洪、周、朱三姓，後重姚姓，無不如此。又各挂紅方燈一盞，名滿堂紅者，每家一枚，懸正門首。問父親，云此係紀念岳武穆者也。武穆被秦檜害死時，係除夕。宋末封武穆爲武昌縣子主，故吾邑百勝廟除夕香火達天曙。閤城人家，天未曙時，俱到岳廟行香求福。

清光緒二十年（1894年）甲午日記

是年邱師教讀。予年僅九齡，讀書識字不多。夏間以嬸母之喪，耽誤讀寫。秋間予又大病匝月，上學時少。當時資料保存少數，其他不可追憶也。

是年，父親醫道大行，月入較歷年多贏益。雖以嬸母喪事用去不少，年終仍有餘資置燈彩也。

正　月

初一日　月小

元旦。天未明時，祖父率領父親進香，祀祖宗牌位後，出方命余及大姊向祖父、父母拜年。其餘一切禮節，俱照去年例。當即赴大南門岳王廟進香，叩岳王祈福畢，祖父先回家。余隨父親至藥王廟進香歸，天漸明矣，飲茶進點心。父親出門拜年，命余至前重堂屋，坐聽拜年客，一一答應道謝。

初四日

今日祖母忌日，家中具供。

初六日

祖父引余由江家院上城一遊，洪元愷同行，姚三叔亦來與祖父談近事，給余一些小炮竹，與元愷在城上放之。

十三日　晴

與同屋洪元愷、周大生、魯甲兒等翫龍燈，至麵街折回，因該地有群兒搶余等之燈。

十四日　晴　月朗

下晚戌正，至小西門夏海卿家新房觀陳設，夏去年新婚者也。昨日起，各街已懸有絹製彩畫人物三官燈多架，晚點燭十餘支於內，甚美觀。大東門城內外共三架，小東門一架，小西門內外二架，大西門一架，大南門一架，小南門城內外共三架，大北門一架，小北門內外共二架，俱護以木製之高篷，如一大廳屋然。晚點一燈燭，至子末止。絹燈繫繩，拉可上下。所畫人物工細，皆以金錢倩名手所作。余愛觀之，並喜作人物，由此起念也。此或爲他縣所無。今夕月光大明，各街翫龍燈者，至子正猶未歇也。余以身弱，母親囑余早睡。

廿四日

父親送余至古樓王福堂家上學，塾師邱彰彬，號竹泉，秀才也，善書名。今年學生：王成章，蔡副爺之二子，萬小安，靜安之子，邱之內姪也，邱幼泉，王成容，成康，未讀，及余凡七人。

二　月

朔　大建

今日上學，師教余讀《大學》，連序上起。下午讀唐詩，上讀五言律，寫大小字二張。邱師善書，極力勉余寫好字云云。

初二日

今日放晚學歸，見前重周宅約了十餘人，在堂屋中做土地會。大魚大肉，吃酒後發瘋大鬧。與會者皆是下層社會人，以假土地會爲名，吃喝一頓而已。口中所言，皆下流社會語也，普天下做土地生辰均如此。

十五日

縣中今夕東街大玩花燈，觀燈者人衆，擁擠不堪。

廿三日

今日父親四十歲壽辰，劉姑母來家。午刻具酒肴，劉朝金兄弟均來拜生。

廿四日

邱師不在塾，客來坐一刻即去，城內某先生也。

廿五日

邱師善書，每每有人送大紅對子來乞寫。又喜穿華麗衣服，對學生上課不甚注意，大學生始作文。

廿七日

父親今日在南門張翰林家。歸云："渠家有北京電報，知今科會試吾邑中了三位進士，兩個內鄉人，一個外鄉人。丁橋呂家，此人名呂承瀚，貧士起家。其祖父不識字，爲裁縫匠，因事受讀書人之辱，以其子讀書，惜未成名。惟志氣不懈，今其孫已中進士矣。餘二人爲陳瑞鼎、余毓瑞，將來三人中誰得翰林，不久三月中即知也。"說此事時，勸余用功讀書，不愁無出息也。並云張翰林十五歲尚在本家米店中爲學徒，彼極不願。後請於其父，決意讀書，但不從其表兄王素臣讀，因翰林十四歲時，每爲王痛罵其不能得功名也。後張得翰林，王今尚在。

三十日　晴　今日清明

父親辦理祭各祖墳包袱，準備祭墳。

三　月

初一日

今日父親、劉表兄、祖父帶余去上各祖墳。至寒溪塘山頂，祖母墳無拜臺，且不能立腳。父親云必遷葬祖母墳云。再往他處上墳，以路遠，父親囑表兄先送余回家。晚飯後仍去上學，祖父送余去，余不願也。祖父在途中爲余談太平天國佔領吾邑，與官軍打仗諸事。余行甚緩。

初七日

今午《孝經》背誦全部，師在書後頁書日記之。

十四日

王福堂先生與邱師言，我邑前月的進士三人，只一位點主筆，即呂承瀚，陳余二人均即用知縣。師點首而已。

十五日

今日學生未到齊，師亦時來時去，不知作何事也。萬姓大學生遂囑余回家。

四　月

朔　大建

邱師不甚尊重孔子，每朔望不進香，亦無孔子牌位，非有品格之秀才也。其家小康，專尚奢侈。

初七日

邱師放假三天，因初八佛生日，城隍廟有演戲。城內各塾均放假三日。

初八日

祖父於正午帶余去看戲，戲場人多，立而擁擠。

五　月

朔　小建

早起上學歸，家中新挂鍾馗像，王茂三自河南靈寶縣帶歸者。茂三與某知縣充長隨，在河南多年。此畫神惡難看，朱砂筆也，蓋有靈寶縣印者。孀母見之駭甚，謂此露牙齒神，何必挂之。

初三日

今日下午放中學，邱師云放假四天，初四至初七止。

初八日

余生已九歲初度，今春多病，母許酬神。

十八日

祖父今日正午帶余與大姊去四祖母行中，看龍船下水①。會散後，四祖母留吃飯，方歸。

---

① 吾邑以五月十五爲大端午，十八日放龍船。據説，同治四年太平天國亡後，即行此會也。龍舟下水，聽其自流，名曰送瘟船云。——作者批注

十九日

二十日

廿一日

六　月

朔　小建

　　天氣大熱，祖父起得極早，因送余上學後須買菜回家，趁早涼呼余起。途中祖父必爲余説太平天國故事甚多，送至塾門口，余匆匆入。

初十日　晴

　　嬸母病傷寒，連日服藥不效。一切事由母親及大姊代爲招呼，叔父終不回家。

十一日

十九日　晴熱

　　嬸母病發熱，至發狂，自床上躍起，開門向外逃。母親拉轉，人已昏昏發譫語，病甚危殆。

廿一日　晴熱

　　辰刻，嬸母病愈劇，服藥無效。父親謂疾不可爲也，囑人連接叔父數次，竟逃避不歸矣。延至晚間亥時遂卒。時王家婆來此，招呼一日。再遞信至魚行，二叔相丞來看，叔父竟不歸。祖父無語，恨之而已。子初，由洪小坪同祖父出購得棺木。天熱不能停，明日須安葬。通夜做衣服，大姊及表姐名哲、名庚者，均來照料。父親用錢無怨容，余釗垣來擇日期。

廿二日　晴　熱極

昨夕，閤家未睡。喪夫酒飯畢，余釗垣與父親先行。余爲承祧子，着麻衣，白布長袍，熱不可耐。送殯至雙橋安葬。天熱汗如雨下，余幾悶絕，表兄等招呼余。至下殯後乃脫白布衣，二時半歸。

廿三日

昨夕已爲先嬸安靈位，靈牌藍色，謂有父母在也。祖父時時招呼余，恐余受熱，今夕命余在後宅姚三叔堂屋中宿。王大伯明譜亦時時招呼余。

廿八日　晴　熱

今夕先嬸頭七。晚請道士報七，表兄等均來招呼，具夜酒，余拜跪約一整時。

七　月

朔　晴　熱

連日奇熱，余又多病，不願上學。今日早晨去，飯後未去。下午父親以先嬸首飾及餘衣服給王家婆去。因嬸母娘家僅外祖母，亦孤人也，父以衣物給其變賣。

初五日　熱甚

今夕先嬸二七。僅進香，撤供，未請道士。亥末，余仍在後宅，與王伯父乘涼，睡大舖上。

初八日

今日具酒肴祀祖，燒朱、胡二姓包袱。去年七月十四日進祖宗，吾邑俗例祀祖須過初十；在初十前祀者，則其家有新亡人也。父親從俗例，並請王家婆、表兄、劉姑母均來吃飯。

十五日

今年奇熱難受，余仍照常上學，身體奇瘦。母親時時憂慮。祖父憐愛余甚，今夕引至縣署看盂蘭會，亥正方歸。

十六日

十八日

八　月

朔　小建

今日上課甚多，師囑以後在家多多補習，請汝父教汝。現在《學》《庸》已讀完半月，正讀《上孟》，要用心云云。

初二日

今日上學聞先生云，明天赴省下科場，放假半月，囑明天仍來，有話說。

初三日

今日中飯後上學，邱師云：放中秋假自明日起，十九日止。昨夕，先孀七七已滿，延道士做七，多焚摺餜等物。

十五日　今日中秋節

家中因先嬸逝後，中秋少一人，闔家不快。下午亥初，祖父引余至菜園看戲。此戲年年八月十五爲正節氣，酬謝岳武穆也。

廿五日

今日在塾聞學友云，歸途聞商店人云，中國與日本海戰失敗。歸家父親亦如此說。

廿六日

此旬内《大學》《中庸》俱讀完，但未熟，師命再溫。《上論語》已單手寫大、小字。《下論語》從頭再溫過，以便包本背誦之。

廿九日

連日縣中上下人等喧傳中國與日本戰大敗，中國海艦悉避戰毀矣。日本勢力大，非俄、法、英等國所逆料也。

九　　月

朔　大建

今日《大學》已包本背一半，明日再包全本，接讀《孟子》。

初五日

祖父今日帶余至西山登高，同往者三太爹。祖父是今天七十三歲壽辰也。

初十日

今日下午，父親與徐輔卿、張登臣在寒溪雨臺山上登高，亦帶余去。

昨今兩日，吾邑士商工三等人，俱帶酒席席地食，猜拳之聲到處皆是，亦太平景象也。皆云日本在山東以海軍戰敗中華矣，聞李鴻章不久要出來議和云云。連日巷議街談，皆爲此事。同屋洪大爹云，我們是中華大國，何以被日本打敗，由於李鴻章是漢奸云云。

十三日

今日母親四十壽辰，劉姑母來家，朝鑫、朝金兩表兄來祝，西畈吳家老表二人亦來，家中具酒食。聞母親云，余家素貧，先生兄長一人，在同治末，下地即夭。光緒元年生大姊，三年生二姊，五年生三姊，二、三姊俱三齡夭折。現在大姊二十歲，余年九歲矣。母親每談從前貧苦狀，不勝感慨。

廿五日　今日霜降

聞今日城守營蔡把總迎霜降，出西門，西方肅殺之氣，非縣官迎春出東門也。

補　初二日

今日上午，邱師命余背誦《下論·先進》全部一半，下午三時又背誦一半，前後未錯落一句，師書於《先進》後頁尾行云："甲午九月初二，朱鍾權背誦全本。"

十　月

朔　小建

初三日　陰

今日周家祠堂來綠營兵三四十人，調自湖南省經過吾邑者。祖父引余去看，見戲臺前有數兵，頭纏青包頭，穿短馬褂，兩腿披鎧甲，執方藍旗。旗約高六尺，寬八尺，有一主帥姓，紅字。該兩兵執此旗亂舞，謂爲操法。桿尖上有白鐵尖，長約一尺，有紅毛纓，執旗者笨，其舞旗而氣力促。余向祖父云，如此吃力，能打仗耶？餘則刀矛而已。觀者見此狀，知此等兵去打日本，必無勝理。

冬　月

朔　大建

先嬸故後，百日早滿。因有祖父在堂，供藍色靈於春臺上，極不安。父親遂於今日延道士做齋一日，晚間送靈至江家院焚之，並通知王家婆，戚誼已斷矣，王氏僅家婆一孤人而已。叔父自此不回家，斷往來，真算僅有奇事。

廿一日　陰寒

父親今年醫道大行，經先嬸喪事用費後，借款已還清，仍有餘資。謂今臘必買方燈一盞云。

十二月

朔　大建

今日邱師放假，云明年王宅不停館。余明年當另從他師。

十七日　陰寒

今日母親帶余至西畈舅父家，下午未初動身，到葉家后搭船，至舅家天已昏黑。因大老表吳開卷十八日喜事也，母親與大姨母爲之辦此喜事，内外均爲之主持。坤山舅父太老誠，舅母周氏人不靈俐，外祖母及大舅父瑞松公，均請母親佈置也。十八日，天寒大雪，余在鄉極過不慣。屢催母親速歸，廿一晚回縣。

廿二日　陰

父親托鄧心田親爺，在漢口帶方玻璃燈四盞回縣，請銅匠包釘。此燈甚佳，惟雕工不好，整改二日方辦好。

廿四日　陰

今晚父親備夜酒，請談楚樵三叔來家畫方燈。調顏色一小時，落筆畫花鳥，約四小時乃畢。天寒，着色頗費力也。楚樵名宏材，爲潤山先生第三子，生而愛畫，各樣皆能。潤山先生作大筆山水，甚佳。我邑能畫者，二談而外，僅劉清安名鴻仁一人。楚樵與父親交深，故願爲作此畫也。

廿五日　晴

父親呼劉大二表兄均來招呼挂燈，畢，室外又挂羽毛紅燈四盞，一堂堂中挂盖缽洋油燈一盞。前日程松師在省帶回小鬧鐘一架，置春臺上。安置停妥，父親喜甚。晚間祖父帶同表兄去買年下應用菜肴等等，備明晨吃年飯。余早睡。雞初鳴，家人俱起。父親進香後，呼後宅姚三叔來同吃年飯。余見滿堂增輝，心喜甚。惟叔父今年年飯竟不回家，蓋嬸母故後，竟無顏歸也。

廿六日　晴

辰光未起。年飯畢。余外出，看街上情景。各家吃年飯者，門外炮竹紙屑皆滿，太平之象也。

清光緒二十一年（1895年）乙未日記

乙未從王師讀，同學人多，僅讀寫而未作文。王師教法亦不良，無異讀死書，僅以背誦包本爲期望而已。其年，同屋周、魯、洪、朱四姓小友，均分讀從師。夏秋之季，晚學歸時，洪、朱二叟均講太平軍事及《三國演義》與予及各小友聽。聽之久，幾樂而忘倦，較之讀"四書"尤有益也。自正月祖父病臥床上，講述天國事者少一導師矣。

正　月

朔　此月大建

卯正，祖父、父親同起，進香，賀年。余與祖父、雙親及大姊拜年後，父外出。祖父與余在家應門，各客有開門延入待茶者。

初二日

今日拜年客多，並未開門延入。祖父亦不願客入門多說話也。

初三日

早來客多。晚家中□，祖母忌日爲初四子時，即今夜也，具酒楮祀之。

初六日

父親今日請年客，余釗垣、程少圃、沈伯卿、洪小坪諸人，程松師首座，尊師也。

初十日　晴　今日立春

祖父早起，見中樑上下墜黑塵一條，如烟，長丈餘，呼父親及家人起視之，愈以爲不吉也。

十一日

祖父在堂，洪元愷來後宅嬉戲，祖父舉杖示逐，杖觸玻璃方燈作響，祖父駭甚，慮玻璃裂也，面紅耳赤者久之。

十二日　晴

祖父早起掃地，忽呼右手右腳不靈，身欹倒地，口吐涎沫。父親出視，急扶入床，蓋中風矣。自是趕買藥治之，稍好，嘴向左斜，沫仍未止也。

十三日

祖父病略轉輕，下午能言語，惟手足仍不能動。急雇工人招呼。因姑母家貧，不能時來招呼也。

十六日

祖父尚念無人引余出外觀燈、看戲。余時至祖父前慰問之。

廿八日

今日父親送余至王利泉師家上學。王宅距家近，但學生已有三十餘人，恐教學未能過細。今年讀《孟子》、唐詩，兼温《學》《庸》，上下《論語》。中午寫字，對字句。父以余年小，不願王師教破承題。惟學生如此多人，先生必不能詳授勤講也。

二　月

初一　小建

初二日

　　王師一切教書例與程師、邱師同。上學時抽籤先後背書。中午寫字、讀詩、出對聯，兼講《龍文鞭影》《二論引端》。每晨讀三遍。下晚見師忙甚，學生難受益。余與父親言，明年不從王師讀。

廿二日

　　明日爲父親四十一歲壽辰，晚具酒菜一桌。表兄兄弟及姑母均來致祝，準備明晨一桌壽麵。約父執程、洪、余、沈諸先生來①。
　　昨夕，聞張制台今日要遊西山寒溪等名勝。早飯後，父親攜余到西山閱看，出小西門時，人山人海。過萬壽橋時，已見張之洞坐小椅轎，四人抬之。首着大紅呢風帽，望之不清，僅目光閃閃有鬚之叟而已。父親爲余言，此人如何有文名云。

十五日

　　縣中仍有花燈，晚間就門外觀之。祖父病中，無人引余去看也。

廿八日

　　上午有張、蕭二先生到塾，與師談及北京會試事。謂此科我邑中了進士二人，張淑瀾、周捷三，均係內鄉舉人。張從前中鄉試第六名，稱開榜者也，爲張裕釗之姪，大約張必得翰林。此爲金牛某家得有邯鄲報

---

①　某日，係此條《詩經》中夾入者，發現後不知年月，以事實度之，故記於此。此條又似癸巳年事，或壬辰春，予七歲時事，因須父抱而觀之。——作者批注

人，經過葛店，消息如此。

三　月

朔　此月大建

　　早上學，帶茶錢十五文去。王師學生多，初一、十五有此收入，可買肉菜等等，以供一家打牙祭。吾邑俗名詞。下午上學時，讀唐詩李白《夢遊天姥吟》。師授詩，從未講過，令學生熟讀背誦，無益也。

十一日　晴　今日清明

十三日

　　父親叔父帶同余及劉老表癸城外各處墳。

十六日

　　縣中人士喧傳，李鴻章到日本，與日相伊藤博文在馬關訂停戰賠款割地條約，李相爲日人槍傷其左眼。此爲二月底之事，全國憤慨，弱小如此，令外國好笑云云。

廿四日

　　劉大表兄來家説，他昨自金牛鎮差竣歸，聞得確信，張淑瀾、周捷三俱係點即用知縣，因不會寫小楷故也。狀元聽説是江蘇人駱某。

四　月

朔　小建

　　早上學，《孟子》已讀完半本。午後，唐詩七絕律、五律俱讀完。師上古體詩，不容易記，大約長者分數次讀完。

初八日

王師放假，具飯四桌。無酒，菜八碗，每桌坐學生八人。此為他塾所無之事。王師大冶人，或亦大冶習俗歟。自今午起，放假三天再上學。

初十日

父親給余新摺扇一把，粗骨名七根柴者，仍書"香騣紅雨上林街"詩句，反面畫蘭花。

五　月

朔　大建

天氣漸熱，上學時天剛明，學生按到時抽籤，順次背書，隨背又另上學生之書，往往打混，毫無益處。

初三日

今日下午，王師放端午假四天，初八再上學。縣中有戲二臺，一為大廟，一為江家院。吾邑每年止有臘月不唱戲，六月戲子歇伏，尚有小北門外雨臺山之夜戲五本，日戲二三本不等。承平世界，四民安業，讀書士子最尊貴，故讀書為科名之家最多也。

初五日

今日端午，午後劉朝金表兄來，引余到江家院觀劇。

十五日

縣中龍船會，余六歲時見之。各街俱有歷年爭勝者，商民均出錢。

自十四至十七三天內，夜間除大小西、大南三門街外，餘則每家當街紮布篷，懸燈四盞，或方或圓，或扇面式，或簪燈，紅綠綢緞、玻璃，互相比勝，盡態極妍。而大東門汪養和之大琉璃燈四盞，又東街珍珠穿紮之大燈，尤精美。琉璃最亮，珍珠最暗，白日光彩炫目，晚間燭光不透故也。聞父親云，從前更熱鬧，東門王家壁門首燈更美，大廟之拜殿會，緞絹物品尤多云。

十八日

今年大會放龍船，以祖父病，無人送余至魚行去，嗣以劉表兄來，母親囑其帶余往觀。

二十日

連日熱甚，天久不雨，旱象已成。縣令時以告示貼屠案牆上，"祈求雨澤，禁止屠宰"八大字，以筆圈之，據說是常例。求晴時亦如此，則以"雨澤"改"晴霽"而已。

閏五月

朔　小建

今日送茶錢上學。此月讀下《孟》已半本，重溫四書、《孝經》。先生午後講《龍文鞭影》二則，都是囑學生硬記。做八股的大學生龔、陳、潘等數人，聞亦笨拙。其實彼輩不求上達者也。

初五日

今夕熱甚，同屋洪光宗大爹在前重堂屋為余及元愷、大生等講太平天國故事數則，聽到有興趣時，要求洪大爹、續講《三國演義》約數回，因洪叟熟於《三國》也。

初八日

初九日

十五日　晴　熱

十六日　晴　熱

今夕月光大明，同屋諸小童要求洪叟説故事。洪叟約朱益舟同坐，談太平天國在安徽時事，好事甚少。朱爲黟縣人，十五歲逃難至鄂者也。洪叟仍談太平天國，監軍某在吾邑對百姓尚有惠政，事敗後逃至淩家河，被挾怨者報知官兵捕殺之。

十七日

本月十六以前天氣酷熱，大旱。鄉民日日上街夯神像求雨，較前五月十八以後尤多。

六　月

朔　小建

早起上學送錢。天氣今年正熱，學生多，塾又小，氣味難聞，實爲苦境。學生欲偷懶，或欲吐氣，只有拿出恭的簽，到後院去，説解溲而已。後院有樹有園，甚大。當時並未聞有"衛生"二字。

初六日　晴

今日做豆醬，連日日光烈，母親謂趁天氣，能得佳醬也。每日下午在後宅外邊井畔納涼。

初八日　極熱

余家中寒暑表內預紅水，連日熱至華氏一百十度上下。此表談楚樵自上海帶歸，贈父親者。

十三日　熱甚

連旬奇熱，聞小南門王姓婦臨產熱死矣。塾中學生到者甚少，每晚在後宅井邊乘涼。

十五日　熱甚

十七日　熱甚

寒暑表正午九十二度以上。

七　月

朔　大建

晨送茶錢上學後，師上生書，囑熟讀，謂須背誦全本。如此教法，殊少益。余至今尚未作文，每思做破題、承題，做四句詩，在師前不敢啟齒。

初二日

初三日

初九日　晴熱

近數日仍熱，余與同屋洪元愷、魯兆甲、周大生等均在前大院中納涼，竹床短凳縱橫，坐聽洪大爹與朱益舟先生講説太平天國事。言與官兵打仗，官兵種種失敗。又講太平軍佔領吾邑城後，仍安民，平買賣，但有功名的士紳均逃至鄉間居住云。

十四日

今日下午，父親率同余及表兄等祀祖。包袱分朱、胡二姓及外祖三起，酒肴一席，恭敬具香楮行禮三次。禮畢約一時許，余等乃坐席吃飯。今日祖父病未起床，未能行禮也。

十五日

戌初各街有盂蘭會，縣衙之大會尤鬧熱。劉表兄亥初引余去觀之。

八　月

初一日　小建

今天上下午均上學。師每有客來，學生稍爲休息，只能寫不能讀，恐妨礙談話。常來之客王次書、蕭月如、石鏡卿諸人，皆城內秀才。縱談過時，王師即放學。

初十日

今夕百勝廟祀岳王。大南門會首派人裝點無常、保正，涂老爺用紙紮的大人，冠帶本朝制，以鐵鏈鎖之。六鬼像，披髮。一男一女像，裝秦檜及長舌夫人。行途中叉聲鐺鐺，沿途大吼。

十五日　今日中秋

今日菜園酬岳王戲甚熱鬧。晚間，表兄引余去看戲。見初十夕放猖所捉之涂老爺在臺下坐，焚香者多，此則不知出於何典矣。

十六日

今晨來客賀節者多。晚間，朱益舟及同屋洪光宗大爹爲余説故事，謂元朝待百姓極刻薄。以胡人得天下，慮漢人造反，收兵器，十家共菜刀一把，有一蒙古人監督之。百姓成年授室，其新婦必先同胡人共枕一次。明太宗起兵，陳友諒亦起兵争天下。元朝要敗之時，百姓密約一口號曰"中秋殺鴨子"，鴨與韃同音。是月全縣百姓争殺韃子，凡是韃子殺絶矣。余聞欣快之至。祖父去年中秋亦如此説法。

九　月

朔　大建

今日下午放學歸，適王地山、洪子卿先生在座。父命揖之，洪閲余書包，問作文否，看余字，謂極佳。王盛誇之。

初九日

今日下午，父親與徐甫清、周兆九等八人往西山登高。帶余同去。

十三日

今日母親四十一歲誕辰。晚間姑母、表姊、表兄均來家慶祝，辦酒麵一席。

十　月

朔　小建

今日下午放學歸，問祖父疾，仍似從前，飲食減少，神智尚清，右手腳均不能動彈，真可憐也。幸雇工程賢生，人尚和氣，耐煩招呼。

二十日　晴　寒

今晚下學歸，聞王伯病重，在姑母家。伯與姑母，同胞兄也，孤獨無依，窮甚，本邑細王河人。

廿一日

今晨放早學歸，聞王伯明譜已病故。衣棺係父親與姑母招呼，葬雙橋嬸母右側。

冬　月

朔　大建

此月無資料可錄。

十二月

初一日　小建

今日王師行放學禮，師偶有訓語，余未留心記之，但不願意明年再到此塾。

廿一日　今日立春

今晨看縣官迎春，尊嚴如佛。八人抬之，焚香遮道，前呼後擁一百餘人。

廿三日

今日祀竈神，堂屋挂玻璃燈四扇，中懸大洋燈一盞。

廿六日

廿八日

　　天未曙，吃年飯。父親已約姚三叔來，劉表兄則昨晚在此招呼者。今春添有一雇工程賢生，原爲王利師之雇工，年輕耐煩，父親特雇以招呼祖父之病者，祖父右手足不能動彈，皆賴賢生招呼便溺。餘時買菜煮飯，惟不善弄菜。賢生每月工價三百文，外水錢約三四百文不定。彼之希望甚□，今夕貼春聯，父親所書也。

廿九日　今日除夕

　　早起，父命整理各事。下午四時祀祖宗，排供碗，行禮如中元祀祖一樣。晚辦團年酒，守歲，姊領余放炮竹爲樂。雞三鳴時，父親帶表兄姚三叔及余至岳廟進香。廟中進香者擁擠不堪，可見岳王之靈矣。又至仁壽宮進藥王。歸與祖父拜年，再及祖宗牌，次與雙親拜年。

清光緒二十二年（1896年）丙申日記

丙申仍從王師讀，王師教法愈舊，同學愈多，師以精神不繼，予窺視狀態，蓋無日不在勞苦中也。予仍未學作文。

祖父病未愈，神智漸不清，再問以太平天國事，不似從前之娓娓可談示予也。夏秋間，予求洪叟復講寧皖事，於本邑事尚不及予祖父口述之詳盡。蓋洪叟當時爲富商，祖父爲貧民，立場已不同，故所述愛憎之態亦異。

是年父親醫道愈有名於世，月之所入自謂較教書先生束脩已逾數倍。故臘月間大姊于歸艾家，嫁奩費用過於尋常人家也。

武昌府武昌縣朱鍾權記年十歲

正　月

朔　大建

今年元旦仍與前二年同。惟祖父病已逾年未愈，臥床不能起，殊傷余心。進祖宗後與祖父拜年，神智不似從前，與余尚能答以吉語，望余讀書成名也。

初三日

晚間亥初，因祖母忌日爲今夕子時，具酒肴祀之。母親又□余述祖母生時貧困之狀。

十三日

今日程少圃與父言，仍囑余從王師讀，父未決定。又以附近無教書者，只鄔家巷夏宜夫先生，老童生，學生亦多，父親不願。

廿四日

上午約巳正，父親具衣冠，仍送余至王師家讀書，祀聖後即歸。云二十八日正式去讀書。

二　月

初一日　大建

今年讀《詩經》首本，師上八句或十二句，兼可聽講《論語》，以三、八日爲定例。

初六日

陳茂如名松年，陳雨生之胞姪，因父親爲其家中人去臘治病俱痊，托人來説，欲拜父親爲老師，由余釗垣、萬南山諸醫生介紹。此日過其家，具盛筵行拜師禮。父親年逾四十，從未收門生者，此第一次也。雨生曾任吾邑典史，在小北門置有房屋一棟，準備入籍者。鄉人以陳四衙呼之，典史俗名四衙者也。稱縣官爲堂官，縣丞爲二衙。武、黃等縣均同。

初十日

父親命茂林托人，在漢陽洲廠爲祖父購壽木料一副。

十八日

祖父壽木料已到河邊，由陳茂如派人取至周氏宗祠置之。邵氏看祠堂，另給看守錢。

廿三日

今日父親四十二歲壽辰，家中具酒飯，約姑母表兄弟姊，均來致祝。

廿四日

廿八日　晴

今日父親帶余與劉表兄同出城，祀各處祖墳。

三　月

初一日　大建

上下午上學三次。天氣正長，同學較之去歲更多。下等人家子弟專以讀書認字多為主，蓋讀一二年即學徒，為工商者也。欲習科舉為進身之階，僅四五家。

初七日

今日《孝經》背誦全部。王師批此書後頁曰"丙申三月初七日朱鍾權背誦全部"云云。

十六日

《孟子》背誦，上午一半，午後又背誦一半，已全部包本矣，王師批在末頁。此是第四次包本者，師重包本。歸家問父親，此有何益處？父云：將來過小考，學憲在場中出題，每有僅寫"四書"或經文題首一二句，下即云默全章，或曰默至第幾章某處止，甚至題目有長至二百字者；倘不記得原文，寫題目不全，文雖佳，即作爲犯規不閱矣；故各省教讀者均如此待學生，書讀完即包本。

四　月

朔　小建

早送茶錢上學。午後師出對命余對之。今年二月初起，先用二字旋增至三四字，如半夏對寸冬之類。現出紅杏雨，余對綠楊風。師云不佳，須改爲綠楊烟云云。

初七日

今日放早學，師云明天放假，至十一日再上學。爾等明天到塾吃便飯，如去歲例。

初八日　小雨

王師照去年例，仍辦菜三桌請諸生。是爲四月八假期，城鄉各私塾停館均如此。謂佛生日，本城城隍廟演戲六日，以記佛恩。連年天下太平，故四民樂業也。

五　月

朔　大建

初二日　晴

《中孟·離婁》下午全部背誦畢，不差錯一字，王師批於末頁。

初四日

初五日

初八日

余今日十一歲初度，母親早晚均置麵一碗，命食之。

十八日　晴

六　月

初一　小建

此月未记。

七　月

初二日

今日田木匠爲祖父製壽材。自今日起，大約三天可成，在周氏祠內開工。

初四日

田師傅以樹料多外皮廿塊，父親囑爲製床一乘①，做精工者，並囑許聚奎來熬油做漆等事。祖父壽材成功後，仍就原祠安頓。

---

①　此床已六十餘年，尚存。——作者批注

初九日

　　田木匠做工細且佳，但慢甚，今夕草草完工，做工爲父親所喜，預計三四天，可抬之歸。當有餘木，做茶壺高架一個。

八　　月

十八日　小雨

　　菜園戲，今日畢，唱岳王升天，即檜賊害岳武穆狀況也。

九　　月

初一日　小建

初四日

　　今日下午，《下孟·告子》全部背誦，不差一字，王師批於《告子》末頁。

十三日

　　今日母親壽辰，家中有酒席，約劉姑母及表兄姊同來，並約姊夫艾承倫一同祝壽。

十五日

　　今日下午，父親帶余出城登高，有徐甫卿、張登□諸父執，傍晚方歸。

十七日　今日霜降

廿九日　晴　早熱　雪

今日早熱，着夾衣，晚間大雨，繼之以雪。

十一月

初一　小建

王師今日散學。余歸後，對父親云，明春須另尋師，蓋死讀強記不作文，有何益處。

廿一日

九江吳天逢舅父帶回送大姊于歸艾姓禮物，紅茶缸二個、好茶壺一柄、托盤一個、磁臉盆一個、圍花一枝，俱江西出品。

廿六日

同屋洪大爺送朱砂磁大油罎一對，古樓王福堂送桌燈一對、磁臉盆一個、多寶鏡一個、紅毛厚鏡一個，俱爲時下新品。

廿九日

今日父親查大姊于歸收禮賬，送布料衣料者有程松年師、鄧心田、王茂山、周少甫、高源豐諸人。送錢者有本家松山、徐輔卿、王鶴年、余德化等，截至今晚有四十三家。

臘　月

初一日　此月大建

王師今早行放假禮，囑諸生明年正月十八上學。

初八日

大姊今夕于歸艾承倫號少卿家，寶卿三爹之子也。艾三房向稱富人，經商起家，住大北門，今分家租小北門住家者。行婚禮後，晚間男女客六桌，禮節甚隆。昨日嫁妝到艾家，路人均稱羨。

初九日

晨間，賀客首到者李宇銓、家枝爹，餘爲戚友，共列號簿中一百四十八人，可謂衆矣。

二十日

今天下午，父親、劉表兄來挂燈，外邊已添簷燈珠帶，頗好看。

廿四日

今夕送竈。

廿八日

今晨雞鳴時，父約姚三叔來吃年飯，劉表兄在此，余一家人均坐席。余德化家，即余蘭舫胞兄，以其妻曾來余家看過余者，約三叔與表兄今日過其家，五里墩過去之張余灣。看其長女，欲與余訂婚者也。父母囑三叔吃飯後即至張余灣訪余德化云。傍晚，三叔、表兄同回，云余宅如何富有，畫棟雕樑，其女亦曾見之。

廿九日　雨　寒

父命準備春聯，命磨墨，下午未初囑余寫三副，今年書法已有進步。寫竣置地上。萬年書先生來，請父看病。見余書，注視而去。余送之出門。今日春聯係范天順布店送來，請父親寫者。父以事忙，命予代書之。萬年書先生久欲以女字余，今日來家，值父親未在家，故注視余也。

三十日

父親命余寫春聯七副。其串門即大門。一副，父親自書之。候乾後分貼之，與表兄同持梯貼之。又將紅燈糊就懸之，準備過年各事，擾擾至子正猶未睡也。父母謂須守歲，不必睡也。坐到丑初，父親呼起，命持燈籠出門，行出方禮。

今夕檢大姊于歸賀客賬，一百四十八人中，除街坊鄰右外，有爲父親診過病者。其餘尚有僅認識、毫無感情可言者，如盛西垣、邱昆池、孟雪樵等，亦來致賀，蓋父親醫道已大行矣。唯小西門涂三爹及其子琴舫，與父親因醫道消長有隙，不送禮，亦未來賀。去春，彼與萬俊甫勾結，曾以揭白毁父親者也。補記①。

---

① 涂姓拉氏八其孫，名逢紀者，病故，無後。萬姓子尚存，年亦六十七八，窮困亦無後人。戊戌二月峙三記。——作者批注

清光緒二十三年（1897年）丁酉日記

光緒二十三年正月祖父病殁，因是予上學遲，仍從程松師讀。秋間師以赴省科場，復耽延二旬，致課讀時少。予雖學制藝試帖，僅初步。父親醫道漸聞於鄰邑及四鄉，有發舟遣輿迎以出診者，每月收入又較前去年增倍，生活益豐。晚間程師必來談國事詩文，以及太平軍與清軍爭奪黃、武酣戰事。予得耳聞諸論，年雖幼，遂具有著述想，尤以野史軼事爲予最樂爲之者也。其年臘月，各處送祖父祭幛禮者極多。當時習尚重門面與情感，人重禮教，俗重純樸，是以結果如此。

正　　月

初一日　此月小建

天將曙，父親帶同劉表兄及余至岳廟進香，誠敬一如曩昔。

初二日　立春

縣官迎春，如舊日式。

初三日

大姊來拜年，叩見祖父問病。祖父今年精神更差，且神智不清。

初四日

先祖母忌日，昨晚曾焚楮，今日仍奠。

初七日

父親請年客，余釗垣、程松師、陳茂如等九人俱來。

十五日　晴

今日余曾遊月半，至西山寒溪等處。晚，邑中龍燈多，表兄引予去看。

廿二日　晴

大廟今日演戲，艾姊丈引余看戲。歸，家人在前院所做炭元尚未曬乾，忽聞祖父病轉重，氣促甚。父親在家診視，謂疾革矣。姑母及劉表兄均來送老，延至申時末逝世。

廿三日　晴

祖父今日下午大殮，朱姓及戚友來甚多。晚間成服，道士來布孝帳，停柩中堂。呼禮。分親支孝服，

廿六日

今日，父親謂余上學改從程松師讀，在小西門本宅，與余家亦近。較王利師學塾遠二十餘家。程少圃來坐談。父親與彼言，請告松師定二月初二上學。松師今夕送祖父輓聯，松師輓祖父文云："遵遺訓以治家，克儉克勤，此後典型同不朽；得良醫爲冢嗣，利人利物，其中陰騭復何窮。"

廿八日

今夕祖父首七，親戚俱在此。楊道士來報七，辦夜酒，燒包袱、錁錠甚多。

二　月

初二日　此月大

今日父親送余至程師家上學。今年從《離婁》讀起，定三月間可作破承題，學詩做二韻。不可專讀，須細講，以開知識爲主。

初五日

今夕祖父二七，仍延道士理經，亥末方散。今日上午，父親上樓檢發祖父木箱一口。中無他物，僅羽毛馬褂一件，長三尺餘，袖口大一尺餘，較現在馬褂大一倍。舊長褂、短褂、襪子等零件，又道光十九、二十年皇曆二本，舊摺扇扇筒子一。病中風，不能上樓二年餘矣。

十一日

今日先祖三七，未延道士，僅家中燒紙進香，姑母、表兄、楊姨奶均來家。

十三日

師命每日午後溫《詩經》，分單雙日，例如一、三日分溫頭本、三本，二、四日溫第二本、第四本。

十七日

今夕先祖四七，仍在家中進香焚楮。□正，道士、戚友在此招呼燒七，蓋準備做五七、七七也。祖父九歲即喪父，幼時極苦，曾祖母何孺人撫之未久亦謝世，以故祖父換朱家培養成人。

廿三日

祖父今夕五七，道士於下午申初來吃飯，做七念經。各親友均送包袱、錁袋來燒。姑母、表兄、大姊、表姊、艾姊丈均集此，招呼一切，子初方散。父親今日四十三歲壽辰，未舉行祝禮，以在服中，並爲余述其誕生狀。

廿九日

祖父六七，晚間在家進香燒紙，未延道士。

三十日

祖父去世以後，室中凌亂什物現已檢清，皆劉表兄與吳表兄之力也。今日在抽屜中，尋出《麻衣相法》二本，觀之。

三　月

初一日　此月大

今日父親帶表兄及余往各祖墳祭掃，唯塘角頭各祖墳未能去祭。因祖父新亡，各墳早祭也。

初五日　今日清明

祖父今日七七。晚間道士來做七，家中準備如五七一樣。各戚友來家中，具酒席二桌，同道中程少圃、洪小坪、陳茂如等一桌，餘爲姊丈、表兄、道士共一桌，今夕用費較多。先祖歿已四十九日矣，病初猶神智清朗，乙未五月間，猶時時呼表兄引余去看戲，念孫無人引導。回憶癸巳三四月間中午，先祖送一餅至古樓程師塾中，呼余取餅去食之情狀，不禁淚下也。

廿三日

父親今日四十三歲壽辰，家中置酒相祝，姑母、表兄均來，陳茂如、艾姊丈等另一席。

廿五日

連日放學歸，傍晚有餘時，看《麻衣相法》已畢，僅知大概，惜無人指點。

廿九日

祖父房中屜中又尋出《萬花樓》小本小説，殘本也。下學後，偶觀之，見係宋朝狄青事，與唱戲中之人面獸等等相同。

四　月

初二日　晴

今日正午，《上論語》第二次全部背誦畢，程師書於尾頁。

初三日

今日師出課題《吾日三省吾身》。出對二，一曰花露，予對荷風。師問出典，余答："荷風送香氣。"荷風送香氣，竹露滴清響。

初七日

今日下午，程師放假四天，十一日到塾再上學。

初八日　晴

今日城隍廟有戲，艾姊丈帶余去看，下午酉初歸。

十三日

今日程師塾課，題目《君子不重則不威》，詩題《長夏惟消一局棋》，得棋字。余詩云："何物消長夏，相知對弈棋。松枰初佈局，葡酒已盈卮。"師批云："白酒釀成緣好客，乃父頗有此風，今其子初學作詩，亦有此意。"

五　月

初二日

祖父去世已百日。今日家中延道士做百日，各戚友均來，辦席二桌，自晨至晚方散。

初三日

今日下午放學，師云放假自初四起，初八日來再上學。

初五日

今午與程師拜節，下午姊丈帶余至南門外明塘，看龍舟奪錦。

初八日

今日爲余十二歲初度。

十五日

今日各街有龍船大會，東門最熱鬧，挂燈最多。夜戲大廟更熱鬧。

十八日

正午，到魚行二叔家中看發龍船①。

廿一日

同屋前重洪大爹，以余每日放學後閒時愛看小說，以《三國志》借

---

① 道士在江干念經書咒語，使船離岸下駛，謂之"發船"。——作者批注

予觀之。自第一本起，今日觀後喜甚。自是每日下學，必觀三四回，計三十餘頁矣。

廿八日

今日下晚，《三國志》第二本已閱完。遂與洪大爹談論之，每夜談一二小時。

廿九日

程師囑將《學》《庸》《孝經》、上下《論語》、上中《孟》二本俱熟讀，準備包本。余讀性、記憶均強也。

六　　月

初一日　晴熱甚　此月小

初六日　晴熱　連日不雨

師曬舊書，命各生幫忙清檢。師母請師檢出說部一類書，送父親閱。

初八日　晴　熱

師逢三、八日作文及詩，余以初學，師批詩勝於文。連次作承題，不解其味。

初九日

今日熱甚，父囑中午不上學，余右目已生大疽，痛甚，左肘生疽，未上學，即在後宅井畔納涼。連日大旱無雨。

廿二日

今日午後，《上論語》又全部背誦畢，師批在尾頁。至此已三誦透矣。

廿三日　晴熱　大旱無雨

天氣熱度漸減。每日放早學歸，飯後，父命寫大字二張，用土紅置大碗中，習歐字《九成宮》帖，或習柳字《玄秘塔》帖，自是習以爲常課。寫畢，仍赴塾讀書。父欲余以歐兼柳並體，以後可自成一家云。放夜學歸，續看《三國志演義》。

廿五日

連日飯後上學。師以二字、三字、綴字囑余對之，均能即時對就，師甚喜。

廿九日

余對聯甚敏捷，師遂以五字連綴之。今日放學歸，《三國志》第六本已閱畢。

七　月

初一日　晴熱　大旱無雨

今晚放學歸，與同屋洪大爹談《三國演義》已閱過之六本中，一一能與洪辯駁也。

初六日

今日祀祖，具酒席，燒包袱，致敬禮，一如從前。因祖父新亡，提前日期。

初十日　今日立秋

連日午後寫大字，有進步，父甚喜。余見父畫蘭，亦秉筆學之。

十五日

今日艾姊丈來，引余至縣衙門看盂蘭。僧道俱在內放燄口，典禮嚴肅。

十六日　晴　熱

今晚在前院乘涼，洪大爹爲余講太平天國故事。余聽而忘倦。自後每晚，除與洪談《三國志》外，仍堅請其述楊洪時科舉故事。

廿一日

今日下學歸，能畫蘭草，自後亦以爲常課。晚間看《三國》，已至第八本。見蜀漢已衰，孔明先平蠻，後伐魏，每每無功而還，心甚痛焉。

廿七日

今晚看《三國志》已畢第十本矣，三國興衰大略頗能記之。與洪大爹談之，又同屋朱益舟亦喜談《三國》。每問余以各事，余能逐一答之。

八　月

初一日

今晨送茶錢上學。放學時，師云放假十六天，因往省科場。館事以大學生代理。

初十日

程師在省科場未歸，大學生代課虛有其名，父親囑余不去。

十五日

　　中秋。歷年舉行高架子會，有十餘人開花面，飾地方鬼物，拿秦檜、長舌夫人、万俟卨等。兩木架高約二丈餘，左右足綁之而行。有一人持長竹篙引之，飾鬼者肩上托此篙緩緩而行，不能目向下望也。引篙者口中大呼曰"左邊遭滑，右邊遭踢"等語。每行一步，費時甚久。大約遊街畢，須十小時。飾鬼者如綁布鬆，則坐人家高牆上或屋上換布索等事。噫，余思他縣恐無此笨重之會，恐天下亦無此笨重之會。聞縣中老年人云，飾鬼者爲許願，可卻病延年云云。晚至菜園看夜戲。菜園地甚寬敞，中搭戲臺，四周爲茶租業者，支布篷賣茶。實爲縣城公地，俗稱菜園。平時種菜，有中秋會戲則停十日不種菜矣。

二十日

　　師過科場已歸，今日再上學，生徒均到。

廿三日

　　飯後上學，師出題：《爲政以德》。余做承題數月，今日起做起講矣。詩題《賦得八月書空雁字斜》，得空字。今日父親自黃州城協台衙門看病歸，乘紅船去，紅船歸，由協台馬朝龍派兵勇護送。父云馬協台爲之談前日楊壽昌大令求雨請張道人事甚奇。張道距城一百餘里，由楊公專人請來施法，大雷雨有三點鐘之久，是日風雷劇烈，倒屋不少云。

九　月

初一日

　　今早攜茶錢上學，飯後又上學。師正在獨酌，未吃飯。師善飲，每日未忘酒也。

初五日

今日先祖冥壽，家中燒紙具酒麵祀之。假如先祖在，今交七十六歲矣。

初九日　今日重陽

下午放學早，聞師與某人登高去矣。晚間，城外醉人相扶進城，士商均有，聞席地酒席猜拳者卅餘處。傍晚，程師來家與父坐談科舉，謂省城今夕可發科場榜，新解元不知是誰也？父問放榜必定重陽耶？師云："向例在重陽前後，逢龍虎日出榜，所謂龍虎榜也。日逢辰或寅，是爲龍虎日。"

初十日

十一日

今晚間，我縣士商各家喧傳省城舉人榜發，我縣中了二人，朱郁春、水祖培，俱是金牛人。解元王葆清，江夏人。

十二日

今日大姊來家住，晚間爲母親祝壽，母親今年四十三歲初度，畈上吳老表亦來家。

十三日

今日母親壽表，艾姊丈及親友均來賀，具酒一席，劉表兄在此吃酒。渠今日在衙門聽説，北京有電報，吾邑北闈中了一個，葛店姓范的。

十　月

初一日

今日起，父命夜間跪誦《陰騭文》三遍，自是每夕習以爲常。

初三日

今日下課後，洪大爹爲余説太平天國時，我邑稱爲長髮賊，或曰長毛，此官兵所稱呼洪楊者也。長毛稱官兵曰妖，如官兵到則曰妖來了。當時如武昌在長毛手，一有警報，人民亂吼亂跑，曰發妖風，故至今凡無意識而發吼跑者，曰妖風，已成一名詞矣。又，長毛來做知縣者，稱曰監軍，監字讀幹字音。亦有愛民者。

初十日

今早放學後，聞縣官往城隍廟進香叩頭，是皇太后萬壽生辰云云。

十八日

今日王錫五、王壽臣爲余説媒，與萬兆億大房萬年書之女訂婚。父親請媒酒，陪客艾姊丈、劉表兄及朱姓數人，席二桌。

廿二日

今夕，朱益舟爲余言長毛時，佔據吾邑，監軍某亦爲人民問官司審案。對江則官軍所守，知縣仍稱正堂。有時隔江以土炮相擊射，炮彈如雞蛋大，以致吾邑各家尚有檢存此炮彈者，即當時所遺也。又監軍某，當其敗時，已乘轎下河至寒溪塘矣。官兵入城，西門一民向官兵告密，官兵遂追至寒溪塘，將監軍捕殺之。時人謂監軍在吾邑不久，頗知愛民。此人結一命債，後來亦慘死云云。

冬　月

朔　此月大建

今日帶茶錢上早學，晚學歸來，父命補習字課，溫書畢，與大姊談神鬼事。母親云昔日西畈有掃帚，久而成妖，購買花人之花事，理或有之。

初六日

今晚，洪大爹、朱益舟均爲余講太平天國故事，洪元愷、魯田兒均環坐以聽。云長毛攻下武漢三鎮時開科取士，所出題目要説天父天兄。天父是上帝，天兄是耶穌，上帝之子也。洪秀全是天王，耶穌之弟，他對男女士兵均曰同胞兄弟，所以考試人必要知此數事。我邑東門外彭咏香係秀才，曾到省城過科場一次。後來官兵平了長毛，地方有攻訐彭君，幾至遭殺身之禍，經東門外聯環具保方出，以後不准再過本朝科場云。當時稱本朝，或曰我朝。

十九日

今晚程師來家坐，與父親談洪楊過科場事。南京考狀元已取者，係興國州人，姓劉，後來劉被官兵拿獲剥皮而死。劉之殿試文章有云三皇不爲皇，五帝不爲帝，唯有我主真皇帝之語。洪天王大喜，點爲狀元，配以美女，亦打馬遊街云云。

廿三日

今日學中對對子後，師命作詩，二韻。晚歸，又請洪大爹談太平天國事甚長。南京佔了十二年，百姓死卻十數萬。長毛稱官員、人民均爲兄弟，稱女人曰貞人，稱兒童曰小把戲。我縣城內王全興，有人被擄去做長毛，後來做了官，曾寄金銀回家云。

十二月

朔　小建

今日余釗垣爲祖父上祭，藍竹布八尺。余今日正午行放學、散學禮。

十三日　晴

今日熊致堂爲祖父上祭，紅洋摩本八尺。艾姊丈上紅嗶嘰八尺，鯉魚十斤，肉四斤。

十五日

同屋洪明燦、周必元，合送紅斗綢八尺。

廿三日

禮門五爹爲祖父上祭，花洋布八尺，劉表兄，花洋布八尺，余純義，蓮青羽綢八尺。

廿六日

本年吃年飯有表兄、姊丈在座。另以供碗具祖父靈前，天曙席散。今日送祭幛者更多，計艾德甫花洋布八尺，劉二姑紅羽綢八尺，周德容紅洋雞皮綢八尺，魚行二叔紅羽毛八尺，程松師青洋棉布八尺，程少圃花洋布八尺，洪子卿、洪小坪共送紅洋布八尺，許聚奎綠雞皮綢八尺。

廿七日

今日張登臣、徐輔卿、王地山、王壽臣公送紅羽毛八尺，金銀紙一包。楊姑爹綠洋布八尺，范天順綠花洋布八尺，陳茂如奠儀洋二元。鄧心田親爺①紅羽綢八尺、又魚肉表裏等件，鄧素講情義者也。萬俊甫玉色竹布八尺，余華建毛藍布一疋，萬岳父紅羽毛八尺，李茂林紅洋布八尺，何政臣綠布一疋，萬正興紅花洋布八尺，萬恒興花洋布八尺，朱家奎花洋布八尺，王錫五、耀梓、映廷共送紅羽毛八尺，王祝平綠花洋布八尺。

廿八日

今日送祭者周義和、柏萬順、鄭德勝、周紹九共紅羽毛八尺，邱竹師、閔孝荃、何仙舫、周瓊甫、徐恒豐共送紅羽毛八尺、燒紙二塊，萬四房花洋布八尺，王福堂先生紅嗶嘰八尺，施潤生、何炎峰、張耀藻共送綠洋綢八尺，王亨甫、談小恒、衛廉平紅羽綢八尺，馮德興紅斗綢八尺、吳舅父紅嗶嘰八尺，周緝五花洋布八尺。吾邑清季送喪禮祭幛均爲漢尺八尺，與武漢用雙幅者不同。

廿九日

今日送祭幛者傅幼虛、涂小書，共送藍洋布八尺，汪養和紅花洋布八尺，安怡堂紅洋綢八尺。下午申時祀祖，燒包袱、具酒席如往日。又另排供於祖父靈前。

---

① 鄧心田、程松師、余德化（即純義之父）三人均與父親呼爲親家。——作者批注

清光緒二十四年（1898年）戊戌日記

戊戌繼續從程師，知識漸開，頗能用心求上進。其時科舉正盛，城市鄉曲尊重讀書人，稱幼童爲無可限量者。予天資中人以上，師愛予，每以早達勗之。爾時家中環境好，夏初祖父出殯，行禮用費雖巨，吾父能支持不竭也。

後戊戌三月二十七峙三重校記

正　月

初一日　晴　此月大

寅時初即起，父親帶同長幼至百勝進香畢。卯初，表兄、姊丈俱來招呼一切，叔父亦來作孝子，陪拜祖父新香，料今晨來客叩奠者必多也。天將曙，劉姑丈、楊姑丈均先來，餘爲本家及父執余釗垣、洪子卿等五十餘人，未初乃畢。

初二日

天曙時即有徐輔卿、禮門五爹等二十餘人來，飯後來客甚少①。

初三日

吳家舅父、老表來叩新香。自是有鄉間來客數次。晚祀先祖母，明晨忌日也。祖父去世倏忽一年，正月又添一忌日祀典也。

---

① 吾邑叩新香者以初一、初二爲敬，初三以後即爲失禮。——作者批注

初四日

父親帶表兄下鄉拜年，即謝鄉間戚友之送禮者也。

初六日

今日請年客八桌，謝送情者，酒爲周廚子館所包。請年客到者十之九，名曰請酒。

初八日

今日請謝酒，分上下午四桌，各戚友送情者一一請遍矣。吾邑俗例，喪禮既受情，客必二次，一次爲"請酒"，必到，二次爲"謝"，照例不到。即到者，非至友及友賓不來，不過四桌而已。晚間，洪小坪、程少圃俱來坐甚久去。

十三日

十四日　今日立春

十五日

一連三日，縣中龍燈甚熱鬧。惟東門外與小西門兩燈相遇，必打架，肇禍一次，今夕夜半又如此。問之父親云，俗稱龍性好鬥，故如此耶。

十九日

畈上有人來，晚間談及四舅事。四舅係某科恩賜翰林，亦諸生，以填年齡九十一，獲恩賜翰林者也。父親云：四舅曾應太平天國試者，鄉間多非笑之，尤與聘三舅父相仇。聞當時在省應科場者歸，胸前佩一白竹布條，外書"識時務者爲俊傑"七字，招搖過市，士論鄙之。四舅名殿春，聘三名芳藻，學問均好。

廿二日

今日祖父周年忌日，昨已請定楊道士四人來做周年典禮。上午巳刻入門，家中備樂器。劉表兄、艾姊丈及同屋洪朱周三家、陳茂如、程少圃、洪小坪及程松師午後俱來送冥鏹包袱裸袋等，均於傍晚焚之。午刻具酒一席，酉刻具酒三席，道士及父執等一桌，親戚一桌，女客一桌，用錢不少。

廿八日

父親送余至程松師上學，默書爲《詩經》。二月初一上課。

二　　月

初一日　小建

今日上學，送茶錢如去歲例。師增教《龍文鞭影》。午後，講二條故事，命余熟記之。

初三日

午後照例作文，今年須做起講。仍從承題起，題爲《君子無所爭》。

初八日

今日照例作文，師囑照《十四層》中列題，套其架子爲之，余不解其竅。

十三日

今日起講題《詩三百》。詩題《小樓一夜聽春雨》，得樓字。師以余詩才好，囑爲四韻矣。

十八日

散學歸，大舅父瑞松公來，述鄉間各事。帶來魚蝦甚多，舅父家水鄉，向以魚爲業者也。

廿三日

父親今日壽辰，照去年例，約姑母、劉老表、艾姊女等來吃麥面，並具酒二席。舅父在此。

廿八日

今日放晚學回家。戌正，讀過功課。程師來，告以北京事。父親遂留師消夜，酒叙，未幾，洪小坪、程少圃亦至，留同席。師云：今科會試，我邑中進士有二人，均金牛人。一爲饒叔光，一爲朱郁春，皆以制藝負盛名者，不久可望翰林云。

三　月

初一日　大建

今日早學歸，見同屋周大嬸與人家洗衣服甚勤。周大叔以彈花爲業，甚貧困。

初三日

今日課題《君子務本》，作承題。師命讀《十四層》，此書專門以起講爲法則示範。

初八日

今日未作詩文，師命大小學生講習《同音字彙》，辨平上去入四聲，學等韻。

十三日

上午讀背《學庸》全部。下午再背誦《孝經》全部，並囑下月三《孟》均須包本。余苦之。

十五日　今日清明

今日未上學，姊丈與余及表兄均在家寫祭祖包袱。至下午晚飯後仍未辦齊，晚間乃畢。又做墳標等物。

十六日

今日父親帶同姊丈、表兄及余至城外各祖墳掃墓。下午三時歸，疲甚。

十九日

父親今日又帶姊丈、表兄及余祭遠處祖墳，即李家下灣對面小山，胡姓曾祖墳也。

廿三日

廿四日

廿五日

廿八日

以上四日資料不全，僅一條，爲水濕，不能揭開。

閏三月

初一日　小建

早送茶錢上學。未久，客來久坐，師遂放余等回家。下午再去。

初三日

今日作文，起講二個：一、《令色》；二、《馬不進也》。詩題《黃楊厄閏》，得楊字。

初七日

初八日

今日課題《好之者不如樂之者》，限做半篇，極以爲苦，不能交卷。詩題《賦得送春》，得春字。

十三日

有人來塾向師云：金牛饒叔光點了主事，朱郁春即用知事。狀元夏同龢，貴州人。師云貴州小省，竟中狀元矣。余歸時與父親言之。

十八日

今日飯後方上學。師出題《民可使由之》，未出詩題。

廿三日

廿七日

廿八日

師出題《以多問於寡》。限做半篇。又令試作《送春》七絕二首。窘甚，不敢言，放學時，草草交課而已。如此教法，余真不能悟道。

廿九日

上課後，師命寫小楷卷子一頁，約二百字，腕僵痛。

四　月

初一日　此日大建

今日上學，程師問先祖出殯在何日。

初二日　今日小滿節

連日余釗垣擇期，初四日爲先祖父出堂之期。洪小坪及其姪、程少圃、劉表兄、鄉間姨表叔及晏表叔均來幫忙，爲先祖出殯事。

初三日　晴

今日晨佈置燈燭，小坪、少圃及來幫工諸人，余純義亦來。燈火齊全，祭幛輓聯供前重堂，後重滿挂。戌初出訃。西山借十餘人來繞棺。自是賓客來吊，首先，張先生住後宅者剛跪下，而大洋燈繩燒斷墮下，幾肇焚如，自是改懸一燈稍小者。各街戚友來吊，絡繹於途。借對門開席，士紳來吊，便留行祭奠禮。亥初，舉行客祭禮。各紳衣冠齊整，典禮莊重，約子初乃畢。鼓樂聲喧，四鄰均稱先祖有晚福，有子孝孫賢，積德忠厚之報云。子正，西山僧來對經，令余還拜跪地，丑初乃畢。各親友酒席畢，留七人在宅招呼。今夕與祭諸紳及戚友列名於下：艾德甫大贊，柏少丞通贊，佘生香、張象五、施閏生、何炎峰引禮，家貴卿祝官，禮畢讀文。繞棺歌詩，由程松師、閔孝荃、石雲衢三次分歌《蓼莪》《薤露》《孝子》諸歌，詞甚長而哀。其餘普通來賓夏乃卿及禮門五爹、洪子卿、姜德卿、王利泉師、蕭月如、王地山、王壽臣、徐輔卿、張季馥、張伯芳、高幼泉、萬鏡甫、邱竹泉、王福堂、王亨甫、周緝五、傅象虛、汪濃卿、陳恬卿、張松友分項執事。魚行二叔、劉姑爹、艾幼卿做支賓，招呼一切，共卅七八人。父母終夜未睡。大姊及表姐、余大姐均招呼女客，程師母及小世兄、鄧親母均在余家宿，未回其家也。

初四日　晴

招呼人等天未曙即起，陳遐慶來辦早點。卯正，送殯士紳、僧道、戚友俱集。辰正起棺，各執旗鑼樂號執事約二百餘人，抬柩人十餘，大嚼酒肉後，散白布畢起行。余抱祖父紅靈牌乘引轎前行，餘均成行列，整齊以行。大約上路者今晨三百人，路人稱羨。至小西門外，余乘轎回靈到家。疲倦極，飯後即睡。午後乃起，聞母親云，此次行禮各費大約共用款百伍拾串之譜，不足者各處欠賬而已①。

初六日

今日家中老幼人均出城，至先祖殯屋行復土禮。焚楮畢，約耽延一個時辰方歸。

初七日

初八日

連日家中老幼疲勞甚，余昨上學，半天即回。

初九日

以下均未寫日記，並無片紙記當時事。余又多病，功課荒疎。

---

① 當時一串就光緒庚子以前計價□柒串當合現在人民幣二百五十元之數。——作者批注

十三日

今日師命作時文，已學作半篇。詩題《鄉村四月閒人少》，得村字，做六韻。

十八日

師言以後三、八作文與詩，自早飯後來塾起，至戌刻必交稿。以速爲主，便於將來應試。

五　　月

初一日

今日上學後，師云放晚學須在家温習各課，初二至初七勿來，放假六天云云。

初五日　端節

今日巳時，往程師家賀節。師命洪元愷、吳著梗與余同往熊家巷張禮房家，取其觀風及月課卷。過太平橋轉張宅對門，見紅葵花開十餘朵，鮮豔非常。洪等謂此名龍船花也，此景甚好。取得卷子三本送程師，僅一本有膏火錢爲超等，餘則一等，無獎賞。

初六日

在家無所事，正在假中，明日可上學。

初八日

今日余十三歲初度，父母命進祖宗，亦辦麵數碗，分與家人。

初九日

天氣漸熱，父親請師每下午放學須提早一點，俾余歸洗澡也。今夕亥初有星月光，與群兒約洪大爹又講天國故事，至亥末方睡。

十五日

今日聞父親云，康有爲、梁啓超等在北京與皇上決計變法維新，學日本以圖富强，四月間即已下詔云云。

十八日　晴

放假看放龍船會。

廿一日　晴

早，艾姊丈來報稱外甥女今日寅時生。與母親說數語，坐片刻即去。

廿三日　晴

今日未上學。飯後母命余到小北門艾家去看姐姐，帶雞子等件。由表兄引去。

廿四日　小雨

陳茂如來談，今年三月間，北京康祖詒爲首六十餘人倡立保國會①。就是保皇帝，保大清，蓋深恨甲午戰敗後，外國時時侮中國而國人安之。康等在京於三月廿七日在廣東會館爲一長篇之演說辭，約三千字，惜京友未能抄寄也。

---

① 康祖詒□康有爲原名。康癸巳科舉人，闈墨刊其文第八名。——作者批注

六　月

朔　小建

連日師放學甚早，浴後在院乘涼。同屋祝姓父子俱會拉胡琴，唱小曲，以娛良夜也。

初三日

同屋祝大爹幹鞭炮出身，其子孫、孫媳均做鞭，無資本俱幫人，亦能養活一家五口①。

初六日

初七日

初八日　晴熱

今夕程松師來談，父親留之消夜，食麵，同席者洪小坪、陳茂如。飲畢，松師引父親至天井中觀星斗，指北斗七星及紫薇垣中帝星、太子諸星。

十三日

祝大爺胡琴拉得極熟，亦能吹簫，每欲余學習，余拒之。祝晚間無事，拉琴唱小曲，甚快活。

---

① 搓鞭炮每人所得，日不過四十文，一媳一孩以一百五十文收入，因每人伙食費不過四十文也。——作者批注

十八日

今日上學僅二次。余身瘦多疾，又畏熱。父與師商不能逼作文，以未開悟，逼之糊塗愈甚。師每謂須看《三國演義》《列國志》等等，余雖閱過數次，但與作制藝無關也。夜間乘涼，每要求洪大爹講太平天國事，則喜忘倦。

廿三日

今夕，父親同松師又在天井中，指天上之紫薇垣諸星相示，自是余能辨識之。

廿八日

早飯後上學。師出題《卑宮室而盡力乎溝洫》。詩題《荷静納涼時》。

七　　月

初一日　大建

送茶錢上學後，師囑家中買大字帖《皇甫碑》，習大字。今日課題《興於詩》。詩題《納涼》七絕一首。

初三日

余寫小楷甚好，師囑以後買卷子寫，練習小試也。今日題為《弋不射宿》，詩為《七月流火》，得星字。

初八日

天氣熱，午後未上學，攜題目歸。在家做起講，題為《擇其善者而從之》。

十四日　晴熱　晚月色佳　大風

今日祀祖後，與劉表兄、艾姊丈至小西門外寒溪塘，看匯水進入山畔，小船停泊者二十條餘隻，穀米在山畔交易，傍晚歸。父命余出門外燒紙，潑水飯，亥初，中天月色甚佳，余與姚三叔、表兄同行，涼風拂面，步行甚樂，自四眼井至小南門城門口，折回至十字街、太平橋、大南門。歸家已是亥末，不思睡，又至前院看月，洪大爹亦未睡，余要求再講太平天國事及《三國演義》，關公何以要釋曹操事。洪一一爲余言之。

十五日

今夕各街均有盂蘭會，縣衙內更鬧熱。戌初與劉表兄同去一觀。

十八日　陰

叔父自魚行抬歸，病痢症，求父就近治之，蓋亦懼其死在該行也，叔父病重。

二十四

叔父病轉劇，下烟痢，彼烟癮大，父云，下黑水無救矣。飲食不進，余家盆栽石榴，三年不開花，今日忽着苞子，殊爲奇異。

廿九日　陰

叔父病益重，父親弄得公班烟膏，彼亦不吸矣，痢症以烟痢爲最重，父親診其脉，謂難望轉好。

三十日　陰

今日放學歸，見叔父病更重，不進飲食。

八　月

朔

今日上學歸，見盆榴忽開紅花二朵，家中人目爲不祥。叔父病未減，不飲食，身體向極胖，現已瘦削矣。晚間病未減。

初二日　陰晴

叔父病無異狀，余午飯後仍上學。盆榴花開更鮮明。申刻，家中着朱伯到塾呼余歸，謂叔父垂危矣。余至時，叔已不能語。父親在外看病，亦未歸，歸時叔父氣絶矣，無一語告家人。嬸母甲午六月逝，與叔不睦，皆叔性情乖張所致。父哭後又請余釗垣看時日。少圃、小坪又來幫忙買棺材，做衣服，買石灰，手忙腳亂。今夏先祖出殯，借款未還清，今又遭此番喪事。雙親焦灼甚，請相臣二叔來商借款。對先叔今年或有加給薪資，然叔之資應得者恐早用去矣。家中通夜趕辦喪事，達旦未已。

初三日　陰

早，來賓多。午後申時，叔父大殮，余又爲孝子。姊丈、表兄等招呼一切。做一水紅靈牌，旁書"嚴慈侍下"，蓋先祖已逝，叔父無上人，可用水紅。以有兄在，嗣余爲子，否則年逾四十歲，非壽也，止能用藍色。此靈置祖父大紅靈之側，見者無不傷心也。叔父厝與先祖比鄰西門外。

初五日

今晨，出先叔柩，仍用鼓樂，親友送者數十人。用費百餘串，皆挪借而來。轉瞬中秋節，必索債盈門矣。父親形容頓改，面黃瘦矣。三年前借款已清，今年又增借款，無屋宇、田地可押，僅恃筆墨爲生者，將來何以還債耶？

初八日

今夕叔父首七，請楊道士來報七，辦酒食一桌，姊丈、表兄俱來招呼，燒包袱等事，約二時畢，家人傷心，惟繼祖父後，又見此一喪事，真家門不幸也。

初十日

連日家事多，時向程師請假，八比文耽延三次。今日上學僅作詩四韻，題爲《月中桂》，得中字。

十四日

先叔二七之期，晚間僅排供，燒包袱，劉表兄、艾姊丈等在堂招呼。

十五日　今日中秋

晚間，洪大爹爲余講：元朝駐防武昌縣蒙古人監督漢人甚嚴。明太祖已起義，元人漸衰敗。此日各家遞口號曰"殺鴨子過中秋"。"鴨""韃"同音，即殺韃子，一夕盡之。

二十日

先叔三七，仍請道士來做。

廿二日

今日未上學，因腹痛。

廿六日

先叔四七，今夕僅燒包袱，具供而已。先叔年僅四十餘，不幸短命。余憶每年元旦，先叔必歸，與余及大姊買雜物玩具相贈，而今不見面矣。

廿九日

今夕，父親自南門張宅歸，告余云，北京上月發生維新政變，爲首的康有爲、梁啓超已逃往外國。後來皇太后再聽政，殺了維新黨六人。六人中有一位是從前鄂撫譚繼洵之公子嗣同，其餘皆是四品大吏云云。余問父親，此等大官吏，何以愛國要被殺耶？父云：太后爲守舊黨所包圍，不願意光緒親政也。

九　月

初一日

今日三次上學，背誦書最多，每本實未能懂透。

初三日

先叔五七，請道士來報七，晚具酒席。

初八日

今日課題《子在齊聞韶》，做半篇。詩題《采菊東籬下》，得東字。

初九日　今日霜降

先叔六七，家中議不報七，僅燒紙，嬸母年僅卅五而歿，叔父年僅四十二，均爲不壽之人，且無嗣，父親立余爲子，平時不回家，所賺之錢，混混用去，父每規勸不聽也。今繼祖父逝世，亦可哀也。

十三日

母親今日四十四歲壽辰，家中照舊辦四菜，約姑母及姊丈來。

十五日

先叔七七，今晚道士來爲先叔報七七，姊丈、表兄及魚行均送包袱袋等等，有夜酒。道士席散方去，已夜深矣。

十六日

十七日

十八日

今日在塾中，聞北京七月因維新所殺六大臣爲：康廣仁、有爲之胞弟。楊深秀、山西人。林旭、福建人。劉光第、四川人。楊銳、四川人。譚嗣同。湖南人。殺後，朝廷飭在籍知縣查抄家產，來客所告者。

十九日

縣中讀書人現在不敢談維新事，聞北京正訪拿各省與康梁有關係之人。父執余、涂、張諸先生時時談及，稱康輩爲維新黨云。

廿三日

縣中觀風，月課。禮門五爹來説詩題《賦得姜母寄當歸》，得姜字，每句用藥名一。彼已取得第一名。詩云："一減書附子，知母姓稱姜。好把當歸寄，聊將遠志忘。夢馳荊芥地，魂繞棘蘺場。丹橘懷何淡，烏梅望更長。決明謀士膽，續斷老人腸。尚識車前苦，承歡藿亦香。□□□□□，重開柏葉觴。"

三十日

今夕放學歸，陳茂如來云新自省城回縣，與父親談北京康梁變法行新政事已失敗。

十　月

初一日　此月小

今日下午，《詩經》已背誦第四本矣。今年上季，溫四書、《孝經》三次。

初三日

統計今年增加之書，爲《龍文鞭影》《幼學瓊林》二書，或背誦，或僅講解。

初八日

今日三次上學。中午題爲《子樂》。師云此爲小題，凡做搭題先從做小題起。詩題《探梅》，七絕。

十三日

讀書已九閱月，所作制藝僅做半篇八次，實未悟出道理，如何能明白耶？師今出題《言必有中》《參也魯》，做起講二。詩題《十月先開嶺上梅》，得梅字。

十八日

今日課題《有社稷焉》《侍坐》，兩個小題。詩題《冬嶺秀孤松》，得松字。

廿三日

上下午均上學。師出題《浴乎沂》，小講。《山茶》《水仙》二詩題，各做五絕一首。連日與同學尋研字韻、等音諸事，等韻已完全懂得。作詩比作制藝易。

廿八日

今晨背誦《孝經》全部，此爲第四次包本，已爛熟。午後師出題《道之以政》，做小講。詩題《賦得十月先開嶺上梅》，再做一次。前次師云不佳也。張松友先生坐談甚久，均係科場報應等事。余細聽之，如秀才作惡，以訟師顛倒黑白，或調戲婦女者，均不敢過科場云。

廿九日

塾中連日有遊學者索錢，師命各生助之，所得不過十餘文耳。師云此教書失館者所爲也。

冬　月

朔　此月大

今年讀書，詩文略有進步。師每向杜姓借《申報》閱，有暇即向大學生談談時務。

初三日

師今日命余對句曰："天際鴻飛。"余對云："淵中魚躍。"又出"側柏子"，余對"落花生"。師喜甚，謂有速才也。晚間來與父言之。今午題爲《足食足兵》，半篇。詩題《修竹引清風》，限明天中午交稿。在家中消夜去。父親期望余甚殷，欲速成。恨余年稚，而八股文又比何事困難。前途茫茫，自怨至今未獲門徑。

十四日　晴

今日先叔百日之期，楊道士來做百日週，家中辦酒一席，表兄、姊丈及各戚友均來家致祭。先叔之音容已杳矣。父云吾家人丁單薄，今年又失去一人，淚涔涔下。

廿三日

今日課題《君子上達》，半篇。詩題《風雪夜歸人》，得人字，限明日交課。

廿八日

今日父親接閔孝荃先生函，謝失紅症愈，並填《唐多令詞》，集藥名，頗新穎。父親示余，原函抄之："節序屆天冬，池冰片片封。休捲簾，梅萼防風。百草霜凝寒有色，堪髣髴白頭翁。雅度自從容，知君遠志雄。愧我情故紙空空，勉索枯腸聊付公，腸續斷月明中。"寫用紅綠花箋，極佳。父親時檢付友人閱之，謂閔孝荃填詞有奇才，如此填嵌藥名，所謂天衣無縫也。

十二月

初一日　此月小

今日程師放假，余往其家行祀孔子禮。散學各人均走，師母留余，云有話向余講。余入房中，師母問："汝明年仍來上學否？"余答："聽父母之命，我無意見。"坐片刻即歸。

初八日

父命在家補溫功課，將後房檢出。今年所讀過四書、《詩經》均須重溫二遍，每日須寫小楷一頁，大字二張，夜間燈下擬作小講一個，或試帖四韻。凡有客來，須知應對禮節。不可出門與群兒嬉戲。自今日起，二十三日止，不得怠荒一日。明年交十四歲，須作到中股，後年即開篇可出考矣。我家兩代住城，上無片瓦，下無立椎，只有靠汝讀書尋出路耳。城内之張、涂均非世家，皆崛起之寒士，汝細思之，並效法焉。

十一日

今日父親自張宅歸，告余云：北京有某官寫信告知張伯芳云，今年因維新案，除殺康、楊、譚、劉等六人以外，尚有降旨遣戍充軍、革職、監禁、永不録用等懲罰，並抄查家産，交地方官看管等事。李端棻，貴州人，任禮部尚書，因案充軍新疆。徐致靖，直隸人，翰林，下獄監禁，永遠不赦。其子仁鑄，爲湖南學政，亦革職永不敍用。仁鏡亦翰林，革職。陳寶箴，江西人，曾任湘撫，調京不久，革職永不敍用。陳三立，係寶箴之子，吏部主事，亦革職永不敍用，圈禁於家。張蔭桓，廣東人，任礦務大臣，革職遣戍新疆。張百熙，湖南人，廣東學政，革職留任。王錫藩，江蘇人，禮部侍郎，革職永不敍用。黃遵憲，廣東人，原任湘臬，極力辦理湘新政者，曾任駐日本使臣，因此案免官逮捕。文廷式，江西人，從前提倡新政革職者，現因案拿辦。王照，直隸人，禮部主事，革職拿辦，並捕家屬，查抄家産。江標，江蘇人，湖南學政，調京不久，革職永不敍用，圈禁於家。宋伯魯，陝西人，官御史，屢上疏廢八股，參守舊黨，革職拿問。李岳瑞，陝西人，工部員外郎，因上書請改衣制、用客卿，革職永不敍用。張元濟①，浙江人，大學堂總辦，上書請改官制，去拜跪禮，革職永不敍用。熊希齡②，翰林，助陳寶箴、黃遵憲行新政者，革職永不敍用，圈禁於家。尚有三人，僅受撤差處分。一爲滿人端方；二、江蘇人徐建寅，福建船政局總辦，撤差；三、吳懋鼎，督辦農工商局，此案連累撤差。至康有爲、梁啓超已逃至日本，均令廣東逮捕家屬，抄查財産。此爲中國政治一大變局也。此信係京中某員托人帶出，較八月初武昌省城所傳説尤詳實，故記之。我邑葛店范姓尚有人

---

① 辛亥武昌起義十月間，清廷帝后以明詔起用張元濟，張婉辭之，其電之見滬漢各報。張去年尚在籍，解放後任上海文史館長，年近九十矣。——作者批注

② 熊希齡在民三曾一度組閣任總理，當日那知後來事。——作者批注

在京，亦告知鄉間戚友矣。

十四日

十五日

父親以今年爲祖父辦喪禮，用錢多，年終計算，尚無虧欠，仍請母親注意辦年一如去歲。余以過年爲休息，且多食物，真所謂小孩望過年也。外甥女慶雲已滿半歲，父母教之，無異家中添丁，辦年食物尤多。

二十日

廿一日

廿四日

今夕祀竈神，一如往年例。

廿七日

父親囑艾姊丈、劉金魁表兄，分班買魚肉、雜貨、油鹽等，準備明辰吃年飯，祀祖宗，母與姊辦理各菜蔬等，子正方寢。

廿八日

今日仍添買菜蔬雜物。

廿九日　今日爲除夕

父親結算收入賬，今年較去歲收入總數尤多，惟因祖父出殯多用，故尚虧欠二十餘串。人情世俗重孝恩，故祖父殯禮不能不多用也。

清光緒二十五年（1899年）己亥日記

己亥予讀書已滿六年，四書五經已讀畢，繼續從程師學。試帖有進步，惟艱於制藝，僅至半篇，而猶難清楚，每以三、八正課爲極苦之日。師每爲父言，須購《三國演義》以開心竅，舉萬廷獻之父教廷獻入學事以爲證。吾父從師言，故予於《三國志》幼時頗熟悉，且暇時能與洪叟辨論《演義》中奇文偉論，則《三國》之力。惟於八股文法無甚關係，不知程師何以如此說法。

祖父去世後，談太平天國事者僅洪叟。予於是年夏秋間夕，必求叟詳談復述而不厭。叟復熟於《三國演義》，時以扼要示予，實爲予增進智識不少。

後戊戌三月廿七日積雨初晴崎三閱後漫誌

正　月

朔　大建

元旦卯正，進祖宗後隨父親出方，與劉表兄等捧香楮至大南門岳王廟，進香畢，天已漸明矣。父親促余等速行。到家後，母親爲余具糖水糕點，作吉語慰之。余與母親拜跪，亦以祝康健語答之。父出外拜年，囑余在前堂屋應客之來拜年者，不開門。下晚戌初即寢。昨夕未睡好，各家均於此夕早睡。街上衙役數十人擊鑼查夜。

初八日

家中今日請春酒，一如去歲例，接程松師坐首席。

十五日

今夕各街均有龍燈。縣官慮有禍，始禁諭不聽，繼乃派衙役多人分赴各街，隨燈前後持桿彈壓。每年肇禍，都是東門外與小西門的龍燈打架，報私仇。西門粗人種田者，何姓人衆，東門外熊姓人衆，流痞混入，以致肇禍打傷事常有。

廿五日　今日驚蟄節

午後，鄉間楊姨祖母來家借錢，謂鄉間今春耕種需錢。除在南門當鋪當過單夾棉布四件外，僅得錢一串二百文，尚欠一串文。母許借之，留之吃飯。楊姨祖母安徽青陽人，太平天國時自皖逃至吾邑，以難民爲黃姓所娶者。與余說太平軍在皖各事，余喜聽之。

廿八日

今日上午巳刻，父親送余上學，仍從程師讀。父親請程師須教余作文，謂讀書已六年矣，做破承題僅五次，試帖僅二韻，不是此子知識未開，但今年須加倍求進益也。程師允爲督責求進云。

廿九日

飯後，搬桌子去上學。師勉勵余多語。同學年長者有八人，他們能做半篇或中股。

三十日

今日放學歸，父親教余以等韻法，用四聲法，如之、子、至、直，哥、果、个、閣，兩字，叫余每字順口溜三十遍，以後不難增加多字，均用此法。

二　月

朔　小建

今年讀《書經》，仍從頭本起，師帶講解。《唐詩三百首》已讀完，再温讀背誦。

初二日

今日縣考。知縣俞成慶號該圃，湖南善化翰林散館者也。吾邑文童約二千餘名，縣考幼童可去觀光，亦約百餘人。劉幼浦以首場規矩鬆，帶余去。夜四鼓入場，童生老少俱有。據幼浦説，今年縣考卷有二千餘本。余實同之見識觀光而已。

初六日　晴

今日下午發榜。余以酉初亦去看榜，是時人已散。見第一名胡正綱，城内人，號立三，其家賣絮及棉條，甚窮。第二名劉朝禄，爲内鄉劉和卿之姪，年僅十五歲。歸後父親告余者也。胡、劉均不認識。劉幼浦亦發在榜尾，正榜已取者一千五百餘人。

十五日

今日午後，《孝經》背誦全本，此爲第四次。程師批於尾頁。

廿三日

父親今年四十五歲生辰，家中昨夕有姊丈表兄來祝，今午辦酒飯一席。

廿五日　今日清明節

今日姊丈、表兄及余隨同父親出城祭各處墳，並先祖父、叔父厝屋，歸，餘遠墳未祀也。祖父歿已滿三年，回思癸巳二月間送食餅至塾門呼余取食聲，不禁淚下。又，祖父在日，曾與洪大爹述清初與明末洪承疇訂十不降條約，然後降大清剃頭換衣冠事。今僅記得第一爲生降死不降。死者入殮服，用圓領大袖，戴方巾，孝子則留髮留鬚，不剃頭修面。二爲男降女不降。女子著大袖衣，梳髻，大衣蓋膝，穿裙裹腳，一切與滿婦異。三爲官降役不降。官着清制服，皂隸着青衣，戴高篦帽，明代定制未改。四爲文降武不降。文官清制，武官迎霜降時戴盔着甲。五爲士庶降乞丐不降。乞丐辦財神，戴紙盔，逢節索喜錢。六爲俗降方外不降。道士、道人、僧尼均着前代服。七爲陽官降陰官不降。府縣城隍廟城隍神，均塑明代制服。八爲頭降腳不降。官吏穿袍套馬蹄袖，足着朝靴則方頭，明制也。九爲科甲降秀才初不降。秀才初入泮，着藍衫，亦圓領。十爲長降幼不降。孩子繈抱中，着僧道服。

三　月

初一日　大建

今日《書經》頭本已讀誦包本，改上第二本。

初五日

今日上午《孝經》第五次背誦全部，程師批記後面，並蓋小章。

初十日　早晴

飯後午時，天忽生層雲，若有陣雨者。午後則昏黑如漆，至不見人，各家駭異。中飯則點燈爲之，已如夜間亥初矣。此奇變，或有大災歟。

十六日　晴

今日早飯後，父親帶余與表兄出城，往雨台山祭各祖墳，午後方歸，足已疲矣。

廿七日　晴

午後温唐詩七律八首，程師聞余讀詩聲復和之。師母聞之，謂師徒共樂也。見窗外青天，晴雲可愛。

廿八日　陰

今日小講題《子在齊聞韶》。詩題《三月春陰正養花》，做二韻，甚快。交卷後師甚喜，當批"有詩才"三字。

廿九日

今日三次上生書，均讀熟。寫大字臨歐帖，父親所指定也。科舉以字佳頗佔便宜。師謂場中文雖不佳，字好，試官另眼觀看。

三十日

余讀書已有兩月，程師善講解，我聽之有進益。破承題已得門徑，下月即做起講。同學大者年逾二十，能做中股。余思急進，要做起講，並學做七言絕。父親謂做詩要平仄相諧，仍囑晚間念熟等韻。如字憶不出者，以六個字等之，如"矣"字爲去聲，初等不出來，可云衣、移、矣、易、意、一，奢、蛇、捨、射、赦、涉，就是這例也。

四　月

初一日　小建

今日上學甚早。飯後，師講《詩經》第四本，余能懂大意。

初三日

《書經》第二本已讀完，改上第三本。惟第三本極難讀，甚有讀六七遍難於背誦者。此真是今年的攔路虎。

初七日

今日放假。明日爲佛生日，城內各塾一例的。聞城隍廟已寫了漢口來的班子，可唱四日夜。程師放假五天，十一日上學。

十三日

今日飯後到塾。師出題：《爲政以德》，須做起講。詩題是《首夏猶清和》。

十八日

今晚程師到家，與父談及作文開思路，可先看《三國演義》，請父親急買一套，與余暇時閱之。

廿三日

今日課題《爲人謀而不忠乎》。詩題《綠樹陰濃夏日長》，得長字。

廿八日

此數日讀《書經》，極難熟，真以爲苦。下午，師出題《節用而愛人》；詩題《夏日可畏》，得炎字。

五　　月

初一日

今日下午放學歸，天氣尚早，看《三國演義》五頁，自第一回"宴桃園"起。

初三日

今日課題《非禮勿視》；詩題《五月榴花照眼明》，得明字。下午放假。

初五日　端節

初七日

今日上學消假。師上生書甚多，讀不熟，甚苦悶。

初八日

余今日生辰，已滿十三歲。父親勉余文字須求速通順，並舉大冶朱國楨十三歲入學事示余。

十五日

今日大會，未上學，天氣已熱，在家温課半日。

十八日

上午到師家拜節，並接師妹過我家來，吾母所命也。

廿三日

今日讀《書經》，第四本起首，此真爲難讀之書，又難懂難記①。

廿四日

今夕程師與洪小坪同來家消夜，談及去年八月北京殺維新黨康梁事。

---

① 讀《書經》又上得甚快，益難讀難記。當時科舉小試時並不一定出《書經》題，何苦先讀《書經》不先讀《左傳》耶。——作者批注

聞康已逃往英國，梁逃至日本，廣東原籍俱爲官吏查抄，捉其親屬入獄。又云：京中人士已尊稱康、楊等六被殺者爲六君子，此六君子均光緒帝信任之人，卻爲西后所痛恨。蓋西后慮新黨盛，彼將無權，無異俗稱打入冷宮矣。又云：林旭十六歲中解元，才子也，去年官內閣中書。康廣仁，爲有爲之弟。楊鋭係翰林，官侍讀，四川人。楊深秀，山西人，官御史。劉光第，四川人，官刑部主事。譚嗣同，湖南諸生，其父爲之捐知府候補，才氣縱橫，不容於其繼母，故其父官鄂撫時極令其早出仕者也。六人爲國內少見之才，故興論惜之。林、譚均在武昌省城住過年餘，林岳父曾爲鄂糧道。

六　　月

朔　小建

天氣漸熱，白晝甚長，晚學放時甚早。歸後洗澡，日未落也。看《三國志》二十頁，習以爲常。

初三日

今日下午酉正看《三國》第一本畢，舊書重温如見古人戰事起落也。

初六日　晴　熱甚

師曬書，令學生傳遞擱放以分勞。師家藏書甚多，今日曬者大約有五百餘本。

初八日

今日作承題二，詩四句。晚忙看《三國》。

十三日

今日作承題二，並詩四句。又作起講一。

十八日

今日作起講,不佳。師命再作,予莫明其妙也。晚看《三國演義》第四本已畢。

廿三日

今日師命作起講。晚間溫《三國志》,第五本已畢。此月中天氣熱,晚學放歸即看《三國演義》,甚動人興趣,余閱過並未忘也。看第六本起,再過七八天即可畢。家中尚有《水滸》一套,可惜錯字多,以後亦可兼閱之。

七 月

朔 大建

今日上中晚三次上學。《書經》讀畢。師云須重溫熟,接讀《周易》更難矣。

初三日 今日立秋

今日題爲《冉有僕》。詩題:《梧桐葉落天下知秋》。

初八日

今日未上學,下午在家溫課。

十二日

今日家中祀朱胡二姓祖及外祖,具酒一桌,父親命余立觀禮。

十三日

今日《書經》四本已讀畢,換《易經》上册,比《書經》易讀。

十五日

今夕縣衙盂蘭大會，甚熱鬧。余同姊丈去看。

八　月

朔　大建

早起上學，讀書連日不熟，師乃欲余背全部也。

初三日

天氣已涼，上下午放學後，尋洪大爹、朱益舟先生講太平天國事。洪囑余筆記之。

初八日

十三日

十五日

今日換讀《易經》下冊，極不易熟。今日放假，在家悶中看《三國演義》。兼閱《水滸》，此書錯字太多，須另買一部過細看看，亦是有味之書。

廿四日

今日姊丈自小北門搬家來此，住家重屋之倒房中，就余家吃喝，不另開火食。

十一日　晴

午飯後，讀書寫字畢。未初，與劉幼浦出小西門，見西山紅樹秋景极佳。立片刻，仍归读书，因背师出门未说明也。此景今日思之，犹觉在目前也。戊戌三月峙记。

十三日

今日母亲四十五岁寿诞，酒面二席姑母，表姊妹，刘表兄、艾姊丈均致祝。

十八日

今日换读《左传》，杜、林合注。并读《诗经》《书经》，每天四页。师云《礼记》将来只能摘读而已，制艺已作半篇，做诗可至六韵云云。

十九日

今日起，兼读《礼记》，下午读《曲礼》，以后定为每次读二页。《曲礼》毕，凡与场屋无关者不读。小试场中出《礼记》题不多见。

十一月

朔　小建

十五日

《春秋》已读第三本，因此书较《书经》易熟也。

二十日　晴

先祖之丧已满三年，今日请道士来行上堂礼。屋内挂红灯，做斋一天。下午五时，父亲带同余、姊丈、表兄、吴表兄等戚友二十余人，至江家院烧祖父、叔父灵。着孝服，托灵出门烧后，以孝服由火上丢过去，从俗也。归后，戚友称贺，此庶人服阕礼也。

臘　月

朔　大建

今日上午，程師放假，云明年不在縣中教書，已就省城停館云。此館聞係武昌衙官田某所延者。

初二日

初八日　奇寒冰凍

今年奇寒，西山冰滑，而和尚等尚結隊入城化緣，送臘八粥，以討施主錢米。聞此習尚已行之二十餘年矣。太平軍敗亡後，黃、武兩縣廟宇群僧均以此事取財也。

二十日　冰凍奇冷

父親囑艾姊丈、劉表兄到街市購雜貨，備小除夕之用，並添油鹽花生等等。街上以冰厚滑甚，行人被跌者多。各家水缸有爲冰裂破者。湖中走人畜。大小北門河干，結冰五六丈遠。奇寒爲歷年未有。

廿三日

今夕祀竈神，打掃廚房乾淨。母親敬謹祀竈神，供品一切從俗例。

廿七日　冰凍奇寒

今日酉初，姊丈帶表兄往街市購雜貨，姊丈搬家前重已一年，諸事甚便，不開火食。

廿八日

晨六時吃年飯，姊丈、表兄均在此。表兄昨夕來幫忙，實未歸家也。

今年祖父已滿服，家中用度聞父親云，尚可敷衍過去。

三十日　陰　風

今日家中已挂紅燈，貼紅挂門錢，春聯大小均換紅色。下晚燈燭輝煌，燒火盆，一切佈置，姊丈代父親爲之。家中有甥女，可以嬉戲，慰父母也。全家老幼守歲。余倦時仍睡去，已是次年元旦丑正也。父親結算一年用賬，竟未睡片刻。

清光緒二十六年（1900年）庚子日記

　　是年予年十五。父命從閔師讀，居停程維舟先生家塾，在古樓。閔師字孝荃，善書畫，名諸生也。同學僅二人，程、洪二生，小予一歲，師授予以制藝試帖，八比能中股，試帖成六韻，尚不得徑竅，恨其枯燥無味也。課餘訂一竹紙簿記每日事，如奇特冷典，間仿《聊齋志異》、《閱微草堂筆記》一類短文，釋心鬱而已。師之至友高幼泉、程作舟，皆皖名諸生，寄居予邑，有時與師談太平天國事，予樂聞之，以有異於十歲以後祖父及洪叟、朱叟所談。清政不綱，是時誤信端、剛，用義和團，啓外侮，致八國聯軍入京，帝后蒙塵。予父喜談時務，與城南張季馥先生訂有《申報》閱看。張宅是年延高幼泉師教讀，父與張、高均仇洋人。戰事起，祝其速敗，故張與高有天津待捷詩相唱和。予時侍側，錄所聞於庚子日記中。予自是年六月起，日記多翔實之記載，六月以前資料則增補之。是年日記重要者，則有程松年師自武昌寄回《新聞報》，與逐月致父親長函中奇特者，如記唐才常之自立軍與義和團之慘禍，或剪報紙，或轉抄他方消息附之。程師就館省城正衛署，其不憚煩如此，蓋師以母老子弱，離縣時以家事委託父親照管者也。張孝達在當時黨於西后，以富有票同意於蔭霖，殺唐才常。唐爲西后深惡之人，致與林述堂等九人駢首就戮。輿論非之，故孝達後有誠國會、富有票專文之刊佈，冀減輕輿論指責者也。又册中所錄李秉衡統帥在津誓師全文，程師得之津友，轉示父親，以後似未見此文於他書報中。

　　　　　　　　己亥十二月壽昌老人朱峙三識於武昌寓齋

正　月

初一日　小建

晨丑時起，隨父親進祖宗，一如從前例。今日日食，以水盆照之。父云日食於君主不利。

初二日

初三日

今晚亥初祀先祖母晏孺人因明日爲其忌日，每年必祀。聞祖母卒於今夕子時。

初四日

父親帶余至萬岳父家過路，其家具酒二席，請戚友及冰人陪之。萬家尊長太多，難認識。

初五日　今日立春　未時

早已正，立門外，看本縣知縣坐八人顯轎迎春。儀從約六十餘人，至東門外三里接春。

十三日

十五日

廿四日

父親送余上學，從閔孝荃先生。未讀前數日，原已定在高幼泉先生，張伯芳停館，後張宅以學生過多，不能搭入。閔師就程維周家館，學生僅二人，搭余，可以多讀多講也。且古樓與家亦近，予忻然許之。

廿六日　晴

飯後，劉表兄夯舊方桌去。學屋有地板，甚清潔，亦有鐘錶。春冬甚暖，不知夏秋何如耳？今年再從《左傳》讀起，去年已做半篇多次，試帖詩可四韻。閔師以縣案首進學者，大小字均佳，能畫蘭，有名於時。父親托其教余寫好小楷。同學程廷炯即維周之子，洪時炯其戚也，俱小余一歲。

廿七日

早讀《左傳》。午寫字，大小二張。讀唐詩、《幼學》、《龍文鞭影》等。夜間讀書，自酉末至亥初，大約至遲九點半鐘即回家。

廿八日

今日窗課。師試余題《見賢思齊焉》，承題，當即呈師改正。師見余書頁上有"松年經眼"小印，是程師於余總書或包本時批記，即蓋此印。閔師當晚亦刻小印曰"孝荃過目"四字。師善刊圖章，又能填詞，作七律等等。閔師以余雖去年做篇不清楚，命再從承題做起。

二　月

初三日

今日窗課題《事父母能竭其力》，承題。詩題《賦得梅柳渡江春》，得春字，五言四韻。晚間，師改正，並頂批作詩用典。出對子二。

初八日

今日課題《與朋友交，言而有信》。做起講，出對子二。同學程廷炯，號小周。余請於父，亦號少甫，即《左傳》取於父爲類也。

十三日

今日課題《而親仁》。詩題《春草碧色》，得春字。師以余理路不清，題止暫作承題，詩暫二韻。夜學歸，聞大姊須臨盆，至終夜擾擾，至天曙時已添一子矣。父錫名曰祖送，因其祖寶卿公去秋已死，祝其能佑孫也。

十四日　晴

今日寅時外甥出生，家中人甚喜。下午，因馬娘娘會爲余家會首，父親佈置諸事。張子宇、孟右卿、周兆九十一人來家進香。中酒晚酒後，繼之以博。

十五日

十六日

十七日

十八日

十九日

二十日

廿一日

廿二日

廿三日　晴

今日課題《敏於事》，起講。詩題《賦得"春晴"》，得晴字，四韻，師當改正。予於八股文莫名其妙，前去年，程師以學生多，又對予無所指示其訣，真傷心之事也。師之友人來得密者，石鏡清、邱竹泉師、陳煦陽、名元章，書法極佳，在漢口寫市招有名。孟雲谷、王稚書。此二人口不道忠信之言，與師談多輕薄語，涉及婦女，犯口過不知也。大生當鋪管事徐玉臺，皖人，亦秀才，此人間日必來師處坐談者也。尚有商人汪元生，又汪煥南，每日晚必來，坐談甚久去。父親四十六歲壽辰，晚具酒麵二席。

廿八日　晴

今日課題《敏於事》，小講。詩題《春晴》，得晴字。詩尚可，先生評獎許之。

廿九日

余以頭暈，上學甚遲。今日課題《爲政以德》。詩題《雨絲烟柳欲清明》，得烟字，就縣官觀風題也。

三十日

今夕夜課，師授韓愈《進學解》全文，講解甚清。余讀五遍乃熟。

三　月

初一日

今年從閔師讀，朔望並不送茶錢。因程宅茶甚佳，另具先生一壺。有大司夫時時到塾，招呼一切。

初三日

今日課題《生事之以禮》，小講。晚學九時放。艾姊丈來引余過江家院看鬼火，竟未見。

初六日　今日清明

今日随父亲至城外上各祖墳，表兄劉朝金、姊丈艾承倫均同往。

初八日　雨

今日課題《祭之以禮》，起講。詩題《賦得春雨》，得花字，四韻。

十三日

課題《攻乎異端》，承題。詩題《賦得春柳》，得春字。又一詩題：《寒食清明都過了》，得明字。

十八日

課題《君子不器》，做小講。詩題《月移花影上闌干》，得移字。師改余句甚得意，另錄呈父閱。

廿三日

課題《子張學干禄》，小講。《賦得春雲》，得雲字，四韻。

廿四日　晴

今日石雲衢、道安兄弟，王長卿，涂小書、老六兄弟來約師打麻雀牌。縣中始有此牌，聞自皖人在此業當鋪諸人教之也。荒功費事，師停課大半日矣。

廿八日　晴　熱

今日課題《人而無信》，小講。《賦得菜花》，二韻①。汪煥南來學，約余與時炯、廷炯同往西山一遊，至最高處。

廿九日

今日陳元章來，寫大對及中堂。師命余牽紙，余喜陳書，願意牽之。陳執筆緊，凝神作書，程維舟在旁極稱讚之②，以爲比邱竹師、孟筠谷及閔均佳過之，非虛語。程松師請陳書"夢餘生儒醫"數字，刊木牌。

四　月

朔

今日下午，高幼泉先生來訪閔師。隨外出，高考問余讀《左傳》，並閱余詩文，稱讚許久去。

初三日

今日課題《孝慈則忠》，做半篇。八股文已有進步，小楷因師指導，亦大佳也。詩題《深巷明朝賣杏花》，得花字。姜德卿來坐，甚稱余字極佳，詩文甚好。姜與禮門五爹爲親戚，或過譽之。

十三日

今日課題《臨之以莊則敬》，做半篇。

---

① 過余門口見大姊姊女外甥女在門外立。——作者批注
② 程維舟爲太成典鋪管樓者，據說年可入五百串文，太典執事人皆皖籍。——作者批注

十八日

課題《君子無所爭》，做半篇。

廿五日

熊舜卿來坐甚久去。師謂熊爲舉人，現任某府教授。熊寫《九曲亭記》，楷書如茶杯大，余屢見之者也。

廿八日

今日課題《臣事君以忠》，半篇。詩題《一簾疏雨杏花寒》，得寒字，四韻。今日詩文均佳，師喜甚。

廿九日

今日課題《士志於道》，做半篇。詩題《賦得初夏》，得初字，四韻，詩文均佳。

五　月

朔　日

初二日

初三日　雨

今日課題《爲政以德》，半篇。《賦得夏雨生衆綠》，得生字，四韻。交卷後，師云放端午假，明天起，初七再上學。程松師自省城歸，與父親談張制軍湘濤欲變法行新政，圖自强云云。

初八日

今日課題《天將以夫子爲木鐸》，半篇文。《賦得蛙鼓》，得蛙字。今日余滿十四歲，爲十五歲初度。

十三日

今日課題《見不賢而內自省也》，半篇。《賦得蒲劍》，得留字，四韻。起二句：「似劍原非劍，佳名自古留。」

十九日

昨以龍船會未到學，今日補課題作小講一。

廿三日

閔師爲嫁妹已到漢口，買衣料等物。館事請程作舟代理，作舟名楫，亦歙縣秀才，在吾邑曾從程松師讀書者也。對余甚好，謂將來有出息。前天閔師出《勞而不怨》題，作舟爲余改之。

廿八日

閔師未歸。學中以天熱，余去時甚少。因前者師與石、孟等人用余方桌打麻雀牌，致余無處可坐也。父命如天熱，飯後即不上學，在家補習功課。晚間，縣中喧傳北京義和團胡鬧殺官吏，揭"順清滅洋"旗幟，殺洋人，現在中國須與各國開戰云云。

六　月

朔

縣中喧傳天津有大戰，義和團愈鬧愈壞，自五月廿五日以後猖獗無忌，戕殺官吏。

初三日

連日大熱。下午六點鐘，陳茂如來談，省城出了一個假皇帝案，現在其人押在江夏縣衙門內。

初八日

今日下學歸。晚飯後，聞父親云："北京拳民殺出京官吏甚多。"

十三日　晴　極熱

學中連日必有兩桌雀牌，涂小書、石鏡卿等爲一桌，王長卿、程維舟等爲一桌。飲食驕奢，快樂之極。歸語父親云："此□不知能久否？"余以上月及此半月讀書不多，甚恨之。

十八日

程松師自省城來信，屢托父親照顧其家事。連日天熱，余未上學，即至師母處，與師妹及兩師弟閒玩而已。兩弟就近從隔壁石鏡清讀書，因年幼未能遠走。師母每視余如子，師妹亦無所避，每去必晚飯後回家。程宅捨父親外，實無戚友爲之照料也。

廿三日

今日課題《朋友信之》，半篇。詩題《賦得捲簾新月上》，得簾字。詩韻甚窄，今日文亦未作好，蓋熱季讀講時少，閔師又時不在塾。即在塾，而閒友多人必來約之打牌也。向例學東不許先生荒誤學生功課，使學生無長進。而程維舟則不然，蓋驕奢淫逸之家庭也。先生抹牌，其子與洪時烔即至其內宅閒玩竟日，余則無事不能離，師或命余聽叫。自是晚飯後余不去矣。

廿八日

今日天熱，學中有打雀牌者二桌，石雲衢、孟筠谷等來。余乘間回家，今日亦未作詩文也。

廿九日

前日張季馥做詩《待天津捷》。今日聞李鑒帥已殉難，天津被八國聯軍攻下矣。武漢傳來北京消息甚惡，謡言大起，人心不安。

七　　月

朔　晴熱　此月大建

今日陳茂如來談，北京緊急，兩宮震驚，現靠甘肅兵馬福祥打洋人云云。

初三日

今日課題《人不知》，起講。晚間，連夕程少圃、洪小坪、陳茂如等談拳匪，呼洋人爲大毛子，中國官吏爲二毛子，匪亂殺百姓，無所不爲。太后深信剛毅、端王，又從而鼓勵之。

初八日

今日有人自縣署傳出消息，北京紛亂甚，知拳民不可靠，現勢極危險云。

十三日

先生放假回家祀中元節，余遂回家。

十四日　晴　熱甚

今日午後，父親率同余及姊丈、表兄等敬謹祀祖，禮節極繁。余等鵠立左右，自接神至排席、燒包袱、送神，約一點半鐘方畢，汗濕長衫矣。吾邑城內各家祀祖均如此，真美俗也。

十八日

長城□大敵，臨陣莫潛逃。異族貪狼起，孤軍汗馬勞。天心嚴武備，兵法祖文韜，何日龍城捷，長歌擁節旄。高先生《天津待捷詩》。

廿三日

聞北京義和團事愈壞，聯軍快攻到北京。山東袁世凱、兩江總督劉坤一、湖廣總督張之洞、閩浙許應騤、兩廣李鴻章，五大員聯名電上海總領事，聲明負責保護外人生命財產，不與北京端、剛諸人同意，並嚴斥拳匪誤國云云。又聞拳匪中有一女子，名紅燈照，能飛行天空，觀音大士托生云云。

廿九日

聞漢前天破富有票案，即二十八日，張制軍殺唐才常、林述堂、傅致祥、王天曙、蔡承煜、李炳寰、黎科、瞿河清、田邦璿等九人，被解省城江夏縣前天符廟殺之。是爲富有票案，唐才常所措辦者也。

三十日

上午，陳茂如來，向父親說唐才常造反事甚詳。係唐找一剃頭匠剃頭，該匠在棧中看出破綻，出來報告官廳。連日本人共廿八九人，當經張制軍與于巡撫審後，先殺唐等九人。冊中尚牽連兩湖、經心兩書院學生十餘人，後由兩院山長吳兆泰麻城人與梁鼎芬廣東人出面，向張制台要求少殺，以免動搖人心云云。晚九時，父親自張宅歸，攜回張制軍所印製之勸讀書士子文。曰："近日漢口、長沙、岳州諸處捕獲會匪多名，搜集偽簿、偽檄、逆信、富有票、軍械等物。內有正會長康有為、副會長梁啓超偽札、偽通飭，有國會總會、分會及自立會、自立軍等名目。總會設在上海，分會設在漢口。唐才常供稱頗牽涉國會諸人，其偽札有報告上海國會開會有關防之語。其弟才中供詞，去年康、梁及才常設自立會，今年六月將自立會併入國會，在上海印富有票三十萬，招匪起事等語。不勝駭異。國會中人，大率誦讀詩書或挂名仕籍，尊親之義，豈有不聞，順逆之理，豈有不辨。國事艱難至於此極，凡朝廷政治之闕失，中外大臣之愆謬，弊政何者宜除，要政何者宜舉，苟有所見，婉切直陳，以自附工諫師箴之列，有何不可？今計不出此，而下喬入谷，去順效逆，其知康梁之亂而從之耶？抑謂康梁為志士而附之耶？沿江沿海，匪徒專以焚殺劫掠為事，人皆痛恨。今不惜委曲就其名目，以叛逆君父而美其名曰勤王，以戮殺商民佔奪城池而飾其說保國，以之自立不認國家而矯其辭曰保皇。返之於己而不安，喻之於人而不解，驗之於事而不相應，揆之於勢而不可能，其萬萬無幸，不待智者而知矣。夫兵猶火也，燎原既成，誰能收之。會匪猶決河也，橫流四出，誰能限之？沿江沿海會匪本多，今諸人乃設法鼓煽之，並資助之。果如所謀，群匪並起，肆其焚殺淫掠，輾轉迸流，此討彼竄，吾恐自立會偽札之墨蹟未乾，而若輩之鄉里親戚殘毀盡矣。又況鷸蚌未決，漁人乘之，徒作滔天之惡，終必無立錐之地。世界各國豈肯與朝生暮死之流寇立約通商乎？且其會以自立為名，以自主為此數十萬會匪必遵其宗旨，人人皆有大者王小者侯之思。唐藩鎮王武俊有云，不臣九葉之天子而臣叛逆乎？吾知諸人之僕隸夥黨，有□皆為彭寵之奴，翟讓之將。而此次起事之人，率皆文弱書生，必先就剪屠，不待定矣。卿本佳人，何為從賊？吾為國會諸人百思而不得其解者也。至若各省出洋學生，費國家鉅款，賴國家之翼護，資之出洋，俾其就傅，凡有造就，皆出生成。今亦聞有惑於國會邪說而附和之者，不思朝廷之恩，不念官師之教，乃欣羨逆黨，以為志士才人之所為。稍有一藝片長，轉爲反噬倒戈之用，謀以自覆其宗國，不亦怪乎？夫鳥窮而啄，獸窮而攫，豈盡本心？今日除康、梁二人以外，其黨徒雖與譎謀而逆跡未著者，果能悔誤改行，自不株連窮治。即使曾經隨同滋事，現在通緝之列者，若能早詣官首悔，尚可許其自新。不然則本部堂粗明大義，忝列封圻，有扶植名教之心，有保守疆土之責，倘必自干法紀，又豈本部堂所能寬耶？"云云。此文用活字板印出，用好官堆紙，高六寸，寬三寸，如試卷式之疊摺本，後印年月，並未蓋印。父親閱後命余置賬箱內鎖之，視爲珍重之物。茂如談片刻去。下午六時，程師家送來李秉衡六月下旬在天津與洋人未戰時所發出之誓師文，聞滬津各報並未載過，縣中尚無人知此文也。師云在省城，係其友寄自開封者，因錄之，係駢體。文曰："竊謂死生亦大，須留不死之名，成敗難知，誓奏必成之績。當此密排敵壘，逼近神京，九廟震驚，兩宮出狩，正義士枕戈之候，亦大將裹革之時，除卻戰功，別無良策。匈奴未滅，何以家爲？可汗雖驕，終成瓦解。遠觀前代，近證今時，自衆志以成城，何患賊氛之甚惡。昔者苻堅侵晉，玁狁窺周，斷流水於鞭投，致中原於板蕩，卒之天戈所指，露布隨飛，泐石鼓而旌鐘，具長繩以繫虜。方知正朔，犯者不昌，請駕長風，于焉盡掃，此前事可徵者也①。至若今時，似爲危局，然以兩沽之守，卒敵八國之軍。晝夜環攻，風雲慘澹，□鋪鮮血，海滿浮尸，生依武穆之巋，死合田橫之塚。將非戰罪，洎乎合系天津。愈馳風陣，乃能冒險，間道包抄。彼將于化沙蟲，我不入壁風鶴。使有勤王師邽，飛將人來，蛇蜷崇山，首尾俱應，熊臥當道，肝腦干塗，則我不至②。即多封觀。所恨國威不揚，秦檜求和，息壤寒盟。睢陽失守，已挫渠士氣。揚我軍威，知中原多敢死之人，復有同仇之士，譬弈棋而先攻猛着，即聞鼓而樂蹈危機，故知現任之交綏，並向來之失算。本大臣丹心一粒，碧血三升，尊周室之未衰，料楚風之終敗。破强敵，奉命督師，內無交

---

① 前一段浮氣率易，脫字未添。——作者批注
② 直不成文，以下均□衍濫調。——作者批注

訌之汪黃，外有效忠之頗牧。將皆猛鷙，士盡鷹揚。須知主客異形，間關易困，放着老夫不死，大局能安。橫鷔則扼其前鋒，深入則議其後隊，實操左券，恰合陰符。望爾三軍，消埃警報，藐茲八國，飛渡尤難。用是先布誓文，後申紀律。人誰不死，豹皮尚解存名。我亦何求，馬革甘於橫臥。嗚呼，養兵千日，用在一朝，寧爲國而捐軀，勿臨時而縮手。他日功臣論賞，休防高廟之弓。期時死裏求生，請發天山之箭。"① 茂如自來坐，閱此文，請父親留存。坐至十點鐘方去。父謂此文用典重複，對仗不工，裹革典用了又用，虛實字亦未研究。想見軍書旁午，軍幕的人才，如是如是。而李秉衡之主戰，實亦無能之人。文中濫調尤多，暫留之作後人評論此役之參考而已。

程師二十六日自省城來函述各事。謂京訊七月廿日晨，皇太后召王大臣，一日間傳問五次，最後只有王文韶、趙舒翹、剛毅三人。是晚命內監數人，將珍妃投入井中。入室將貴重珍寶之物埋於室內地下，又有現金二千多萬兩加以封鎖，已來不及轉移他宮地也。又述趙舒翹爲□縣王家璧充同考官所取門生。太后與帝趁黑夜出後門，急行三十餘里乃得騾車二，分乘之。隨行官監疲勞殊甚，皇族子孫尚未趕到云云。

八　月

初一日

今日下午三時日食。三時半天黑如漆，有大星一，人謂太白經天云。餘有小星亦可見。余今日在程師母家，歸途見此現象。近聞省城人歸，述張制台殺唐才常事，輿論極壞。

初二日

聞漢口富有票之唐才常，湖南瀏陽人，拔貢生，有革命思想者。上

---

① 不成話。——作者批注

月廿八日，□爲張制台拘至省城天符廟殺之①。就戮時，有人見其從容賦詩云："賸好頭顱酬死友，無真面目見群魔。道高一尺魔一丈，□□□□□□。"下句未記。唐有才子之稱，與戊戌政變之譚嗣同等六人有關。張制台爲西太后之黨，對於戊戌謀傾後，以扶持皇上者甚惡之也。各縣人士評論此案是非不一。前記七人不確，係殺十一人。

初三日

閔師往漢口購嫁裝等事，嫁其妹與孟仲良之子，連日未歸，余亦未上學。今日程師自武昌來函，與父親云，七月廿一日晨，兩宮出亡，太后扮漢裝，穿藍夏布褂。坐騾車出城，狼狽不堪，馬玉崑保駕。

初十日

今日聞太后出奔時，事前推珍妃死井中，光緒帝不能救之。蓋妃係太后所惡者也。

十五日　今日中秋

縣中時有謠傳，今年秋節四民不甚歡喜。昨日喧傳北京已失守，混亂之至。

廿三日

今日課題《敏而好學》，作半篇文。此季《左傳》已讀畢四分之三矣。七家詩已讀四本，尚有三本未選讀。

廿四日

今日課題，師未改，未謄入。詩題《賦得一年容易又秋風》，得秋字，四韻。晚歸，父執洪、張諸人時來談及北京失守後情形。葛店范家員外郎被匪冤殺矣。

---

① 當時有人言唐才常貌劣，兩睛係紅色，故不得善終云云。——作者批注

廿五日

今日陳茂如來云，彼前日自省城返縣，聽北京聯軍尚未入城時，逃出上下等人云，當董福祥軍攻使館不下時，有許多御史滿員說出許多笑話以入奏章者，真荒謬糊塗者甚多。如副都御史英麟奏稱，洪鈞老祖已派五龍到大沽口與洋兵打仗矣。又英年奏云，洋人懼內，可先殺其妻，必敗。又漢人出奏者，如侍郎徐承煜云，中國人可不買牛羊肉，因洋人不食豬肉，不買牛羊肉是示與洋人絕也。郎中陳安邦奏請查訪諸葛亮後人，令其製木牛流馬，以拒洋兵。翰林廖炳奏請任用楊令公後人挂帥，以殺洋人。如此官吏，則國政可知，聯軍破城非偶然云云。

廿七日

今日縣中喧傳北京初失陷事。下午高幼泉先生同張季馥來訪父親，談北京事，謂渠戚范德鎔主事在京自盡事。范主事係戶部郎中，兼宗人府管庫多年，近兼崇文門督監頗□多與滿員尤親密。同鄉官多知之，其公館中有一廚役，與義和團之大師兄熟，密報拳民，每欲陷以二毛子之名也。聯軍未入城時，廚役李升已先逃走。二十二日兩宮出走後，京官未逃者尚多。范遂以其子媳輩十餘人，派僕人王連升攜細軟，趁彰義門開，平民男女一齊擁出，行二十餘里。次日遇英國印度兵於途搜索，以語言不懂，槍殺其子及媳，家口亂逃散。又一僕某，次日又入城告知，范公尚在寓，聞僕，取金飾吞之自盡。因范公先聞其鄰右工部主事黃安鄧廷佐，於昨日吞金死也。王僕自京出城後，聯軍未盡入城，尚可自由免查索，逃市民三四千人。王僕出京，步行艱苦，川資盡，到信陽始向識者借川資回葛店，今日方到張宅報信者也。相與太息久之。高、張二先生去後，父親命余錄此事。

三十日

今日茂如來談，假皇帝前月已為江夏縣殺了。據說其人服刑時，口稱母后你好狠心哪。

閏八月

初一日　小建

連日縣中喧傳北京義和團事。湖北有張制台保護洋人，不致遭攻擊。又聞本省各縣，晚間有過陰兵之事，言之鑿鑿，父親亦爲余説此事甚確。

初二日

今日茂如來，述唐才常生時曾挽譚嗣同聯云："與我公別幾何時，忽警電飛來，忍不隨二十年刎頸交，同赴泉臺，漫嬴將去楚孤臣，簫聲嗚咽；近至尊剛二十日，被群陰構死，甘永抛四百兆爲奴隸，長埋地獄，只留得扶桑三傑，劍氣摩空。"

初三日

閔師到漢口，作舟又往他處，請邱竹師代館。邱爲余甲午年塾師，輾轉相代，耽誤學生光陰。

初八日

課題《不恥下問》，詩題《賦得秋山紅樹多》，四韻。中有"霞落前村外，風來夕照中"一聯，邱師批爲句秀，此時詩文均邱竹師代改。

十三日

連日余塾中師友俱談北京戰事失敗原因，笑話殊多。董福祥以數萬甘肅兵，攻使館外國百餘洋兵不下，縱火亦不成云云。此係端王、剛毅、榮禄所重用以抗外國者。又談七月十九日聯軍到京後，即架大炮向城內放了十餘炮，彈如雨下，嗣英督制止乃已，捕直督廷雍槍斃之。

十八日

連日未上學,閔師家有喜事。

廿三日

今日縣中傳聞,北京自兩宮西狩後,糜亂不堪。土匪白晝殺人,恩怨者俱於此時報復之。

廿八日

連日武漢消息傳來,北京紊亂情形甚多。官吏事先未出城者,受洋人土匪之辱,死者甚多。平民逃亂無地,洋人亦不救濟,貧苦人白日殺搶而已。

廿九日

連日學中讀書作文,毫無進步,閔師耽誤時多。塾中同學僅二人,一洪時炯,一程廷炯,年齡均小余一歲,未學作文,余則作制藝已到半篇,原擬今年可到中股或開會者。閔師無日不打麻將二三時,同局者二石,一鄭或一涂,皆遊手好閒之士紳也。

九　月

初一日

聞縣喧傳,安徽巡撫福潤爲故相倭仁之子,聯軍入城死之,其母九十餘,爲外國軍執去,令執炊。

初三日

課題《其事上也敬》。《賦得秋菊》,四韻。

初四日

今日下課後，父親云周子書前在漢口得有讖語，一説是童謡，云："乾坤自有一定，小兒多勞一休，秋後五子出頭，天機不可洩漏。離不離，逢不逢，日沉海底，尚在夢中。暫時不爲苦，三四加一五，紅花滿地開，那時才算苦。廣船欲信走，只怕旅順口，電線不長久。江山問老叟，可惜好洋樓，盡被離官收。"現武漢遍傳此謡。現在兩宮早已逃至山西，以後如何，不得而知。所謂焚洋樓，電線不長久者，俱係僞語，以欺兩宮而已。

初八日

今日課題《朋友信之》。師出題數次亦未改，余亦未做文，荒功廢時矣。下午高先生來塾云：渠昨聞北京聯軍入後，尚書楊玉甫家有朝珠三百六十餘串，其價低者亦值千兩，其藏古玩可值千萬。

十三日

今日母親四十六歲壽辰，表兄、姊丈、姑母均來致祝。

十八日

報載，洋兵入京，紀律甚壞。搶劫與中國綠營兵無異，並且掘四郊新舊墳墓。

廿三日

詩題《賦得菊殘猶有傲霜枝》，得殘字，四韻。未做好，師全改正之。下午申初，高幼泉先生來坐。值師出，高先生考問余所讀《左傳》秦伯任好卒一段。又閱余窗課本子，約半點鐘去。今晚回家，父親問余曰："高幼泉在汝學中見面耶？"余以高所問余者一一向父言之。父喜甚，謂高先生許余穎慧，用心必早達云云。高師又謂在張宅閱《申報》，載德國統帥瓦得西得京妓賽金花，甚昵之，言聽計從。蓋妓原爲駐德公使洪鈞之妾，隨洪居德三年，通德語也。

十　　月

初一日

德統帥瓦得西在京考試，出題曰《以不教民戰》，詩題曰《飛斾入秦中》，亦有百餘人應試①。

初三日

今日課題《天下有道則見》。詩題《十月先開嶺上梅》，得梅字，四韻。今日詩文均佳。

初九日

師今日登高，下午余與同屋洪元愷亦往西山閒玩。

十三日

程松年師自省城時時回信致父親，告以兩宮播遷後之事，蓋關心國事者述事甚多。

十八日

父親今日又接程師函，云七月十四李秉衡兵潰自殺，洋兵過通州。十六日太后準備西巡，十九晚城外炮聲大作。二十日太后召見臣工三次，亥刻則只有剛毅、趙舒翹二人。王文韶年老，諭之先退。父閱此信，謂係北京初陷時事，帶信者係城內某商家，耽延時日，方輾轉交朱益舟先

---

① 中國文人無恥，於此可見之。——作者批注

生帶回縣者也，過期已久矣。

廿八日

今日課題《歸与歸与》。詩題《賦得一卷南華枕上看》，得華字，四韻。今日程師又寄父親信，詳述太后西遷到陝西事。廿一日黎明，兩宮出德勝門，過貫市。八月初三至山西境，初六至大同，十七日至太原，駐撫署。一切陳設舊物，均高宗幸五臺山時原件，保存如新。閏月初八，啓駕南行，廿六日巳刻入潼關。換舟更南行，九月初四未刻駕至西安。進長樂門，先至南院行宮，後移北院云云。

十一月

初一日

《申報》載，宮內御膳費每日二百餘兩，由岑春煊辦理。皇帝喜食黄芽菜，太后喜食麵筋。

初三日

今日課題《攻乎異端，斯害也已》，小講。詩題《霜葉紅於二月花》，得紅字，四韻。報載，兩宮駐西安，岑春煊與樊增祥尚欲爲太后備初十日萬壽節，做皇會。時局敗壞至此，岑等是何心。

初八日

師家事多，學中鬆懈。今晨聞作舟回江南。

初九日　晴

今日下午至縣署一遊。入頭門，門楣上懸"武昌縣"三大字直牌，四周斜紅邊，如聖人牌位式。牌高五尺，寬約一尺二寸，字徑九寸。進出門楣上懸"儀門"二字，其牌與前牌同式，字徑約一尺餘。聞舊例新知縣到任，先拜儀門，方入接印。再進，則有高架三座，中高橫式，有"清"、"慎"、"勤"三大字。字約一尺六寸，作宋字體。左橫額白地油漆黑字，右邊字數同，均宋字。文曰："爾俸爾祿，民膏民脂。"兩字一行，共四行。右邊曰："下民易虐，上天難欺。"字徑六寸。再至大堂，有橫匾數塊，皆士庶紀念賢令尹者。其下爲暖閣，有大門四扇，中畫大貪狼一隻，比大水牛尤大，甲如麒麟狀，反首望一紅日，似欲吞之者。前門大照壁上亦畫貪狼如此狀。歸後問之父親云：此壁及衙署頭二門、大二堂格式、匾文，湖北六十八州縣一樣，推之全國二千餘縣縣署重數佈置，及各府、縣儒學均係一式樣也。

廿九日

今日閔師放假。余下學歸，與父親言，明年不從閔師，以免曠廢光陰也。父親意嘗云，高幼泉先生在張伯芳家教停館，昕夕盡職，學生進益必多。

十二月

初一日

早起，進祖宗後，父命幫同清理家中各事。將空倒房中檢出桌椅，以便溫習舊課。

初二日

集訂今年塾課本子，所習大小字亦訂成一本。

初三日

余今年十五歲未滿，記此八年中讀書甚少。所作八股文止於半篇，詩止於四韻，賦及七律未窺門徑，僅大小楷尚可，亦能認識篆文，刻圖章，因字刻均閔師所長。

十一日

在家讀唐詩，溫《書經》。至現在惟《禮記》未讀三分之一，其餘四書五經、《幼學瓊林》、《龍文鞭影》俱已讀畢。中最熟者爲《左傳》，不熟者爲《書經》。八股文熟而背誦者約四十篇，七家詩熟者約五十餘首，《唐詩三百首》能誦者約二百餘首，一字不遺，《古文觀止》熟誦者二十餘篇，因師所授亦不多。師工篆、隸、行、草、鐘鼎文，有名於時。余亦能書，則受師之益也。

廿一日

連日在家溫習。父命自二十三日起即停止，專幫忙理家事。

廿四日

今夕送竈神。父命余寫屋內外大小春聯，備張貼之。唯串門一聯，父親自書之。

廿七日

今日父命姊丈買齊年下應用之菜蔬魚肉等等，海味亦有之。明晨吃年飯。晚間，家中忙一通夜。劉表兄亦在此招呼，並挂堂屋方燈及簷下四燈。

廿八日

寅初起，父親率姊丈、表兄及余進香祀祖。卯正吃年飯。小兒有甥女、甥兒，父母、大姊坐席共一桌。懸燈放炮，莊嚴之至，父顧而樂之。

廿九日

今日下午，父命姊丈及余貼前後屋春聯。所書皆太平吉語，因本朝近十年中兵革不用，真人壽年豐之世也。晚間，換去舊字畫，一堂之中皆新裱中堂、屏對、橫批等。父親好書畫，對於裱工向不惜錢。

三十日

早起，父命佈置燈燭。下午四時祀祖，燒除夕包袱，排供較中元稍簡略，禮節僅酒一巡即上飯，時間僅一小時畢。晚飯後，發燈火。前宅所住祝姓甚貧，朱益舟亦貧，僅小燈，燒柴火取暖而已。父命余守歲，帶同甥女嬉戲庭中。

清光緒二十七年（1901年）辛丑日記

　　光緒二十七年，予從高師在小南門家塾讀書。年滿十五，知識已豐富，師督課嚴，期望急。八比文從起講再做起，乃至半篇、中股成篇。詩逕爲六韻，兼作五七律絕並古風，且能爲賦。夜課每至三鼓，青年腦力足，能強記，真予求學之黃金時代也。秋間改策論，師精通經古，留心時務，欲予即取功名以娛親也。

　　自改策論後，予作文如脫羈之馬，筆勢開展奔放，已不受八比文之種種法制束縛，思想所在，運筆自如。是年記載皆詩文題目，間及妖異事，如妖人剪雞毛，則親見之。帝后回鑾事，則錄自報紙，高師又談時務，指示古文考辨作法，予悉心記之。此一年讀書，勝從他師三年矣。高師之恩至今未敢忘也。

　　丙申十月峙山老人檢閱舊日記竣書此數行時年七十有一

正　月

朔　小建

　　寅正爲上午四時，起床，隨侍父親進香，拜祖宗，出方，姊丈、表兄均同去。在岳廟敬叩岳武穆歸，余與雙親拜年畢，父同姊丈出門去，謂萬姓新親，須親往也。

初二日

　　晨起，至岳父家拜年。有尊公尊婆，更長一輩。雙親囑余到萬家作許多吉語，余實不長於説此類話，父命不敢違也。在岳父家早點即歸。

初三日

家中去年買有外國鐘一架，能走兩星期，以後記事以新法記之。今日在前堂應門。

初四日

早起，西畈大舅父、表兄今日來拜年。餘爲近鄉親戚，如黃永萬、晏表叔等。晚間具供，先祖母忌日也。

十五日

今夕各街龍燈極熱鬧。北京聯軍佔據，朝廷正派大員求和，是否再割地如臺灣例則不可知。噫！國弱如此，而兩宮信任端、剛，以爲義和團可靠。而奸民貪吏，以爲順清滅洋之旗揭起，利用民氣可滅洋人，俱矣！此一段話，係父親今日在張宅聞京信所言如此。

廿二日

今日祖父忌日，距先祖之殁已滿四年矣。

廿六日

父親送余至南門高幼泉師上學，此爲半停館，就師家中，後重一大房尚未退出，余等俱在大堂屋中讀書。爲父親所約學生爲劉高雅號幼浦，年已廿一歲，程賢智、賢禮弟兄，餘爲周德美、范章銀，張遠壽號稚芳，伯芳之子也，高世兄、王成章、黃太和之幼子，共九人。定下月初一坐學。

廿七日　晴

今晚武昌縣試頭場。父親命余同劉幼浦進場，觀光而已。雞鳴時，父親送余至考棚①，點名接卷。頭場不分號，與幼浦同坐一條凳。知縣陳瑞瀾，號稽亭，湖南人。題目懸挂《文質彬彬》。二題失記。詩題《賦得泮宮初采魯侯芹》，得芹字，五言六韻。余亦做頭篇完畢，二篇不能完卷，雜鈔而已。詩起首二句："本是探花手，如何不采芹。"以下亦不佳。觀光初次，不限定取不取也。

廿八日

今日下午四時放頭牌，余即出場，家中派老表在門首接。到家後，飯畢。程松師來余家，謂可以換卷，再送入場。蓋放三牌出場後，人數不及二百人，可自由進出也。父親止之，謂孩子初試，何關係取不取也。因功令，頭場被落者，終場仍發出姓名也。

廿九日

《申報》載，兩宮在西安，去冬皆食牛乳，養牛六頭。現以天氣乾燥，不願食，將牛六頭發交西安府喂養，每月需銀六百餘兩。另築一大院，爲此六牛臥地，設官掌之，其官爲正五品。奇哉！闊哉！

二　月

朔

今日由表兄搬方桌至學中，余帶書籍筆硯齊備。師命仍温《左傳》，講《小題正鵠》《七家詩》《古文觀止》，並温《書經》。不重背誦，注重講解，並囑買《賦學正鵠》一套。師對余注重多讀多做，寫字注重小楷，限定每日抄八股文一篇，以當小楷功課。三、八做半篇一、試帖一，餘

---

① 本邑考棚同治初修成，民國四年改爲關岳廟。十六年後內部俱毀，僅存圍墻，今恐不存矣。戊戌三月十五晚閱後記。——作者批注

日做試帖一，或七絕律七五古一首。晚間讀古文。八股須熟，以能背誦爲主。晚間自黃昏時去，二更聞當鋪鼓鑼聲方歸，總之不准虛度光陰也。師期望余正殿，恨不即時成名，此予至今不忘恩師也。

初三日

今日課題《節用》，小講。詩題《賦得秧針》，五言六韻。

初四日

早讀《左傳》，背誦止一遍。午寫大字一張，小楷抄八股《學而時習之》整篇。師謂余小楷佳。讀試帖一首，作小講題《寡人之於國也，盡心焉耳矣》。交卷後方准歸吃晚飯。飯後黃昏時，帶燈上夜學，讀古文一篇。師或講歷史與故事與余聽。讀夜書者僅余與張遠翥、范章銀三人，因彼二人住南門本街，程氏兄弟遠路，年稚不能來。劉幼浦時來時去，師不喜其人，謂貪頑無甚出息，年長不求學也。昨日縣考二場，彼頭場已發出，今日覆試，未來。

初五日

今日午後小講題《察鄰國之政》。夜課王成章亦來，帶有小洋燈，歸時點以行。自是學中讀夜書有四人。

初六日

今日詩題《賦得榆錢》，得錢字。劉幼浦已來上學。以後詩文題師囑余即日交卷，文至遲至夜間必交，否則責罰之。餘學生均做破題。

初七日

今日小講題《則移其民於河東》。夜課每每至當鋪起更方放學，前夕，劉幼浦亦來讀夜課，攜有小燈。

初八日

今日課題師命做半篇，《不遠千里而來》。詩題《踏雨探花開》。晚間寫畢交卷。繼讀夜書，一日可用兩日之功也。

初九日

今日小字寫《孝慈則忠》八比文全篇。夜間師講解明透。

初十日

午後，師出試帖，命作《柳道人歇待船歸》，得船字。自劉幼浦加入讀夜書後，共有五人放學時同歸。

十一日

今日常課外，講古文《留侯論》。午後作試帖，《碧蘿長似帶》，得蘿字，六韻。

十二日

今日課題，七律《試劍石懷古》一首，小楷寫《信而好古》八股文全篇，傍晚方畢，惟菜油燈光甚小。

十三日

今日正課，《亦將有以利吾國乎》，做半篇。詩題《好鳥枝頭亦朋友》，得枝字。余家今日下午請高師宴，陪客有張叔華、程少圃、劉幼浦。酒席極盛，母親所辦，菜肴十餘品。師宴畢，向諸生贊美之。

十四日

今日中午，講古文《辨奸論》。作文小講《子奚不爲政》。小考出孟題時甚少，師云塾中作此練筆氣而已。記當日余如此説。

十五日

　　晨起到學，師似已起後再睡。余前聞之，師爲陰曹吏，每朔望起極早，用黃表紙寫文焚之。不知其所謂也。午後，師出詩題《春水綠波》，四韻。

十六日

　　今日詩題《寒溪讀書堂懷古》，七絕一首。上午十時，父親帶余與程賢智在大西門外看武考①。

十七日

　　今日作小講，題爲《貧而無諂》。夜讀時，師爲余講《漢書》董卓、蔡邕事，約一點鐘之久。

十八日　今日清明

　　今日正題《所謂大臣者》，做半篇。詩題《賦得柳橋晴有絮》，得晴字，六韻。

十九日

　　今日小講，題《節用》。下午抄八股文祭，截下題也，六百餘字。晚間師講此題作法，文章有三十餘法，此其一也。

二十日

　　今日起講，題《察鄰國之政》。又作七絕一首《白牡丹》，限紅字韻。

---

① 吾邑武考，自此年六月試畢後即廢止，辛丑爲各省武科停止之紀念矣。——作者批注

廿一日

今日做七絕二首，《蜂衙》，又《落花》，俱係二字。自初一上學後，師不許余有一天空閑，寫讀背誦作文，繼以夜課。

廿二日

今日詩題《種竹》，七絕。王成章作詩四句，用"睢園"二字，師大獎之，謂其能用《滕王閣序》語也①。

廿三日

今日正課題目《其爲人也》，《孝弟》句。做半篇。《鶯歌》七律一首。父親壽辰，下午家中具宴二席。

廿四日

今日詩題《鶯歌》，七律一首。下午抄截下題《紂之不善》七百餘字，至晚方畢。

廿五日

今日詩題《賦得柳眼》，得明字。

廿六日

今日詩題《紫燕》，五言絕句。

廿七日

今日詩題，五言絕《燕翦》。夜課時，師爲余講《水滸》故事一段，謂此可悟作文文法也。

---

① 王成章人極聰明，師喜其能讀書也，每談於人。成章不壽，民國二年以勞瘵死。——作者批注

廿八日

師家藏有《方正學全集》，時時閱之。夜間課餘時，爲余講孝孺先生爲永樂慘殺事。

廿九日

今日課題，小講《舉直錯諸枉則民服》。小字寫八股文《人力不至於此》全篇，五百餘字，寫不甚佳。

三十日

今日父親帶余出城祭各祖墳，下午四時方歸，疲甚。晚間仍上夜學，去聽高師講史事。師熟於雜書，記憶力強。有友問出典，師隨口答之，不假思索，並謂在某書某頁幾行，蓋夙慧也。

三 月

初一日　小建

今日課題未做，隨父親、表兄、姊丈至城外補祭各墳。並至小橋李家下灣祭曾祖胡正華公墳。

初二日　晴

今日詩題《賦得三月桃花落更開》，做四韻，得開字。

初三日　晴

今日正課，做半篇文，《隱居以求其志》。詩題《三月桃花浪》，得花字，做四韻。晚間課畢，先聞師語，今夕城外可看鬼火。余與張稚芳、劉幼浦提小玻璃燈，由江家院上城，俯視城外無所見。遂令閉燈，則見江家院敞地有磷火如酒焰者數處，大約即鬼火也。吾邑舊俗，三月三夕多有人至寒溪塘西山麓看鬼火云。歸家後，曾與父親述今夕事。父因舉張古董一事告余。張，城內人，久死者也。張爲古樓疋頭店主人，未死時生魂已離去。三月三夕，有人遇之寒溪塘，手執火過去，後問其家知已死。

初四日

初五日

初六日

今日小講題，吾日前二日事已散失，未能補記。

初七日

今日七絕詩《白桃花》，限紅字韻，二首。

初八日

早總溫各書。午後正課題《後生可畏》，做半篇。詩題《春到無花處也香》，得香字，六韻。

初九日

今日課題《寡人之於國也，盡心焉耳矣》。

初十日

今日課題《則移其民於河東》。學中有客來談，耽延二小時方去。師放余等回家吃飯，再上晚學。

十一日

今日抄八股文《未可以言與》畢。晚間，師上此文，命熟誦之。

十二日

今日課題《子奚不爲政》，小講。

十三日

今日正課《子行三軍則誰與》，半篇。詩題《竹搖清影罩幽牌》，得清字，六韻。

十四日

今寫小楷，八股文《惟我與爾》截下題，約七百餘字。師講解甚透，唯余終不能了解。

十五日

今日詩題《採石磯吊李太白》，七絶二首。晚間，師改此詩後，並舉李白在採石磯夜魂稱詩仙事。

十六日

今日詩題《閨怨》七絶一首。余以八比文爲苦，思極窘。惟作詩，不論試帖、律絶，喜爲之，且能速成也。

十七日

今日抄八股文《願爲聖人氓》，約六百餘字。晚間師講解此文作法，並文所引各典故，此爲第二次。所抄正楷。

十八日

今日正課《子行三軍則誰與》，半篇。師先講，然後下筆。晚間寫就，師以惜光陰用心求學爲要，並舉蔡伯喈語"文章誤我，我誤爹娘之語"以相勖。因《子行三軍》題上次做未入神，囑余再作。

十九日

今日小講題《臨大節而不可奪也》。

二十日

今夕，父親在張叔華家攜回張炳琳中舉及會試中式硃卷示余，然不能懂者三之二也。

廿二日

今夕，父親又在張宅攜歸《乙未科會試第三房同門錄》一本。是年陳曾佑爲同考官①。

廿三日

今日正課《軍旅之事，未嘗學也》，小講。

廿四日

今日七絕一首，題爲《割麥插禾》，即布穀鳥名也。

廿五日

今夕，父親在張叔華家攜回張炳璜優貢試卷。《仕而優則學》，四書文，《唐花賦》最佳。

廿六日

廿七日

---

① 陳曾佑，蘄水人，宣統時做新疆提學使。是科其門生有泰興人金軾，號蘅意，是科點翰林，年二十四歲，民國二十八年卒。——作者批注

廿八日

今日正課，小講題《歲寒然後知松柏之後凋也》。詩題《春柳》。

廿九日

今日詩題《送春》，七絕一首。師教余盡力，每謂劉高雅難望有成，年逾二十無進步也。余天分佳，詩文有發揚氣象，必早成也。

四 月

初一日

今日抄八股文《願爲聖人氓》，文約五百餘字，寫得甚好。今日劉高雅帶來《賦學正鵠》，余又抄岳武穆《奉詔班師賦》，未成。

初二日

今日師上賦一篇，與劉同讀，即《奉詔班師賦》也。初讀甚喜，慮其難學難成篇也。

初三日

今日正課《乘肥馬》，小講。詩題《鄉村四月閒人少》，得村字。

初四日

今日小講題《隱居以求志》。

初五日

今日詩題七律一首，《漁村》。

初六日

小講題《衣輕裘》。

初七日

今日早飯後上學，師云放假三天，初十日上學。吾邑舊例，四月八唱戲，各學塾均放假也。

初八日

初九日

縣中四月八日戲，在城隍廟演唱，向來不寫好班，聞該會會首無多存款。余與姊丈今日看二次。

初十日

早飯後到學，學生俱齊。師講岳武穆《奉詔班師賦》，並講以題為韻者有賦字一段，以題字為韻者無賦字。又云古賦押韻，字在中間亦可，近體則韻須在每段段末。先講武穆為秦檜所害之歷史。

十一日

今日師出賦題，命分三日為之，《鄉村四月閒人少》，賦以題字為韻，計有七段。午後擬作第一、二段。

十二日

今日續作賦二段。

十三日

今日正課《子行三軍則誰與》，半篇。詩題《賦得綠天》，得蕉字。《子行三軍》題已作二次，師云不佳。

十四日

續作賦，下午已成篇。師則每段徐做徐改也。

十五日

《鄉村四月閒人少賦》已改成。師命熟讀之，謂此等賦題，場屋中或有出此者。

十六日

今日作七律詩一首，題目《赤壁懷古》。

十七日

十八日

正課《而敏於行》，半篇文。《賦得萬頃江田一鷺飛》，得田字。

十九日

今日作七律一首，《望夫石》。

二十日

廿一日

今日作七律一首，《李青蓮夢筆生花》。

廿二日

今日師命王成章讀《滕王閣序》，成章讀六七遍，聲宏亮好聽。余已聽熟，亦能背誦矣。

廿三日

正課題《好古敏以求之者也》。《賦得麥秋至》，得秋字，六韻。

廿四日

今日抄八股文《朽木》，約七百字，小題也。師爲之詳解作法。

廿五日

今日詩題，七絕一首，《馬嵬坡》。師先講唐明皇幸蜀事，囑余作須立新意，不專罵貴妃也。

廿六日

今日師授賦一篇，《南霽雲拔刀斷指賦》三段，餘留明日再補授之。下午仍將三段讀熟。

廿七日

下午續上《拔刀斷指賦》，講解畢，並熟讀。師改余作《鄉村四月閒人少賦》，命於詞句間研究之。

廿八日

今日正課《吾日》，半篇。詩題《賦得張睢陽罵賊抉齒》，得忠字，六韻。

廿九日

今日寫八股文《善夫》，截上題，約七百字。此文全用虛神，甚難做。後批所謂"字立紙上，不使臥紙上，否則笨矣沓矣"。晚間，師爲余講得過細。計余自正月杪上學，此三個月中，共耽延不過五日。讀八股文除未抄者外，約二十餘篇，古文約十篇，賦二篇，試帖詩四十餘首，唐詩約三十餘首，《左傳》已讀完，《易經》、《詩經》、四書俱從頭溫過矣，是此三個月所讀如此之多。作文作詩每日皆有二篇或一篇，已八十餘藝。較之去年從閔師讀書，可抵全年，豈僅事半功倍已耶。高師尚慮余學不能成，而時刻訓勉之，恩師哉！師自作之八股文一本，余知其佳句多。每晨上學較諸學生甚早，師亦未起，余私開其考簍取出，逐日抄之，仍還原處，師不知也。其餘應酬詩則未抄，因非有益者①。

五　月

朔　晴

今日師授其子駱賓王討武則天檄文，彼讀三四遍。余方抄八股文，竟聽熟能誦②。

初二日

今日詩題《艾人》《蒲劍》，各一絕。本年四眼井市一里華光廟會，五月端午會戲輪到余家爲頭會，尚有夏乃卿、涂西垣二人，夏不在家。父親亦往廟開會二次。會中首士請余畫臺上畫八幅，今日下午調顏色爲之畫成，付首士去貼。

初三日

今日正課題《吾身》，半篇。詩題《高眠一枕安》，得安字。晚飯後交卷。師云自明天起放端節假三天，初七日早飯後上學云。歸後，料理家中各事。又至江家院，招呼戲臺上諸事及華光大帝座棚等等。時局承平，四民同樂也。昨聞省城正在考府試，吾邑士子早已赴省。

初四日

上午在家，招呼開銷賬目。下午至江家院座棚，招呼佈置桌椅。父

---

① 寒士求出路在科舉，予家夙貧，非如此求學不能弋取功名，爲時人所輕視，不得謂爲科舉害人也。——作者批注
② 駢文易記，非予另有天才。——作者批注

親以醫道忙，未能去。其餘大事支持，則夏乃卿之姪及南門會首諸人。余看戲兩齣即歸。

初五日　今日端午

上午招呼家事。下午至戲場招呼一切。

初六日

早，賀客來者衆。父親未在家時，余親迎送之①。晚九時，余與母親同至戲場看戲。

初七日　今日夏至

早飯後去上學。今日未作文，學生仍有看戲未來者。學中距戲場近，避師時時去看戲。

初八日

今日正課題《其爲人也》，半篇。詩題《接天蓮葉無窮碧》，得天字，六韻。下午歸，未上學。連日以有戲，夜課亦未去上。余今日十六歲初度，已滿十五矣。孔子曰："吾十有五而志於學。"以此自警，光陰當惜矣。

初九日

今日做起講一，題爲《道不行》。詩題《五月榴》，七絶二首。

初十日

今日師授程賢智以李華《吊古戰場文》。程聲朗好聽，彼讀四五遍，

---

① 吾邑舊俗，賀端午節者，以初六晨至午初；賀秋節者，以十六晨至午初。
　　——作者批注

余坐聽竟熟能背誦①。

十一日

今日做半篇,《後生可畏》。

十二日

今日做小講,題爲《勞而不怨》。

十三日

今日正課《隱居以求志》,半篇。《賦得夜雨先從竹裹來》,得來字,六韻。

十四日

今日放假,午後至大廟看戲。

十五日

今日作《龍舟競渡》,七絶一首。晚未上學。自八卦石方井頭起,至大東門止,看街市所挂燈争奇鬥巧,異常熱鬧。天熱人多,擁擠不堪。艾姊丈引余至大廟看夜戲,漢班也②。老生天全、蔡炳南均到縣,今夕唱五台出家,蔡唱做均佳。臺下一瞽者,聞蔡唱至悲哀處,大哭不止。噫,戲齣感人如此哉。

十六日

今日做小講,題爲《巧言》。詩題《賦得歌舞昇平》,得平字,六韻。

---

① 同學中王成章、程賢智年小聲音脆亮,讀書時同屋中人亦愛聽之。——作者批注

② 漢劇定價甚貴。當時每唱一日及夜戲,日戲大小五齣,夜間同,每本百串或百二十串文。——作者批注

十七日

今日小講題《宰予晝寢》。張稚芳在學中每日晝寢，師呼之醒，神智不清，亂讀幾句，師遂出此題也①。其餘程氏兄弟、周德美、王成章均能用心。

十八日

今早上學，飯後與姊丈至北門外看放龍船。天熱人多，曾至四叔祖母家略坐。

十九日

今日抄八股文《善人是富》。晚，師講此文，囑熟讀，須學其架子聲調。

二十日

下午，師言省城府試已過，快考院考矣。謂余可搭冊應院試，亦可僥倖取功名。蓋幼童考試，學憲必提堂號，與府縣案首前列，同一爲亮卷子，即另眼看待者也。余以無人引送，遂未去。劉幼浦亦不去，視往省爲畏途。據說坐民船上水三四天方到，如風色不利，甚或八九天也。

廿一日

今日詩題《陶靖節無弦琴》，七律。

廿二日

天氣漸熱，中午或請假在家，不過偶然耳。今日中午未去。

---

① 稚芳後卒無成，民國四年死，嗜好深，極受窘困年未四十。——作者批注

廿三日　今日小暑節

今日正課《由也爲之》，半篇。詩題《賦得蛛網》，得蛛字，六韻。

廿四日

今日師上古文一篇，謂省城院試有改八股爲策論消息，以後恐廢八股矣。詩題《五月渡瀘》，七律一首。

廿五日

放夜學歸。涂小舫先生來家，問余所作詩文，以《五月渡瀘》相示。涂先生謂，宜用羽扇事，切五月也。

廿六日

今日七律詩題《木蘭從軍》，一首。余起句"深閨女子忽英雄，十二年來汗馬功"云云，師見稱賞。

廿七日

今日詩題，師命作古體詩《觀漲》一首。今年大水，東北門外江水已入城矣①。

廿八日

今日正課，半篇，《我待賈者也》。《賦得五月江深草閣寒》。

廿九日

三十日

---

① 辛丑大水，全邑被淹三分之二，重災也。——作者批注

六　月

初一日　晴熱甚

早起上學，師正寫黃表申文，余未敢問也。師旋入房去。今日午後，作小講《暴虎》，小題也。

初二日

今日師云省城正在院考，城內汪成驥可望進學云。下午，詩題《促織》，七律一首。

初三日　熱甚

今日正課《由也爲之》，半篇。詩題《賦得河鯉登龍門》，得登字，寓院考進學之義也。

初四日

初五日

初六日

今日詩題，七律一首，《老將》。

初七日　晴　熱

今日小講題《人也》。

初八日　雨

今日正課《由也爲之》，半篇。《賦得應是雨催詩》。師謂省城院考如天雨。必係此題云。

初九日

初十日

今日小講題《又相之》。

十一日

今日七律詩題《吳市吹簫》。幼浦此兩月間未曠課，似在用心，但師總看他不起。

十二日

十三日

今日正課《出則孝》，半篇。詩題《賦得曝腹中書》，得中字，六韻。

十五日

十六日

十七日

十八日

今日正課《舉善》，半篇。詩題《鷹隼出風塵》，得塵字，六韻。師云作搭題不難，多做小題即會作搭題矣。詩晚間即改就。師云此寫身分者也。

十九日

二十日

廿三日

今日正課半篇文，《如或知爾則何以哉》。詩題《賦得鞭石成橋》，得橋字。

廿四日　今日立秋

今日午後，聞本縣縣城内傅作霖、涂家棣已進學矣。涂即學中後宅所居者。師言其近事，謂跛子如何覆試，學台未見之耶？癸卯三月聞朱次香云涂覆試時係劉朝禄扶之上下云云。

廿五日

廿六日

廿七日

今日詩題《燕昭王懷招涼珠》，七絕一首。

廿八日

今日正課半篇，題《盍各言爾志》。詩題《賦得蘇秦刺股》，得書字，六韻。

廿九日

今日詩題《寒溪讀書堂懷古》一首。讀書至今日止，已半年矣。計所獲益，比在閔師處讀一年有餘矣。倘今夏應試，以幼童提堂，未始不可以望獲雋。

七　　月

朔

今日詩題《老將》七律一首。下午三時，同姊丈上西山靈泉寺。正殿中看所懸百佛圖，每像三尺長。

初二日

初三日

今日正課《詠而歸》，半篇。詩題《賦得睡起秋聲無覓處》，得無字，六韻。

初四日

秋夜漸長，塾後涂宅大院中，蟲聲四起，絡繹三四，鳴聲娛耳。師每爲余講詩料也。

初五日

初六日

初七日　今日七夕　陰

今日詩題《七夕》，七律一首。師先説明大意。

初八日

今日正課《小子鳴鼓》，半篇。詩題《賦得一聲蟬送早秋來》，得聲字，六韻。

初九日

初十日

今日課題《馮河》，小講。

十一日　今日處暑節

今日下午，師家祀祖，放假半天。

十二日　晴熱　夜間有風改涼

上午上學，下午未去。今日余家中元祀祖。父親率同姊丈、劉大二表兄，敬謹行禮，具酒席，燒包袱，祀典與祖父在時相同。連夕天氣熱，未讀夜書。夜亥末，與姚三叔、劉表兄在街市一遊。

十三日

今日正課，半篇《子行三軍則誰與》，做得甚佳。師先談大意也。詩題：《輕羅小扇撲流螢》，得螢字。

十四日

今日詩題，賦帖《鄂州南樓天下無》，得樓字。下午六時，連夕各街做盂蘭會，極熱鬧。

十五日

今日詩題，七律一首，《古寺》，當即作就。師改三四句。晚至縣署看盂蘭會。

十六日

十七日

十八日

今日正課《不知命無以爲君子也》。詩題《賦得畫燭秋尋寺外山》，得山字，六韻。師云余八股文已有進步，以後當作中股，不久可開篇矣。開篇謂之開會，請師友及同學年長者具席，名喝會酒。

十九日

今日中午，傅作霖①到學屋後宅王子善家拜客。新秀才也，年二十一歲，是科名早達者。

二十日

今日詩題《讀書堂懷古》。

廿一日

報載，西安正籌備兩宮回鑾大典。此番和議結束，償款四百兆，想回京後必能思往爲儆惕也。

廿二日

吾邑關心世界大局，訂有《申報》者，僅南門張季馥家。省內外消息，得聞於眾人者，均由張宅來。

廿三日

廿四日

廿五日

今日師命作中股，試爲之也。題爲《故天將降大任於斯人也》。此題

---

① 傅後文□□道尹武□任師參謀長，解放後二年卒，年七一歲，無子。——作者批注

本難做，師改正後，又爲余談理法。今年讀書，受益不少。詩則會作，文終不大了解。甚哉明白之難矣，余何日能明白哉！

廿六日　今日白露節

聞省城院試，我縣共進府、縣學生員三十六名。劉朝祿年最輕。案首爲龔梓材，金牛人。城內施幼安未進①。

廿七日

前聞院試題爲《管仲相桓公》二節。覆試題《怨乎》。我縣城內汪成驥挂水牌未進也。

廿八日

今日正課作中股，題爲《古之人，修其天爵，而人爵從之》。

廿九日

三十日

八　月

初一日

今日謁聖後，師云科舉恐要廢八股，改策論。如有上諭，我邑各私塾不授八比文矣。

---

① 是年爲科考城内挂水牌有五人，僅進傅幼虛，劉洪槎二人，施幼安、汪少卿□落第。——作者批注

初二日

初三日

今日正課中股文,《言必有中》。詩題《賦得吳越王射潮》,得潮字,六韻。

初四日

初五日

今日中股文,《因民之所利而利之》。

初六日

初七日

初八日

今日正課題《天將以夫子爲木鐸》,中股。詩題《賦得月中桂》,得香字,六韻。

初九日

初十日

今日傍晚,百勝廟舉行放猖會。

十一日

今日又作中股文,題《貨悖而入者》。師言八股勢在必廢,欲予將八股學成完篇,亦紀念也。

十二日

連日聞朝廷有上諭，各省督撫主張科舉廢八股試帖，改用策論、四書五經義試士，以後塾課師云須改做論義云云。

十三日

今日正課《聞弦歌之聲》，半篇。詩題《鄂州南樓天下無》，得樓字，六韻。以此題出過，改《江邊問鶴樓》。

十四日

今日上午放學，師云放中秋假三日，自今日下午起，十七日早飯後上學云云。余因膈食，腹痛，嘔吐大作。

十五日

今日余以病未食，父立方診之。

十六日

早起，來賀客甚多，余以病臥床未起，招呼賀客，係姊丈代之。

十七日

飯後上學，張叔華送余四書義二本，呈師閱之。以後須作義論也。晚，戌初仍上學讀夜書。

十八日

今日正課仍作中股文一篇。《賦得松老無風韻自寒》，得寒字。文題：《擇可勞而勞之》。

十九日

今日在古樓王明德書店另購好板《古文觀止》一套。又涂師送余

《古文筆法百篇》一套。

二十日

廿一日

廿二日

朝廷近日已下詔改科舉制度，不用八股詩賦取士，師命以後每夕讀《古文觀止》。

廿三日

今日正課，師教余作論，出題曰《中國易於富強論》。劉幼浦亦到學，彼中秋後又來，前月曠時多。師極不悦，常責其難有成也。今日晚文方成，此第一次改作者。

廿四日

廿五日

縣中近日妖言大起，謂有妖，紙人紙馬來剪幼童髮辮及雞毛等事。余前宅發現剪雞毛二次。

廿六日

廿七日

《申報》載，八月二十四日，兩宮自西安啓蹕，城中經過街道均灑蓋黃土，如在北京駕出時狀態。

廿八日

今日正課，師云以後俱做義論，不做八股文，講求時務，須知吾國大勢也。出題《練兵論》。以後所作俱爲整篇，非如八股分半篇、中股、完篇也。加緊讀古文，如《信陵君救趙論》《石鐘山記》《進學解》等篇，每日讀一篇，如從前讀八股文然。

廿九日

今日溫《孝經》《書經》等，唐詩現中止不讀。每日寫小字，看時務書。父親在信局森泰昌定有《申報》一份①，該論説係論世界大勢及中國應興革之事。

今晚後宅陳姓亥初群雞拍翅喊叫。余與次芳至後宅觀之，果有二雞翅毛被剪如寶劍頭狀。最奇者，則毛係間一根一剪者，何以如此速而整齊耶？其家做傘工人將此雞殺之，流血無異常，雞但嗉內有碎磁碗屑如蠶豆大者，鋒尖甚多。然則此物何時爲雞啄入食管耶？此則難解之疑也。

九　月

初一日

報載，前月兩宮回京時，户部侍郎陳邦瑞隨鑾者，面奏太監沿途需索擾民狀，被后大駡。

初三日

今日正課題《關夫子不許東吴和親論》。

初四日

---

① 辛丑吾邑尚無郵局。上海、九江來信及報紙，俱由大北門口森泰昌民信局轉遞。其信件報紙由黄州大輪經過時交洋棚轉交。——作者批注

初八日

今日課題《開礦論》。

初九日

今日下午師與閔孝莖、程作舟諸先生登高去，下午未到學，亦無夜課。

初十日

十三日

今日正課《儒有君子小人辨》。題出後，師云新章論說考辨解，須出題考試。余謂此題殆與四書義相似也。下午放學，家中具酒席，母親四十七歲壽辰。

十八日　晴

今日課題《達巷黨人解》，頗費思索。師云此文注重在考據。晚飯後再上學，草草成矣。下午二時，師授唐順之《信陵君救趙論》，文太長，帶歸讀之。九時聞北門錢店樊怡豐被搶。

廿三日

今日正課題：《中西互市，利源外溢，將何法整頓商務，挽回利權議》。此時務題也，師喜看新書，講求時務之學。城內教書者，無不樂與談論，領其塵教也。

廿四日

廿八日　今日立冬

今日正課：鐵路一舉，於中國大局有何關礙，試確切論之。師先將大意說明，余後着筆，此題晚間方交卷。天涼，已讀夜書月餘，亥初方寫畢。

三十日

此月夜課，每夕讀古文一篇，共計已熟三十餘篇矣。小題正鵠，八股文俱停止不讀。

十月

初一日

師關心時局，借閱報章尤注意宮門抄及變法新聞。父親傍晚亦時來與師談國事。

初三日

今日正課題《"孔子圍於匡，七日弦歌不輟"說》。

初七日

師言去年聯軍破北京事，現在和議已成，賠款四百五十兆兩與德日諸國，並為德國使臣克林德做紀念坊。端、剛縱匪，西太后聽其所為，致釀成此辱國賠款之舉，則割臺澎以後又一國恥也。庸流無識，可慨也哉！北京人，民族性脆弱，聯軍入城後，首貼"順民"二字於門楣上，次設香案跪迎之。後乃作謠云："洋大人，名可愕。大人來，都城破。佛爺飢，官兵餓，百姓無辜同被禍。大人日賜三四角，一家溫飽得安坐，我輩因害反受福。大人恩，山海深，我輩戴德如天神，來年懼勿撤聯軍。"

初八日

今日正課題《"仁者無敵"義》。

十三日

今日正課題《木鐸考》。

十四日

十五日

聞壽昌書院山長已聘定王秀丹，號竹虛，戊子舉人，永鄉人，已入書院住家矣。出師課題，試諸生。

十八日

今日題目《"子張學干祿"義》。

廿三日

今日課題《性善説》。

廿四日

今日爲師寫試卷。書院出題，名曰師課。代縣署出題，則名官課也。或知縣自出題，初次名曰觀風題。今日師課題《"佑賢輔德顯忠遂良"義》。師隨做，余隨寫，兩小時即畢矣。余亦照師大意，變作義二篇，請稚松書之。

廿五日

廿八日

今日課題《宮之奇諫百里奚不諫論》。

廿九日

今日爲師寫官課題：《論唐時中宦監軍之弊》《論明初分封中藩之

弊》。師隨以條交寫，四小時二篇俱成矣。晚，命余與張次芳同往張仲卿家交卷。張係縣署禮房房科也。

三十日

冬　月

初一日

初二日　晴

初三日

今日正課《"好問則裕，自用則小"義》。學生近日到者減少，劉幼浦竟月餘不來矣。余仍用心讀書，惟八股未完篇，理法尚未學到十分之一。然八股理法太密，纖巧百出，搭題無情，搭題尤爲無用，真汩沒人之性靈也。

初四日

初六日

初八日

今日正課《管仲器小論》。

初十日

今日師出題《論内江通商之害》。晚間，熟讀《信陵君救趙論》。

十三日

今日正課題《秦王以十五城易趙璧論》。師改正之處甚多，入場屋中，可算佳文矣。

十四日　晴　月色大佳

今夕九時，涂小舫先生來與父親談時務，至二鼓，街上綠營查夜，吹號角時方去。

十八日

今日課題《論各省傳教之害》。晚八時，小舫先生來，談至二更以後方去。

十九日　晴　月色佳

今日下午八時，小舫先生來談國事，至二更號角查夜時去。余吟"永夜角聲，中天月色"二句。

廿三日

今日正課題《漢高祖論》。師命余逐日閱《綱鑒》，故有此題。

廿四日

廿五日

廿六日

連日師云，明年另就邱少泉後宅教書。余今年讀寫作三項，除例假疾病外，並未停止一天，所讀一年勝於他處讀三年也。恩師如高公，其可感之處非一端矣。

廿八日

廿九日

報載，本月廿四日，兩宮及隨從群臣均由正定府乘火車回京。在京外人男女立正陽門城樓上觀之，有持機照相者，不能以"大不敬"之律繩之。

三十日

臘　月

初一日

今日上午八點鐘時，高師放假。一年求學滿期，勉勵各語。諸生回家。

初二日

今日將倒座檢順，近牆處有陰風時襲，乃取帳棚懸之，爲余之書室。皆母親佈置者。

初八日

十五日

廿四日

廿七日　今日立春

父親今年收入甚佳。過年應辦之物，已囑姊丈及表兄購齊矣。下午火爐邊水壺傾，致將甥女燙傷。

廿八日

今晨五時吃年飯，表兄、姊丈均在座。

廿九日

今日下午具酒席祀祖，燒包袱。下午五時，姊丈送燈香至先祖、先叔淺厝處。亥正，家中飲團年酒。余先至萬宅辭年，此種浮文禮節，余所懼也。亥末歸，家中守歲至丑初方進香，謹門禮，父親敬謹爲之，囑余學之而已。今日晚酉初，將余今年所作詩稿並制藝，策論草稿，具香燭在桌案前焚之。高師常云賈島除夕祭詩禮也。

清光緒二十八年（1902年）壬寅日記

是年正二月間，父命予學醫，予始終不願。當時又未從師附讀，復不能往省考取學堂肄業，胸臆實無時不在煩悶中也。偶取四書五經溫之，自念讀書已九年，一旦中止求上進。醫固善術，又不可燥進以得資；術不精，實足以害人也。五月以後，父意稍轉。適洪子卿先生薦予與陳恬卿師附課，乞其改文，仍有待於考試。自是以後作文，除六月杪姊丈艾承倫病故，耽延理喪諸事輟業外，仍繼續作文。其間，師以八月科場赴省，延誤半月，歸後仍有補作。計數已五十餘篇，餘則自修擬作，亦二十餘篇，筆情開展。九月杪，湖北闈墨出售，買而讀之，乃悉科舉文派與捷訣。未終於業醫者，則子卿先生助予也。

丙申十二月下浣峙三檢查舊日記畢書此數行時年七十一

正　月

初一日

天未明，父親進香，開門出方，帶余與姊丈至岳廟行香，並祀藥王。一如去年舊禮節。

初二日

今日賀客甚多，父親亦出外向各親友拜年。

初三日

今年拜年客多，鄉間亦有來者，均留便飯。晚九時祀先祖母，明晨係祖母忌日。

初四日

今日父親向余云，今年不讀書，須學醫。余不甚願。晚間，父執余、洪諸先生來，父以此事向彼等言之，勸仍讀書者多。

十三日

縣中今夕有燈，余無心去看。曩時必與姊丈各街閑玩，余今年讀書何所不能定，但不願學醫。

十五日

元宵，許叔文兄弟請余夜宴，何政臣同席，問及余學醫事，謂仍宜讀書。學醫雖尊貴，但勞苦耳。

十八日

十九日

二十日

今年正月已過十九天矣。父親每以學醫承家學爲言，余不願也。

廿一日

廿二日

廿九日

今日往程師家，述明余不願學醫之意。兩世兄賢智、賢禮，今年仍從高師在南門讀。

三十日

上午訪王福堂先生，知其子成章仍從高師讀。余請福堂向父親言之，王無所主張，謂學醫繼承先人志，亦是佳事。余終不謂然。

二　月

初一日

學醫之舉，母親亦不主張，惟見父態度不好，只好聽之而已。今年無小考，余無可藉詞也。

初二日

初三日

初十日

二月已過十日，今年未從師讀書，心浮動。雖自檢後房看書，抄雜作，父親仍時時勸余看醫書，余心不甘也。

十四日

早，父親命余在藥王位前進香畢①，檢出《醫方集解》《醫學心悟》《王叔和脈訣》余讀閱。余煩亂，看亦不入也。

十五日

閱醫書，無興趣。

---

① 家中祖龕上層供三牌：中，天地君親師位；左，敕封藥王之位；右，天花金花聖母之位。憶祖父在時如此排法。——作者批注

十六日

仍閱醫書。

十九日

閱醫書無進步，學醫非予志也。每日閱《綱鑒》，讀古文。八股已廢止，老儒多有慨歎者，謂朝廷不應廢制藝改策論云云。老儒蓋中八股之毒者。

廿三日

父親見余不願學醫，囑自修作文，以後當覓師搭會。今日父親壽辰，照往日例置酒。

廿六日

廿九日

三　月

初一日

朝廷迭有詔令廢八股，大約不久當實行興學堂。前皇太后、皇上駐蹕西安時，東南半壁未受拳匪之禍及洋人焚殺之慘者，則兩江總督劉坤一與吾鄂督張之洞之功也。

初四日

父親帶同劉表兄與余出城祀各祖墳。

廿九日　今日立夏

四　月

朔

今朝進香後，自温習雜書。醫書隨看隨忘，非余所願習也。連日看《綱鑒》《漢》《三國》《晋》均畢。

初八日

余今年未上學讀書，自擬策論題，作後存之，俟涂小舫先生回縣時改竄。

五　月

初一日

今晨進香後，父命挂鍾馗像。姊丈舊疾已發，咳嗽、吐血時作。

初三日

各處送節人多。父親以醫爲業，每日除來家就診者，當付脈金不欠記也，其餘則城内各商店認識之士庶家看病記賬，分午、秋、年三節，送錢之外伴以糕點水果等物，名"節禮"。

初六日

父親出門賀節，余在家招呼來賓。姊丈已病不能起，無他人代招呼來客也。

初八日

今日爲予生期，已滿十六歲矣。下午，洪子卿先生來云，已爲余介紹到東門陳田卿先生塾中附課，三、八送文去改。每季束脩二串文。

十五日

今日大會，晚引甥女至東門看龍船，進香者人山人海。

十八日

今日正午，至北門外看發龍船。下午至陳田卿先生處取題目歸，《諸葛亮後出師表論》，《采蓮曲》七言古詩一首。以後三、八照例送文去改。塾中大學生柏少松、袁夏生、王小齋、周大槐，其餘不認識，洪元乳號小山，小北門人。

十九日

早起作文畢，於下午寫就，擬明日送去。

二十日

飯後送文與陳師，略談即歸。連日姊丈病漸重。

廿三日

飯後謁陳師，攜歸已改之文，批語獎飾太過。又攜歸題目二紙。

廿五日

上午看書，下午習字後寫文送陳師。

廿八日

飯後往陳師處，取回所改《"君子不以人廢言"義》。

廿九日

天氣漸熱，姊丈病漸沉重。晚間程少圃來，父命其診脉，云難愈。前重周、朱二家早已搬空，是夕忽有似人狀者，抱一束草與竹，自姊丈屋衝至前重，出大院，戛然有聲。蓋鬼祟也。

六　　月

初一日

今日下午作《"仁者無敵"義》。

初三日

早起看書。午後作《"子張學干祿"義》。

初七日

今日天氣大熱。余屋北向，天井極大，每到中午，熱度大增，極難受也。父親行醫，每日飯後出門，約三小時歸，衣□汗透甚哉，醫道不可學也，治人之病，設身體不強，受熱自病，則急急不可救矣。

初八日

今日作《"好問則裕自用則"小義》。

十三日

今日作文《神宗變法而國亂，日本變法以自強合論》。

十八日

今日作《黃潛善汪伯彥合論》。

二十日

天氣愈熱，姊丈病愈劇，時發譫語、喘氣等事。

廿五日

今日作文《"宮之奇諫百里奚不諫"義》。程松師自省染霍亂歸，父診後回家云極危險，恐難愈。

廿六日

今晚姊丈病愈重，譫語。程少圃來，父命再診脉，知疾不可爲矣。

廿八日　晴　熱

今日姊丈病重，咳無聲，氣息奄奄，入夜疾革。雞初鳴時病故矣。家人喧哭，父命辦衣棺，尋喪頭來料理。囑人尋其母與長兄來招呼。

廿九日　晴熱　大風雨一陣

喪夫慮屍有變，余請王成庚至壽昌書院，折大芭蕉葉二扇，置姊丈屍上，待時大殮。正午黃州對岸某姓請父親診病，父不願去，該家要求再三乃去，下午三時，冒風雨歸。五時各事具備，姊丈入殮時，父大聲哭之。痛姊丈貧，甥兒女皆父母養育之，今後一切必多傷心之事矣。晚間親友多來弔，轉鐘丑初，抬姊丈柩至艾姓祖山葬。其大伯帶其子二人來阻葬，謂姊丈爲熱疾，俗忌也，不能入祖山。其胞兄幼卿亦說不出理由，爭辯之。喪頭等謂，朱姓料理生養死葬事，艾家無人感激，乃反阻葬耶。喪頭何正風以直言責艾叟理屈矣。擾擾二小時，乃葬祖山邊路側。余深恨之，以年幼未與鬧，俟天明葬畢乃歸。艾德甫其大伯也，民國十八年其家已絕嗣矣。

三十日

料理姊丈靈位，佈置雜事，女客來弔者三四起。思往事，余時時涕哭；甥兒女俱幼稚無知識，母親時時悲痛大哭；余姊亦呈病狀，置靈前房中。來弔者傷心垂涕，慰姊而去。本月廿五日，程師染霍亂由省城回。衙官派人送回時，已不知人事。時下午三時父往其宅診歸後，與母親言程師無生理，囑服藥後看情形。如能起死回生，且看今晚十二點鐘如無緊急叫門者，則安矣。蓋用大劑也。

七　月

初一日　晴　熱

今日爲姊丈復土禮。劉表兄、艾幼卿及其周姑同往。天熱甚，余頭痛歸。

初二日

自上月廿五日程師染病回縣，經父治癒後，縣城內傳染者多，皮國柱家一日死三人。

初三日

早起打錢紙，午後辦包袱，下晚作文。連日以姊丈之喪，荒學業也。

初四日

謄昨日所作《漢高祖入咸陽除秦苛法，光武入河北除莽苛政論》。晚爲姊丈請道士報七。

初八日

今日作《"足食足兵"義》。下午八時，西門延僧超度城內染霍亂症死者十餘人，夜過子方散。

十二日

今日祀祖如舊例。晚間作《張子房諸葛亮合論》。

十六日

今夕爲姊丈請道士報三七，室中哭聲時作，余心不安。

十八日

今日作文，四書義"孟子曰道在邇"四句，晚十時成。連日心不寧，書未讀。打算姊丈故後，大姊及甥兒女以後如何生活，父親心傷無已。

廿三日

今日四書義題《柔遠人則四方歸之》。

廿八日

今日四書義題爲《子曰善人教民七年，亦可以即戎矣》。晚間爲姊丈做五七。

廿九日

今日正午送文與陳師，請改正。陳師云，初二即往省科場，以後在家多擬作幾篇，俟回縣再改。

八　　月

初五日

今夕姊丈六七，燒包袱，具酒食以祀之。真俗語"人死好過七也"。傷哉！聞縣中秀才赴科場者，昨今兩日均已到省。

初十日

今夕縣中百勝廟又舉行放猖之典，一如前數年。

十五日　今日中秋

今日秋節，以姊丈故，家中亦多鬱悶，諸事草草而已。晚王成庚來賀節。云已在黃州關所轄樊口局就事。彼藥肆生意近年冷淡，其父爲之謀得此職云。

十六日

余代父親往各家賀節。

十九日

縣中已有人士自省試畢歸者。陳師囑送文去改，余問科場試題諸事。

二十日

張季馥來看父親，係云自省歸者。余問以今科主考姓名及場內規矩，季馥似甚得意者。晚間頭痛發熱，早寢。

廿三日

今日作文《"君子成人之美，不成人之惡"義》。文作後，頭痛發熱發冷，似傷寒，不進飲食。

廿七日

一連五日間，患傷寒症，中經危險一次，今晚方愈。

廿八日

今日作文《韓文公諫迎佛骨論》。又，師出一長題曰《中國籌償洋款，目今通盤整頓，必待四十餘年方能償清，然民貧國弱，重斂久則民必困，悉索久則國必危，宜如何設法早脱債累，以益民生而培國脈，試各抒所見以對》。

九　月

初一日

今日補作四書義一篇，題"故君子不出家而成教於國"一節義。

初三日

作四書義題《君子不器》。晚間寫成。余前月病傷寒，至今元氣未復也。

初八日

今日作文《"工欲善其事，必先利其器"義》。又"子曰道之以政"一章義。

初十日

今日作文《"君子喻於義，小人喻於利"義》。午後，小輪到河干，鳴汽笛，有人問省中科場榜信。父親自外歸，告余云張季馥已中舉人。又晚間聞葛店中一人，萬廷獻；永鄉中了二人，一爲呂學楷，一爲胡瑞中。呂爲呂承瀚之子，胡爲毓筠之姪，皆世家也，與張季馥皆素研究時務者。

十一日

武昌有人來縣賣今科闈墨者，索價每本一千文。父親以七百文爲余買一册。解元汪喊鸞、亞元左樹珍。吾邑已中六人，但闈墨中並未見有刻出者。副榜第一名沈頌康，孝感人，此賣闈墨人所説者。

十三日

今日作文，題爲《羿子濯孺子合論》，作畢即書之。母親今年五十八歲壽辰，晚備酒席。

十五日

前日尚有四書義一題未作，今補成之，題爲《"冉有曰富曰教之"義》。

廿一日

武漢又有販各省闈墨到縣來賣者，策論格式體裁如此。余初離八股，學論義，現知取法矣。

廿三日

今日課題《晉以劉淵爲北部都尉，唐以禄山爲東平郡王合論》。

廿八日

今日課題爲：泰西何爲君主之國，何爲民主之國，何爲君民共主之國，試舉各國之所在。又《唐魏徵論》。陳師囑余多作，不限三、八二次也。

十　月

初一日

初三日

今日作文，題《王子狐爲質於鄭，鄭公子忽爲質於周論》。又《子使漆雕開仕，對曰吾斯之未能信》。

初八日

《"赦小過舉賢才"義》。今日上午九時動筆，十二時文成。又《果能此道矣，至雖柔必强義》。

十三日

今日課題《"天下有道則見"義》。又《祖逖誓清中原論》。

十八日

今日課題《"天下之民歸心焉"義》。下午由袁夏生借到鄭赤帆所購時務新書，如《中國魂》《新民叢報》之類，精神爲快，可以開文脉又一格矣。

廿三日

今日課題《"民事不可緩也"義》。又《"欲治其國者至先修其身"義》。

廿八日

今日課題《中西格致學論》。又《"大哉聖人之道，洋洋乎發育萬物，峻極於天"義》。

冬　月

初一日

聞鄭赤帆購新書多，自己不看，作爲裝潢之品而已。余拜託袁夏生再借數種，如《政藝通報》之類，心思頓開。余無力購新書，此機不可失者。

初三日

課題《"攻乎異端"義》。又《封建郡縣得失論》。

初五日

鄭赤帆爲縣中富人,買時務書多,並不寓目,小考則靠人槍替。聞已買書價約二百餘串文矣。

初八日

課題《伍員覆楚,申包胥復楚論》。又《"徒善不足以爲政,徒法不能以自行"義》。

十三日

今日課題《介之推與母偕隱論》。又《"民之所好好之,民之所惡惡之,此之謂民之父母"義》。

十八日

今日課題《漢陳平論》。又《"得天下英才而教育之,三樂也"義》。

廿三日

今日課題《漢靈帝詔諸儒正五經文字,命議郎蔡邕爲古文篆隸三體書之,刻石立於太學門外論》。

廿八日

《鬻拳以兵諫楚王論》,今日寫作就,即送陳師改,因師臘月放假也。明年是否續讀改文,則不可定。

三十日

今日正午往陳師塾中略坐，聞明年仍在大廟坐學。余是否附課，不能定也。因父親仍望余學醫，余終非所願。

十二月

初一日

今日陳師放假，約余去行禮。歸後便往看洪小山同學。王小齋聞明年不讀書。

初十日

打掃舍宇，清理字畫，置於一處。午後將鄭宅借來之《新民叢報》《中國魂》二種，一一讀閱之，習其文體，是爲科舉利器。今科各省中舉卷，多仿此文體者。

二十日

今日換字畫，父母以姊丈病歿，今臘極不快。余亦時時感傷，甥兒女幼小，將來如何成立耶？

廿四日

今夕送竈神。今年十冬臘三個月俱爲大建。報房送曆書來，討賞錢以去。

廿八日

今晨六時吃年飯。劉表兄昨夕在此幫忙未歸，雞三鳴時起來，與余同進香。父親祀祖後，開席時少姊丈一人，閣家不快。

廿九日

三十日

今日下午進祖宗，燒除夕包袱，具酒肴。姊丈靈前另以酒肴供之，囑甥女行禮。亥末守歲，代父親照料燈火各事。雞三唱時，疲甚，和衣寢。

清光緒二十九年（1903年）癸卯日記

余是年始應童子試，自二月縣試，五月府試，六月院試。縣未得意，府試名在二十二，經古文佳，未取。院試未售，然未喪氣者，以年僅十七也。八月以後自修，看書作文，思路甚敏捷，屢欲考學堂，求時務之學未就。

科舉在清代爲寒士求出路第一門徑，以故無恒產者捨此不能救貧，至於作官則在第二步。

是年冬初，得借同邑鄭赤帆所購日本印行之各雜誌、各禁書，如《揚州十日記》《張蒼水集》等書，始瞭然於滿漢種族界限，康乾朝文字諸獄，殺僇之慘，前史所無，慨然有排滿革命之念。然是時尚甘心應科舉者，則是謀生、求出路、顯親三項累之。

《壬寅闈墨》出版，《癸卯闈墨》繼之。余城內兩科中試者，一爲南門張季馥，一爲辛家巷傅象虛，學問平平。余當日已有彼丈夫我丈夫之慨，是以醉心於科舉而不悟。歐風東漸，亦喜研史地之學，無人指示，余自看書，且能繪圖，其程度不亞於省垣住學堂者。

壬癸兩科墨卷，余讀之甚熟，自笑弋取科名者技止此耳，故於古文少研究。

壬辰二月朔峙山老人復閱癸卯日記竣因記五則

正　月

初一日

雞三鳴時，與父親同起，進香。劉表兄昨夕來招呼各事。四點半鐘天未明，出方畢，與父親同至岳廟進香。滿城士民畢集。祀畢，父親囑表兄望地下有零錢拾之，以爲吉兆。連年如此，今年則少艾姊丈同行耳。歸途又至仁壽宮祀藥王。到家後與祖宗及父母、大姊拜年，天已曙矣。在堂中聽門，招呼拜年親友。時局承平，新年極鬧熱。今日自朝至暮，來客三十餘人，未開門。余九時至岳家拜年。

初二日

自晨至午，親友來拜年者甚多，事瑣碎不□記也。

初三日

今日仍爲拜年瑣碎之事，父執洪、余、萬諸人傍晚來談片刻去。八時，因先祖母明晨忌日，父親命余敬謹祀之。母親爲余述祖母病革時，家中貧困萬狀。潸然淚下。

初四日

袁夏生來問余今年讀書事。余謂父親欲余學醫，照料家事，只好看一步再說。

初五日

今日下午開始自修讀書。檢去年所購各省闈墨，直隸曰《順天闈墨》，解元高毓彬，二名楊朝慶，三名溫肅等。《漢高祖命叔孫通起朝儀論》《東西洋商務日興其要何在策》，熟讀而深思之。

初六日

家中今日請年客，父執及程松師等八人。歷年如此。

初七日

初八日

初九日

閱《浙江闈墨》，解元劉焜，文最佳。二名吳道晉，三名張采薇。第一題：《漢宣帝信賞必罰，綜核名實論》。

初十日

今日讀《福建闈墨》，解元林傳甲，《漢唐宋開國用人論》，真胸羅全史，筆有千秋者。其史學爛熟，無與比倫。二名唐瀚波，三名高士湘，《唐藩鎮論》亦佳。

十三日

本邑知縣胡承恩觀風出題：一、《好學近乎知，力行近乎仁，知恥近乎勇》，此四書義。二、《克勤於邦，克儉於家》，此五經義。三、《陶侃鎮武昌論》。四、《振興商務以何者爲急策》。限三日交卷。余至縣署觀題目歸，喜極，構思，晚十二時已成四書經義二篇。

十四日

今日執筆作《陶侃鎮武昌論》，晚間十二時策亦作就，買宣紙作白摺書之。

十五日

今晨起寫義論畢，下午五時全卷成功，送謝家巷張仲卿家，彼爲縣署禮房也。問之，城內交卷者不多，蓋八股初停，改義論策試士，頑固者不願考也。

十六日

十七日

十八日

十九日

今夕程松師來坐談，謂今年不教書，辦民立小學。朝廷有詔，鄂督有告示，均提倡私人辦學堂。官辦稱官立，民辦者稱民立。程師在省教讀多年，知世界大勢者也。欲余住民立小學，余云考慮幾天再說。

二十日

廿一日

今日讀《江西闈墨》，解元龍元勛，十三藝俱劣，如幼童初作文者，不知何以中解。二名傅爾貽，文字近於古。

廿二日

廿三日

今夕程師來晤父親，云民立學堂快招考，借育嬰堂開辦。該堂爲縣市一鄉所有權，稱名曰武昌縣市民辦小學堂。聘儒學李炳賞教諭、城內孟繼旦爲正副教習，師自爲堂長。惟經費想就縣賓興存款開支云云。

昨日報載，北京各國公使夫人覲見慈禧太后，外交政策已變。

廿四日

廿五日

讀《江西闈墨》，二名傅爾貽，《和五典叙百揆論》《陶侃用法恒得法外意論》，駸駸入古。三名張佑賢，文亦佳，不似解元龍元勛之如幼童文也。此次各省衡鑒堂原刻解元文選者，至多不過五篇，龍文則選十三篇。

廿六日

今日民立學堂出示招考學生五十名。廿八日進場，在育嬰堂，請李教諭主試。一切彌縫禮節，扃門放炮，均如學憲考云云。閱《申報》，廣西匪勢猖獗，將及湖南邊境。

廿七日

廿八日　晴

黎明進場考試。應考者俱縣市人，洪鄉僅三人。年齡長者，洪思賢、朱次香、朱澤霖等，俱年逾三十，猶考小學，奇哉！幼者十五歲。老師出題，四書文《"君子學以致其道"義》，限下午未正交齊。一篇文如此寬限矣。余正午已成二篇，以一篇交李習璜君，其父囑余爲之槍替者也。考試之人，公家備麵一碗，包子三枚，誠爲創典。

廿九日

讀《山東闈墨》，解元單廷蘭，二名吳元瑞，三名王體融。第一題、二題均奇離僻典，不知主考何意。

二　月

初一日

民立小學上午放榜，上取廿名，中取廿名，備取十三名。正取第一名朱澤霖，第二名周維新，第三名即余也，四陳延禧，五孟廣澤，六洪鳳樓。六人中，余年最少。所槍替之李習璜中取十一名。定初六日入學，十五日上課。程師來家告知，父親大喜。

初二日

初三日

今日在家祀文昌帝君。今爲帝君誕辰。

初四日

初五日

初六日

洪樹馨來家云，小學佈置桌椅已齊全，可以早上學。彼與王開澄、朱次香、周維新均在堂住宿云云。今日借得報紙，見有袁世凱、張之洞二督奏請遞減科舉辦法，重新學堂也。

初八日

知縣觀風榜已發，余已取爲中取十二名，獎花紅錢三百文。上取第一名汪成驤，獎花紅錢二串文。胡知縣係捐班，幕中閱文，他人主持也。父親見余中取亦喜，謂將來必利文場也。

初九日

初十日

十一日

上午到小學堂去看情形，內面正在修理。洪小山謂，彼與月亭將來在內食宿云云。

十二日

十三日

十四日

今日到學堂，佈置甚好。講堂在大堂中，宿舍、自習室在樓上。三大窗臨城，望黃州及江景甚清爽，真讀書潛修之處矣。

十五日

今日正式上課，李老師來講經，孟繼旦來講地理。省城學堂似此教法否，余不知也，因未出過門，僅耳聞如是耳。

十六日

李師出題：《宋向戎欲弭諸侯之兵論》。二十日發卷，余上取第十六名，李師改竄甚多。

十七日

十八日

春季內課，李師出題，《"是故君子先慎乎德，有德此有人，有人此有土"義》，當場交卷。後卷發，余上取十二名，獎錢二百文。

十九日

二十日

今日同周、王、洪三同學至小北門外一遊。周能詩，時時有作，惟天分太鈍。

廿一日

聞縣考在即，父師命余趕緊準備考試，多作文。

廿二日

堂中考文一篇，李師出《"孟子道性善，言必稱堯舜"義》。後發卷，上取十四名，師改正甚多，余文已背題旨。

廿三日

堂中考地理一篇，《地球爲行星之一説》。上午出題，下午四點鐘交卷。孟師出題，後發卷，余上取第六名。今日，父親四十九歲壽辰，晚間置酒慶賀。

廿四日

廿五日

廿六日

此數日在家準備縣考，温舊課藝，每至夜半方息。報載，吉林馬賊猖獗。

廿七日

廿八日

廿九日

今日下午六時，程師攜稚松來，在余家宿，備黎明時同赴縣考首場也。余與稚松均初次考縣試。八時半消夜後，十時寢，展轉不成寐，轉鐘四時即起。家中有僕，爲余與稚松提考籃，程師親送至考棚内，點名。天將曙，封門出題矣。

三十日

天將曙，考棚堂上已懸試題：一、《"有安社稷臣者，以安社稷爲悅者也"義》；二、《"罔違道以干百姓之譽，罔咈百姓以從己之欲"義》。下午六時，文成寫畢，候稚松寫文成，同出場，已八時半。行途中餒甚。程師與余家僕俱在外接場。程師、稚松就余家吃飯，方回去。父親閱余文甚喜。

三　月

初一日

明令各督撫保護外洋回國之華僑。

初二日

初三日

初四日

今日縣考首試放榜。第一名張兆龍，葛店人。二名洪鳳樓，三名汪成驤，俱城內人，均從過陳田卿師者。余名在一百三十五，稚松在六百餘人以外，共發出一千五百餘人。今夕即進二場。晚八時，程師仍攜稚松來家宿。雞鳴二次即起行，程師與余僕仍送入場。

初五日

黎明出題：《萬國公法……》，下有四句，已失記載條。另一題，亦無從檢出。

前日報載，派振貝子赴日本考查博覽會。

初六日

初七日

今日二場放榜。第一名汪成驥，二名張兆龍，洪鳳樓則降至二百名以外矣。余名次仍爲一百三十名，稚松三百名以外，此次只錄取六百餘名。即晚，進三場。

初八日

黎明出題☐，題紙亦失。

昨日報載，俄人照會外部，更改滿洲退兵條約，又加入數款，要脅中國簽字後方退出土地。可惡！可惡！

初九日

初十日

三場放榜。第一名陳廷英，金牛人，住省城，其家在漢陽門開紙牌店者。其第一場名次在百名外，二場在百名內，第三場忽提爲案首。奇矣！據傳說有梁鼎芬現任武昌府。來函，稱陳爲近時名下士也。即晚進四場，程師仍同稚松來家。

十一日

黎明出題，以上三場題紙均失。

十二日

十三日

今日放榜。第一名仍爲陳廷英，張、汪冀案首者，均絶望矣。共發百二十名。即晚進終場。

十六日

學堂李師出題：《君子居是國也，其君用之則安富尊榮，其子弟從之則孝弟忠信》。又一題：《善教得民心》。後發卷，余上取八名。

十八日

學堂孟師出題：一、《理財練兵於中國孰急説》；二、《駁平權議》。後發卷，余上取第二名。

二十日

父親以祖母葬地，原自西山寒溪塘上小山遷葬雙橋官山左右，尚有餘地。以祖父柩停已七年，叔父亦停五年，欲擇日請安，送祖父、叔父柩至雙橋合葬。如墳内有水、蟻，則普山已擇有一地，三墳可合葬也。由地師擇明晨行之。今夕，劉朝金、朝興兩表兄及僕、余與父親，帶同喪夫何姓二人，於雞鳴時燈火出城。至雙橋墓地，雞三唱矣。挖土見棺前面及右側現出白蟻，但不甚多。計祖母柩自甲午春間遷葬雙橋已十年，大約白蟻之生尚不多時。父親恚甚，遂與何夫決定即時取柩遷普山，停祖山曬幾日，蟻可自散去云。

廿一日

早飯後，再由雙橋遷墳。表兄約何姓八人抬柩。父親帶余同去取出棺木，幸僅蟻蝕外面，所傷損不多。抬棺行三四里，達普山，置柩空地。父親下淚數次。余未見祖母，以出生在丙戌五月也。遂再擇期，與祖父柩合塋。此爲父親大不快之事，前月地師尚云此地如何佳域也。

廿二日

父親時時出城，料理去蟻薰烟等事，幸連日天晴。

廿三日

余仍至學堂讀書。朱次香、張慶云等對程師做操衣事不滿，相約罷課。程師恚甚。

廿八日

今日料理祖父母合塋安葬事。叔父附於右，共爲大墳一座。普山爲最高之墳，地師謂此墳前二丈地必有水、蟻，此處高可避免一切。今年葬，明年必發，請俟之。此地經數地師看過，父親初不敢葬祖父者，疑右凸地爲古墳，且與張姓界太接近，恐張姓起糾紛。後由何姓喪夫證明謂，不能以人行路爲張、朱分界，當以界石原立者爲主，議乃定。挖土時，土色佳。下午四時合葬畢。今晨至黃昏，父親與余及表兄均疲勞萬分，子午兼壬丙間，今年不能立碑①。

廿九日　此月小建

今日仍往普山督工，培補各處。何姓加工人四，端午索謝，當非少數。黃昏時乃竣工。晚飯後早寢，不能成寐。以前日借來《申報》檢閱之，俄國又改滿洲退兵之約，要求中國增加數款，要脅中國承認，否則不退兵。噫！中國積弱，以後多事矣。余目倦，乃再寢，已十一時矣。

四　月

初一日

今日母親帶同大姊及表姊等到普山，復土禮也。

---

① 三墳去年□月因縣政府在普山建水利局工人宿舍，全山已挖墳三分之二，祖父母及叔父墳撿骨另遷葬九曲亭下，計五十四年來棺已腐毀，僅有遺骨，全副衣冠無存，此並非吉壤也。

戊午立夏峙山記。——作者批注

初四日

縣署出牌示，甄別生童。試題有三，限三天交卷。一、《上律天時下襲水土義》。二、《後漢書大秦傳論》。三、《武昌土宜策》。余抄題目歸，即構思作文，義策俱成。

初五日

早起作《後漢書大秦傳論》。下午四時成，頗得意。晚間用白摺書之，白摺較窄卷容易寫故也。改名爲朱景熙，隨便檢縉紳錄中名字。復將朱鼎元名字又做三篇，共六篇。

初六日

今日上午，已將三藝寫畢。午後四時送交張禮房收之。此次兩卷草草就緒，未加思索，實有慮不能上取之意。

初八日

縣中舊例，仍唱戲五天。予不愛看戲，往學堂讀書。《申報》載，吾國留日學生爲抗議俄國事，組織義勇隊。

初十日

《申報》載，俄國欺中國愈甚，復以兵據營口來要脅。美國乃出面調解，以割東三省一部分開放爲條件，爲中國人難受。京師大學堂學生抗議東三省新約事，此宋陳東之正義也。

十二日

連日仍上學讀書。五月中旬府考，同學王久旃、周月亭等約予準備一切。李老師亦時時出題來堂，惟不如初開學時作文者多。張慶雲、朱次香等年齡太大，近日亦未到堂。

十三日

縣署甄別試已發榜，予中取第八名。生員卷，涂小舫先生第一名。聞署中閱卷者爲蘄水瞿瀛。

十五日

父親命余約同學周月亭、洪元泉、王久旃、朱次香等八人來家消夜，彼等前均向余索飲也。

十八日

前閱上海雜誌，頗嘲笑《山東闈墨》所出僻典僻，士子不知出處，杜撰作文。如謂秦政多疑，白金爲不祥之物等語。該科第一題：《越王勾踐之謀生聚，秦商鞅之崇告訐，皆急於圖強敗壞風俗論》；二題：《秦並天下，幣爲二等，黃金爲上幣，銅爲下幣，而銀不爲幣論》；三題：《漢文帝遺匈奴書，和親之後，漢過不先論》；四題：《李吉甫上元和國計簿論》；五題：《王安石青苗錢法誤會周禮論》。又閱《湖南闈墨》，解元賓玉瓚。首題：《理財論》；二、《周禮六官與今六部同異論》；三、《諸葛亮開誠心布公道論》。第二名胡子清，文筆實奔放之至。

五　　月

初一日

自今日起，不往學堂讀書，在家準備府試。看雜書，讀古文及新出版之四書五經義數篇。不知何樣文章中試官之意也。看闈墨論策義等等，本省之汪解元、左亞元文，不足學也。浙江劉焜文最佳，福建解元林傳甲，史學專家，文筆亦健，皆可師也。

初三日

儒學門斗送信來謂，五月十二日府考，通知早日赴省。余係初次觀光，久旃、月亭係應試數次者。程松師爲廩保，先要到省擇屋而居，父親托程師及久旃帶余往。

初五日

家中端節事忙。母親及大姊爲余料理衣物行李等件，晚間久旃兄弟等來約余，定明日搭小火輪到漢口轉省城。

初六日　晴　燥

晨起，視鐘指五時半。六時早點，老表提余行李考箱下河，父親送余至江邊。程師、久旃等早已上船。船名利漢，同輪尚有柏少松及縣市同學七八人。輪船價每人三百文，位置已坐定。七點鐘開船，父親方回家。王小齋亦來送余。船中火食一餐一百文。船行甚速，過團風、葛店，停五分鐘，過陽邏，停片刻。到漢口，下午三點鐘之譜。本有小輪渡江，程師不願坐。遂與久旃等雇得民船，坐十餘人，到省城尚早。至貢院前遇周斗丞，謂大車巷王家甚好，余與久旃兄弟遂至王家。房屋潮濕，先有大冶詹鴻、通城金公厚等五人居。屋小人多，又極不潔。彼等均云此屋火食好，日給一百文。余將行李安定後，與胡菊圃同出街市一遊。人情風俗市場均與吾邑異，此省會氣概歟？擬明天至陳茂如家。

昨報載，修中葡條約。葡萄牙爲歐洲小國，但吾國亦懼之，可恥也。

初七日

今日同久旃等尋訪同鄉，並找廩保蓋印結。下午坐東洋車至四衙巷程茂如公館，車力四十文，太貴矣。余不知路徑，四衙巷距大車巷甚近。茂如不在家，晤其伯父及其弟，均余在縣認識者也。茂如爲父親門生，能得醫傳者。與談片刻歸寓。

初八日

久旆、月亭約余至汪星海寓，領得小賓興錢二串文，此爲縣市人獨有者也。

初九日

時往程師寓，此寓爲吾邑趙姓名起歡者所開。縣內人多住此宅屋，較寬敞。

初十日

今日寫信寄回縣，稟知父親，言明已住在大車巷王姓。

十一日　陰

今日將考箱檢齊，購買各物及應帶入場中之件。晚早寢，終睡不着。雞初鳴，店主王嫗呼余等起吃飯，加菜及肉元等，魚菜共八碗，名爲進場飯，八人一桌。食畢，與斗丞、久旆等同至大貢院點名，余在第九牌。隨排燈進場，坐明遠樓下之號舍，即科場時秀才所坐號舍也。

十二日　大雨

天未明，出題牌在至公堂挂起矣。武昌、大冶同場。余等所坐號舍低，並漏雨，天氣轉寒。雨止，到堂上看題目。首題《勾踐事吳義》；二題《士雉義》，《禮記》題也。余身受濕，草草成文，第一牌即交卷。下午四時回寓吃飯。斗丞等爲老練之人，尚未歸寓。

十三日

在寓。下午出外一遊，寫家信寄父母云，府試頭場已畢。余受雨咳嗽。

十四日

十五日

上午九時，周澤卿來寓云，已發榜，吾邑第一名涂宗經。余遂同久旂往視，余名在一百零四。此次武昌發五百八十餘人。即晚進二場，歸後準備各事。寓中辦理進場飯，仍如前日。此飯須加錢一倍，即作二百文計算。晚寢仍睡不着，三時即起吃飯。

十六日

天明時，題牌已挂於堂上。一、《"有人此有土，有土此有財"義》；二、《問科舉進身易，學堂進身難，有科舉則學生不能專心，科舉可廢歟？》近日遊學日本學生，上海學生，倡狂流蕩，不率教，不勤學，學生果可恃歟？然則主持學務者，若不廢科舉，恐無自強之時。若不懲學生，益重自由之弊。將何道之從，試深慮而暢言之。余以感寒咳嗽，亦草草成文。午後四時，第二牌交卷出。

十七日

在寓候榜。下午與久旂等遊黃鶴樓。今日報載，北京任鐵良爲京旗練兵會辦大臣。

十八日

今日下午發榜，第一名陳廷英，第二名袁保桓，涂宗經已降至第九，余名在五十一。晚間準備與前日同。夜轉鐘三時起，與斗丞等吃飯。久旂昨已回縣矣，彼名已發在八十名。此次共發二百四十八名。

十九日

天將曙時，題牌已懸堂上。一、《賢人君子心力足以存漢說》；二、問政治之源本乎地理，地方合併愈多則政治權力愈大，近如德之聯邦，美之合衆，皆本此意。邇者出洋學生，好創爲地方自治之説，允其所言，勢必將完全之中國，令之破碎支離而後快。是外人雖不瓜分中國，而中國實自瓜分也。夫以中國今日時局，開辦鐵路、電線、郵政、航海諸務，合全力以爲之，猶恐不逮，豈劃地自限反足有爲乎？然則其說之謬妄，蓋已明矣。試任劃中國一省自治，與合中國全境爲治，其規模孰大孰小，繪一圖以明之。首題余不知出處，後問之周裕齋，乃知爲范氏《漢書》中節略而出者。文作就，尚快意。次題略事敷陳，畫圖一張，此原平昔所繪者，且着色，遂揭以粘在卷中。下午四時出場。今日係大冶、武昌、江夏三縣合場，人數共六百餘。

二十日

余以前次在貢院普通號舍因雨受寒，咳嗽尚未愈。同寓趙醫生所開方至劉天保店購藥服之。

廿一日

今日上午出外買物。聞府考只考四場，第三場如落第，須回家矣。下午六時發三場榜。即晚須準備入場。第一名袁保桓，第二名陳廷英。城內孟廣渭第九名，以前並未考過前列者。余名在二十二名，須提堂號。匆匆借得涼帽，因堂號要戴大帽也。是夜，主家辦飯。通城金公厚仍爲前列，大冶詹鴻在百名內。聞十縣合場矣。江夏發一百名，武昌、大冶等縣均八十名。四鼓進場。

廿二日 晴

天明，題牌出。余坐衡鑒堂。武昌桌子硬找不出余與孟廣渭之名條在何室，乃坐於通城桌中，將其名撕去。如彼等來，再作道理。前面一桌即袁保桓、陳廷英也。頭題：夙興夜寐無忝爾所生說。二爲詩題，四詩，不論五、七言，律、絕、古風均可。一《兩湖書院柳》，二《八旗奉直館桃花》，三《卓刀泉松》，四《賀公湖荷花》。正午交卷者多。余交卷後，有人招呼入席。十菜吃飯，俱不熱，且有酒，此即俗稱終場酒也。

聞此例自明代迄今，府、縣考終場均如此。席散出場，回寓休息。聞終場發榜，名次亦無變更也。

廿三日

余用款已盡，今日向陳茂如家借錢二串文，買應用各物回縣。晚六時聞終場榜已發，案首袁保桓，二名陳廷英，九名孟廣渭，十名喻毓西，涂宗經第五名。余名仍爲二十二，以後想得堂號，止有望經古耳。準備明日回縣讀書。晚早寢。

廿四日

早起渡江，搭小輪回縣，同船者柏少松及縣市相識者數人。下午一時抵家，拜見父母，極爲喜悅。飯後，往各親友處略坐談。袁夏生、王小齋仍從袁若初在古樓讀書。

廿六日

至南門外，看岳母另做之䉲坊。余岳父人忠厚，向懼內，而岳母性情乖僻。此次分家，必欲與岳尊分出，到處借款撐此生意。余料不兩月必失敗矣，與之談半時即歸。岳母無知識之人，余心久不滿。因父母命往看看，敷衍而已。

廿八日

廿九日

連日檢清側房，準備讀書，候院試。余不願學醫，不能不讀書以求出路。科舉本非善政，然貧賤之士，小而言之，進學後開賀，可獲賀禮者三百餘串。中舉則倍之矣。下午清理畢，擬作文數篇，寫小楷，列爲日程，十天可以觀進步也。

閏五月

初一日

早起，擬此旬內作文十篇，餘時看《綱鑒》，溫四書五經一遍，不求背誦。此外，《四書義》《應試必讀》等等，瀏覽而已。

初二日

今日寫字，作文一篇，閱史三小時。

初三日

課同昨日，習小楷二千字，以快爲主。場屋中做題，尤須寫得快，方不逾限也。

初四日

初九日

報載，上海《蘇報》館係以文字提倡革命者，由中國引渡，捕房捕其主筆章太炎、鄒容等入西牢。蔡元培、章士釗、吳稚暉三人各有救護者，已逃往日本。章係秀才，吳係舉人，蔡爲翰林，奇矣。

初十日

早起。計此旬內作文寫字俱有進步，只候院試。聞學憲已到黃州院考試生員、童生，武漢各大書店俱來黃州租屋趕考。余商之父親，欲買《時務通考》一部，洋板《綱鑒》一套，《康熙字典》一套。父親許以明日同過黃州購之。

十一日

早飯畢,同父親坐義渡過黃州,王小齋同行。至州城,進清源門,到考棚街,書店羅列。並有賣廣貨、布疋、頂帽、緞靴,備新生入學,老生帶回家送情者,生意鬧熱非常。余已將昨需之書三套購得,但板本極不佳。在各街遊覽一次。下午三時,仍坐原船回縣。

十二日

昨向鄭宅借來《百子全書》一部,擬分類將其精華纂入小本中。

十三日

十四日

連日閱《綱鑒》。家中原有袁了凡大板《綱鑒》一套,取而閱之,錯字太多,只有隨看隨改。前購之洋板《綱鑒》不能看也,《時務通考》錯字更多。

十五日

連日讀寫忙。晚間看書心靜,以青油燈伴讀。因洋油燈光大,照眼,每每黑烟撲鼻孔內,黑□難受。菜油燈伴余至雞鳴初次乃寢。

十六日

閱《申報》,朝廷議考經濟特科。又聞吾邑舉人萬廷獻,已由本省張制軍預保送京云。

十七日

十八日

十九日

連日夏生、小齋來坐，余與談話。小齋懼耽誤余功課。惟早買菜，余仍爲之，家中今春未雇長工也。看《鑒》快畢。

二十日

計此旬作文六篇，抄寫之纂本每日夕至少有四千極小之字。分門類，三十類。子書①係向鄭宅借來，所纂以《管子》《晏子》《莊》《荀》《韓》《列》爲多。作四書義，非子書筆路不俏也。

廿一日

涂宗經已回縣，時時來與父親談。彼已得終場前列，可望進學者也。余略與談作文法。聞院考在六月初，余能得取經古與否，則尚無把握。

廿三日

報載，派張之洞、榮慶，會同張百熙釐定學堂章程。觀其意似欲廢科舉，專辦學堂。

廿五日

今日報載，章、鄒《蘇報》案判刑後，報館已被封矣。章太炎、鄒容。

廿九日

計此九日內，朝夕用功，不敢停止。已作文七篇，抄纂本已成二小厚册，試場中應用可省許多腦力也。《時務通考》閱竣三分之二，略知外國情況。

---

① 予極喜子書，故應試時多引用。——作者批注

六　月

初一日

　　縣中有信，院試學憲在黄州快考畢。學台胡鼎彝，陝西人，學問不甚佳，爲蘄州李士彬門生云云。余今日作文二篇，以爲練習極速者，院考覆試，只有兩點鐘限度，須成文一篇也。

初二日

初三日

　　連日王久旃來，約往省時期。余仍寫作未停，近來抄纂豐富，各類分清，一檢即得。佳句皆子書中語，次則史鑒語，再次四書五經語。

初四日

　　清理往省書籍等件，準備往省。下午往各親友家略坐談。

初五日

　　報載，俄國已另派阿力克塞克夫爲關東監督，東三省勢力爲日、俄類似之殖民地也。

初六日

　　早六點鐘，往江干搭小輪，久旃、月亭、受卿等同船。到省後，住貢院新街福壽庵對門之鄧新泰成衣店内，屋不佳。此屋因鄧裁縫善於招待，勉强安之。余與月亭、柏少松住後房，久旃等住前房。門臨街市，天熱難受，屈佩蘭與屈瑞璆先一日搬出。據聞，屈已定明日出洋云。

初七日

報載，革命黨人沈藎①在新隄被杖死。革命風潮，湖北已萌芽漸露。

初八日

連日熱難受，臭蟲又多，蚊蟲亦不少，極難安寢。今日下午，報考經古場。余報外國史、中國文學二門。遇汪成驤，彼報文學、史學。久旃所報與余同。

初九日

今日買應用物件，準備晚間入場，夜寢不安。雞鳴時，鄧姓呼余等起，吃進場飯，較大車巷王姓飯甚佳。食畢，至學院署點名，天未明也。

初十日　晴　熱

堂上懸題紙，天尚未明。文學題：《擬蘇子由九曲亭記》；外國史：俄羅斯強大，欲固吾圉將用何策？兩題全作爲完卷。格致題：《溷水衣說》。張心如係報考格致者，余見其洋洋得意看題。王久旃坐上四號，來尋余謂，君有《強蒙古以備俄策》數篇，去年在書院考課已列上取者，請以一篇與我。余遂檢一篇付之去。程稚松、施子英以人矮小，俱提堂號。算學係一正比例題，施所長也，彼爲稚松代算一式與之。經古不搜夾帶，坐位上下亦自由，特例也。余文成，下午四時即出場。以《強蒙古》有底稿，甚得意也。今日余坐號爲西陰字十四號。

十二日

經古發榜，久旃竟考取矣。余名落第，久旃甚不過意。柏少松忌之，謂不應該以文助久旃。余一笑置之，謂尚有正場，何必經古堂號耶？傍

---

① 是年冬，日本印一書曰《沈藎》。——作者批注

晚，陳受卿等要久旃請酒一次，乃至橫街頭百尺樓酒館，城內人一桌，用錢一串餘。

十三日

晨，久旃去復試。余則悶坐寓中，借得報紙看。

十四日、十五日

今日準備進正場，買各物。晚早寢。雞鳴時，店主呼余等吃飯，飯畢同出門。余名列二十二，在第二牌進，須向前坐□文十四號。武昌童生三千餘人，點名畢，天已大明。堂上題牌有燈在內，各生只能望寫抄下。此次已搜夾帶，不易看夾帶，堂上更難。首題《"子貢問爲仁，子曰：'工欲善其事，必先利其器。居是邦也，事其大夫之賢者，友其士之仁者。'"義》；二題《"秋及江人黃人伐陳"義，僖公四年》。此兩題均無意味，此學使似太腐矣。余文成在下午三時，五時寫畢，出場。

十七日

今日下午四時，聞學台衙已懸水牌矣。觀者人山人海，難向前。聞城內久旃、汪少卿、涂宗經、孟愚溪均挂出，八鄉共八十名。余聞之怏怏歸。即晚，落第童生搭大輪回黃州者百餘人。余以既被黜，一何如此之忙耶？久旃亦堅留多住一天相伴，少松亦不歸。

十八日

黎明，久旃入場復試，此次得取即入學矣。十一時，久旃回寓，以文稿示余。題爲"子謂仲弓曰"一節義，更無意味之題。久旃之文太生硬，恐難入選。唯鄧宅已購大鞭二千，備久旃入學示賀者也。下午四時榜發，王時旃來送信，謂久旃已落第，城內只進汪少卿、涂宗經、周作人三君，周以散號進學尤難也。洪鄉周德宣已進，斗丞落第，瘋病大發云云。久旃不快，余爲解說，謂明年又有小考，可望再進。自是擾擾一夜無眠。鄧老板亦不快暢。甚哉秀才之迷人如此，而俗眼人嘲笑，尤可恨也。

十九日

早起，與少松、久旂同搭小輪回縣。船名江東，余等笑曰："此真無面見江東者也。"船上盡是落第考生，相與太息而已。下午一時，船到縣，余等匆匆各歸家。余見父母，均呈不快之狀。以年尚輕，謂功名遲早必得者也。

二十日

今日與父親言，仍檢後房自修讀書，兼照料家事。

廿一日

至各親友處略坐談，均說科名遲早有定數。噫！科舉取士，寒士可以出頭，然老死其間未能青一衿者，蓋十分之九也。惟寒士求出路，落第後須遲一年或兩年再考，如遭親喪又須遲二十四個月再考，考取與否又在不可知之數。以故洪子卿先生今年五十九歲，尚稱童生，與余等同進場也。

三十日

聞鄭赤帆、周裕齋準備到日本遊學。彼二家為富翁，有錢可用，出洋乃有出息。余家貧累多，不能自備資斧，一嘆而已。

七　月

朔

早起，進祖宗。九時買菜歸，在書室閑坐。思余家人口多，又貧乏，父親屢欲余學醫傳代，余終不願。今年下第，明年如不進學，則決意學醫。聞近來盛傳廢科舉，專辦學堂，各省已開自強、將弁，文普通、武普通兩中學。省師範，道、府師範，三簡易科，一年畢業。畢業後即派充小學教員，月可得三十元之薪水，必須秀才可考。武普通亦兼收童生，惟功課嚴，操法多，須身體強壯方可。惟必須覓得薦條與梁知府方可取錄，因梁師爲學務處總辦也。余父與在省人士知交少，前日曾面托張叔華代爲尋覓，不知有效否。

初二日

在家溫習功課，決定自九時起，除招呼家事及應酬必要者外，夜間至十二時止。

初五日

初八日

早起，打錢紙，辦包袱，祀祖宗，預定十二日以前必辦齊。晚間，張叔華來坐談。父親又托彼覓學界有力者，遞條子與梁總辦。

初九日

自今日起，寫朱姓包袱及錁袋等等。

初十日

寫胡姓及外祖、外戚包袱已齊，囑厚訓幫忙粘之。

十一日

今日補習各功課。晚間，程師及叔華來談，縣中新進秀才均歸開賀。周姓衆大，作人必獲津貼不少。報載，俄人要求在張家口外之哈哥希根二地爲租界。

十二日

今日下午三時，父親率余敬謹祀祖宗。酒肴一桌，進香焚楮，禮節繁，余亦同習之，真所祭如在也。表兄在此幫忙，五時半吃飯。

十三日

十四日

十五日

今日縣中盂蘭會盛，晚間同夏生到各街一遊。而縣署中大會尤鬧熱，皆衙門員役上下出錢渡孤魂野鬼者也，此亦善事之一。報載北京新添商部，以振貝子爲尚書。

十六日

科舉爲誤人之政策。已入學者爲鄉人敬重，未入學者，鄉人冷眼或非笑之。明日當再檢闈墨細讀。

十七日

早起，檢出去年直省闈墨讀之。本省解元汪馘鷥，文聰明但無實學。二名左樹珍抄襲陳文子書太多，不足法也。惟三名傅嶽棻，江夏人，文字老練，可謂近古，可學也。蘄水三陳，僅曾壽有根底。十一名雷豫釗，蒲圻人。十二名張則川，黃陂人。十四名湯化龍。十五名夏逢時，通山人，史學爛熟。陳雷等文筆奔放，俱可爲法。十八名邱東陽，大氣磅礴。二十九名杜光佑，聞爲江夏久負文名者，其文純潔，均可學也①。余立

---

① 壬寅科前三名：汪、左、傅三人，第四名張國溶，五名陳曾矩，六名陳曾壽，七名王寶璜，八名陳曾德，九名劉邦驥，十名胡鈞，十三名呂聯奎，十六名程明超，二十名關炯，二十一名高廷塎，二十二名夏昀，二十三名田吳炤。——作者批注

志以後當熟誦之，大約明年入學不難矣。江浙人取科名者，熟讀陳文腔調，即得科舉之訣也。

二十日

《湖北闈墨》，刻有六十六名梅鴻曾，七十四名曾紀亨二人，又殿元一百廿一名陳善，均係算學題。壬寅科只吾省出題甚怪，陳善試卷中可繪圖列表。查諸生中，除住兩湖、經心兩書院者略知外，其餘恐百分之九十九不懂矣。聞寶大主考①所以如此者，以張制軍在鄂開科學風氣之先，故有此難題以難秀才者也。然歟？否歟？茲記去年科場算學題於後：弧角之法傳自泰西，參以和，較入算尤簡，中土有其法否？中法開方，自正方帶縱，以及求奇零之根，諸法莫不詳備。西書顧從簡略，優劣之數可得而陳。對數有十進，雙曲線二種，道咸諸儒各立新術，已開微積之先。橢圓求周，算式至精之詣，中西各幾術？凡此皆算學中之犖犖大者，試爲歷舉其法，加以平議策。

八　月

朔

連日仍讀書習字，惟作文久無人改正。聞涂小舫先生學問淵博，昨走謁，以此意求之。涂先生許以秋闈後爲余改文。彼正趕辦科場，家中購書甚多。

初二日

---

① 後聞省城人云，宗室寶熙實非名翰林。此次派爲湖北大主考，以張之洞在鄂省提倡新學，大名鼎鼎，先在京中請某新算術家代預爲此題也。鄂人深信有其事，副主考嘉興沈曾桐於科學尤爲門外漢。去冬有京客王君云，寶熙尚在，年八十餘矣。戊戌三月十九，峙記。——作者批注

初三日

連日讀書寫字作文,每至夜分。所買《湖北闈墨》①,如傅嶽棻、杜光佑之文,讀熟數篇。其餘汪解元、左亞元之文,一亂抄成文,一亂抄子書,均不足取也。蘄水三陳及湯化龍之文,均非佳作。《江西闈墨》②解元龍元勛所作十三篇全刻,不但不成文,且不成話,似初明白之童生。如《孝弟力田論》首云"木有本而枝葉茂,人有本而風俗敦,孝弟者立生之本,力田者治生之本也",簡直如小兒口氣矣。浙江解元劉焜,福建解元林傳甲乃稱能手,余一一讀之,以練筆調。

初四日

父親自外歸云,涂小舫明天到省科場,命余今夕往送之。至涂宅,略坐談。並至程松師處一談,程師過科場,今爲十四屆而仍不中,甚恚。再過此科是爲十五次。

初五日

初六日

去年湖北題名錄中,陳曾壽③、曾矩、曾德係三弟兄,覃壽彭、壽堃、壽公亦三弟兄,張國溶、國淦兩弟兄。

初七日

---

① 三十三名甘鵬云。四十二名程鎮瀛,黃岡人,四十六名鄭德華,江陵人。五十九康濟哩,荆駐防。七十二名謝鳳藻。八十七名詹翰藻。九十七名夏道炳。去年恩正並科,湖北一百二十一名舉額,吾邑中七人,無一人選入闈墨者。——作者批注

② 江西是科大主考李昭煒,婺源人,兵部侍郎。副主考顧瑗,祥符人,記名御史。——作者批注

③ 陳曾壽前年方死去,覃壽堃年八十二,張國淦八十五、均尚存。予今春晤覃三次。戊戌三月十九晚九時峙山記。——作者批注

初八日

聞鄭宅書甚多。赤帆既出洋，家中新買之時務書，余請夏生代爲借閱，如《瀛寰全志》等新地理書均借來。又向胡菊圃借來東亞地圖及中國歷史地圖一册，日本印刷者，研究有得。

初九日

初十日

十一日

十二日

以上諸日加緊看書，史學、地理各書俱已摘要錄出，或臨畫地圖。

十四日

連日各家送禮物者多。晚間，將各處欠賬一一還清。

十五日　今日中秋節

上午停功課，招呼家事。中秋節菜園有戲。晚間去看，片刻即回。

十六日

早起，招呼賀客。父親歸後，余再往各處，補父親未至者。

十七日

報載俄人威脅中國，提條件，駐東三省之俄兵仍不撤退。

十八日

今日，洪小山來云，陳恬師已回縣，當走謁。聞此次科場情形，陳師似甚得意者，謂十三篇文未添注塗改一字云云。繼聞程松師亦回縣，走謁，談話中似不得意者。

十九日

二十日

今日聞涂小舫先生已回縣，下午走謁，聞場中所作極得意。先生於場前曾提考優貢未獲雋者。涂師小楷最劣，余逆料其不能得優貢。

廿三日

廿四日

連日以所作文檢送涂師改正。涂師爲父執中最誠懇信實之人，爲余悉心指示。

廿九日

今日作文一篇，連從前數日之文，送涂師改正。晚間師來與父親談甚久去。

九　月

初一日

連日看書，摘抄子史諸書之精者。仍寫小楷，每天一頁。

初二日

聞去年蘄水三陳係同胞，蒲圻三覃亦同胞，又該縣二張，亦同胞。出於一縣。又，江夏呂聯奎、聯乙亦同胞。

初三日

初四日

今日父親與周兆九、徐輔卿等八人在寒溪附近登高，余亦同去。

初五日

初六日

今夕，松師、涂師均來家談甚久，云此次考場中文章，周子均、閔孝師均做得甚好，可望中舉云云。

初七日

今日下午，與久旃、夏生等出城登高。在寒溪寺小憩，談科舉有命事，文章優劣還在後也。

初八日

去年蒲圻覃氏三兄弟、張氏兩兄弟均同科，且出於一縣。蘄水三陳兄弟中第五、六、八，在前十名中，尤奇也。或謂陳氏先塋葬得風水之正穴，以故先有翰林，後有狀元，隔二世而有三弟兄之同科，其信然歟？江夏呂氏兄弟同年，是否一母所出，尚待訪問之。恰與余與久旃前談有命之說合①。

初九日

今日重陽，聞省城須出科場榜矣。不知誰入彀也？

---

① 涂師今日又提及此事，是以重述之。——作者批注

初十日

聞杜永興教讀先生陳協柄已中舉，陳，葛店人。繼聞城內傅象虛已中，曹林中第十四名。餘則陳廷英①，今年六月入學，僅兩月竟爲舉人，其人學問必有過人之處。又聞興國州石瑛亦係連捷者。涂師未中，殊爲慪氣。

十一日

《申報》載，駐藏大臣電報朝廷云，英人派兵入藏，勢似相逼。前有俄禍，近又加英國，吾國無寧日矣。

十三日

夏生來云，王明德書店已販《湖北闈墨》歸，每本八百文。余遂買一本。我縣曹林、陳廷英文已刻數篇。解元張濟川、亞元瞿瀛文最奔放。癸卯較壬寅闈墨好五倍，蓋已入正路，有成法矣。今日母親四十九歲壽誕，家中置酒菜麵等事，親友來聚賀。

十四日

十五日

朝廷迭次提倡學堂，廢科舉，但現在仍並重。此次曹林、宗芾均省師範學堂學生尚未卒業者，石瑛、湯薌銘均文普通中學堂學生，後挑選出洋者。

十六日

聞縣城內東渡求學官費、自費生均有信歸，勸城內未入學之人出洋。

---

① 陳與予自癸卯小試府考晤面後，民十八年方再見，其後同居施南，同事二次。解放後在文史館，猶時時見面，庚寅六月猝死。——作者批注

何至書、鄭赤帆、張肇松有信歸。洪思賢想自費出洋。余以無力，自恨未入學不能受祖聚之款出洋。聞自費生每年不過二百餘串文。今日報載，俄兵已入駐營口，勢甚相逼，並遣派兵輪來華，外交愈棘手。

十七日

十八日

今日父親歸云，城內鄭子書、子映昆季與吳聘三舅氏，有意就小賓興撥助二百串文，並代余籌一百串，促余出洋。此意可感也，但不知何時實行耳。

十九日

二十日

連日寫作甚忙。晚間夏生來坐。云鄭赤帆在日本寄回許多革命書報等等。又《警世鐘》《革命軍》《猛回頭》三種是給邑人閱看者。余今夏到省，知各學堂中亦有革命黨，察院坡教育普及社有賣此書者，未之見也。

廿一日

今日王小齋來云，省城有醫學堂招考，正在報名，約余同往。下午四時渡江，陳受卿亦同去，在黃州洋棚暫歇候船。天將曙，搭大貞輪船，日本船也。王家未要划子錢，余亦未買票，以小齋、受卿俱為大版洋棚老板也。

廿二日

早九時到漢口，住戴家庵，武昌人所開棧房，李炳琳在此棧坐號。飯後，渡江至武昌，聞軍醫學堂在正衙街，報名早已截止，無從補報。遂轉至戈甲營訪程幹臣先生，稚松之族叔，問各事。彼云要考學堂須在省長住乃得悉，然每日非到水陸街學務公所打聽不可。蓋每一學堂招考，挂牌一二天即收去，馬上就考了。雖在省住候者，聞訊稍遲而不及試者，又非學務公所有人照挂，先遞名條上去，仍不得取云云。余等聞之，乃知科舉不易進學，考學堂亦難之又難矣。乃與小齋等怏怏回漢棧，閑遊一天再回縣。

廿三日

早起，與小齋等至湯元店吃湯元，此家最有名，湯元糖心非他處所能做者。午後，準備回黃州轉縣，因小齋候大貞原船下黃州，減省川資不少。晚八時半上船，柏少松亦來搭此船。九時開行，十二時到黃州。下船就洋棚歇一夜。

廿四日

晨六時，與小齋渡江，到家後見父母說明省城各事。此次計用錢二串文。

廿五日

廿九日

三十日

連日習字讀書，安心作文，檢齊文章送涂師改。涂師每喜余誠意，教余多作，彼願改也。

十　月

初一日

早進香後，默坐片刻。憶今夏未入學。今秋又未考得學堂，人生飄蕩無寄，不勝煩惱。晚間，以前次借來之《猛回頭》《革命軍》等書閱之，覺滿人入關待漢族極苛。雍正以後文字獄大興，漢人多被殺害者，則此日倡革命排滿者，爲極有道理。幼年初讀，並不知滿人是何種人，皇帝姓甚麼，十二歲乃知滿洲爲明代皇帝之大仇敵。向來縣衙功令森嚴，此革命之書竟無人禁止。今日書院師課出題，劉幼浦來說，明日當往一看。

初二日

書院題目貼在木柵子內，余在外用鉛筆抄之。一、法積久而弊生，去其太甚，足以圖治。宋神宗希高慕遠，盡變祖宗制度，效法周官，元祐時又盡反安石所爲，紹聖初又變元祐之政，反覆無定，國本動搖，論世者遂以金狄之災歸皋安石，試持平論之。二、英、法、德、奧，世爲仇讎，結會聯盟，近數年相安無事。中國自通商以後屢持釁端，欲彌外患而固邦交，究以何者爲善策。又，四書義題"子貢問曰，鄉人皆好之何如"一章。限五天交卷。

初十日

皇太后壽辰，縣衙內拜牌，城隍廟行香。文武官將均去拜牌云云。革命書中均稱滿洲西太后，痛罵之。蓋庚子聯軍入京，皆西后一人所召之也。民窮力歇之後，尚大修頤和園以爲娛樂，其心中何曾念及漢族小民耶！士子考試時，如遇皇上、皇太后，或寫及我朝深仁厚澤者，出洋後即罵皇太后矣。余今年考試時，亦寫及抬頭數次，則弋取功名計也，一笑。此段原底亦有抬頭數處，今改正之。

十一日

十二日

涂師每日下午六七時間，必來家與父親談時事。將余文送來，改竄甚多，批語太客氣，不敢當。你執中惟涂師、高師至誠，期望甚切。程、閔、陳三師泛泛而已，並無直話說。

十八日

父母欲爲余結婚，定本年冬月。余極不願，一以學問無進步，未能取得青衿以慰雙親。結婚無用款，以及送禮取媒諸事在在需錢，況家中已有陳債百餘串，又須向魚行四叔祖母借款，將利轉利，其何能還耶？父母知余意，請程師母勸余以順親①爲要。

二十日　今日大雪節

今日久旆、澤清同來坐，云范久紳山長學問極好，史學尤熟。約余明年到書院肄業，必能獲益。久旆、月亭與內鄉劉朝祿、洪鄉周裕齋俱在書院，從范山長讀。余欣然允之。

廿一日

今日讀古文三篇，寫小楷三千字。晚間將文熟讀深思。涂小舫先生來，與父親談時事。面囑余作文數篇，送彼改正。余願拜小舫先生爲師也。

廿二日

今日擬作四書義二篇：《君子群而不黨》《民無信不立》。晚間書就。餘時仍看唐詩及《賦學正鵠》與雜書，調和腦力。報載俄兵佔海城，又添兵千餘入奉天省，分居五部衙門矣。

廿三日

今日送近作文四篇，請涂師改正，並就其家談二小時。涂師博極群

---

① 舊禮教以順親、養志、送死爲子之大事，所謂"順乎親有道"一語賅之，致貽早婚之害。——作者批注

書，爲吾邑有名秀才。

廿四日

今日又過涂師寓，師指示作文諸法。報載俄兵入牛莊，在某鎮築炮臺，中國尚可忍歟？

廿五日

廿六日

今日，又送近作文與涂師改正。談間，師極推重本科亞元瞿瀛，並我邑曹林闈墨中文字。

廿七日

本日下午六時，涂師帶改正之文來余家，指示一切，可感也。又談俄國照會外交部阻止英兵。

廿八日

連日讀閱子史一類書籍，用素紙辦四小本，隨讀隨閱，時將其精華摘抄之，分三十六類，將來作文時不愁材料也。余誓積成四厚册，寫字極小，備可帶場屋中用。晚間，程松師、涂師先後來與父親談科舉變法事。又云報載日本兵已入吉林省，又增兵鳳凰城。噫！殆瓜分中國也[1]。

三十日

今日再熟讀闈墨，福建解元林傳甲《漢唐宋開國用人論》，熟悉三朝史，反覆辨論，能開新意，真老手也。以視江西之龍元勛文字幼稚，真天淵矣。又讀浙江解元劉焜論策，造句均矯健不群，開門見山，易取科名之

---

[1] 俄事未了，日英又來，似欲瓜分中國。——作者批注

文章也。《江南闈墨》策中，有《中外刑律，互有異同，自各口通商日繁，交涉應如何參酌損益，妥定章程，令收回治外法權策》。第十九名任承沆起句曰："天有雨露，不能無雷霆；國有施恩，不能無刑罰。"説理精詳，於中外刑律異同説之透闢，想此題非夙研究中西法律者不能爲也①。

冬　月

初一日

書院師課發榜，余上取第九名。晚間去取卷歸，范師改正甚多，極爲有益，心感無已。

初三日

今日下午在鄭宅借來《江蘇》《新廣東》《浙江潮》各二册，又《揚州十日記》一本、《嘉定屠城記》一册。《江蘇》雜誌所載者，節録片段而已。《嘉定記》，述自黄淳耀、淵耀兄弟，於弘光元年閏六月十七日接守此城時，與侯峒曾、龔用圓等十餘人，瘁盡心力以死，七月初四而城破。册中有黄氏兄弟像，是否當日真容，不敢斷定。黄將縊時，提筆書牆上云："明遺臣黄淳耀於弘光元年七月初四日自裁於西城僧舍。嗚呼！進不能宣力皇朝，退不能潔身自隱。讀書寡益，學道無成，耿耿不滅此心而已。異日胡虜復靖，中華士庶再見天日，論其世者，當知余心。"寫罷，視淵耀已懸屍梁間矣，仰屋而歎，遂縊其側。噫！觀此一段，則知排滿革命爲吾輩天職也。

初八日

向鄭宅借得《揚州十日記》一册，有作者姓名。揚州自史閣部於四

---

① 解放後得博物館所收壬寅各省題名録，江西龍元勛年四十四，福建林傅甲係監生，官館人，年二十六，龍元勛，泰和廩生。——作者批注

月十四日白洋河失守後，奔揚州，閉城拒清。虜酋圍城破，清兵在揚州殺人，被奸死婦女，見於各寺院僧，焚化積屍簿所載者八十餘萬人，其落井投河、閉門焚死者尚不在內。倖存者不過千分之一而已。著書人即江都王秀楚，就全書看出，亦世家大族之子。其中有要緊數段，特錄出：史公牌諭諸民，內有"一人當之，不累百姓"之語，聞者感泣。清兵拘婦女，長索繫頸，纍纍如貫珠，一步一跌，遍身泥土。滿地嬰兒，或襯馬蹄，或抵人腳，肝腦塗地，泣聲盈野。行過一溝一池，堆屍貯積，手足相枕，血入水，碧赭化為五色，塘為之平"云云。又一段："婦女因威逼不已，遂至裸體不能掩蓋，羞澀欲死者甚多。"王秀楚一家死者數人，婦與子在屍骸中雜處。後遇一滿帽皂靴紅衣人，視其相貌非凡，付衣數件、金一錠。告之曰：明日王爺下令封刀。蓋五月初一，殺人已滿十天矣。初二、初三放賑，即督師所存者。搶米之際，親友不相顧，強者去而復來，老弱被重傷者終日不得升粒。又一段述："中年婦人濃抹艷妝，向清兵曲盡媚態，毫無羞恥之狀者。一兵謂人曰：我等征高麗，擄婦女數萬人，無一失節者，何堂堂中國無恥至此耶"云云。著者於書尾數行云："自四月廿一日起，至五月一日止，共十日。其間皆身所親歷，目所親睹。後之人幸生太平之世，享無事之樂，不自修省，一味暴殄者，閱此當驚惕焉耳。"嗚呼！觀於此，則本朝現代雖有恩於百姓，然知識高尚，值此學術昌明之世，滿漢之界猶嚴，吾儕應該思報復此仇矣。元代蒙古當國，其苛殺較本朝輕，乃享國八十餘年，而朱、陳覆其天下。今代已二百六十餘年矣。吁！悲哉。讀此記畢，泣下數行。余前閱《江蘇》雜誌，見史閣部像、遺書、遺墨等照片，流涕不能止。吾邑舊學先輩未見此書，總曰本朝深厚澤。奈何！奈何！

初九日

今日起，作論、義、策各一篇，明日謄正。閱《申報》，日本派兵至高麗，俄又派兵入吉林，日俄戰爭之兆。

初十日

將昨日文三篇寫就，送涂師請改正。

十一日

十二日

連日看鄭宅借來之《新廣東》《浙江潮》雜誌，倡言革命排滿，並無忌諱，印刷精良醒目。夜間看之，尤爲有味，心目開朗。有時令人流涕，令人憤怒不可止。噫！何吾漢族之不幸，於元代爲胡兒宰割，於明末清初又被異族征服。民族脆弱，漢奸數人，爲虎作倀，引狼入室，令後世子孫不能翻身，傷哉！《江蘇》雜誌吳稚暉等筆墨極佳，鼓吹革命，引人入勝。

十三日

今日又借得《湖北學生界》第一期。卷首題乃張孝栘，吾邑張廉卿之長孫。其間作文者有但燾、張繼煦、李步青諸人，明白鼓吹革命。不知張制軍與梁知府曾見此書否？

十四日

今日父命停止讀書，籌備結婚諸事，家中已雇得蕭姓工人爲余幫忙。晚間買得花紙三筒，明日托洪元愷、劉表兄等來裱房。聞教堂洋人今年過年蓋行陽曆，即西曆云。

十五日

今日裱房，擾擾一日。晚間閱報，俄使照會外交部，禁英兵入藏。彼國欲窺東三省，又忌英人勢入藏故也①。

---

① 外國人心，不准他國分臠，即瓜分亦須獨霸。——作者批注

十六日

寫媒人及鄉間親友紅帖子二十餘套，此須七天以前發出者。外祖母、舅父、楊姨奶、表叔處均先發出，又寫紅聯四副，俗例也。

十七日

十八日

十九日

連日廢讀，專爲此俗事。今日約同學王小齋、袁夏生來幫忙寫請帖事。劉老表、洪元愷借物件、做粗事，酒席爲周姓館包定。

二十日

日來天氣轉寒，幫忙之人均烘火留飯。父親請程少圃向典史署借花衣公服等件。本街轎伕頭來，索價極昂，向與理論，此等人真喂不飽也。

廿一日

今日挂燈彩，父親每講顔面熱鬧，余非所願也。借款以辦婚事，以後如何償還？

廿二日

父命余至岳父家二次。余心煩甚，岳母係無知識之人，尊公、尊母不能當家，岳父則畏彼不敢言，此家將來必敗者。在南門外單獨做米店，折本凈盡方歸。婦人爲政，亂之本也，家國蓋一例矣。余不願鋪張，萬家既非富有，何必要兩鋪兩蓋之俗例耶。

廿三日

鄉間已有人來幫忙，客愈多，用度愈大。

廿四日　陰寒

今日燈彩排色俱齊，請程師母、鄧親母先至，爲檢箱之禮。魚行姑奶、四祖母俱來。午後一時，萬姓嫁奩已到屋。男女客開飯二桌，餘均回去。縣丞、典史、把總均送禮，街坊及親友所送對聯尤多。晚間，父命燃燭張燈，以示鬧熱。

廿五日　陰　寒　小雪

早起，堂室排色俱齊。午後過酒席六桌，本家親友均來。下午五時半，沐浴整容畢，登轎親迎。轎共六乘，旗仗十對，火炬四對，均從俗例。余心實不然也。至萬宅，耽延三點鐘之久。輿馬歸來，閱者擁擠不堪。坐床後，程師母舉行俗例各式，作吉語。師母素視余猶子者，凡有所命，余均聽之。同學友人喧鬧至夜分方去，開過酒席十四桌。

廿六日

天將曙即起，與萬氏共向祖宗龕前進香畢，告廟禮也。再拜父母，天已大明。賀客來，吾邑舊禮必雙拜來客，起跪無數。蓋賀客有五六十人，人必拜跪，除晚輩免此禮外，真不勝其煩。晚間又過客一次，即今日受拜者，亦過酒十一桌，計此次酒席費不少。九時，何昌炎結算賬目，共收男女賓拜錢三百一十餘串文，不可謂不多，恐止能抵酒席費一部份而已。父親則歡顏吉語，謂借債不要緊①。

廿七日

今日上午九時，與萬氏乘轎至岳家，謂之回門。在萬家有酒二桌、分男女坐。午後三時仍乘轎回家，僉謂人生百年，夫婦齊眉，基於初婚。

---

①　父借債由此起，展轉至予入學、教書、住二次學堂六年之久，至壬子任黃安司法一年後方還清。歷年子母相積累之賬，甚哉盤剝之利息也。——作者批注

惟萬氏不識字，其母又非賢淑，余終不快於心。蓋能識字之女士，均與余議婚，未成也。中國禮教，"父母之命，媒妁之言"，見於《孟子》。數千年不敢逾越，可嘅也已！

廿八日　寒

今日男女客方走盡，母親與大姊乃得休息。萬氏尚不似其母習氣，余則以好言安之。謂外甥女已十六，甥兒已十四，均爲父母所撫養而成，大姊孀居，仍恃我家爲活，亦苦人也，汝善遇之，以免外人閒話。今汝來我家，勿令此三人不安，至要，至要。母親初尚不敢以此意告知萬氏，余則先言之，令其好自爲人。

廿九日

今日，夏生、稚松先後來談，余定明日讀書。此房爲父母所退出者，父母已搬入堂屋側房內，即余書室也。現在只有在余房中，檢一書案，溫習舊課而已。下午，胡林、方城、瑞風、邦煜等來補賀禮，父親留之酒敍，就堂屋中宿。彼等蓋上街來辦年貨者也，就此機會來賀余。

十二月

初一日

早起，讀書作文。下午七時，涂師來談時務。涂師讀書多，娓娓不倦，令人佩服。

初二日

父親算婚禮用賬，尚欠六十餘串，須借新款還。連前借魚行百串，共百六十串。子母相權，明年即二百餘串矣。奈何！今日閱報，日俄已開仗矣。中國宣佈局外中立，且看後事如何①。

初三日

今日寫字，抄纂本，用功最多。晚，王小齋來談。張穉芳亦來坐，此人腦力昏濁，與余同學時無異，無進步也。其父伯芳太聰明，乃有此子耶。

初十日

十一日

今日報載，京中改管學大臣爲學務大臣。此一改名，有何意義耶。

十二日

連日讀書寫字，外出時少。靜察萬氏尚非不可教訓者，做家頗勤。晚間，閱《湖北學生界》《江蘇》兩雜誌，令人起排滿之念，真欲爲漢人復仇也。

十五日

十六日

連夕涂師來談時務，並帶余文改正者講授之。縣中何玉書、許价人均畢業於省師範簡易科，何挑出洋云云。涂師又言，省城學堂多，明春必到省租屋候考。師每談至九時以後去。

十八日

十九日

---

① 所謂"日露戰爭，日本各報稱"日俄"，俄即露也。——作者批注

二十日

父親借款償婚禮時用賬，今臘頗受窘迫。今日杜銘新、李習璜同來，彼等南路小學放年假歸。

廿四日

今日下午，稚松來談甚久去。彼云明春須到省城考西路小學。彼年輕，人矮小，必易取也。今夕祀竈。萬氏滿月回門，至娘家須住一天，俗例如此，未之能禁。

廿七日

父親準備明晨吃年飯。今日下午，劉表兄帶同訓甥在外買魚肉等等，母親與萬氏竟夕辦理十菜。父親與余均先寢。今夕已將室內外方燈、紅簷燈懸挂。

廿八日

早五時表兄來，父親與余起進香，六時吃年飯。今年添婦，父母甚喜，尚無他事惹煩惱者，七時席散。

廿九日

父親將各處欠賬九折還之，以一折留待明年端節再還。

三十日

早起。料理今夜燈燭之事。午後四時，祀祖先，具酒肴，燒包袱，行禮。夜間，命甥兒女守祟，放爆竹。萬氏通宵不睡。余於雞鳴時支持不住，仍睡去。表兄在此過年。轉鐘四時，父親帶余及甥、表兄至百勝廟進香，先行出方禮。

清光緒三十年（1904年）甲辰日記

甲辰春夏秋三季，直是爲科舉忙碌。以寒士無恒產，爲一生出路計，舍科舉一途不能救貧。是年排滿口號漸起。列強環伺，志士仁人鑒於中國積弱，歸罪滿人專制，視漢族如寇仇，思有以推翻之，以故青年之得功名、住學堂者，傾向革命變政改制等思想。於政府積威之下，口言忠君愛國、我朝深仁厚澤者，皆僞也。時論謂朝廷如不辦學堂，則鄉里儒生坐井觀天，囿於一隅，不得相聚於大都會城市中，何曾有革命種族思想耶？聚之都會，尚不敢昌言也，而必驅之日本留學，或歐美留學，朝夕聚談，得見夙未見之禁書，知華夷界限甚明，而革命思潮愈熾，豈非天哉！

甲辰雖入學，得親族貸財之助，用度太寬，以致負債開始。自後愈積愈多，反爲寒士之累。

西太后七十壽辰，是年特別鋪張，所謂普天同慶，所謂萬壽無疆者。有一報館嘲之云："一人慶有，萬壽疆無"。而清室自此弱矣。

冬季，吾邑開辦師範考試，余始有入學堂希望，自是力求時務之學，惜他山攻錯，皆不如己者，獲益甚少。

壬辰四月杪峙山老人閱竣記

正　月

初一日

寅正起，看鐘正五點。父親率余料理進香、祀祖、出方、放鞭諸事。五時半開門，送方出約半時禮畢。帶同甥兒至百勝廟祀岳王。全城士商及下賤之人集廟中，此爲吾邑元旦祈福者，必至廟燒香，其典禮聞已行數十年矣。岳王追封武昌縣子，歷朝顯靈異，不僅種族之念。西湖精忠柏枝枝向南者，靈異也。祀畢歸，再向祖宗牌位拜年畢，與父母及大姊叩頭賀年。雙親贈吉語曰：今年必入學也。具茶點歡聚，忽天大明，遂在前堂中聽門，有時囑盧春華老板代答之。七時至萬岳家拜尊長年。各處親友有長輩者，遵父命到其家，頗以爲苦。蓋足軟，說話多。四時拜年畢方歸，進香，早寢。

初二日

今日仍出門，往各親友處拜年，父親亦至萬岳家拜其尊長歸。來余宅拜年者甚多，不能記。

初三日

今日下午開門，袁夏生、程次松等均來拜年，留之坐談甚久。晚九時燒楮帛祀先祖母，明晨爲祖母忌日也。母親每爲余述祖母生前窘病狀，潸然淚下者非一次矣。祖母歿時余尚未生。

初四日

今日外出一次，至夏生家略坐談，打聽今年考試，王知縣士衛①定在二月舉行。

初五日　今日雨水節

今日下午，涂小舫師來與父親談時事，並詢及余今年從何師讀書。父欲余照料家事，學醫兼讀書，乞涂師隨時改正余文。師甚願意。自離高師以後，涂師實恩師也。

---

① 王士衛，高郵人，壬寅曾爲湖北房師，後官江夏縣，以酷吏著稱。民國初年曾任江蘇省公署秘書。——作者批注

初六日

今日出城祀祖墳拜年，先祖父母、先叔嬸及普山曾祖墳均化紙①。

初七日

父親命寫紅帖，請各師友明日春酌。此爲余家常例，每年正月春酒②一次，不計家中困窘者。當請表兄劉朝金分送各家。

初八日

本日下午四時，客來齊，程松師、涂師、洪小坪、程少圃、余釗垣等八人，六時席散。

初九日

初十日

十一日

今年各街仍寫錢玩龍燈。承平日久，此習不能除也。

十二日

閱報，俄艦駛至吳淞口，日艦秋津丸追至，迫俄艦逃去。又載江西兵開至桂剿匪③。

十三日

今日各街懸三官燈。巡撫街熊致堂之燈棚架係新做者，去價當在三

---

① 普山朱姓曾祖父諱士榮，没於道光三十年十一月廿三日。——作者批注
② 清光宣之際，城內上中等人家，元宵前均有春酌。——作者批注
③ 當時稱匪，即抗清廷之革命黨會者也。——作者批注

十串文以上。燈係絹畫，燈式均精美。其彩畫則在漢上請某江蘇畫家，以銀元二十元爲筆資，求之畫三國、西廂兩套人物。著色淡雅娟秀，非吾邑談楚樵所能者。以故聚觀者甚多，余亦羨歎不置①。

十四日

報載西藏人民親俄拒英，似俄人外交政策優於英也。

十五日

今日王久旃、文旃、汪小軒等來，約遊西山。吾邑俗例也。名曰遊月半。民國十六年以後似未行。

十六日

報載，北京派倫貝子出洋，赴美國監督中國賽會事。

十七日

今日清理書案，擬作四書義、策論各二篇，備後天送涂師改正。

十八日

今日飯後起至晚間，在家作文。

十九日

今日未出門，在家靜心作文。

二十日

今日驚蟄節。

---

① 熊宅式微後，以此絹畫售予，已裱五幅，日寇據吾邑時失去。——作者批注

廿一日

今日將所作文寫正，下午五時送涂師請改正，就其家談作文各法。

廿二日

飯後，檢《壬寅湖北闈墨》讀之。夏逢時之史論，夏道炳之四書義，均佳。

廿三日

廿四日

廿五日

閱《闈墨》，湖北壬寅大主考寶、副沈。寶爲旗人。沈出都時即丁艱①回籍。此前年張季馥爲余言者。

廿六日

湖北爲中省，壬寅科只有十二房官。一江紹宗，皖旌德人，舉人。二查雙綏，宛平舉人。三武延緒，號次朋，永年翰林，原任京山知縣。江號迁生，查號玉階，均能寫字。四任承紀，甕安進士。五胡棣華，字少卿，長沙舉人。六沈鳳鏘，瑞安舉人。七甯鵬南，懷寧進士。八韓兆魁，長沙舉人。九楊壽昌，字葆初，成都舉人，曾兩任黃岡知縣者也，能書，在黃有政聲。十李寶沅②，從化舉人。十一王士衛，高郵舉人。十二廖佩珣，歸善進士，湖北候補直隸州知州。此次內監試王仁俊，字枡鄭，吳縣翰林。內收掌熊賓，字峻閣，商城進士。以上均係在鄂有官聲者。

---

① 沈曾桐丁艱，後聞不確。——作者批注
② 李寶沅後於癸卯科再爲湖北房師。抗戰時居香港。戊子冬年九十一歲方卒。——作者批注

二 月

初一日

今夕準備縣考入場事。

初二日

今日縣試首場，王知縣親點名。四時，余已入場，次松與余同號坐。今年縣試人數較去年少，聞總數三千二百餘人。天將曙，點名畢。題牌懸出：《"使先知覺後知，使先覺覺後覺也"義》。二題：《"通其變，使民不倦，神而化之，使民疑之"義》。送卷蓋印時，王士衛親閱，蓋崇軒審定小圓章。余下午五時二藝俱成，八時已寫畢，頭牌交卷出場。余家雇工來接余歸，次松同至余家吃飯。

初三日

閱報，駐各國使臣孫寶琦、胡惟德、張德彝、梁敦彥等聯名呈請變法。

初四日

初五日

今日下午四時發榜，余名在八十三名。案首陳邦奕，葛店人。次松落第，程松師極不快。晚間，準備進二場。

初六日

雞鳴起，在考棚略候。未幾開門點名。此次發出僅八百餘人，天未明點名即完竣。見題牌：一、《秦始皇拿破崙合論》；二、歐洲行義務教育，人皆嚮學，國日以強。今中國之人，不知應盡之義務爲何事，將用何法以興此教育策。余今日首題甚得意。吳仲恒表兄同號子，見余文賞之。下午六時，做寫畢，第一牌出場。雇工仍來接余。余歸後飯畢，頭暈心煩，早寢。

初七日

初八日

今日下午五時發二場榜，余名在五十二名。當晚準備入場。

初九日

雞鳴即起，至考棚候開門點名。此次僅四百人，點名更快。天將明，題牌懸出：一、《擬修武昌縣學堂記》；二、《南樓懷古》，詩限南字韻①。下午五時出場。

初十日

十一日

今晨終覆畢。下午四時閱報，俄軍佔據奉天金鑾殿、金銀庫、大學等地，目無中國，可恨之至。

十二日

十三日

今日放大榜②，共爲三千二百餘人，余名列在第一百名。

---

① 《南樓懷古》必限南字可見王令之怪。——作者批注
② 舊例首場未發出。又向禮房送補名卷子添於尾榜者曰"搭册"，可逕赴府考，大約八鄉至多者不過三十餘名。——作者批注

十四日

十五日

十六日

十七日

報載英軍突入西藏，藏人亦不能拒之，中國又坐視不救，將來終非吾國藩屬矣。哀哉！

廿二日　晴

今日隨父親出城祀各祖墳，下午三時乃畢。

廿三日

今日早起，飯畢，與劉表兄步行經七里界轉八橋至胡家書坊記。先曾祖胡正華公墳，此墳四周界石被人挖去二枚，麥地已侵入墳旁，他日當覓人詢問之。

廿五日

商部奏頒鐵路礦務章程。袁世凱奏請聯約各國，仿設紅十字會，建立常備、續備兩兵制，裁汰綠營。直督袁世凱、提督馬玉崑，請與俄國開戰，政府不允。可見袁、馬與直、奉人恨俄人，而朝廷懼外之病不能去也。

三　月

初一日

今日起，在家中立志看《史鑒》及《時務通考》等書，並擇抄有名貴之論説。每日飯後，寫小楷三四百字。夜間只讀閲，不寫小字。定爲常課，不可怠荒。涂小舫師爲余改文已數次，可感也。

初二日

學問之道，不進則退。今日起，立課表，有空即作文。夜間須至十點半鐘睡，但亦可延長。

初三日

家中今日立位，祀文昌帝君。今晚虔誦《陰騭文》三遍，明、後天仍當續誦之。

初四日

初五日　今日穀雨節

今日閲闈墨後，戲記已刊衡鑒堂之文，自第一名至第十六名均有一篇以上。順次書之：一、汪喊鷟，二、左樹珍，三、傅嶽棻，四、張國溶，五、陳曾矩，六、陳曾壽，七、王寶璜，八、陳曾德，九、劉邦驥，十、胡鈞，十一、雷豫釗，十二、張則川，十三、吕聯奎，十四、湯化龍，十五、夏逢時，十六、程明超，十七、劉佑騏，十八、邱東陽，十九、覃壽堃，二十、關炯，二十一、高建鄂，二十二、夏昀，二十三、田吴炤等，以湯化龍文爲最新。

初六日

連日照功課表做事，不可怠荒，勿謂今日不學有來日也。

初七日

連日讀闈墨，看《綱鑒》，寫小楷，以餘時繪地圖並著色。研究地理，畫圖即能記憶也。

初九日

茲在胡菊圃家借來《支那歷史地圖》一本，頗精細醒目。今日購得朱縹、藤黃等色，余當逐幅繪之，必能記憶深刻。且此本爲日本印刷精良，京滬無此好地圖也。

初十日

十一日

十二日

連日除閱闈墨，讀《史鑒》外，則專心於地理一科。計三天，已將歷史地圖繪成，著色鮮明，與原圖無異。明日即還胡君。

十三日

十四日

十五日

十六日

以上四天寫小楷，作四書義及策論六篇，並時時閱自繪之歷史圖。現在地理純熟，真所謂胸羅全史矣。打聽府考，尚無期也。

報載外務部嚴詰俄使。前禮部主事王照在京被捕入獄。德國親王愛得爾彪來京覲見。商部奏定商標註册辦法章程。

四　月

初一日

連日作文寫字。惟涂師未在縣，無人改文文。欲送陳恬卿師，但又未便，只好自己研究。多看近人闈墨中語句，餘時則抄錄管、荀、莊、老四子之文。

初二日

繼續摘抄子書。先取《莊》《老》《列》《管》《墨》《荀》六子，預計十天日內看完摘畢。以後四書義之取材，悉資于此。有暇則讀熟選抄之闈墨二十篇，一切起承轉合以及腔調皆仿之。科舉本無真本領，亦從前習八股者多讀程墨，致閱卷者只知閱其抑揚詞藻，取科名甚易易也。

初三日

初四日

連日照功課單做去，少休息。余正少年，腦力能記，以冀早青一衿，庶幾寒士家有出路而已。今日報載，西藏喇嘛宣告攻英。

初七日

縣市有戲，余課罷頭昏悶時，偶往一觀，然非所七子也。

初八日

今日課罷，午後往觀劇二小時歸。茶肆中遇王吉甫、楊芝藩二人畧談。

十一日

余此月功課努力，地理最熟，外國史及《時務通考》已有研究，將來學院考經古場不愁不取。而地理繪圖爛熟，考試時尤有把握。

廿五日

省中來信，府考下月初舉行。洪思賢住鄧新泰成衣店。洪小山來約往省中，先預備一切，余深然之。定明日下午到黃州，搭大輪往省候考。

廿六日

今日下午五時，與小山同渡江，在洋棚候船。

廿七日

天將明，招商局江裕輪到，與小山同上船，並遇周裕齋亦搭此輪到漢者。正午，余已到省寓，與思賢同房，研究經史文學。思賢長余十餘歲，余一切向之請教。現鄧老板火食開得尚好，余等安之。

廿八日

出外看客，打聽試期。許玉峰在府經廳教小學堂，余今日去拜訪，彼爲余之正保人。

廿九日

今日到四衙巷陳茂如家畧坐談。

三十日

府署懸牌，定下月初三考頭場。梁知府請假矣，現改原任鄖陽府黃以霖來代理武昌府考試。聞黃爲江蘇宿遷人，任湖北警察總局總辦者，曾出日本亦學過陸軍者也。下午四時半，知我縣來人甚多，如久旂、時旃、裕旃兄弟，俱來余處坐談。初三日府試，一切考試章程均由黃以霖主持，梁知府已升臬憲矣。陳受卿、周月亭亦來住此屋，柏少松、胡桂圃亦時時來談。思賢與涂小舫師住前房，余與陳、周住後房。天氣漸熱，臭蟲甚多，不能安寢。

五　月

初一日

今日出街數次，買今晚進場應用各物。早寢。三時即起，吃飯畢，與久旃、月亭等赴試。

初二日

四時到大貢院候點名，五時半到至公堂號舍。余名在第五牌，已覓位置。題牌天明挂出：一、《"此謂唯仁人惟能愛人能惡人"義》，二、已失不復憶及。下午七時出場。

初三日

初四日

初五日

今日下午一時發榜。第一名高鳳翔，第二名陳邦屏，第三名曹鸒，余名在第八，王裕旃來寓告知者。三時，余乃至貢院親觀之。晚間準備進二場。

初六日

晨三時即起，到院候點名。天明時題出：一、現在世界大勢，日俄戰爭已起，中國宜守中立説；二、已失。余下午四時即出場，甚得意。思賢此次落第，心極不快，索余文閲之，謂必取也。疲甚，飯後小臥。

初七日

明日余生期，年滿十八歲。父母未在此，同寓亦無知者。設今年不入學，即決意學醫傳父業也。同寓胡桂圃①、陳受卿均非善類，見余已考取府前列，與東門劉炳瀛時時露出忌余之狀。

初八日

今日下午五時發榜，余名降在四十二，同寓及城内人多笑余謂不相稱。余則莫名其妙，以爲此次文字較頭場尤工也②。晚間，又準備入場各事。

初九日

四時即起，五時點名畢。此試與大冶同場同題。牌示：一、《明太祖罷中書省以政事歸六部論》；二、元代疆域雄跨亞、歐兩洲，其在歐洲者是今何國何地考略。二藝作成，並以夙繪之元代疆域圖粘付卷内交去。此次則確有把握，能再考取前列也。五時半出場後，吃飯。與思賢共評余文，思賢謂此次必取前列，文筆矯健，且有繪圖，我邑必無此卷也。余亦自負必取。

初十日

今日下午出外，聞知府已另出牌，每縣發十六人，明晨到貢院覆示。

---

① 又作胡菊圃。——作者批注
② 予入學後次年省城有人送予府院各試卷來，則知第二場文批得甚好，擬置第五名者，又一閱卷者簽批卷上，謂已犯規，因策文中有奉承明問，以明問屬知府空格未示抬頭也，是以此卷改移至第四十二事年餘乃知此故。——作者批注

首名曹鸑，余名第十五，孟廣澤第十六，不知何意也。匆匆又領結蓋保。許玉峰學堂門已關鎖，余在外久呼，彼接結去蓋印，再交余，時夜九時矣。匆匆歸時，胡菊圃在寓中譏余數次，余忍之而已。此人天資極鈍，寫作俱劣，彼則不知何所謂而忌余。憶在縣中，時時往來甚密，此次必陳受卿壞蛋從中挑撥離間也。

十一日

天未明，至院候點。七時接卷，坐至公堂，每縣十六人。高鳳翔亦被挑①。據云，以此復定終場前十名也。余文敘范蠡策有云："不知勾踐爲人，艱苦可共，安樂難同，既已滅吳，驕心易起，此范蠡所以載舟而去也。"僅文一篇，三小時即交卷出。歸寓示思賢，亦賞之。此次在省，思賢極力稱讚余之學問。王久旃、裕旃昆季均敬重余年少勤學。彼等均長余十歲，皆東門人。獨東門而有壞蛋陳受卿、劉海波二人不服予。

十二日

今日正午榜出，余名在第九，葉清華第十，高孟等六名出前列矣。牌示明晨終覆，十縣同場。余心甚快，大約文字不太劣，終場仍有前十名希望，則院試係堂號，入學易矣。

十三日　晴　熱

五時起，六時入場，余與葉清華連號坐。題爲《移風易俗莫善於樂論》，《孝經》語也。僅此一篇，余十一時交卷。以知府備有終場酒飯，食一盂即出場。以文示思賢，謂可望終覆前列。

十四日

今早九時即發榜，余與葉名次易動，爲第十名。總之，不論八九十，

---

① 高鳳翔首場第一名，孟廣澤縣前列第七名，臨時挑出以爭前十名，此爲變例，聞從前府考無此辦法。——作者批注

得院試堂號，進學有把握矣。高鳳翔以頭場案首，故知府未忘情於彼，列爲第十一名，非堂號也。貢院牌示，黃知府於明天上午傳見十縣前十名，共一百人。分上下午接見，須具衣冠往，勿誤。

十五日

今日上午十時，余與同邑十人及江、大、興五縣五十人，分縣晋謁叩首，黃師陪叩。立起略坐，勉以好好讀書，院試得雋，即住文武普通學堂，以求上進云云。當即退出，候他縣案首前列再聽訓也。歸寓後，與思賢談甚久，並面托各事。定明晨回縣，候院試信再來。晚九時，再出外補買各物，清檢行李等件，不帶之書留存思賢代管。

十六日

五時渡江，六時搭小輪回縣，十一時即到家。見父母喜甚，家中徐學書所貼報條四張，華美懸壁間。父親指說前數日事，時顯喜容。晚間，各親友有來賀者，問余以各事。縣中龍船會，今日甚熱鬧，各街挂燈彩。晚帶厚訓出觀之，途遇袁夏生、王小齋，與略談數語，似呈不悅狀。彼二人未赴府試，聞大姊云，自余考前列數次後，彼等并未來我家道賀，此則尤可怪者。

十七日　晴

今夕，各街均有燈紮布棚懸之，東門燈最熱鬧。今日報載，王興已釋出獄。又載中國已正式加入萬國紅十字會。練兵處改定各省兵制，武官一律短衣，習槍炮，似已決心裁汰綠營。

十八日　晴

今日下午飯後帶厚訓至四叔、祖母家，去看發龍船，就其家吃飯歸。晚間涂小航師來，便談及縣中近況。問余是否過繼叔祖一系之子，亦可指爲禮門爹一房，余不甚注意。

十九日

今日下午，小舫師又來談，云不日可先往省，準備歲考云云。程松師亦須赴省送考。余聞之，加緊用功。報載，朝廷電諭伊犁將軍嚴守中立，日俄戰争日本佔優勢，俄軍屢敗。

二十日

報載俄軍侵犯遼西中立，外交部詰問俄國。

廿一日

滬漢各報均載上諭，解除戊戌黨禁，而於康梁並不赦。

廿二日

余準備明日搭輪往省，久旂、習璜、子雲等聞明日同船。晚間至古樓私學訪夏生、小齋，談一時許。彼等均不赴院試，且表示與余有意見者。甚哉讀書人之相忌也。袁、王均無學識，自知赴考亦不能取，不知何以相忌余也。

廿三日

今晨，劉表兄送余搭輪。同船尚有施子英、陳受卿、柏少松等。下午四時安全到達鄧新泰住。小舫師住前房，余與陳、周等住後房。晚飯後，外出訪友，並添買書籍零用之物，至四衙巷陳茂如家略坐。李習璜、杜銘新來看余云，南路小學辦得甚好。

廿四日

今日報載，外部爲俄軍侵犯中立事嚴詰俄使。俄不敵日，但侵犯中國視爲不足輕重者也。

廿五日

連日在寓研究時務之學。浮薄之子既無學問，如胡菊圃、柏少松輩，日日喧鬧而已。

廿六日

今日下午四時，劉表兄來省，係父親命之來招呼余者。五叔祖禮門亦同來，住鄧新泰。松師亦時時來此坐談，父親憂慮余怨氣有失也。並帶有陳恬卿一函，舉汪少卿爲例，謂無學問者終落第，忌他人無益云。

廿七日　晴　熱

今日蓋保報考經古場，余報史學及外國史二門。歸，準備各事。午後三時，經察院坡教育普及社，新書甚多。各學堂學生，如五路小學、農務、方言①等學堂學生，亦有童生報考者。該堂係中學程度，當時係童監並收者。武普通亦有童生，文普通及省、道、府三師範簡易科，則盡秀才也。

廿八日　晴　熱

學院牌示，今年改爲先試正場，次試經古，經古不發榜；分次試後，則挂水牌云云。吾邑今年三千餘人，聞今年各縣均廣學額，吾邑可多進八九名。學台爲李家駒，廣東籍，喜新學，曾爲江西副主考者也②。傍晚與久旃、思賢同出，至三道街等處一遊。武昌府十屬考生俱到省，古

---

① 方言學堂招收學生有廩附，並有舉人。武蘭阿，荆州駐防，畢業後獎給拔貢。當時張文襄所手訂之章程，如此好笑。又部章云，畢業的出身甚尊重，當以給獎勵之出身爲主，不用原來貢舉。是武君以舉人資格住四年學堂，乃降爲拔貢矣。——作者批注

② 李家駒，號柳溪，廣州漢軍駐防，壬寅科浙江副主考，癸卯江西副主考，接放湖北學台。——作者批注

樓各店生意極佳。據各店招呼人云，從前有武考時，人數加三分之二，生意更佳。惟動輒鬧事，毀商店，橫行無人敢干涉，以故武童、武生當日均爲商民輕賤云云。理或然也。

廿九日　晴　熱

今晨三時起，三時半飯畢，到學院衙門竟誤點。遲至五時乃補點入，徐紹報房招呼余接卷，乃東堂十五號，與府案首陳邦屛聯坐。未幾，牌燈到，見首題爲《"舜明於庶物察於人倫"義》，次《"不興其藝不能樂學"義》。下午五時出場。

六　月

初一日　晴熱甚

今日熱甚。下午外出買食物，備今晚進經古場。准帶書籍，然亦不能多也。

初二日

今晨三時，進院試二場，未誤點。余坐東堂十六號。首題爲《蕭何次律令，韓信申軍法，張蒼爲章程，叔孫通起朝儀論》；二、《德人理斯特論理財誡洲中勿戰論》。下午四時出場，涂師囑余念原稿，不甚許可。余則心煩意亂，因縣市壞人，如孟氏兄弟及東門劉炳鋆、炳瀛，胡菊兒、陳受卿輩均忌余也。

初三日

今日許維藩保人云，劉、陳均壞人，不知爾何以當日得罪之。余真百思不得，惟王久旂、裕旂對余甚好。

初四日　晴熱

今日下午五時，聞水牌已挂出。余請表兄速去看看，晚歸云余堂號字在四十八名，明晨覆試，定爲早六時云云。五爹及小舫師均喜甚。未幾，松師來，云稚松亦挂出，明晨同覆試。準備各事。余則終夜未睡熟，左思右想，不可言狀也。未明即起，劉表兄送余入場覆試，心中煩甚，患失之慮甚重，以此次如不進學則下次難矣。

初五日　晴熱

四時即起，表兄送余行至三道街口，天已大明。途遇松師、稚松及程幹臣。松師囑余緩行，謂時間尚早。楊煦春在龍門外有所云，云須遲去方好。楊爲永鄉稟保。五時半乃至學院門首，開門點名甚速。坐定後，前爲稚松，左爲周壽杰，隔三人爲施幼安。題牌下行，題爲《"君子學道則愛人，小人學道則易使也"義》。稚松返首，問余出處，余謂君子、小人是在上位與下位對稱，切勿誤爲君子好人，小人爲壞人，至要，至要。施幼安告稚松云，此是《子遊爲武城宰》中語。未幾，稚松檢出小講書夾帶，正閱間，承差來抓去。學憲視其年輕也，未動怒，以目示差，僅將夾帶取去，不然須罰跪矣。限兩點鐘交卷。公案上置有小鐘一架，聞從前覆試係燃香一支爲度。余見交第一卷者爲周斗丞，余交卷約在三十餘人之間，下堂後已距限不過一刻鐘而已。第一牌放牌，余乘車歸寓。小舫師命余憶稿中原文，念首段，小師未語。以原稿示之，小師未許爲必售，余心不寧久之。飯後小睡。下午五時聞有人云，學院已發榜矣。表兄乘車去，約半時許乘車歸，余立門外候信。表兄大聲云："已進學矣！"寓中歡甚。五爹、小師略問表兄，謂確東堂十五號在上面，絲毫不誤。徐報房面向彼說過，一會即來報云云。傍晚，徐兆來道賀，鄧宅主人乃鳴鞭炮。自是陳茂如來道賀，街坊住民來圍觀，片刻散去。徐報房稱，彼即渡江，搭九點鐘大輪回黃州，轉我縣宅報喜。九時，同五爹、表兄上館消夜。十時半歸，寢甚安適。轉鐘三時醒後，思縈枕上。偶憶余祖輩爲辛苦農家，田少而住宅陋，曾祖正華公值年荒，帶同祖父冠群逃荒在外，繼以小貿糊口。一夕飯後卒。次晨，祖父呼之不醒，蓋中毒矣。傷哉！

初六日　晴　熱

今日五叔祖欲回縣，小師與余強留之，謂候父親來省再説。友朋至好者，前夕、昨日均已回縣。洪思賢尚在省城。張心如來，並勸思賢出洋留學。松師今日來三次，與余及五爹商議填親供，謂復胡姓須即改名。余答以緩緩思之。旋欲改名爲朱佐胡、朱則胡，但五爹以爲未可。乃曰，俟中舉人時再改可也。

初七日

五爹料理開列應辦之物，如夏季涼帽等等。但極盼父親來省寓，謂大覆試在即，需開銷各費，各學老師用費，學憲柵子費等等。下午六時，陳茂如來，坐談甚久去。涂小舫師昨今兩日，歡喜異常。頻爲余言，汝進得早，必中得快。可知其喜後不擇言之過譽也。

初八日　晴　熱

今日上午出門數次。下午五時，父親自縣來省，帶銀一百兩來，開消及購置各物，繳學老師及學憲禮款。徐報房有人時來接洽。松師指示余各事，謂初十夜大覆試，十屬同場云云。父親帶來之銀爲元寶二個，係借自王亨甫姻丈者，月息二分五云。王丈與人合開錢鋪，不能不要重利。此次爲無保借款，但利息每月二分五，則甚大矣①。

初九日

今日父親與五爹商定，應謝保人、房主，購禮物等事，至少需錢一

---

① 吾邑舊有錢店放款，如婚喪入學事，自揣能□出收得快者，必取重利衡之。解放前後放款尚不爲高利貸也。戊戌三月記。——作者批注

百七十串文。下午五時，出街買應用物，並買扇子、藥品、食物等，備回縣時分送各戚友。報載粵督岑春萱率師赴廣西剿匪。

初十日

早，已將衣冠購齊。繳學憲費九串文①。晚六時，與稚松同進場，準備小禮二十餘個，均散去。入場得座位，並不列號。試題：《"欲得不屑不潔之士而與之"義》。試卷係武昌縣儒學所製定者，已書就"新進文童朱鼎元"字樣，卷長七頁。普通卷止五頁。又默寫《聖諭廣訓》兩行半。又默《孝經》一段，自"然學校之隆"起，至"浮薄之行"止，照原本抄之。夜十時半出場。鄧寓辦酒席一桌，五爹、父親、松師，外客陳茂如、劉老表均坐席。席散後，送鄧宅除付酒席錢外，另送十串文爲謝禮。鄧老板黃陂人，招呼余等無失禮。去夏以王久斿未入學，心實不快，今日夙願已償。謝之十串，彼喜甚，說了許多吉祥語。聞茂如來說，報紙所載，廣西匪患甚重，現已陷慶遠云云②。

十一日　晴　熱

今日，陳雨生父子請余及五爹、父親在伊宅酒一席。雨生爲茂如嗣父，曾官鮎魚套巡司者也，家饒資產。今日席間獎勵余多語，酒席豐盛。余隨父親散席後，往貢院新街一帶閑遊，並至戈甲營程幹臣家看程松師，問其何日回縣。

十二日

連日事忙。今日借閱報紙，一記户部侍郎鐵良赴東南各省，清理藩庫及各廠局，又赴萍鄉查製造局地址。二記鐵良選撥京西外八旗兵丁二千四百人，往保定訓練。此時滿漢界線漸分，鐵良甚忌漢人。

---

① 一說所繳學憲費九串文，即縣儒教諭改卷費。大概府院考試各卷，係教諭先墊繳若干，餘歸老師所得歟？——作者批注
② 此即抗清黨會所組織者。——作者批注

十三日

今日父親帶表兄出外購物均齊，準備明日回縣。許价人先生亦同歸。予晚間又同表兄外出，買零星小件之應用者。十時方歸，十一時寢。

十四日

早起，過江搭小輪，買得房艙。余等人多，非加資不可。下午一時半到縣，劉表兄先押挑子二擔到家。余至宅門口，厚訓等燃鞭炮迓余。同屋盧姓及街坊均來道賀。到家先問母親安好，大姐亦康健來問，惜姊丈未見余進學耳。劉幼浦、艾幼卿來幫忙。幼浦以廢讀久，又起讀書之念。惟其無恒心，以致今日失悔無及。

十五日

今日有賀客數次。接成衣匠三人，來做拜客衣服等等。程潤生帶來三人做紗衣服，潤生手藝甚佳，在予家做工已六年。午後，賀客來者甚多。請幼浦代記賬，以便拜客時答拜。

十六日

今日程小舟來賀余，留之談數語出。小舟爲庚子年同學，彼已在漢口錢店學賈二年。此人應讀書，而學賈以求出路，家資富有者也。劉幼浦應讀書而不讀書，乃業首飾店，亦家富有者，乃相反如此。

十七日

今日父親帶余拜客，分街先自司農第起，四眼井至小南門、大西門、巡撫街，下午再出至小南門、大南門，轉宣化坊、古樓等處。遇親戚家，立談幾句。遇業師家，還須鋪氈叩頭。此爲吾國隆師重道之禮也。

十八日

劉幼浦來，爲余立賬簿，寫帖子，分街道寫請酒帖子約三百份，此等虛套之禮。請客帖子，除至親及業師來吃賀酒外，其他泛泛及點頭之交者，俱不到席。但請得下帖人，名"跑紅"的汪才道者，會説會跑，能説許多虛套文。余光福以後，惟此人得其真傳，蓋一種專術也。此人每月"跑紅"錢可賺一二十串文不等，勝於教書先生多矣。

十九日

早起，帶同汪才道到大南門外朱姓本家去拜客。午，幫同幼浦寫請客帖子。間有賀客來，均爲鄉間親友，略與寒暄幾句，留之酒食乃去。晚間，命才道將各處帖子送畢。

二十日

今日爲本街友人、父執或世交者，爲送賀禮之第一期。上午十一時即有送禮者。晚間查列賬，司農第及小西門、大西門、翰林街、紀家巷、巡撫街共發出帖子一百二十餘份，送賀禮者僅六十七家。最少者二百文，中等者如朱益舟、熊秀堂、何正綱、何炎峰、潘小林、盛西垣、蕭文安等，均六百、四百，送一串者則龔魯山、熊至堂、夏乃卿三人，彼等家事較豐，俱兼戚誼也。共收二十串零六百文。

廿一日

今日爲小南門戚友送禮期。送一串文者共六家，范天順、太成典、張叔華、梁恒隆、周兆九、王亨甫。王錫五送二串，此是深交兼戚者。餘爲四六百之家，如周月亭、安頤堂、王少齋、姚赤臣等。

廿二日

昨分請送禮戚友酒席。今日下午一時到客二桌，爲同屋朱益舟新自省城回縣的。及張、洪諸人，又一桌萬姓親戚、王錫五等。

廿五日

近數日拜客、寫帖、請客，應酬多，天氣又熱，疲勞甚。且累幼浦在此幫忙，心實不安也。與父親略事休息，再議辦他事可也。大南、小南二門及古樓各家發出帖子百廿份，所送賀禮就賬一查，不過三十五串餘。此古樓係有各大商家，均與父親平昔有來往者。我家所得如此，則洪子卿、程賢智二人拜客，先後亦開賀，未必能有此數，可推想也。廿二日以後送禮來者，有周德宣、張登臣、立生允、段壽臣、王雲廷、徐甫卿、洪思賢。北門外本家，晋泰、德勝、永叔送二元，艾二房均係一串。其中等者則四六百禮者，如王福興、杜永興、孟利記、艾大房、王地山、劉吉泰、衛乾丰、傅子貞、石雲衢等。二十三日，所送一串者，如鄧心田、周鈺太、許叔文，王元興係洋二元，鄭二爹、屬其姪余釗垣、汪隆青、大生典。萬岳三房，每房均二串。二叔相臣送六串，為特別。餘如中等四六百者，有洪小坪、太和典、周澤卿等十家。

廿六日

今日劉幼浦來，余留之，添酒菜，吃午飯。結算此次所收城內外親友賀禮，共□一百三十一串二百文。總算有交情，有顏面。但以酒席、紙張、帖費、汪才道工資，除抵消外，已用去五十餘串。所實得亦不過八十串，侭還今夏考試川旅雜用費而已。余本貧家，乃為此打抽豐之陋俗，可笑也。六月二十七到吳家大灣舅父家。

七　月

初一日

今日仍住舅父家。舅父帶余在本灣大小灣拜客。下午至大姨家拜客。

天熱甚，紗套紗袍及裹襯綢衫俱汗濕透，心煩亂殊甚。余係上月廿七日到舅父家中數日。天熱，未記鄉間事。

初二日

住吳大灣舅父家中，天熱如蒸，白日難受。晚間雖涼，蚊多如織，極難過，鄉間苦境也。

初三日

外祖母年九十歲，神智甚清明，見予到灣間拜客大喜。惟晚年值家貧，舅父及表兄無力量以甘旨奉養，又可憐也。予擬明日離此。

初四日

早起，與舅父談近年事。早飯後仍乘原轎回縣，經過各小灣稍停，因轎夫沿途索茶飲。晚到縣。

初五日

昨日鄉間歸，疲勞萬狀。向父母言，天熱不可出門拜客，候緩行之。父親以欲還積欠，必藉拜客抽豐還賬。聞初三日下午，小輪自漢口回武昌時，吾邑典史程坦，江蘇銅山人，下划子時被擠落水死。

初六日

在家休息一天，定明晨往燕磯、車灣、楊葉洲等族人處拜客。此爲五叔祖所開出者，實不願往。

初七日

早起，乘輪仍由才道引路，上午十一時到朱家嘴，由本家引導至各灣，轉至東湖已黃昏矣。余決定明午歸。

初八日

今日回縣休息，料理中元祀祖辦包袱等事。縣中有人閱報云，俄國兵敗，其戰艦至山東烟臺，又一艦逃至上海。

初九日

報載刑部侍郎沈家本奏，改良中國刑律，較清末已減輕。又，鄂省向日本定造銅元①三十萬元。

初十日

報載德艦駛入江西鄱陽湖，日艦駛吳淞。總之，視中國無人也。

十一日

今日報載，北京練兵處奏請各省兵弁一律剪髮易服，湖北添招常備兵二十五營。

十二日

今日家中祀祖，辦酒二席，隆重行禮。父親率余敬謹焚香，真祭如在也。

借閱報紙，俄魚雷艇爲日本所逼，已逃至烟臺。

十三日

今夕約幼浦來談，留之消夜。幼浦羨余入學，忽又起讀書之念，請余向高幼泉師一談。余許之。

---

① 銅元一枚當十文。張文襄向日本訂購紫銅，色極佳，正面光緒元寶，背面團龍。此錢現已絕少。——作者批注

十四日

上午，往訪高師，談幼浦讀書事。師大不滿意，謂辛丑在塾讀至八月後，彼忽不來。今日又思讀書，殊爲怪事。此人無恒心，向以聰明自誤，難有成也。命余直告之。余覆彼信，只云師不願教而已。晚，與父親商定後天往胡林。

十六日

今日乘轎到胡林，住邦寧家。由本儉伯、本旺叔引導余至中、北、大、小壪各分拜客，北分蘭陔四爹亦時引余至各家，並謂烏沙壪須稟告祖云云。

十七日

余向不愛居鄉間，因種種不方便，天氣又熱，心煩亂甚，鄉間親房又時須與周旋談話，真苦境也。且蚊多，晚間竟不寐。

十八日

今日仍居鄉間，與族人談一些無味的話。

十九日

今日下午，囑鄉間備船，送余至樊口轉船回縣，云秋涼再回胡林，準備祀祖典禮，並請酒席以待族人，預計非三十餘桌不行。今年入學，僉稱爲幸事、喜事，余則視爲受累不小之事也。以下一句草稿條簽，已水沁不能揭開，未能補寫，亦難記憶各事，俟尋出當時請客賬簿，再補書之。不知胡林族人有存者否。

三十日

今日父母及余俱到胡林，住稚香家，彼家寬敞也。夜間約本儉伯及親房等來，商請各分尊長於明日在祠堂行告祖禮。在段家店定酒四桌，請吹手。一切大小事由稚香兄經手，做粗事則由太顯兄弟招呼。

八月

初一日

早起，由邦翥、本旺叔等相商，中北分蘭陔四爹、香書等佈置一切。早飯後行禮。

初二日

發出請客帖二百餘份，定席三十餘桌，每桌八百文，間有一串文者，較之縣中便宜一半矣。

初三日

初四日

本灣開賀，過酒席廿餘桌。

初五日

初六日

初七日

初八日

初九日

今日飯後與父母同回縣，灣中派船二隻送至樊口，轉船回家。此次深承胡姓族人助余賀禮不少，除開支一切外，尚餘一百二十串文，留作秋節開消之用。

十一日

十二日

十三日

十四日

今日中秋節。

十五日

今日結清一切欠賬，尚差四十串文之數，蓋用款之處過多。余入學時，先借王亨甫姻丈一百兩，展轉負利過重也。秋後無他出息，只落得好聽之言而已。父親醫道所入亦盡貼用，余則置衣服約一百六十餘串，此即所落得者。

十六日

閱報，駐上海法領事要求滬紹航行權。

十七日

今日報載，英國聲明，非俄國退還旅順，英國不能如約交還威海衛。此爲要脅中國之舉。

十八日

清理家中各事，檢出房間，以爲自修之所。吾邑城內人一入學便自大，不讀書。余料科舉不久即廢，欲求時務之學，自以住學堂爲有出路。方今中外交通，人事日繁，余志在住方言學堂習英語，前曾在省與張心如謀之。今日報載，法艦以護教爲名，駛入鄱陽湖。噫！此尚視中國爲國哉，直以安南待吾國也。

二十日

今日報載，户部咨行各省督撫自購紅銅，鑄當十銅元以利通商。本來中國錢幣，每串文重七斤餘，攜帶不便，應該鑄銅元。鄂開其先例，商民稱便。

廿三日

報載，美使牒外部，請辦陝西榆林、延安兩府煤礦。法使要求承辦福州自來水，英商請承築山西太原至蒲州鐵路。此三國對吾國用意何耶？又，户部咨行各省自采銅斤，鑄當十銅元。

九　月

初一日　今日寒露

今日下午，同袁夏生向鄭赤帆借來時務書及雜誌等。鄭有錢買書不看，以故毫無學識。今年買得縣前列，卒未入學，可惜也。出洋後不知所學何事。

初七日

袁若初先生就鄭宅教讀，鄭原定有上海《新聞》《申報》二種，特借閱之。中載俄兵闖入奉天將軍署，大掠。嗚呼！中國積弱，又不思變法圖強，故俄、英得而欺侮之，我看朝廷對付如何。

初八日

今日重九，欲出城登高，一覽秋色。下午三時出城，七時方歸，獨行踽踽，殊少興致也。晚間挑燈作七律一首，反復研思，以不佳棄之。

十一日

今日報載，法艦以保護教堂爲名駛入鄱陽湖。又商部派參議王清穆、楊士琦會查盛宣懷所管路礦事宜。又命西寧、庫倫兩大臣查喇嘛行蹤。又俄使向外部要求庫倫、新疆，以抵英藏立約之事。中國積弱懼外，故俄、英二國敢如此。

十三日

練兵處奏調姜桂題兵駐山海關。

十四日

十五日

前報載俄軍闖入奉天將軍衙門，大肆掠奪，目中已無中國。惟該省人民逃避鄉間，情勢混亂。

十六日　今日霜降節

十七日

今日報載，兵部侍郎鐵良至寧盤查庫款。又載蘇督端方電京，請電飭鐵良不得徒事羅掘。此大利所在，滿員欲貪污，而鐵滿員欲分潤，當有所不利。此案如屬漢員來查，必遭譴責矣。

十九日

　　檢出前日購得之直省闈墨大全，將各省解元、亞元名戲記之。順天一名梁建華，二名李鍾奇。江南一陳康祖，二孫汝郡。浙江吳敦義，湯在容，福建林志煊，嵇樹德。江西熊元鍔，徐侍清，文筆清真。

廿二日

　　河南解元常三省，亞元杜憲。湖南汪根甲，廖先堂。山東趙正印，徐金銘。廣東李應庚，張啓煌。廣西梁昌誥，莫錫金。

廿三日

廿四日

　　連日讀癸卯科各省墨卷，今年上海書局石印者，首題大學堂選。惜字太小，費目力耳。

廿五日

廿六日

廿七日

　　今日繼閱癸卯墨卷。陝西一名沈森林，二名陳榮昌。四川一名蒲殿俊，二名熊燾。山西一名楊大芳。甘肅一名鄧隆，二名王廷鑒。貴州一名王其璟，二名桂詩成。是科陝西未選，第二名文，他書局選三篇。山西二名溫樹庠，他局選其策二篇。

廿九日

　　癸卯吾鄂解元張濟川，黃陂人；亞元瞿瀛，蘄水人，皆名宿。三名王葆心，尤號博雅者也。以較之上屆汪喊鸞、左樹珍佳矣。

十月

初一日

今日報載，中國與日本訂造炮艦六艘、魚雷四艘。甲午戰敗，恥辱未忘，何以向彼國購船。

初二日　今日立冬

報載，駐俄使臣胡惟德報告，俄將調兵駐庫倫、伊犁、新疆等地。噫！此之謂來征，中國國體如何？

初三日

初四日

閱報，有皖人萬福華在上海槍擊革撫王之春於大酒樓，未中，竟被捕。王，衡陽人，曾任湖北布政司者，爲彭玉麟所提拔，至方伯。讀書識字無多，曾爲衡州府署號房，隨彭從軍保舉者，貪污無能。從前曾使俄國，並編有《國朝柔遠記》，湖北官書局曾出版，皆彭與幕客代爲之者。大約萬福華刺之，必有人指使也。

初八日

聞縣署籌備忙，在城隍廟佈置點綴甚堂皇。下午，余與夏生同往觀之，所貼對聯皆蕭雨根知縣所作。所書聯用黃紙，字則銀朱所書也。包來漢班，在縣演戲六本，明日起首云云。市民爭往城隍廟去看縣官佈置。

初九日

今日，各街除小西門大西門半段，餘均當街紮棚，懸各種燈彩。古樓內外，尤熱鬧異常。各處均書"普天同慶"四字額。

初十日　晴

今日得閱張督之洞《賀萬壽詩》二首。其一曰："瑤池桃熟歲三千，不及萱齡億萬年。聖孝我皇親舞彩，聖慈文母壽齊天。"其二曰："大清天子坐明堂，天下人民願自強。海晏河清寰宇泰，忠臣孝子姓名香。"云云。聞此次武漢大小各學堂於祝萬壽時，均派有專任教員先期演習，在閱馬場演試一次，頗佳。

十一日　晴

今日有自省歸者云，有某小學學生唱學堂歌"漢人在上萬年長，有道排滿為本，方是真英豪"云。

十二日

縣中各街挂燈彩尚未取下。城隍廟演戲，是漢口來的漢班。唱做均工，每日觀者如堵。

十六日

報載湖北省城有黨人欲起事，現已由督署下令戒嚴云云。

二十日

報載前日漢口大火，焚燒一千餘家。漢口街道窄，火後重修房屋，須讓地基。但每次大火旋即造屋，生意發達加倍，亦異事也。

廿一日

此旬並未作文，書亦看得甚少。打聽省城各學堂無考試消息，令人悶悶。如此悠遊歲月，又不能從名師補習，將奈之何！

廿五日

報載俄國征庫倫、恰克圖二地土人爲兵，其用意何在？又，中國政府已允加入萬國和平會議，以後可赴荷蘭之海牙。又，湘撫電奏，大學堂學生獲十三名，牽涉日本留學生多人。奉旨特將爲首二名正法，餘勿追究，此欲消除排滿之見也。又載，日政府照會外部，請允派員來華，調查北京理藩院一切①。又，京電鐵良只查萍鄉、灣址二處，審定局廠，並留心察看各地營務，勿庸調查各省司庫局所款項，此則已准端方之電奏也。借來之報，每每過期，然縣中僅有二報。

冬　　月

初一日

初三日

初五日

報載，廣西匪首陸亞發已爲官兵捕獲，此乃快事。又載，廣東疍户要求粵督奏請援浙江墮民例②，准除賤籍，改業爲平民。

---

① 俄英日三國無時不思併吞中國。——作者批注
② 當時不明真相，究竟陸係搶匪或革黨。中國向以疍户爲賤民，不許登陸。此由專制之毒，貴賤太分清楚，不使賤民者有出頭。——作者批注

初七日

報載，旅順俄兵艦五、魚雷三，逃至烟臺。中國兵令其卸武器，俄兵不敢抗也。明日，余考師範學堂。

初八日

今日晨七時至考棚。考生生、監、童共約一千人。蕭縣令出題：蒙以養正聖功也。並無義字。余年齡小，不合應試資格，乃填二十五歲。下午四時，出場吃飯。父親近時入署診病，蕭方麒問及余應試否，父親漫然作答，慮人疑也。吳大舅父瑞松公來家。

初九日

初十日

十一日

今日下午縣署發榜，余名第六，第一名爲朱學勤，監生也。今日發榜，城內洪紫卿落第。聞再復試，共發二百人。

十二日

今晨五時入場，六時出題："師道立則善人多"義。余下午一時即出場。此爲五經義，余成篇甚易，頗得意，諒必取也。

十五日

今日下午縣師範發榜，共取八十名。縣市周作人第一，余名第二，周葆和第三。聞開學在明春，因學堂尚未成功也。報載新疆巡撫奏稱，有俄兵三千餘名侵入蒙古①，請示朝廷辦法。俄日戰爭，俄節節失敗。東北海軍逃魯、滬，西北陸軍逃新、蒙。此兩國對吾國均有侵略之謀，吾人祝其兩敗耳。

二十日

今日，新學老師出觀風題考諸生，懸題華光廟門外。一、"天命之謂性"三句義；二、"博學無方，孫友視志"義；三、東漢中興功臣多習儒術論；四、擬重修陶桓公讀書堂記。限五日內交卷。新學官，天門人周杰②係廩生捐教諭者，年四十餘。聞無甚學問，以東三省巡撫周樹模之力得此缺。

廿一日

此旬内在家閱《史鑒》及時務諸書，以求經世之學。每晚則看《江蘇》雜誌及《浙江潮》。

廿二日

今日上午寫小楷，擬時論一篇。晚間閱《新廣東》《新湖南》雜誌，皆鄭宅借來者。此等雜誌鼓吹革命，極有動人之處，並影印忠義照片，又轉載《揚州十日記》，知吾漢人被滿族殺死者甚多，可惜太平天國事業未成耳。此等書籍，白晝惹人恐不利，余故晚間閱四小時乃寢。

廿五日

報載北京電諭駐日使臣，密查留日學生有組織同仇會事③。政府以波羅的海艦隊東來，通飭沿海戒嚴。近來，俄人時時欲圖中國。鐵良注意湖北所收八省膏捐作爲練兵經費，鐵爲滿員之仇漢人者也，遂提二百

---

① 俄爲日敗，遂侵入中國，所謂局外中立條例徒爲虛語。——作者批注
② 周杰似當時名周煥。——作者批注
③ 同仇會爲愛國運動組織，但清廷不同意，蓋夙以媚外爲政治方針者。——作者批注

萬兩以去。

臘　月

初一日　今日小寒節

今日下午，涂小師來家談甚久，欲余明春考支郡師範學堂。又云縣署將各鄉年輕秀才選八人送支郡師範，不另由省招考也。

初二日

今日縣中有自省城來人，送余與稚松、子卿三人學院試卷、正場經古及府考試卷到縣，謂今年學院試卷不留存檔，即發交新生收存云云①。父親與之錢若干去。余時未在家中，不及問此人情形也。八鄉共四十八名新生，送卷者索酒資若干，此人當收款不少矣。

初三日

今日閱報，浙紳以法人堅索滬紹航權，稟請浙撫力拒之。

初四日

電飭駐美使臣梁誠力爭華工禁約，美政府時時禁華工，做工者被種種虐待。外夷對中國如此苛刻。

初五日

報載，直督袁世凱奏辦直省行公債票，廷諭允之。

初六日

---

① 舊例入學試卷歸學院，承差家存檔，不知此屆何以發交新生，蓋係學使知科舉必停也。——作者批注

初七日

學官發觀風榜,超等第一名李于生,洪鄉附生。第二名熊椿華,余名第四。初八日以後資料不全。

十八日

今日下午六時,小師來家談甚久。彼住府師範,明年畢業即派事。勸余明年仍到省考文普通中學云。

十九日

連日無聊,下午二時即至小北門外看小輪到縣,或至袁夏生家坐談一小時歸。

廿四日

今夕送竈神。借得報紙,所記伊犁將軍馬亮電奏,有俄兵陸續進入克什喀爾。又記,廣東省商民罷市。

廿五日

練兵處奏定新軍官制,以後吸鴉片之綠營兵須裁盡。

廿七日

今日下午購買雜貨及蔬菜等等,由劉表兄幫理一切。

廿八日

今晨五時,表兄已來幫同進香,父親祀祖宗,吃年飯,今年較去年豐盛。下午三時,夏生來云,縣署蕭公已在署中貼春聯矣,寫作俱佳云,彼尚記二聯,念余聽。聯云:"西山佳氣撲城來,鬱鬱蔥蔥蔚起此邦魁傑士；東陸和風週宇內，熙熙攘攘歡聯普海發生心。"又聯曰："勁草喻忠貞，百世不敢忘祖典；廉泉勵清節，百年未恐負君恩。"父親亦聽之，謂夏生好記性。

廿九日　今日除夕

今年除日所辦各事均較去年豐，如燈彩等等，年菜、食物等等。父親以余入學，心甚娛快。但開支大，收入不夠用。如今年各商及友好處，以七月間送余賀禮之故，送父親診治費則減少三分之一。吾邑城內人佔小便宜，均類此。傍晚，請劉表兄送大香至祖父母及先叔墓門插之。余以體弱，除祀祖進香具供外，餘由訓甥代爲之。十二時，疲甚遂睡。

清光緒三十一年（1905年）乙巳日記

今年日記甚簡，因三月以前候縣師範開學，在家煩悶，耽延光陰。五月放假以後，時往省垣謀另住他學堂，其時日記材料存條不多，後漸散佚。致民五在八卦石住宅時，檢查舊書籍之無用者均焚去，或其時失之歟？

速成師範所得有幾？余自問少進步。以之教小學，以余之天資學力足有餘，僅算當時取得學堂資格，在縣中教書，不受人輕視而已。在寒溪課忙時，無事可記。風景之地，住之數月，亦忘其在風景中，蓋非別久遊眺之興趣也。

壬辰五月崎山老人記

正　月

初一日　今日元旦　下午戌時立春　正月大

天未明即起，隨父親進祖宗，出方後至岳廟進香，如舊年。劉表兄亦同往。歸後與父母拜年畢，余遂帶同訓甥出外，向各親友處拜年。

初二日

早七時，仍帶訓甥同出門拜年，補昨日未走竣各家。聞美國電外部，願與法、英、德、奧、比、意同盟，保護中國。美電係去臘報載，今日重聞於杜宅者。

初三日

今日下午外出至松師家略坐，便訪夏生、幼浦二處。晚間父母具供祀祖母，焚楮。因祖母明晨忌日，歷年祀之。母親每爲余言，祖母病故時家中極窘，醫藥之費不繼，祖母以氣病卒於今晚十二時，以後次日開門，真百無一有云。心傷之至。

十五日

今年元宵節，各街均有龍燈。縣令蕭公並未禁止。報載，俄兵據喀什噶爾，中國未能拒之。

十六日　今日申時雨水節

報載，德人索鄱陽湖屯練水軍。又刑部通飭，以後死刑至斬決而止，凌遲及梟頭、戮屍三項永遠刪除。又緣坐各條，知情者仍治罪，餘則寬免。刺字等項亦革除①。聞省城教育普及社售革命書，被封禁。

二　月

初一日　二月大　今日驚蟄

聞修律大臣奏設京師法律學堂②。縣師範開學遙遥無期，予在家研究繪圖。

初二日

報載朝廷議定，將四川前屬打箭爐，其後暫隸西藏之瞻對土司，改

---

① 專制時代法律殘忍，嗣以外人在中國設法庭刑律甚輕，懼外人非笑，乃停止殘酷之刑。——作者批注
② 始設法律學堂。——作者批注

土歸流。

初三日

俄兵入喀什噶爾據之。又有俄軍官屬兵二百餘名入奉天電報局，搜查捕執人員，禁錮之。俄人如此兇橫，不知中國政府作何辦法。

十六日　今日春分

報載武昌省城教育普及社出售禁書，已被封，因有《警世鐘》《革命軍》等之故也。

廿三日

今日爲父親五十一歲壽辰，家中之舊例具酒肴，外客僅程松師及少圃、小坪三人飲讌去。

廿四日

今日在家清理書籍。余以家計困難，不能不候師範開學後，冀畢業就一教員。

三十日

德使要求在德州至天津修鐵路。總之，俄、德、日、英諸國，對中國思分割扼要地而已。

三　月

初一日　今日清明節　三月小

報載，駐藏幫辦大臣鳳全因堅持瞻對改土歸流事，巴塘番人戕之。俄人入吉林，據長春，其分割中國之意已明顯。德人索借鄱陽湖屯練水軍，外人久欲佔領內地要害。滿大員只忌漢族，不拒洋人也。

初三日

今日出郊一遊。寒溪學堂已成功，何以尚不開學？八鄉師範生及小學生均欲急於求學，苦於無處得聞新知識也。余不時向鄭宅借些新書瀏覽，方知世界大勢、中國積弱原因。滿人主政已二百餘年，始而自大以抗外，繼以戰敗割地求和，變爲媚外政策矣。

十七日　今日穀雨

連日郊行，盼寒溪開學。余以考本地師範，又不能至省城考他學堂，殊爲焦灼。

二十日

聞省中學務處及梁知府已派定我縣師範及小學堂堂長、教習等九人，不日來縣開學。學堂早已成功，正在裝修內部等等。蕭知縣早已書懸官立小學堂橫匾，兩旁聯云："武備文明，宏中肆外；昌期景運，富國強兵。"此大門上聯也，嵌"武昌"二字，出對似不佳。大客廳一聯云："報國志須堅，時事方殷，莫漫登樓尋庾樂；讀書聲宛在，師資不遠，好將運甓學陶勤。"陶桓公讀書堂改建在學堂後重。此聯甚佳且切也。

廿一日　晴天

早飯後，周斗丞來，約予至寒溪學堂，探聽何日可以開學，不得要領而歸。

廿三日

上午十時，出城再往學堂探問。聞涂西垣云，省城有電催知縣速開學。再過幾日，總可證實此事。

廿五日

省派各員已於今日下午乘輪到堂矣。師範堂長阮毓崧，號次扶，黃安人，壬寅副榜。監學萬咸馘，號含元，黃岡人，癸卯舉人。小學堂堂長屈佩蘭，號競存，麻城人。教員蕭茂年，麻城人。彭鶴年，號子芳，黃安人。周杰，天門人，即儒學老師。高承泗，字洙源，本邑人。彭樹森，字竹朋，荆門州人。其餘會計、庶務，則就城內傅象虛、周子鈞二人。大約四月初一開學。聞蕭知縣已派人至大冶，接王士衛來縣開學，因此學堂爲王所籌建也。

廿六日

報載，川督錫良電禀，巴塘番人因戕官案現願歸順，請派員撫之。以劉永慶署江北提督①，文官如道台以下均歸節制，此無異分江蘇爲二省也。

廿八日

今晨，知縣通知師範生入堂，爲小學生入堂作保人。點名時，余與周作人等立案右應保。學生一百餘人，未到者僅路遠少數。師範生盡住樓下右邊一排寢室。室之大小不一，有多至十人，少至三人者。余不願與縣市人同住，乃另擇一室住。同室者周斗丞、楊詞垣，名開甲。王子瑞、黃詩農、胡承瑗，號徽生。范文光、吳魯斌，號鳴岐。與余共八人。

廿九日　晴

今日師範生及高小學生俱到齊。縣令又來，定明日開學，接各鄉士紳。如王策範、劉和卿、朱某、金式度、吳聘三、余毓瑞等，各鄉巨紳也。市洪兩鄉甚近，接來士紳尤多。聞大冶王士衛縣令已來，住縣署。

---

① 江北提督以武官轄道府，是爲創例。——作者批注

省中由知府派來學紳紀鴻、張齊名、范鴻泰等六人。縣城內外，氣象一新，生意發達已三日矣。下午整理寢室內部，公議各人須要清潔衛生。王子瑞、楊開甲、胡承瑗三君，年均逾四十。王目力不佳，胡、黃二人似有癆病狀。范、吳、胡三人均監生。予與周斗丞爲新進生員，尚未應過歲考者。師範生六十一名，有二十餘人係監生。

四　月

初一日　晴　星期三

早開稀飯後，蕭令與阮、屈二堂長，大冶王令，俱公服到大禮堂先謁孔子，師範、小學生同時三跪九叩禮。相禮二人，以極莊嚴呼聲。此武昌縣未見過盛典也，士民耆老圍觀者千餘人。行禮畢，由王令演説建學及學堂作育人材情形，語言流利中肯，約半點鐘乃已。餘則蕭令、兩堂長，演説簡略。繼由來賓演説，均簡。禮畢各歸寢室。正午，酒席四十餘桌，包席館獲利不少，因縣中先接電報，梁節庵知府須到，故準備齊全也。

初二日　晴　星期四

學堂規定爲七時起床自習。七時半食稀飯，四碟，有二葷二素，與省城各學堂同，惟無饅頭三枚，則小異矣。八時半上課，十一時半畢。正午午飯，三葷三素，八人一桌。能吃飽，惟飯太硬，難下咽。

初三日　星期五　今日立夏節

寢室周圍草多，此時已有惡蚊。堂中每人均發白洋布帳，惟不透風，且係新布，悶人。

初四日　晴　星期六

公家發有金頂紅纓冬帽。師範生非附生即監生，故有頂帶。高等學生安紅絨一朵，無貂尾。

初五日　今日星期日

師範學生七十三人。魯香齋年最長，年六十三。余年最少，年十九。高等學生以城內之柏、陳二人年最長。

初六日　晴　星期一

寒溪原爲吾邑風景清幽之地。自建學堂後，氣象一新，書聲硜硜然，夜景猶佳。此處建學堂，則非六十老人所夢想者。人地之興衰，或者造物主宰歟？太平軍失敗後，寒溪寺一興近三十年，已到衰廢之景。聞之父老，均如此説。則此學堂，將來衰或廢又可推測之也①。

初八日　星期三

今日縣中演戲，循歷年舊例也。學生觀戲，縣署慮人多肇禍，請兩堂長婉婉告諸生。因興學以來，武漢學生風氣極壞，每每鬧事毆人。下午一時，余以課畢，遂至城隍廟觀劇，約二小時即回家看父母。吃晚飯，帶換洗衣服，仍回學堂。八時自習可隨便，不點名。聞新來各位教員及阮堂長，均喜看顧氏《日知錄》。報載俄軍艦徑駛抵吴淞口，又有兵一旅團侵入伊犁。

初九日　星期四

堂中無音樂課程，聞無教員。畢業生將來教小學唱歌，如何辦法。

十五日　星期三

縣令來，同學堂師生一體謁聖後乃去。蕭令係拔貢中舉人出身，故

---

① 民十六以後，學校停辦，李縣長不知保存，以後漸圮毀。抗戰後，日寇據吾邑，學校乃全毀矣。——作者批注

書法甚佳。

十九日　晴　星期日

今日上午，至九曲亭閑坐，遇同學張香亨、嚴贊卿二人。談武昌革命暗潮大，一種人聯絡軍隊，一種人聯絡黨會，大部分則靠住中學師範的學生。看高深書籍的人緩緩的宣傳，總以達到排滿復仇，使漢族從前被文字獄殺害之後人復仇耳。嚴住省城農務學堂開除者，張爲諸生，住武備學堂除名者。此次入縣師範，不得已也。與予談二小時，方下山，並以黃興、宋教仁所辦之《二十世紀之支那》雜誌交予閱。謂此中辨滿漢之義甚明，請君閱後仍還我，勿使老年秀才知之也。

五　月

初一日　星期五　五月小

師範、小學師生循例謁聖。課罷後余回家宿。今日家中照舊例懸挂鍾馗像。

初二日　星期六

報載，俄兵艦駛入汕頭。又俄使向外部云，如不將伊犁地允其擴張，則軍隊直入蒙古，中國不能謂爲侵犯中立。

初三日　今日禮拜

報載，袁世凱、周馥、張之洞聯奏，自今年起，十二年後實行立憲政體。

初四日　星期一

今日下午晚飯後回家宿。堂中明日有午刻酒席，師生同飲。

初五日　星期二

早十時，至堂中與各老師拜節。午酒余未入席，歸家料理各事也。

初六日　星期三

報載，中央以保定所練京旗常備軍，改稱爲中國陸軍第一鎮①。

初八日　星期五

今日爲余生期，年二十初度矣。師範生以余年最小，高等學生長余三四歲甚多，城内之周、陳、柏諸人是也。永鄉之吕君長余五歲，亦曾同挂水牌者。内鄉之紀官、水清等，均長於余。報載，俄有兵艦六艘駛抵吳淞口。又載，有步騎兵一旅團開入伊犁，逾塔爾巴哈臺嶺，至科布多，繞至烏里雅蘇臺，犯我紮薩克圖②，朝廷已向俄政府交涉。

十五日　晴　熱　星期五

今晨，蕭令來率學生謁聖，並看飯堂伙食如何。其長隨某僕，與内鄉學生吳建楨、紀慎夫偶爾口角，外鄉陳協拭、周斗丞等共吼，欲毆之，幾釀禍。蕭令遂匆匆乘輿回署矣。

十七日　晴　熱　今日星期

自學堂歸宿。晚八時，着藍夏布制服至東門正街看龍船、燈彩，各家争妍鬥巧。街上人擁擠，師範生滿街看燈。

廿七日　晴　熱　午後二時大風降雨

今日上午，程松師來云，蕭縣令今日五十六歲生辰，欲余具衣冠往

---

① 始稱陸第幾鎮。——作者批注
② 造次侵犯中立。——作者批注

賀，係號房熊發來告者。彼已帶同賢禮先往矣。余考師範第二名，爲蕭令所取，於禮爲受知，只好答應去。十時，倩人攜衣冠到大堂後，着以入。蕭派其三子方騏、四子方驊招待行禮。十二時，具酒二席。予席首座爲西席夫子金丹，字練九。大冶諸生，係蕭令任大冶時所取前列，書法佳，故延教其孫輩。二席爲其戚某。三席爲余。四席爲典史周鼎銘。方騏在余桌上提壺。程松師坐在刑名夫子一邊。方騏薦席，行官禮頗繁。幸余在第三座，不然不知如何答禮也。下午散席。

三十日　星期六

堂中師範、小學諸生，於今日放暑假。

六　月

初一日　六月小　星期日

清理家中書籍等件，就家中溫習各課。

初三日　星期三

省中李習璜、杜銘新、汪成驥等，俱已放假回縣，時來坐談。汪君口快，謂省城中小學堂多有革命黨。報載，我國外部照會日、俄兩國及各國，聲明日俄議和，如有干涉中國之事件，非經中國允許不足爲憑。又載，朝廷與出洋學生以舉人、進士、檢討、主事、中書、知縣等名目，似取舊科目也。

初六日　星期五

報載，派戴鴻慈、徐世昌、端方赴東西洋各大國考察政治。又，裁廣東巡撫一缺①。

十一日

報載，袁世凱奏准，凡新選新補各州、縣官，必須先赴日本遊歷三個月，回後方准到任，札飭各屬遵行。甲午戰敗後，吾國親日官吏首創此例，真所謂媚外主義也。

十二日

今日飯後，往李、杜、汪家去談時事。彼等一一以武昌省城近勢詳告之，謂余不求高深，止於縣師範畢業，將來無出路也。余深感其言。

廿六日　星期四

今晨，與張楚材、傅步書等同搭小輪到省，探聽學堂有無招生事。住黃鶴樓上後巷內胡邦世家，其四弟號桂林，已接新婦。屋小，以天熱，余住其堂屋中。

廿八日　星期六

今日去謁黃太守，因事未見。余此來，非必欲見，蓋武普通余體弱不能住也。黃前見余時云，武普通中學彼為監督，不考可徑送入。現在思之，深悔當日未聽其言，以致在縣求學，所得幾何？坐井觀天，寧非恨事。

廿九日　星期日

來此數日，無學堂招考。帶款又不多，擬明日回縣。

---

①　裁廣東巡撫。——作者批注

七　月

初一日　星期一

師範開學無期，令人悶悶。報載，政務處議准在奉天試行地方自治政體。

初二日

端方、袁世凱、趙爾巽、岑春萱、周馥聯名奏請即停科舉，不必行三科遞減之法。湖北考試乙巳六月即停，所遺武、黃二府案首前列俱未院試，漢陽府屬各縣俱考畢。

初十日　星期三

近日各鄉士紳來城算修學堂賬，欲分一堂在金牛①，爭論激烈。劉、余等紳②攻訐鄭子書甚力，侮辱備至，蓋欺城內無人也。下季開學，恐非一時事也。余心焦灼甚，以從前蕭令不即解學款與省城．致予等八人未送入支郡師範肄業；又未聽從萬舍元師之言，請其送入文普通求學也。

十四日　星期日

今日祀祖宗一如往昔，父親率予與外甥敬誠祀之。晚間各街均有盂蘭會，余攜外甥兒女往觀之。

十五日　星期一

報載，兵部奏請停止武職捐例。又載，四川官兵克復巴塘。

---

① 金牛現已劃歸大冶縣管轄矣，非當時所及料者。——戊戌三月廿六峙記
② 余毓瑞、劉和卿皆被參回籍者當□紳。——作者批注

廿一日　星期一

外部電駐美公使梁誠通告美政府，業已示諭商民，抵制美貨之舉動一律禁絶，但須速定華人工約。

廿五日　星期五

連日喧傳朝廷可改立憲政體，分期籌備。日本康、梁等組織國民憲政會，就保皇黨變相的梁則組織所謂政聞社，以保清朝成爲立憲國家。而章炳麟則以《二十世紀之支那》社改辦《民報》以罵朝廷，是絶對與之反對也。又聞，附和政聞社同情憲政會而同歸一途，仍以改革政體忠於皇朝者，則又有如江蘇有張狀元謇及浙江湯壽潛，組織預備立憲公會，湖北湯化龍在日本組織憲政籌備會，湖南譚延闓之憲政公會，廣東之自治會。各省尚有同情此事者，多爲該省著名巨紳，總以促成中華自強，將與列強並駕。而朝廷偏於滿員之請求，對漢人總是隔一層看待。余曾與張季亨、陳芃周談及此事，僉視爲救國之法雖多，其奈皇太后不從何。

廿八日

今日下午無事，出北門立江干看漢口來船，欲尋熟人問武漢事。小輪靠岸，起船之客無一熟人，怏怏而歸。

八　月

初一日　星期二

學堂分開一所於金牛。内鄉大紳如林棣之、余毓瑞等，控蕭令必欲其去職。聞蕭已調任棗陽縣，内鄉諸紳連日集城内與蕭算賬。後任方雷，安徽桐城人，甲辰即用知縣也。聞接奉尚需半月。

初十日　星期四

　　上諭令各省督撫多選派學生遊學歐美，蓋鑒於赴日學生雖多，但學問太淺，爲期又短。如我縣此次來辦學堂者，黃安阮、麻城屈在日本僅八個月，本邑高承泗所學僅六個月。推之各縣、府、州、廳，均立有學堂一所，皆日本速成師範畢業者，學長期三年者，尚未回國，然亦五步一步之別耳。

十五日　星期二　月色佳

　　今日中秋節，一切禮節照往昔。晚間仍向各親友處拜節。至恒泰和藥店略坐談，該店準備收歇，往宋埠新開云云。報載，江蘇沿海颶風大作，川河、寶山、南匯等處，淹死人數以萬計。上海貨物被水透，損失千餘萬。

二十日　今日星期

　　學堂開課尚無期。內外之爭，因分修學堂事不完錢糧，已控蕭調棗陽。聞已換新任方雷，安徽桐城人，癸卯即用知縣，現不日來接事。因內鄉紳士又具稟向撫署催之，撫臺端方前曾面斥蕭令者。

　　前日報載有上諭，立即停止科舉，各省學政改爲專考察學堂事宜，今日科舉已成歷史上陳跡矣。許多醉心科舉之人，有痛哭者矣。又載，政府自行開放東三省。

廿九日　星期二

　　出洋五大臣在車站被炸，死傷一人，即刺客也。又聞，此刺客姓吳，安徽桐城人。五大臣有滿人三，即載澤、紹英、端方，均未炸死。所稱漢員，則沈家本、徐世昌也。伍廷芳在站送行，兩耳被震傷，係二十六日事。

三十日　星期三

近日學堂事，因省中有文解決內鄉准分修一所，寒溪學堂下月初可望開學。從此武昌縣有兩小學，一在金牛，爲便利內鄉學生。現時高等小學學生，僅外四鄉人，師範生以畢業在即，遂未分鄉。報載，粵漢鐵路由美國合興公司售還中國，計價美金六兆七十五萬元。

九　月

初一日　星期四

今日寒溪學堂內外打掃佈置，聞可望開學。

初二日

新任知縣方雷已接印多日，無所設施，蕭規曹隨而已。此人雖係進士，聞文筆不佳，人亦愚笨。

初十日　星期六

堂中各教職員均來齊，僅內鄉小學生少到三十餘名，師範生則全到。最長者魯香齋，年六十三矣。余已另遷寢室於陶公祠內。同室者黃子綸，號仲卿，神鄉年最長者，吳魯斌、李延禧、周才儲與余，共五人。自修甚靜，可望增長學識常識。仲卿曾在縣城教讀四年，王久游即其弟子。

十三日　星期二

母親壽辰，家中照舊年例，舉觴致祝。報載，日、俄駐使各奉其本國電令，日俄和議已簽約，照會外部，所佔東三省地區兵隊撤歸，土地仍還中國①。

十七日　晴　星期六

今日堂長考文學題："《傳》曰：言之無文，行而不遠。司馬温公曰：一自命爲文人，便無足觀。今學堂既列作一科，試各審其輕重而爲之說。"限本日四時交卷。余卷按時交去。文思鈍者如吳魯斌，竟晚八時方交去，其實亦不佳也。

二十日　星期二

今日蕭教習茂年考史論題：《漢高光論》，似成一人名，何其割裂之不當，即可觀其無學問也。蕭爲屈佩蘭之親戚，可見其無學識，麻城廩生如此哉！

廿三日　星期四

今日報載，慈禧太后宴各國公使於頤和園，禮節隆重。次日又宴各公使夫人。此爲庚子辱國以後，西太后實行媚外主義。北京添設巡警部，新官制也。又設立貴冑學堂，專收教王公子弟入學肄業。噫！貴族哉。

廿五日　星期日

報載，上諭京師設立考察政治館，又通飭各省實行停止刑訊，並廢笞杖等刑。

廿九日　星期四

日本佔據東三省軍隊，經日本政府決議，限六個月內撤退②。

---

① 俄兵撤退，土地仍屬中國。——作者批注
② 日俄爭戰，中國所謂中立政策并未實行。——作者批注

十　月

初一日　十月大　星期五

今日學堂中補考各科學。

初二日　星期六

今日堂中考文學題：《韓文公師說書後》。彭梓芳先生出題，彼於暑假前大病回黃安，久無信來，僉謂其故矣。昨日方來堂。此人文筆曉暢，新學亦優長，聞未住過學堂者。

初三日　今日星期

今日下午三時約同房黃仲卿、吳鳴岐、周斗丞、李次喬來家便飯，酒食甚豐。

初四日　星期一

師範班期短，今夏又耽延多日。教習缺乏，日本文僅識得片假名、平假名而已。因阮堂長在東京所學僅半年，其空洞之教育學實無用也。日本文化販自歐美，中國則轉而販買之，所得幾何耶？予思省城各學堂教習，或不致如此劣等也。報載，鐵良奏准派八旗子弟赴日本學陸軍。上諭設立考查憲政館。議滿洲條約，派慶親王、瞿鴻機、袁世凱爲全權大臣。

初九日　星期六

以上各日，趕齊各門功課，準備臘月上旬考畢業。

十二日　今日立冬節　星期二

報載，諭派陸增祥爲出使荷蘭大臣，兼理海牙和平會事。

十六日　星期六

連日堂中準備功課忙。今晚五時回家與父親商各事。畢業後如何就小學,能得薪水幫家用,以言還陳債則不能也。

廿一日

廿二日

廿五日

廿七日

連日以來,堂中無事可記。

冬　月

初一日　冬月小　今日星期

早七時半謁聖。

初三日　星期三

今日照常上課。晚間閱報,撤去駐韓使臣,此後非屬國,亦無外交關係①。京師已設立學部,此爲管理全國教育機關,國子監亦併入之。

十五日　星期一

早七時謁聖畢,各人出外閑遊,至西山者多。西山住持向來勢利,

---

① 撤回高麗使臣,以後朝鮮非屬國。——作者批注

相客取資招待。今年自三月起，學生、師範生及堂中員役約二百人，時時光顧西山寺，飲茶吃點心者多，給錢甚少，有時不給錢亦飲食，主持僧每認爲晦氣而已。報載裁撤駐韓大臣，高麗設使臣，於中國無益。迭次辱國，每因高麗事，致爲日本所屈服，可恥甚也。

二十日　星期五

各門功課趕教，每日六堂，不准缺課。余算術太差，完全斗丞幫忙。今日發冬月月考榜示，余各門平均在九十分以上。本年四、五、六三個月，八、九、十三個月，均係第一名，大約畢業大考第一，總屬余無疑義也。今日報載，北京已設立學部，將國子監併入學部。又載，日本文部省宣佈取締中國留學生規則，學生全體罷課紛紛歸國。此爲留學生監督與日本當局所定，其實防止中國革命黨也。

廿五日　星期三

今日報載，上海會審公堂讞員關炯①、金紹誠，與英副領事德爲門會審黎黃氏案，大起衝突，公堂暫行停止。又載，各國兵艦水兵登岸，華人遭槍殺者十一人。

廿九日　星期一

今日報載，學部飭各省會設立半日學堂。

臘　月

初一日　星期二

今日堂中揭示．本月初四考畢業各科功課。只教育、算術補授三日，

---

① 湖北漢陽人，壬寅舉人。——作者批注

餘均温習待考。惟缺音樂一門，又無風琴練習，以後如何教學生耶？

初二日

初三日

初四日

初五日

初六日

連日考試畢業甚忙，今夕始閱報，賜山西大學堂西齋畢業生二十五人爲舉人出身。山西辦學甚早①。

初八日　星期一

今日考試圖畫、體操二門。學老師，周、楊教諭，訓導均監試。

初十日　星期三

今日大考各門功課完畢。聞已在漢口定印畢業文憑七十張，甚精美。余今夕回家宿，藉以休息二天。

十三日　星期六

聞各教員試卷已看齊畢，核算分數，仍以余爲第一云云。

十四日　今日星期

堂中王繼範、張楚江等六人鬧風潮，而余亨一人尤激烈。謂阮堂長

---

① 山西辦學比湖北更早，得出身早三年。——作者批注

無學識，考試不公，尚未大露頭面也。

十五日　星期一

今日上午十時行畢業禮。正午開酒席，知縣方雷、儒學周老師、訓導楊修齡，以及内外鄉耆紳來此者三十餘人。酒未畢時，余亨、張楚江等又大鬧，並面駡阮堂長，秩序頓亂。於是楊老師出面排解，無效，方令與楊老師聲言要革去余、張等功名乃已。席散後，阮堂長向縣署説明前後經過，事不能已。王繼範、袁再安、余、張等六人，明日具衣冠向阮堂長賠禮，乃不革去秀才，一場風波乃息。王、余等真無禮取鬧也。王、余二君，一年老而粗暴，余未入學者。王小滑稽，恃才所以釀禍，以其父策範爲進士曾任知縣者也。

十六日

學部成立後，已通知各省，須設至半日學堂。

十七日

堂中畢業榜快發，余考試分數最多，從前月考平均第一名，想畢業分數亦可獲第一。

十八日　星期四

今日堂中通知領取文憑。余畢業分數平均九十八，最優等第一名。李次喬第二名，平均分數九十。

十九日

涂小舫師已放假，派在陸軍特別小學充文學教習。連夕來家談，明春縣市要成立初等小學三堂，擬請余爲南路小學正教員。在縣辦學非余所願，以家中有積欠，又不能到省城住學堂求高深學問。

二十日

無事可記。

廿一日　今日星期

家里忙採辦年事，余出門採買油菜等等。

廿二日　星期一

廿三日

今夕送竈神。余雖畢業，而甲辰入學以後家用繁，所借債利轉利已達百三十餘串不能還，父親着急。余謂明春即得百串薪水，不能救窮也。奈何？各處又無可再借者。蓋在省住速成師範，畢業後月可得三十元，合錢每月可得三十三串。除伙食三串，雜用四串，月實可餘錢二十六串，較在縣中加一倍半矣。

廿四日

今夕，小師來談，對於余事極關心。

廿五日　星期四

廿六日

今夕，程松師在鄭子書家取來一信，係萬舍元師自倉子埠帶來者，謂該地張鳴珂太史家欲聘余教停館，年束脩一百二十串文。余以路遠不合算，辭之。

廿七日

涂師來，決定勸余明年就小學教員，看看情形。省城有師範、方言招考時，再求上進可也。

廿八日

廿九日

今年辦年貨較去年少，因去臘各處賀禮多，有餘可以多添買各物，今臘則窘矣。

三十日　除日　星期三

父親以辦年用度不夠，仍向魚行二叔處臨時借十串文作預備費。下午，余帶甥女出外買零物歸。夜間燃燭佈置一切如去年。十二時以後，余倦甚乃先寢。

清光緒三十二年（1906年）丙午日記

本年正月至三月初，為余籌備辦學時期，三月二十以後為余辦小學極盡力時期，自信無負天職者也。五月以後到省考兩湖總師範，耽延教學先後共月餘。九月十九以後，則余求高深學問之時期也。秋後對於學堂諸事記載較詳，惟原存日記材料丙午秋迄庚戌六月以前失去者多，然大事未忘也。

壬辰五月崎山老人閱後記

正　月

朔　元旦　正月小　星期四

四時起，進香祀祖，緊門出方，一如舊典禮。五時，父親帶同余與劉表兄、訓甥同往岳王廟行香，歸途拾得零錢數枚，以求吉兆，亦舊例也。歸後休息片刻，出門拜各親友年。

初二日

今晨帶同訓甥外出，凡昨日拜年未畢之親友家均補拜之。至下午一時歸。

初三日

今夕祀先祖母忌日。

初四日

今日上午十一時出城，省視祖先墳墓。

初五日　今日星期

今日有報載，李蓮英太監奉旨開去總管差使，不知如何開罪老佛爺矣。奇哉！

初七日

初八日

今日家中請年客。下午三時，具酒席一桌，延涂小舫師、程松師、洪小坪、張叔華、程少圃等七人。報載，英使以抵制美約抗議京津撤兵①。

初十日

英使答復禁印藥入口事，須中國自行禁種鴉片絕跡，然後再議禁運。

十二日　今日子時立春

十三日

今日上午縣官迎春，一如曩昔。

十四日

京師始設編制館，編定官制。

---

① 禁烟與英立約。——作者批注

十五日

報載，北京派袁世凱、鐵良爲本年河南秋操大臣，檢閱新兵。此爲傳聞之事。

十六日

今日報載，停止京外實官捐。近十年來，銅臭之稍識之無者，均以銀兩買官做，中外騰笑。

十七日

十八日

今日送年，照舊例扯去挂門錢紅條焚之。

二十日

連日爲籌辦縣市初等小學三堂事，縣署諭城內諸紳進行，但甚遲緩。

廿一日

今日偶過縣署，見大堂外置有忌辰牌於地上，書四字曰"國家忌辰"。

廿二日

省城各中小學俱已上堂開學，故李習璜、杜銘新等昨來辭行往省矣。

廿三日

廿四日

廿五日

廿六日　今日雨水節

連日縣市籌備開初等小學三堂，南路設在武聖宮，餘爲城隍廟、大廟，共三處。惟東區較遠耳。

二　　月

初一日　二月大建

今日家中祀祖以後，兼祀土地，因土地誕，各家如此祀典也。

初三日

今日祀文昌帝君誕辰。予約談桂芳、朱仲舫、佘益香等。起首爲二會，誠懇祀之。明年則輪轉爲首會也。

初五日

縣市教書先生今春學生甚少，蓋各生家庭均觀望城內新開之三堂小學也，紛紛問訊。城內學董如葉、孟諸人正在籌備，候縣署動用城內公款。

初七日

何炎峰住大西門，應該在城隍廟小學就近。彼不願與朱仲舫共事，決意與余同堂。彼爲副教，更抽出薪水十串文補助余，因彼學術太差故也。

初九日

知縣出示考三堂學生，創例也。各生家長謂，此無異小學生科舉，報名者甚多。

十一日

縣署發榜，取凌漢、范頌康等學生一百二十餘人，分爲南、北、東三路小學。

十二日　今日驚蟄節

十三日

南昌知縣江召棠爲法教士王安之用刀殺於法教堂。噫！教士專橫，中國政府素畏之，故敢如此。

十四日

今日開始修檢武聖宮爲南路小學堂，何炎峰監工。袁夏生擬在武聖宮之教員室中住宿，兼管學生。余商何君，許其請。

十六日

外務部提倡國民捐，表示救國。慶親王以下均有捐款，滿員愛國情不真，所捐亦不多。

十八日

報載，南昌教堂已毀，人民殺教士王安之等六人，並殃及英教士三人。英、法兵艦駛入鄱陽湖①。

廿三日

今日父親五十二歲壽辰，家中照例舉觴，外客有程松師及少圃、洪小坪諸人，置酒一席，女客數人亦開半桌，父親年逾五十，未獲一日安

---

① 是爲昔日著名南昌教案，英法要脅從此始。——作者批注

寧，余入學後益增借貸，心實不快。

廿七日　今日春分節

廿八日

政務處奏定舉貢生員出身辦法，以比照大、中、小學畢業生。

三十日

自去年明令停止科舉後，現朝廷又諭將滿、蒙歲科翻譯鄉會試一律停罷。

三　月

初一日　今日星期

今日籌備整理開學諸事，惟學款尚無一定，各學生觀望。各家長問余及何炎峰開學日期，不能答也。南路學生范頌康、許經邦等十人年最大，周維翰、杜緒業等十餘人年最小，餘均年十四歲上下。余堂中共有四十二名[①]。

初三日

報載，北京政務處奏定舉貢、生員出身辦法，又載，各國已允撤退京津駐兵[②]。

---

① 戊戌三月，峙三憶南路小學四十二人中僅許經邦、周維翰二人尚存，亦六十餘矣。——作者批注
② 駐津外國軍隊撤退。——作者批注

初五日

明令宣示忠君、尊孔、尚公、尚武、尚實五項爲教育宗旨①。

初六日

報載日本已交還奉天皇陵，此與俄戰爭時所據者，已早不以中立國條款待中國。

初七日

中英合辦廣九鐵路。皇太后命户部撥銀十萬兩賑美國舊金山地震災，美國不受。見昨報。

初八日

初九日

初十日

十一日

連日辦理包袱，準備祀祖墳。

十三日　今日清明節

今日到城外祀各祖墳，父親帶同余及表兄劉朝金、外甥等，下午五時方畢回家。

十四日

今日祀胡家書坊正華公墳，劉表兄帶余同往。

---

① 初頒五項教育宗旨。——作者批注

十五日　今日星期

今日縣署有公事，請三堂小學於二十日正式開學上課云云。余前已囑各學生家長各做新操衣一套，小草帽一頂，各堂均一律。淺藍挖雲，青綫帶繞成雲如意狀，一切均照省城式。

十六日

十七日

武聖宮房屋、講堂俱已整理完好，二十日可開學。

十八日

十九日

今日整日忙於整理學堂諸事。齋夫名陳喜，何炎峰所薦也，余吩咐彼各事。

二十日　晴　星期五

今日天氣好，上午九時學生到齊，余率之行禮後即放學。下午再來正式授課，忙碌異常。五時放學歸家飯後，母親囑余在家，內子欲分娩也。八時半，請催生婆來家。九時半，產一男孩。父母均喜。十時，母囑余往岳母處報信，立談片刻即歸。父親謂此孩今日開學期生，可取名學兒，從朱姓，純字派，爲朱純學。

廿一日　晴　星期六

廿二日　今日星期

今日爲學兒三朝，母親招呼祀祖宗，面呈喜色。

廿四日　星期二

范頌康之父母五十雙壽，欲同學爲之祝嘏，余同何君亦去，具素酒六桌，下午正式上課。

廿五日　星期三

前月聞南昌教案起時，署南昌知縣江召棠爲教士王安之殺害，士民大憤，遂圍焚教堂並殺王安之云云。上下午與何炎峰招呼學生編定座位，以孫鳳岐、范頌康年長，坐後面。

廿七日

廿八日　今日穀雨節

廿九日　今日星期　放假

三十日　星期一

上下午總清理學生書籍、功課等等，囑雜役陳喜打掃各處清潔。武聖宮久無僧侶，汙穢不堪。窮秀才石子卿寄居於內，嗜鴉片，日食亦艱。此人向不事生產，又不能教讀，應該窮死。

四　月

初一日　四月小建　星期二

今晨七時率全體學生謁聖。

初二日

初三日

初四日　星期五

初五日　星期六

初六日　今日星期

今日全日放假。縣中初辦學校，初開風氣，不能不遵省會章程也。

初七日　星期一

初八日　星期二

縣中城隍廟照舊例演戲，學生要求放假一日，余與何君許之。

初九日

上諭，改各省學政爲提學使司，歸督撫節制。從前，學台爲欽命，與督撫平行也①。

初十日

十一日

學部奏准，提學使須出洋三個月後再到任接事，大約使其知日本情況也。

十二日　星期六

---

① 學台改爲提學使。——作者批注

十三日

今日星期放假，立夏節。

十五日　星期二

早與何炎峰率全體學生謁聖後上課。今日予講文學、地理諸課。年稚學生潘世鎔、熊之潤、周崇澤等均聰穎，最稚者范頌和、周維翰及余甥艾厚訓。何炎峰教書不懂教授法，仍舊習慣，學生難受益，余屢勸之改良。

二十日　今日星期　放假

今日往各親友家奉看。閱漢口《中西報》，載上諭，各省學政一缺均改爲提學使司提學使。科舉去年明令停廢，自是以後各縣專辦學堂，以爲培植人材之地，可望吾國富強矣。屈指開學已及一月，學生程度尚好，功課嚴肅，即放假回家，不能停止溫習也。下午四時再訪親友處坐談，並訪問各生家屬。

廿七日　今日星期一

前在省城取回之張制軍所作《學堂歌》，明日當請何先生教全體學生合唱。《學堂歌》首段云"天地泰，日月光，聽我唱歌贊學堂。聖天子，圖自強，除卻興學無別方。教體育，第一樁，衛生先使民強壯。教智育，開愚氓，普通智識破天荒。教德育，先蒙養，人人愛國民善良"云云。首句三字一頓，次句同，三句七字則拖長音，須合腳步響聲。何善唱且教體操者。南路學堂學生嚴良誥請假回縣，明日當約其來幫忙，以其幼弟良頌亦在余堂中讀書也。

廿九日　今日辰時小滿　星期二

報載，中英藏約昨已簽押，總之於吾國少利而多害耳。

閏四月

初一日　星期三

早率諸生謁聖後上課。下午由何先生率教課。予未去，在家整理各事。

初二日

初三日

初四日

初五日　今日星期

今日放假，命諸生在家溫習功課。聞省城兩湖總師範學堂①不日招考，我縣周斗丞兄弟已托省城嚴孝基、汪景文等代爲打聽何時報名。余在縣師範畢業第一名，然所學甚少，蓋教余者均出洋短期學生，彼所得亦無幾也。非求高深學問，以後難於立足新時代矣。

初六日

初七日

初八日

禮部奏定生員考職辦法。前聞舉貢可考知縣教諭，現在生員可考巡

---

① 兩湖總師範初名都師範，對道、府師範而言。——作者批注

檢、典史。

初十日

學部奏准以每年八月考試東西洋畢業學生，授以實職。

十一日

報載開封至鄭州鐵路已通車，此京漢鐵路之南段。

十二日　今日星期

今日在家清理書籍，袁夏生來坐談。夏生讀書不成，又不從師求進益，寄宿在余小學內。武聖宮原住有石子卿先生，老秀才也，吃雅片，窮困至極。其弟雲衢、鏡卿亦不照顧，其子且行乞矣。此老不振作，以至如此。傷哉！夏生聞時與談往事云云。

十三日

今日上下午均有課，諸生讀書均有進步，較勝於私塾讀舊書也。

十四日

十五日　芒種

十六日

十七日

十八日

科舉停止以後，舉貢生員已定考職出路。朝廷變法圖強，逆料將來讀書人，除求高深學問無上進。

十九日　今日星期

二十日

廿一日

廿二日

廿三日　星期四

以上諸日，予與何先生殷勤教授。諸生進益者多。年小學生周維翰、周崇澤、熊之潤均佳。

廿六日　今日星期

今日放假，予在家中。周斗丞來云，省城兩湖快招考，縣中儒學已接公事，挑選二十歲以下之附生到省考試云云。教小學非予所願也，縣師範所學太少。前者文普通考試，予未知之，深以爲恨，得此消息，心中快然。

廿七日

廿八日　星期二

今日程松師送來一印單，云係武昌府寄下，飭武昌縣學挑選赴省考兩湖者，有予及周斗丞兄弟、張祝南、嚴孝基等三十餘人。名單約八寸寬，四寸高，宋字鉛印。大約此單不少，予縣中僅獲一紙。遂與父母商及須考兩湖，俾有深造機會也。秀才年二十歲以下者，以甲辰歲試爲多，癸卯次之，辛丑年年輕秀才僅王繼範等二人而已。連日與何君商及，如考兩湖期近，請渠兼代予之功課。彼願意甚，不以爲偏勞。蓋予在縣師範時，曾與彼維持多事也。

廿九日　星期三

今日斗丞來，謂省有函來，兩湖下月初考試。程賢智亦有信歸。予決定五月初二同斗丞、德宣昆季並涂世兄國祥，一同往省考兩湖。

三十日

今日與父母商定，此學堂不考，以後無機會，失此深造之機可惜也。惟予自入學後，家中負債二百餘串，用何法清償耶？父親年老多病，而家庭人口以大姊及甥兒女三人、予夫婦及子三人、父母共八人。設無此債，父親醫道可支持全家火食。今予棄去百十串之事，是月少十串文之幫助矣。母親謂，欠債不必憂，我與汝姊紡線填借款，汝以求學上進為大也。議遂定。傍晚斗丞來云，初二日同往省。

五　　月

初一日　晴　熱　申刻夏至　星期五

今日到學與何君決議各事，請其代勞，謂予去一星期即歸矣。又面囑諸生各事。晚清理往省行李，並帶公服頂戴去。聞附生考試均具衣冠也。

初二日　晴

晨五時起。六時與斗丞、德宣、涂國強在小北門搭小輪。厚訓送予，劉老表亦來送上船。未幾開行，下午三時抵省。住監亭街金宅，黃岡住家。帶辦火食者也，金婦與周熟。

初三日　晴　今日星期

予以金宅人多屋小不便住，由金大姑介紹一張姓家，屋甚涼爽。遂與斗丞、涂世兄三人搬入，火食宿費每日一百文，甚安適。下午到水陸街學務公所看牌示，云初八日初試，在兩湖學堂講堂八個中考試。十府一州考生到省者已有四百餘人，此爲第一批考試，隨後來者再補考。

初四日

嚴孝基、張祝南、王繼範三同學先後來談，云縣師範吳子美亦到省來考。予同屋中有聞岐山者，葛店人，彼頂蘄水聞一式名字考兩湖，蓋以童生資格，而籍貫又不同，殊爲膽大，然頗危險。

初五日　今日端節

房東張姓，下江人，曾隨李士彬作門子者。今日具酒肴爲予及涂、周、聞諸人賀端午，予對景思親不已。

初六日

今日周德宣送信來，謂已閱牌示，明日報名之武昌府屬諸生，黃州八屬諸生，同時考試。定初八日晨點名，在兩湖正學堂接卷入場云云。

初七日

準備考試各事。聞准帶書籍入場。

初八日

晨五時起，早飯。與斗丞到兩湖書院應考，七時半點名給卷。梁鼎芬太守親主持。予入場後，試室即兩湖學堂東齋，坐樓下第一堂。一人一位置，不准相顧問難。坐予前者，江夏劉幹兄弟二人，又安應麟，武昌人。予與斗丞、德宣次第坐。德宣云，前坐安某係劉朝祿來頂替者。劉曾在壽昌書院住二年，故德宣認識其人，亦未攻擊劉爲替名也。劉與予不相識，第見其起草，字大且速，未通寒暄。八時半，梁來出題目，一《司馬溫公九分人論》，二《教授地理宜從鄉土起説》。論題全場不知出典。監場者蘇鍾正，蘄水口音。旋又來一人，衆問其出處，不能答。又來一具衣冠者，問之考生云係曹履貞，江陵舉人，此堂教務長也。衆詢題旨，彼站立思三分鐘時乃答云，司馬溫公這個人，是常見面的，不過九分人難得一點。又思半晌無所言，衆人罝之。噫！彼不知題旨，何不去問梁知府再來一答耶？如此無學之人充教務長，令考生失望耳。予下午四時出場，回寓休息。晚間德宣來，索閱予文稿，徑與之看。今日爲予二十一歲初度，無人知者，想家中父母必深念予在省未歸也。今日寄信回家報告情形。

初九日

初十日　今日星期

聞今日考黃州府及先來省投考各府諸生，其餘安德二府及上五府均請知府代考云云。涂國祥昨日考小學，聞已錄取。

十一日

今日發榜，德宣送信來云，安應麟第一名，即劉菊坡頂名也。余第二名，張祝南、徐鴻甲、黃翊宸、周才儲、才備兄弟、羅某，武昌共取九人。程賢智落第，嚴孝基亦未取。十二日覆試，準備明晨進場諸事。

十二日

早七時至兩湖覆試。安應麟坐予前一位。武昌府十屬諸生分試場坐。中間監場忽出結，命諸生填寫攻冒名頂替者。劉欲請予作保。予謂徐鴻甲已在場內，何不求之？劉初以余與彼不相識，可蒙混之。羅某與德宣頻頻言欲攻之，余托言小解去。五時出場。余不願候榜，擬十四日定回縣。

十三日

今日正午，在察院坡遇見王繼範。彼請余飲汽水半瓶，水入喉達胃，冰得欲死，幾不能語。

十四日　晴　熱

今日公所牌示，已取初試諸生到黃鶴樓顯真樓照相。大約三十餘人爲一張，照了五六張，約二百人之譜。遂改明日回縣。

十五日　晴　熱　星期五

今日同斗丞回縣，托李習璜、涂世兄、嚴孝基爲余等看覆試榜相告也。聞落第者尚可補考一次。各府屬二十歲以下附生只有此數，又有去取。又聞以後改挑選二十五歲以下廩增附生投考，共取三百八十名之額云云。招收湖南巡撫送來者六十名，外縣寄籍者附生四十名。早六時渡江搭小輪，下午半時到縣。見父母，稟知省中投考各情形。飯後至學堂晤何君，申謝代堂一切事，與談一時許。余繼續上課。本堂學生金興起頑劣異常，何君擬開除之，余勸之乃止。午前學生看龍船大會去了，午後知余歸乃補上二堂。

十六日　星期六

今日與何君商定，學生明日放暑假，因小暑前五日他堂俱已照省令放假四十日。我縣風氣初開，只有放假一月。上下午補考學生功課畢，囑諸生明晨來行放學禮。

十七日　晴　熱甚　今日小暑　星期日

早八時與何君率諸生行禮畢，放假。

十八日

十九日

二十日

接省信，兩湖覆試已發榜。葉清華第一名，余第二，徐鴻甲第三。武昌縣已取七名。尚須傳見、口試諸事，未定期開學。正在續考各縣未足之名額。

廿一日

廿二日

報載，廣東鐵路公司已接收粵漢鐵路事。又載澤、尚其亨等考查憲政現已回國，上書朝廷請採擇。

廿三日

廿四日　星期日

在家清理舊書籍，殘缺者多，欲盡焚之。此種八股制藝空洞文字，留之何益，繼又中止。

廿五日

廿六日

廿七日

廿八日

廿九日　星期五

六　　月

初一日

初二日　今日星期

初三日

寫信至省城西大街程潤生，請他代打聽兩湖開學期。

初四日　今日大暑節

初五日　星期三

連日北門杜永興、杜本倫來訪，今日往回看。彼亦考取兩湖，省中有人打聽開學信息。以後余與德宣等往省，則聽杜消息也。據説省中正在續考第三批學生，即年齡長者云云。自是與杜爲友，蓋先曾聞名，未與訂交也。本倫，號衛初，甲辰入學①。

初六日

今日在家曬書籍，舊書中以八比文爲多，父親必欲留之。余謂此有何益？計八股書共四十餘本，醫書尚存者八套，《景岳全書》爲大部。父親告余云，從前困窘時，賣與洪小坪、程松師、黃舜欽、沈伯卿、萬南山諸醫生者，約三十餘套。邇時無米爲炊，乃出此下策。蓋以上售去者，均爲父親圈點頂批之書，所閲非止一遍者。傷哉貧也。

初七日

---

① 杜君在丁未冬捐知縣退學，現年七十八歲尚存。——作者批注

初八日

初九日　今日星期

連日借得漢報，並無重要之事。杜本倫家富，業錢鋪，定有滬、漢報二種。

初十日

杜衛初得省城信，謂兩湖第二、第三批及湖南學生俱已考齊矣，可望暑假後開學。現正修理房屋云云。

十一日

十二日

十三日

接省信，兩湖考試學生已取足，不日梁督傳見已取學生云云。只有静候之。

十四日

十五日

十六日　星期日

今日何君來商開學事，暑假已滿，應該上堂。即定明日上課，以免荒廢學生功課。

十七日　星期一

今日開學上課。

十八日

十九日　今日立秋　星期三

二十日

今日功課甚忙。

廿一日

廿二日　星期六

廿三日　今日星期

德宣約往杜宅問省信，無消息。只云省中尚未考完，要發正式分仁、義齋榜，候傳見後方得入學。

廿四日　星期一

廿五日

廿六日

廿七日　星期四

廿八日

廿九日

三十日　今日星期

省城學堂暑假已滿，各學生早到堂。余囑李習璜、杜銘新代爲探聽兩湖開學事。杜衛初囑其四弟杜正卿探示，甚爲穩妥。如有消息，以電報相告也。杜爲衛初之姪，住省城南路小學，正卿則住方言學堂者也。

七　月

朔　此月小建　星期一

與何君率諸生謁聖後照常上課。

初二日

初三日

初四日

報載澤公上奏，立憲須先化除滿漢界限。

初五日　今日處暑

初六日　星期六

京中編制館成立後，現實行釐定官制。

初七日　今日星期

上午往各親友家略坐。下午辦包袱準備祀祖。晚至何君家坐談，以後如余到省住兩湖，請其約人兼代課，余決計辭此教習也。

初八日　星期一

初九日

　　明令頒布預備立憲。聲明數年後，考查看民智如何，再實行年限。又命京中各大臣並召各省督撫赴京會議，改編官制。又另頒編制館細則。

十三日　星期六

　　今日忽患傷風甚重。下午勉强上課二堂，即歸家，臥病甚重。父親爲余取藥服之，晚睡不安。

十四日　晴　熱　今日星期

　　余病轉重，飲食少進。今日家中祀祖宗，中元具酒食、包袱，敬謹祀典，一如去年例。父親率余及甥男女、表兄行禮，約二小時乃畢，化袱送祖先出。吾邑今日祀祖者約十分之八，餘則貧户，十五晚燒紙於門外而已。此禮節乃吾國美俗也。

十五日　星期一

　　今日帶病去上課。晚間囑甥兒女帶同純學兒去看盂蘭會。

十六日

十七日

　　昨今兩日仍帶病上課。

十八日

十九日

二十日　今日白露節

廿一日　今日星期

今日病已大愈，在家休養，已飲湯矣。念及將來住學堂，家中無人幫助進款，心煩亂殊甚。晚間挑燈作自述一篇，名曰《二十自述》。又起稿作七絕十首，未成也。時競文明，遂用新名詞於詩句中。閱後細細研究，以不佳，擬毀去。

廿二日　星期一

今日上下午均有功課，與何君商議各事。晚歸，改昨日詩稿。

廿三日

今日下課歸，將自述及七絕十首改正，書於簿上。細閱之，殊不佳。尾記數言，有"改正則俟異日"云云。

廿八日　今日星期

廿九日

久望省城學堂開學，無信息，前聞尚在補考中，因近三科二十歲以下秀才錄取已盡，改考錄二十五以下者，恐亦無多也。今日上下午仍帶病上課。

八　月

初一日　星期二

早七時，率諸生謁聖後即歸，請何君招呼功課。

初二日

初三日

初四日

初五日　星期六

初六日　今日星期

在家休息閱報，明令禁種烟苗並吸食鴉片，限十年禁絕。

初七日　今日秋分　星期一

初八日

初九日

初十日

上下午均上課。晚看岳廟放猖會。

十一日

十二日

近時報載，大江南北各濱江縣份水災奇重。

十三日　今日星期

十四日

今日下午課畢，與諸生言，明天放假一天。

十五日　今日中秋節

十六日

晨起代父親向各戚友家賀節。

十七日　星期四

報載，學部選派進士館進士七十五人，又翰林院二十六人，赴日本留學速成法政。此不過敷衍而已。

十八日

十九日

連日督學生課甚勤。每每思慮余往省住兩湖時，何人可接下手，何炎峰一人不能教全日也。

二十日　今日星期

德宣來打聽省城開學信，無消息。

廿一日

今日下課後接省信，謂梁知府傳見已取武昌縣學生，余遂約德宣同往省城。

廿二日

與德宣同搭小輪，下午三時到省，仍住金宅。

廿三日

今日至斗級營、黃鶴樓，看長江形勢。下午至兩湖學堂附屬小學訪石鏡卿先生，問各事。

廿四日

今日下午一時，予與武昌縣已取七人，由監學劉鷗華帶同，見梁節厂監督於監督堂。劉，葛店人，與余談，問知爲東門王鏡寰王先生之戚也。小立門外，俟江夏學生出來，余乃與劉復、頂安應麟者，原名劉朝祿，因文普通通知之勿收，後乃改名劉復考耶。黃翊寰、周才備進内，與梁坐談。逐一先問在家讀何書，有何見解，讀過陳澧《東塾讀書記》否。梁曾受經於陳者也。各談五分鐘即送客。余出門問劉，何時可開學。劉答快了，正在修理堂舍諸事。

廿五日　星期五

晨搭輪回縣，下午一時到家。與父母説明各事。三時仍到學堂授課。

廿六日　星期六

今日上午，汪星海先生通知余與洪子卿，縣市新舊附生十餘人，到周宅祀孔子，明日誕辰也。周姓爲捐學田祀孔者，每年有錢約十餘串，可辦酒席四桌，特請汪主持之。晚行謁聖禮，具衣冠，甚嚴肅。噫！幸有此禮存在也。

廿七日　星期日

晨起至東門，先到汪星海家集合，謁聖行九叩禮，進早麵二桌。午後仍有正席二桌。汪先生云：以後此禮永遠保存，俟秀才盡没後乃完。噫！時勢變遷難測，誰人能知後事哉！汪先生以爲然。午後四時，散席歸家。

廿八日　星期一

廿九日

三十日　星期三

今日上下午均在學堂照料學生月考。學生中凌雲、凌漢文學甚佳，熊之潤學問已退化，潘世鎔甚用心，可喜也。傍晚杜衛初送信來，謂省城有電，兩湖明天開學云。遂約周德宣明日同到省城上課。晚間清理衣物等件。寢後展轉不寐。南路小學李習璜亦有函，告知兩湖開學。

九　月

初一日　星期四

晨五時起，母親與內子爲予備飯。食畢，在河干與杜、周會同上小輪。即開行，下午三時到漢口。四時渡江，仍住金宅。杜君至斗級營去了。旋打聽兩湖並未開學，僅報紙上訪員稿云九月朔開學云云。予與德宣去會李習璜，問所寄信。李云亦係前日見報章上說兩湖已開學數日云云。杜之電則正卿在方言學堂見報所發。杜、李二人未至兩湖去看情形，徑發電函，誤予等矣。明日擬再至兩湖探問。

初二日

早與德宣同訪兩湖附屬教員石鏡卿，問各事。彼云亦不悉兩湖何時開學。至堂問及齋夫楊萬。肖鵠亦至，楊與肖谷爲熟人，請其探問。只云開學甚快，何日則不能定。余托肖谷在省候信，予與德宣回縣候信而已。仍約杜君明日同歸。

初三日　星期六

早五時起，渡江搭小輪回縣。午後半時到縣回家，飯後與父母說明此次在省情形。轉小學上課，與何君談及以後替余之教習究以何人爲宜。

聞東西兩堂教員欲分任，得月薪也。

初四日　星期日

在家休息半日，午後分訪親友。

初五日

今日上下午均到堂授課。

初六日

今日午後歸家，接肖鵠自省來信，謂兩湖定初八日開課，囑余與周、杜三人即往省。余閱信後心煩亂。至杜宅問，亦未另接信也。遂匆匆又清衣服，與德宣等渡江，到黃州搭大輪往漢。傍晚到黃州洋棚候大輪上水，心煩意亂不可遏。

初七日　今日霜降　星期三

上午三時半，大輪到黃州。余與杜、周同上船。九點半鐘抵漢。十時渡江，至兩湖探問尚無開學之信①。余等乃知受肖鵠之騙，至其住所問之。彼於前日已回葛店，曾留言謂彼已先歸，囑余等在省候開學信，再通知彼來省云云。此計亦狡矣。遂與周、杜等再托正卿、李習璜代探開學音訊告余等，決計明天仍回縣。

初八日　星期四

晨六時渡江，搭小輪回家。並寫一信由葛店洋棚轉交肖鵠，責其無信義，非交友之道。下午一時到家，與父母說，此次又空跑省城一次，恚甚。飯後仍到小學去授課。

---

① 爲考兩湖，上下往返，花費不少。辦學如梁節厂及其附屬人物，全無主張。□時張督記起，詢問則辦，不敢有所陳請。滿清官吏大抵如此，混混日子。——作者批注

初九日　星期五

今日下午三時提前放學,與何炎峰出西城至九曲亭下登高,略備酒肴,此所謂寫意而已。今年考兩湖,煩惱殊多。余滿二十歲,欲求上進,又不能不如此也。傍晚方歸。

初十日

今日上下午均有課。何君禮多,而虛偽亦多,其人自幼至三十餘歲均如此。余與處尚能相安,彼設與他人同事,難得長相安也。以係暫局,彼此多牽就而已。

十一日　星期日

在家休息並清理各書籍,與父親商以後各事,但欠各處債款何時可還耶。

十二日　星期一

十三日　星期二

今日爲母親五十二歲壽誕,照舊例舉觴,今年以有長孫純學,家中愈歡也。

十四日

十五日　星期四

今日上下午均有課。與何君此時交情益深,以彼能便照顧余家事也。

十六日　星期五

久候兩湖開學無消息,令人煩惱無已。報載湖北新軍赴河南彰德府秋操。

十七日　晴　星期六

今日下午，杜衛初來家云，其弟振卿已來電，兩湖已開學矣，遂清檢衣物，約周德宣與余及杜明日搭小輪往省。與何炎峰交代各事。余父母以余就學，此別須臘月方歸，心不安，現於面，余亦心中不快。徒以在縣充小學正教員，收入有限，失此機會，以後向何處求高深學術耶？夜寢展轉不寐。

十八日　晴　星期日

早五時起。六時，周、杜俱到江干會合，上船。下午四時抵省。當至仁字齋打聽，須填入學志願書，覓保人。周、杜與余至兩湖附屬小學，請石鏡卿作保人。七時入堂，途遇肖鵠，告余等各事，彼亦今日始填保入堂也。余與杜衛初、肖鵠聯床，均在三堂樓上。寢室爲第十六室，第一號爲易贊周，二號蕭人傑，三張祝南，四杜本倫，五即余之床。繼余來報到者，六爲湯煥彬，廣濟人。易、蕭俱沔陽人。七號盛世珍，孝感人。八號王龍文，夏口人。九張虞仲，江夏人。十譚鳳藻，沔陽人。易、肖、譚、盛、王五君俱乙巳歲諸生，蓋學憲李家駒乙巳年考至漢陽府，已奉詔停止科舉；故武、黃兩府屬十八縣，已考府、縣案首者均未入學，亦大不幸也。余與張、杜均熟人，餘則均初見者。堂中每人發給銀元十元爲津貼，開學到者均給之。余室十人，及對門王炯係第十號，均未能領，此亦怪事。四堂四十餘湖北同學均未領得，監學劉、周、權、蘇及教務長曹履貞不敢以此事上聞。致開學未到者均向隅，義齋同學亦如此，故周德宣亦未領得，甚慪氣。余問易君情形甚悉。室中十人，帳子係新洋布做成。床柱上各安帽筐一枚，置冬帽一頂，紅纓金頂子；又草帽一頂，與尋常草帽異，與西式夏季外國人所帶之白帽同，以藍呢罩之，此爲體操及旅行所着者。墊褥甚薄，蓋被係印花粗藍面，裏係白棉布。秋末，蓋此嫌厚，此夜展轉不寐。

十九日　晴　星期一

　　早六時起。六時半聞搖起床鈴聲。更衣後入盥洗室，臉盆毛巾俱係公家所發，牙粉牙刷係自備。兩人對洗，不分第幾堂，人到室即洗，洗畢即出室。七時到飯堂，俱係長桌相對坐，每桌十人相對。每人一盤，預饅頭四個，炒雞蛋、醬菜各一盤。稀飯一桶，大量者食四五碗，余食二碗已足矣。惟饅頭無糖。聞方言學堂及文普通中學堂均有糖一盤。約十分鐘，各生食畢，到自習室準備上課。自習室五人一排，對坐亦五人。余右爲湯煥彬，左爲杜本倫，對面爲張祝南。八點半，聞鈴上課。先爲預備鈴聲，遲五分，教習上堂鈴聲。今日第一二堂課爲經學，講《左傳》，書及本子爲公家所給。教習李文藻，號彩青，江夏人，年四十餘，壬寅科舉人，兩湖書院學生也。講解甚好。十一時至十一時五十分爲算術，教習①李克佐，號沁軒，長沙人，自以粉條書其姓字於黑板上，亦兩湖書院學生，秀才也。聞監督梁鼎芬，號節盦，又字星海，曾以一婢贈之，冀李生子者也。上午上課，兩李師均先由監學導之，上講臺時介紹其履歷以去。下堂後，入寢室放置各物。聞飯堂鈴聲，照已貼位次相對坐，每人二小碟，炸鯉魚四塊，炒肉絲一五寸盤裝之，一飯碗蛋湯。飯一桶，爲二人夠吃者，白米太硬。菜則大量者不夠，即小量者亦不夠。菜不可添，飯可添，余則有餘矣。食畢，仍入盥洗室洗漱畢，至寢室休息。寢室規則，早起床後一時即關鎖，十一時四十分方開，下午一時又鎖。下午一時聞鐘聲，上第一堂圖畫。教習沈塘，號雪廬，又字蓮舫，江蘇吳江人，前兩湖書院委員，現在張制軍幕府充文案。在牌書題曰"圖畫"，演説約四百餘字，餘則略説畫理，各生以抄本抄之。沈講多蘇州土語，極難懂。余了然者，十句僅三四句而已。第二堂文學，教習黃福，沔陽優貢舉人，現任黃岡教諭，不會講。聞素有文名，蓋了於心，

---

① 當時中學稱教習。京師國子監有覺羅宗室教習，舉人以上爲之，美名也。小學稱教員。——作者批注

不了於口者。第三次則上體操，在本堂前側大操場中，四堂學生二百三十餘人合場編隊，體操教習有正副，正教余光輔，字晉卿，興山人，某科拔貢生；副教劉鷗華，字小南，武昌縣廩生，省師範簡易科學生也。劉兼算術教習及本齋監學，爲吾邑王鏡寰先生內弟。今日編隊約半時許，僅學少息、立正、向右看齊及左右轉而已。學生着短衣，皁靴薄底，此張制軍本堂監督。所定裝束也。排頭畢雲章，蘄水人。余立則第七人，左爲程曜，號子英，黃安人；右爲羅士侗，麻城人。操畢，回寢室仍換長衫。五時，晚飯坐次照前，菜與上午同。菜單一星期一換。三樣菜，小碟置肉餅一枚，如酒館中獅子頭肉元樣大者，炒蛋一中盤，魚湯一碗。總之，每餐三菜不離魚、肉、蛋也。食畢仍入盥洗室。五時半不准出門，出門必須請假。前門有號房，無阻難，同學多從頭門出入，經大都司巷可到長街一遊。七時入自習室，約五分鐘，監學來點名。未請假者於名册上畫一記號，以曠廢論。九時下自習室，九時半點名後即寢。約三分鐘，堂役來熄燈。大小便要衝地，有懸洋油路燈，樓上下約六盞，前後兩大廁所夜間有路燈。十時以後，監學或齋務長易奉乾，號雪忱，來查寢室。在室外聞學生語，必厲聲禁之，一如待小學生情形。九時下自習室後，每寢室有輪流値日室長單貼門壁上，監學來點名時，招呼喊立。此余離家宿省之第二夕也，寢後甚安。

二十日　晴　星期二

早六時半起，即上自習。聞稀飯鈴聲，共赴飯堂。監學單人一桌，可以照看一切。如伙食不潔或不佳，學生可告知監學，呼廚役至堂而責之，或罰加菜一碗。九時上課，第一、二堂仍爲經學。三堂算學，教乘法，以直方大齋本爲教本。下午第一堂文學。第二堂地理，教員黃鵠翔，孝感附生，前兩湖書院學生，講解熟。第三堂史學，教習李步青，字廉舫，京山人，兩湖學生，出日本學速成師範歸者。余前於癸卯《湖北學生界》雜誌中閱其言論，是傾向革命排滿者。晚飯後，與肖鵠、吳廷楨、王繼範吳、王均與肖鵠及余先在縣師同學，感情較深一層。出外散步一次。七時趕歸點名。晚間互相商問功課。今夕寫家信，告知父母以堂中情形。十時，何自新來談日知會事。

廿一日　晴　星期三

今日上午修身課，教習馬貞榆，字季立，南海老廩生，曾受業於番禺陳蘭圃者。經學有時名，迭爲兩湖速成師範修身經學教習。第二、三堂教育課未上，因教習係日本人渡邊幾治，未來。監學懸字條於揭示處，改此課爲自習，但可以到寢室休息。下午文學，講文法，教習葉公綽，字玉虎，廣州諸生，聞係梁節厂監督之戚，年輕，兼任農務學堂並西路小學文學教習，有才名。今日在黑板上書其所編文一篇，囑余等抄之，實不見佳。第二堂習字，教習係監學周鳳璋，字右丞，咸寧廩生，速成師範畢業者，書法實不佳，資格又淺，同學多輕視之。彼與學生無好感也。第三堂體操，換短服至操場，仍合操。今日教變排等等。

廿二日　星期四

今日上午三堂，修身、圖畫、算學。下午第一、二堂物理學，係仁、義兩齋各分兩堂合聽講。此講堂在大操場旁，名大講堂，相聯有十座。聽講者前坐均二人並坐，甚低，以上漸漸高之，便於看理化試驗者也。教習三澤力太郎，日本博士也，在湖北教過三次，聞聘金月二百元，以三年爲定約。此人講說甚佳，全恃譯述湯玉山，即修身馬教習之戚也。余爲初聽物理學之人，甚快意，筆記特詳，堂中亦發有簡單之圖表。第三堂教習未到。晚十時，何自新來勸余入日知會，余未允。

廿三日　晴　星期五

今日上午三堂。第一、二堂化學，教習日本人稻並幸吉，亦爲博士出身，教法講解不甚佳。譯述馬某，即馬貞榆之子也，試驗純熟。第三堂植物學亦稻並教授。下午第一堂史學，第二堂圖畫，第三堂體操。閱報，北京賜留學生畢業者陳錦濤等三十一人以進士、舉人出身。

廿四日　晴　星期六

上午一、二堂經學，第三堂文學。下午第一堂動物學，教習仍爲三澤力太郎，各人記述，譯述劉某爲劉聘三之姪，日語太差，所述難靠。三澤時以目視，似不滿意，惜余等通日文者少。今日爲星期六，課畢後，武、陽、夏有家眷學生，可以請假外宿，星期下午七時以前到堂，不扣分數。余室中張虞仲、王龍文家住漢口，俱先請假。今夕室中僅八人，閒談各事，因星期六不上自習室也。命齋夫李成黃岡人。沽酒買花生佐之，亦頗快意。肖鵠尤善飲，已半醉。熄燈後各談家事，在床上各問答而已。未幾，監學來查齋，囑諸生勿説話。俟其過去，各室同學唾罵之。

廿五日　晴　今日星期

早起，稀飯畢，余無戚友居省城，九時只到附屬小學石鏡卿先生處談片刻，周德宣同往。以後與德宣往遊黃鶴樓，歸寫第二次家信。晚間點名歸寢。何自新又勸入日知會，余拒之。

廿六日　晴　星期一

今日照常上課。晚飯後，與周、羅同學在本堂前門遊戲中，不慎右額觸兩棚之柱，幾破。

廿七日

今日遂在寢室中休息，未上課，飲食如常，遂動思家之念。晚間易奉乾齋務長查齋，遂請假。

廿八日　星期三

晨六時起，渡江搭小輪。下午二時到縣，回家見父母，説明堂中近事。傍晚何炎峰來與商小學事，請予明天仍上課，余許之。報載巡警部改民政部，户部改度支部。

廿九日　星期四

早到小學上課，與諸生說明省中情形。晚間訪各親友。今日閱報，官制編定後再宣佈，軍機處、外務部、吏部、學部四機關仍舊存在。

十　月

初一日　星期五

仍到小學上課，下午五時拜訪親友。舊時同學劉幼浦、汪小軒俱來，要求余到堂後爲彼等打聽，如私立小學肄業。噫！劉、汪初不願住學堂，今年齡已長，乃欲住小學耶。官學不易考，只有私立民辦之學堂可住，余許之。報載，新設郵傳部，專管輪船、鐵路、電線、郵政等事。

初二日　星期六

仍到小學授課，與何炎峰談及明年事，余決不能就，請望先約何人補充。

初三日　星期日

今日訪各親友。午後清理家中各事。程師來談。北京度支部內，以財政處併入之。

初四日　星期一

今日仍到小學上課，並與諸生說明以後不得續教，明年當有補余缺者教尒等也。歸後，清理應帶書籍往省。晚與父母商議以後接濟家用諸事。十一時寢，展轉不寐。

初五日　星期二

五時即起，飯後天曙，乃與厚訓同下河。余搭小輪，輪中人客不多。下午四時到省，乘車到堂，與同室諸人問堂中近事。晚飯後外出購各零用物品。上自習時與肖鵠談鄉間事，周德宣來問各事去。

初六日　星期三

上午經學、地理。下午稻並上化學，有試驗，皆初步之淺者。余前住速成師範，無理化二科，今日初看試驗，頗感興味。晚間仍外出，聞監學已不加禁止矣。只要七時以後自習時點名必到，不爲犯規也。九時，四堂同學寢室與余等三堂寢室相連，何自新號季達，黃岡人，每來余室及張朗丞室閒談，勸人入日知會，鼓吹革命排滿。余同堂中有都尔遜、海菕二君爲滿人，荆州駐防也。彼與荆州同學任永謙、孫汝枚、張立榮亦不多說話。余前曾問知，都君之父爲荆州將軍文案，海君之父亦在將軍署辦事者也，但同學對彼二人尚未露排滿之語。何自新則每夕來爲余言。余曰謹慎爲好，排滿在心，不必出諸口也。張朗丞、杜衛初均恨何口語不慎，慮遭禍，向余等言，諸君知何君否，彼實有神經病者，願諸君勿信其言也。何怏怏去。

初七日　陰　寒

今日上下午照單上課。天氣漸寒，飯堂中水鍋極易冷，湯實不能飲也。

初八日　寒

今日照單上課。晚間外出，義齋同學劉復、方廉時相來往。劉爲同鄉，文普通鬧革命排滿開除者也。方爲廣濟人，爲余言其兄爲某科舉人，曾被縣令褫革者也，彼恨甚。

初九日　陰寒晚大雪　寒甚　星期六

今日照單上課。明晨爲慈禧太后壽辰，堂中原擬仁、義兩齋學生同到皇殿拜牌祝嘏。嗣以大風大雪，雨大衣不夠，皮長統靴僅百雙，乃改爲每寢室派室長一人，共三十二人，隨同堂長、監督等黎明時食稀飯畢，到紫陽橋皇殿中去拜牌。余室中輪到室長爲譚鳳藻，夜三時半即起，天寒風雪交作，當知其苦。譚甚懊悔。何自新來室冷笑曰："老淫婦何以不死耶？"譚未答。

初十日　雪　寒　星期日

今日例假，又爲萬壽節，正午備酒席，添四菜，食麵及飯，謂之慶壽。牟鴻勳、何自新均笑曰："此老嫗不死，害漢人矣。"天雪未出門，在寢室談笑而已。

十一日　星期一

報載，以太常、鴻臚、光祿三寺併入禮部。兵部改陸軍部，以練兵處、太僕寺併入，並暫兼辦海軍部及軍諮府事宜。刑部改法部，大理寺改大理院。工部併入商部，改爲農工商部。理藩院改爲理藩部①。各部不分滿漢，均設尚書一員，侍郎二員。都察院改設都御史一，副御史二。

十五日

早八時，督監督同兩齋學生到楚學祠謁聖，行三跪九叩禮畢，仍照常上課。十一至今日，功課表未改動。晚飯後出外購零件。報載都察院兼六科給事改爲給事中，與御史各員缺均留存。

十六日　星期六

---

① 禮部併三寺入，兵部改陸軍部□海軍，刑部改法部，新成農工商部。——作者批注

十七日　今日星期

上午在堂檢查功課未畢者，如理化二科須補筆記。午後至支郡師範庚壬堂，會阮次扶、屈競存二師。聞張秀青、陳協械二同學亦考入支郡師範，便訪之。二人均非諸生，蓋徑冒填諸生混入者。前日報載，政府改變官制，尚有數則補記之。應行增設之資政院、審計院，均著以次設立。其餘宗人府、內閣翰林院、欽天監、鑾儀衛、內務府、太醫院、各旗營侍衛處、步軍統領衙門、順天府倉場衙門仍舊存在。又各部尚書統參預政務大臣。

廿一日

廿二日

連日堂中發給課本、算術演草簿、鉛筆、儀器等等甚多。公家爲余輩用錢不少，聞火食每人每天需洋一角二分，廚房賺錢不少，庶務員有回扣。總之就學生而剝削之也。

廿三日

此星期功課無甚變動。教習曠堂時，就在自習室溫功課。

廿四日　星期日

今日至勸業場一遊。午後同肖鵠登黃鶴樓一次。

廿五日　星期一

上午上課。自今日午後起，各門功課都考月考。

廿六日

廿七日

廿八日

廿九日

今日月考已畢。所學不多，必須考試。此學期名曰試學，與文普通中學同，月考必發榜一次。

三十日　星期六

上下午均有課。聞劉監學鷗華調往南皮慈恩學堂當教習，補劉缺者爲王春元，號汝揚，大冶人，亦速成師範生，監督劉洪烈所保薦者。即日到差。正監督梁鼎芬近來未問學堂事，劉則自植私黨從此始。教務長曹履貞官派十足，學問太淺，同學多惡之，周、王則其黨羽也。兩齋教習俱爲梁所聘任，無黨劉者。

十一月

初一日　星期日

早八時謁聖畢，稀飯後，余出門購零用物品。

初二日　星期一

今日上下午均有課。

初三日

本堂教育一科，因日本人渡邊幾治不就，另聘黃陂人金華祝，號封三，日本速成師範畢業者。頗會講解，學問似無根柢，以雜事牽引，使聽者忘倦，蓋迎合學生心理者也。今日報載，學堂定立章程，外人所立教會學堂不准立案，如現在之文華、博文等書院。

初四日

初五日

初六日

初七日　星期六

此星期功課無變更。

初八日　今日冬至節　星期日

省城無親友，星期日無處可坐談者。察院坡朱謙益茶葉店櫃台上先生朱益舟，係余家從前同住者；四衙巷陳茂如，係父親門生；戈甲營程幹臣，係稚松之族叔，皆相識，惟以道遠，職業不同，年齡懸殊，未往與談也。以故逢星期，除鶴樓而外，無可遊者。

初九日　星期一

照常上課，正午又發書籍課本甚多①。

十一日

昨爲西曆十二月二十五號，文華書院爲耶穌聖誕節演戲，通知各學堂學生看戲，但以路遠，無人同伴去。該院爲美國倡辦者，注重英文，納費甚重。所收皆教會子弟，均免費，教外者不過三分之一而已，聞文學程度極低云。

---

① 堂中有兩書庫，藏經世之學書籍甚多，劉洪烈不准開放。——作者批注

十二日

十三日

十四日

今日閱滬漢各報，載朝廷預備立憲，從端方等所奏者也。然是否真意則難揣，或藉此美名以消弭各學堂及在野人士之暗潮耳。

十五日　今日星期

十六日

十七日

十八日

十九日

連日功課表未更變。學堂剃頭匠草率，洗衣店洗衣不潔，監學均不管，非如文普通學堂之優待住堂學生。報載日本留學生監督署設於東京。又升孔子爲大祀。

二十日

廿一日

廿二日　今日小寒　星期日

上午外出一次。下午在堂中補抄未竣筆記。下星期一，堂中又準備小考。

廿三日　星期一

今日上午考經學，下午考文學。報載俄人已交還漠河金礦，此該國侵犯中立國之證。

廿四日

今日上午考算學，下午考教育、地理。

廿五日

今日考習字、圖畫等課，時時正式上課。

廿六日

廿七日

廿八日

本星期除考試外，餘時均上課未休息。余各門功課均考得甚好，僅算術不敏捷，且不喜此課也。各報載，中國南北洋大臣各派員四人至星加坡，調查中華革命黨情況。

廿九日　星期日

今日至朱謙益訪朱益舟，取回蘭花折表紙一刀，彼送父親吃水烟作紙媒者也。該店蘭花灑紙上，閉茶葉時，花液沁紙上，乾時以之爲紙媒，點火時香氣撲人，亦新法也。

臘 月

初一日

　　堂中停課温習二日，準備各門大考。余等二百三十餘人，所學未及三個月，已考數次。此爲學期第一期終了之時。聞不及格者須開除云云。

初二日

　　今日仍停課。閲報，設武備學堂於保定府，歸陸軍部直轄，令各省保送學生百名肄業。

初三日

初四日

初五日

初六日

　　今日又再上課，因大考各門已竣事也。

初七日　星期日

　　今日寫信回家，告知父親以堂中放假日期。

初八日　星期一

初九日

初十日

今日又補考二門，凡月考未與者，均可補考。報載，資遣清江浦飢民四十七萬餘人回籍。

十一日

十二日

十三日

今日各門功課俱考完，堂中時時停課，教習來者漸少。

十四日　星期日

今日各同學開始請假，先歸里者三分之一，餘則候十六日放假。上五府學生不能歸者，在堂中火食二十日截止，廿一日起送至斗級營各客棧中住宿。明年正月十七日回堂，其火食費由堂中招呼。對鄖、施兩府學生，總算有恩矣。

十五日

今日上課者寥寥。午後外出一次，恰遇陳喜來堂。交到父親手書，囑余買過年海菜、紅糖等件。遂留陳喜在堂，與齋夫食宿。晚間同之至長街伍憶年雜貨店，買得海參、紅白糖等十餘樣，共價一串六百文。九時歸，明晨搭輪回縣。

十六日　晴

晨五時半即起，與陳喜同渡江搭漢東小輪。同船客多學生回鄉過年者，佔三分之二。午後一時到縣，見父母大喜。留陳役晚飯去。陳今年爲余小學堂齋夫，尚無錯誤，當給錢一串文爲之賞金，彼謝謝方去。報載河南汴洛鐵路已通車，以後可由汴省直達洛陽。

十七日

今日飯後至各處看親友，下午清理家中各事。

十八日

十九日

二十日

連日無事可記。與父母籌計明年如何籌補家中用度。家中人口多，又欠外債二百餘串，如不清理，以後本利積算非三百串文不可，思之令余心悸也。後顧茫茫，尚有四年半方畢業，奈何！奈何！今臘年關開銷，尚須借款二十串乃得過難關也。報載萍鄉匪首即革命黨。已就捕。

廿三日

今日程稚松、劉幼浦、汪小軒先後來談。彼等放年假，早於余回縣也。

廿四日

早起打掃屋宇。下午將堂屋字畫全換過。夜間送竈神。父親又向魚行二叔處借得十串。余擬向汪小軒家借十串度年關。學兒長得甚好，活潑可愛，已十個月，似欲語狀。

廿五日

廿六日

廿七日

今日下午陳喜來，囑其買各物，備明晨吃年飯，舊例也。母親與大姊及內子幫忙，十一時乃畢，菜肉等碗，余早睡去，轉鐘四時即起。

廿八日

父親囑余進香，四時半即起，五時半進香，六時吃年飯，天未明也。

廿九日　今日星期一

寫春聯四付，年後分貼各大門，晚間外出二次，在袁夏生家坐談甚久。

三十日

今日料理年節開消各賬。晚間劉表兄來，招呼一切事，父命彼在此過年。傍晚燈燭齊備。開銷各處欠賬，尚有十分一欠賬未能一一掃清也。十一時半，討賬者方盡。余引厚訓外出一遊，仍回家吃團年酒。轉鐘三時，不能支，遂寢。母親與內子仍守歲。

清光緒三十三年（1907年）丁未日記

余丁未二十一歲始出門，一至贛，一至汴，時間未久，得聞見外省人情風俗及訪求古跡而已。太史公之文，得遊名山大川而益沉雄博麗者，甚明徵也。

是年以家貧之累，乃入中西報館賣文字以謀濟家用。繪畫亦有進步，兼取潤資以爲學中津貼。

冬際，始閱《民報》及東京寄來之《天討》等革命書，知滿洲種族太雜，極言之，並非人種也。聞各學堂同時接此書，排滿之暗潮愈烈。

四月中，到開封爲余失意之事，幸早歸，得以不失學。自是以後，不妄想謀事矣。

壬辰正月峙山老人閱後記

正　　月

初一日　元旦

寅正起，具香燭，隨父親行出方禮。後至岳廟進香，人多擁擠。岳王在吾邑著靈異，每年元旦闔城人家於出方後，其家主必往岳廟行香。憶祖父在時，帶同父親與余去進香亦如此。岳王忠孝，歷史上所僅見之英雄，令人崇拜，各省皆然也。歸後休息，再向祖宗及父母拜年，大姊拜年。天已大明，余帶同厚訓至各親友家拜年。

初二日

拜年客多，未能盡記。下午四時即寢。

初三日

早出拜年，晚間祀先祖母忌日也，向例今晚祀之，先祖母忌辰爲初四日丑時。

初四日

今日開門，客來者可坐談，進茶點，飲湯而去。余亦至程師家中坐談。

初五日

今日下午與父母商定，須往九江至吳子英舅父處拜年。藉此次出省以後可來往，冀其助余家也。

初六日

今日陳僕來，余告以初八日須往江西，帶之同往。蓋縣中小學開學在二十前後也。

初七日

初八日

今日至各親友處便談，在杜衛初家聞兩湖已開除王朝弼、高振霄等六同學。

初九日　寒陰　夜間下霜如雪飛　寒甚

早飯後，即佈置出門應帶物件行李網籃等。下午四時飯畢，與陳僕同渡江，至黃州關洋棚中休息。日清公司無下水船，但已至棚中，王少齋招呼棚事，只好就該處小憩。天寒甚，王燒板炭請余烘火。十時，王家上水客到，云九江大雪甚寒。余心念初次出門遇此天氣，極不快。在棚中候下水船，向例十時半即到者，何以誤期耶？十一時半，聞怡和洋棚呼下水船已到了，余與陳僕遂搭瑞和輪下駛。於船中買統艙票二張，並有鋪位，略睡二小時。

初十日　陰　寒甚

天明時，船抵九江靠岸。至長發棧，打聽見義公司輪船到否。晤黃先生即招呼見義公司售票者，知子英舅父已來九江，長福小輪泊江干。當即由黃先生引訪，余與陳僕攜行李上船，住正艙中。舅父見余到甚喜，飯後導余與黃去洗澡。余以體弱不願，僅在澡塘中候舅父洗後，同進九江城內一遊。積雪未消，天寒甚。城內街道窄，且多商店未開門，正在過年期未完也。城門洞內有一石碑，字甚多，僅知九江爲三國時之柴桑郡地。又城內有"淵明故里"橫石坊一座。下午四時上船。晚飯後，黃昏時又上坡看街市翫龍燈者，甚熱鬧。以天寒，九時仍上船寢。船中未升火盆，甚寒。與陳僕皆臥內艙鋪位，展轉不寐。舅父宿岸上某家。

十一日　陰寒

上午在艙吃飯。午後帶陳僕進九江城遊覽，無人引導，訪古跡無由得也。

十二日　晴　晚大風

上午在船。午後聞此船明日下午可開南昌。有吳蠡生來船上訪舅父，詢之爲吳道立之子，住江西省初級師範尚未畢業者，京山人。其父曾爲江西礦局總辦，舅父曾隸其部下。嗣蠡生與余談江西學界事，並知彭竹朋先生教過吳之體操，今在瑞州府中學堂供職云云。

十三日　晴

上午帶同陳僕上岸，至西門外遊覽，並憶及白香山"知是潯陽西郭門，一道殘陽鋪水中"等句。下午飯後開船。船上大副、水手、大車等人多鄂籍。搭客甚多。夜過吳城，此地駐二府。時已夜深，與舅父曾起岸一次，半小時仍回船開行。余仍睡去。

十四日

下午到南昌。到舅父家中，有谷姓爲舅父司賬者，即舅父前內兄也。現時舅母爲續弦者。飯後外出，與陳僕至各街一遊。

十五日

早飯後，到射步亭拜訪吳蠡生，坐談甚久。彼教余刻一新名片，寫對聯六七副，以便拜客，江西風俗如此也。晚間舅父開一名單，添款命陳僕送各處，明日再拜訪。

十六日

照舅父所開各友處拜謁，留名片出。下午並訪百花洲、滕王閣諸名勝，因明日小輪開九江，余須就此船回潯。在九江閱報，俄人交吉、黑二省礦，約由中國自辦。

十七日

上午向各處辭行，與舅父交厚者各送洋二元，餘則一元而已。下午開船。此次往九江客多，余讓正艙與搭客，與賬房共一艙。夜間過吳城，停甚久。

十八日　陰晴不定　星期六

今日下午到九江，仍泊原碼頭，有二處係舅父局中職員，各送聯一付。余準備明日回縣。晚間，九江城外龍燈熱鬧，真歌舞升平也。今夕月色大明，余與陳僕遊市歸船，舅父及水手等俱上岸，余與陳僕及一二小茶房守船，十時寢，不成寐。又着衣起，見岸上燈火輝煌，人聲喧擾。十二時乃靜，余遂再睡。江干泊民船二十餘艘，小輪三四。

此時悄然恬靜，月明如鏡。因憶白香山《琵琶行》中"東船西舫悄無言，惟見江心秋月白"之句，真是實景。惟此際係《春江花月夜》之月，非"秋月"也。

十九日　晴　星期日

聞今日下午四時，怡和、招商二局，均有上水船到九江，須停四小時方開。此時可從容上船，準備各事。就岸買雜件及回餅、豆豉數事，共一大籃，以有陳僕，不嫌多也。早飯畢，與陳僕至岸上洋街一遊，又雇小舟至琵琶亭一看，發思古之幽情。既到九江，不可不動此念。中國人大抵皆有好古性，讀書人只要四書五經、《古文觀止》、《唐詩三百首》所記載之詩文，如《滕王閣序》《琵琶行》《歸去來辭》等等，到江西偶然觸及童時所讀者，今日一一證之以爲快。下午一時上船吃午飯。四時，招商局江永輪到碼頭。五時半飯畢，舅父命水手及黄先生爲余買票，送上大輪，並帶禮物數事接母親。余與辭謝，登跳板時一揮別之。在船上清理各物一遍，囑陳僕細心守物，因長江一線招商局輪船中扒手最多，稍一不慎，錢物被竊，無可告訴者也。余此次連舅父所贈洋及抽豐所得者，有十八元，除買物不計，此行總算不虛矣。八時半，船開行。雞鳴時，到黄州下划子後，當即雇小舟渡江，至大北門起岸，叫門入，以百文錢給守門者，否則不予以方便也。至家，呼盧春華開門，入宅見父母，皆喜余歸也。

二十日　晴

上午飯後，至杜衛初家打聽兩湖開學期。彼云已得省函，今日即開學矣，遲一二天到不甚要緊云云。遂與彼及周德宣約定，二十二日一同到堂。

廿一日　晴

今日與父母商議，自余住學堂，每年應少一百十串之收入。去年欠債，僅還清利息，未還本也。計算有百二十串文之外欠，如不還，今年可增至百六十串文。此次往省，不謀一兼事以自顧零用，則尚需家中省錢以給余之川資零用矣。奈何！奈何！余學問有限，設不住長期學堂，以後畢業短期者必受淘汰。小學且不能教，遑問能教中學耶？則兩湖勢必住下地才好。噫！尚有四年半之長期，如何能待耶？思之心煩亂殊甚。母親爲余言，必住到頭方有出息，汝不住，不過在縣終其身爲童子師耳。余甚健，紡績助家用，勿過慮。大姊亦贊助余須住到頭，以後吃飯不愁無好地方也。議遂決。下午走訪各親友處，略坐談。晚清理各事。帶川資三串文往省，家中尚存十五串。此兩月不累家中，父親所入可有餘矣。

廿二日　晴

五時起，母親與內子先起，爲余造飯。天明食畢，厚訓送余下河。杜、周俱先到，遂搭小輪往漢。四時到埠。五時渡江，到堂晤肖鵠，知已發信促余等即來。因堂中懸牌，二十五日以前不到者，即開除。噫！何其嚴也。或曰此劉洪烈監督與王、周二監學①之意，此三人刻薄成性者也。

廿三日　晴　星期四

早上功課，學生尚缺四分之一。下午陸續到者多，皆近縣同學也。易泮香云，同房蕭仁傑君以癆病卒於家，可惜也。第二號床補張桓，八號王龍文退學，補蔡成椠，蘄水人。九號張虞仲已入京，改黃鵬，咸寧人。今日報載，學部奏定女學堂規則，頒行各省遵照。始有女學堂規則行各省。

廿四日　星期五

今日同學到者多，各講堂似已到齊矣。各門功課與去冬同。日本文

---

① 辛亥起義後，劉欲出投新政府，爲同學在公報上一罵，遂周、王來謀事，俱爲同學侮辱之。——作者批注

未增加，英文亦未授，不知何意？南書庫、北書庫藏書萬餘卷，亦未開放。體操有打球一門，亦無人教。腐氣沈沈，與文普通中學大異。該堂監督紀鉅維，號香驄，河間人，紀文達之後，爲張制台甚信任，以故該堂辦理諸事不請示，説行就行。劉聘之膽小如鼠，與張制台不能直接，與梁監督自居於屬員地位，其王、周二監學更説不上矣。逆料以後此學堂難有改良希望。

廿五日　星期六

上下午照單上課。

廿六日　星期日

今日下午訪阮次扶、屈競存二師，露謀事意。彼許以向各縣推薦。

廿七日

廿八日

廿九日　星期三

今日晚飯後仍訪阮師，云屈子厚先生有就河南省第二師範監督消息。該省提學使孔祥霖所約，因屈爲其門生云云。倘證實，彼與競存先生同薦余往汴就一教習云。

二　月

初一日　此月大建　星期四

功課單、火食菜單均未改。學生早已到齊，未到者即退學矣。今晨謁聖後，劉監督有所説明，以後功課須加緊云云。報載開洛鐵路借比國款修築。又川漢鐵路改歸商辦。

初四日　星期日

上午與德宣同至附屬石鏡清先生處略坐談。下午閱《新民叢報》，記太平翼王石達開兵敗時，曾作詩五首送曾國藩。石爲廣西舉人，於曾爲某科隔省同年也①。其第一、第三首，余於壬寅冬熟記。今録其二、四、五首曰："不策天人在廟堂，生慚名位掩文章。清時將相無傳例，末造乾坤有主張。況復仕途多幻境，幾多苦海少歡場。係指天國同室操戈事。何如著作千秋業，宇宙長留一瓣香。"此二句係贊國藩之文字。"若個將才同衛霍，幾多佐命等蕭曹。男兒欲畫麟烟閣，早夜當嫻虎豹韜。滿眼河山增歷數，到頭功業失英豪。每看一代功名會，濟濟從龍畢竟高。""大帝勳華多頌美，皇王家世盡鴻濛。賈人居貨移神鼎，亭長還鄉唱《大風》。起自匹夫方見異，遇非天子不爲隆。此二句大約係笑曾亦事非其君也。醴泉芝草無根脈，劉裕當年田舍翁"云云。梁任公僅取第二首爲可論，餘則未免近俗。此則各有看法不同。

初五日　星期一

今日課畢，晚間向牟君借得《文字獄》，言康、雍、乾三朝被禍諸人。其最慘者爲戴名世之《南山集》一案，做序者方苞幾至瘐死獄中，朱字緑作序，因改名脱禍。名世家屬及刻板者、售書者，俱遭殺戮之慘。當時揭發此案者爲被革知縣吳之榮，爲開復原官計，致慘死者二百餘人。

初十日　星期六

今日晚間無自習，同學請假者多。余在室仍閱《文字獄》諸書，頗

---

① 翼王詩，當時各省學堂傳誦，以爲石真與國藩同年也，毫不加以思索。前年閱羅爾綱所著《太平天國詩文考證》，乃知清末革黨文人某一夕做成此五首詩，以激動人心者也，作者與現存之柳亞子爲友。其事乃大明矣。但未見羅原著者，尚以爲確係翼王之作。戊戌三月廿八日，峙三記。——作者批注

多感慨。當日揭發陷害，不外私仇報復，或求官，如御史趙申喬揭發呂留良一案是也。留良號晚村，明末諸生，有著述甚多，名《天蓋樓集》。其注四書仍宗朱注，頗發揮新義，當時號爲呂學。後以案發，留良剖棺戮屍。其長子呂葆中，曾以第二人入苑翰，非留良心願者，後告假回籍而死。亦剖棺戮屍，次子毅中梟頭示衆。呂氏直系親屬斬絕不留，僅毅中之女俠娘，已先逃出學劍俠去矣。康、雍、乾三朝文字獄，以浙江人爲最多。後雍正帝暴死，傳聞係呂俠娘入宮所刺者也。其胡中藻之獄，江西舉人王錫侯删改《康熙字典》另刻《字貫》一案，又大理寺卿尹嘉銓拿辦賜死等案，余於癸卯冬在《浙江潮》《新廣東》《新湖南》係留日學生所著。雜誌中均已見過者。噫！吾不恨滿人殺漢族，獨恨漢族爲虎作倀之漢奸，以媚異族殺同種耳。齊襄復九世之仇，春秋大之，然則此十二世之仇，誰能復之耶？

十四日　星期三

今日漢報載，去年在黃陂拿獲之劉家運，並非眞劉家運，因劉敬庵非家運也。現聞湘省又拿到劉家運，究竟誰爲眞僞，必有水落石出之日云云。

三　月

初一日　此月小建　星期六

今日下課後，至庚壬堂會阮先生，彼願寫信介紹余至河南充教員。詢屈師，亦可推薦，但云其伯父已到差，恐用人均定矣。余以家累重，以急就事能輕父親負擔爲辭，乃許力薦。

初二日　星期日

初三日　星期一

初四日

初五日

初十日

今日報載，開鄭鐵路已通車，從此由漢直接搭車至鄭，由轉車至開封甚便。

十五日

報載，我國已贖回新民屯至奉天鐵路於日本，此係借款關係，今日乃有主權。

十六日

明令改盛京將軍爲東三省總督，兼管三省將軍事務，兼設奉、吉、黑三巡撫。

四　月

初一日　此月大建　星期日

今日稀飯畢，即訪阮、屈二師，取得薦函。午後向陳茂如借款，其伯父僅許余洋二元，又向石雲衢借得二元，又向本家稚香兄借得四元，余有二元，共十元。但到開封須鄭州轉車，到開封共需八元之數，又無他處可借。且此事須背監學，使其不能知內幕。如汴事不佳，尚可回縣也。此時只得有進無退。

初二日　星期一

今日上午上課。下午晚飯後，又至稚香兄處，約定初四晚到警察學堂歇。此行帶行李一、網籃一、皮箱一，行李則新製者。稚香借我墊絮一床。學堂公物不能帶出，且滋監學之疑。晚點名後，偶與周德宣言之。肖谷、衛初與余同室，亦未明言。余云"叔父在開封貿易，有病危之信，囑即往視"云云。

初三日　晴　燥

上下午仍上課，準備明日請假。

初四日　晴　星期三

今日下午一時，具條請假，向王春元監學說明叔父在開封病危，囑即往視。將請假二星期之單遞上，王亦未索閱原函。三時半出門逕至稚香處。晚飯後，與同出購零物。晚十一時寢，不成寐。

初五日　晴　熱

早五時起，與稚香雇車至江干。雇坐民船，起岸至大智門火車站，購得京漢鐵路線往鄭州票，三等價五元二角。今日在駐馬店宿一夜，明天正午到鄭州。余上車後，知車開尚有半點鐘，稚香兄與余談各事。嗣見車旁有一人似內弟萬寶卿，乃呼之。彼不知余往汴也。彼爲店夥接客者，現在新大方棧。余亦不知彼近年蹤跡。彼謂車開尚早，乃買點心一包贈余。談片刻，車開時與稚香、寶卿鄭重別去。車中無認識之人。每椅坐二人，不擁擠。過遂平等埠，下車小溲畢即上車。悶坐無聊，憶及父母此時不知余已往汴謀事也。出武勝關後，有一人上車，似政界中人。就請問之，知爲鄧錦堂，漢陽人，河南候補縣丞，年五十左右。詢余知爲往開封充教習者，承其代爲告知河南情況，沿途遂不寂寞。下午五時半，車到駐馬店，有棧夥來接余。鄧君告知此處棧規好，無騙客行李者。至棧乃蘆席爲屋，隔成房間亦可安居，但逢天雨恐不佳矣。晚飯後與鄧君出外遊覽，亦未敢走遠。九時寢，難成寐，時時念及父母。設余家不貧，又無債務，此次可不出門謀事矣。回憶此時景況爲予最難堪者。

初六日　晴　熱　星期五

夜四時，店主呼醒余等上車，各坐原位。黎明時，車開行。所過停車處，均有男婦叫賣雞肉、雞蛋、麵餅等物，粗惡難食，價甚廉。正午抵鄭州。此地分路，一爲往隴海路者，一則徑乘汴洛路往開封之車，車價一元八角。鄧君指示各事。上車後，鄧告余以湖北同鄉，囑致意屈監督。彼住後百子塘劉宅，劉黃陂人，亦在汴候補者也。下午三時，車抵開封。余與鄧君下車後，共雇一騾車進城。城門守者討名片，曰"過路客官請給片子"。鄧君以大紅名片與之，送余在第二師範學堂下車後，彼乃就原車至劉宅。余今年二十一歲，初次往贛，有人送去送歸，無須指示。此次到汴，非遇鄧君不能如此方便，鄧君爲人可感也。余將行李置號房，囑其遞阮、屈二師函送監督。少頃，有一項君來接余，謂屈監督往二曾祠宴會未歸，君可安居學堂空房中。詢知項爲屈之門生，支郡師範畢業，麻城宋埠人。其兄在街開土棧，王福堂先生彼亦熟人云。項又云教員額已滿，音樂係彼教授，圖畫已另有人，謂余此來屈老師必有安置。余聞之，深悔此行孟浪矣。飯後，屈監督歸，余謁見。彼云既來之，暫候幾時再説。囑余住堂中左邊空房，安置臥具。庶務處派一僕人來見余面，打千[①]畢，余駭甚。此人白髮蒼蒼，年近七十矣。余拒之，囑其向庶務處改派別人，以余年幼不能用老僕也。河南學堂招呼教員者不稱齋夫，仍以僕名。此叟聞余拒，彼似欲泣狀，稱彼名蔣鳳廷，大紙坊街人，年七十，各位師爺開封學堂僕人稱教員爲師爺，稱監督、堂長爲大人，純乎官場習氣。都嫌我老不用。朱師爺後來堂，如不用我，我則餓死矣。余憐之，則囑彼招呼臥具、掃地，晚仍回去宿。此間教員臥鋪無板子，均以高粱長杆編成板狀，鋪絮其上，背痛難受。余臥具薄，極以爲苦，心煩亂。見眼前情況如此，太息而已。晚寢，展轉不成寐。

---

① 河南習俗下等人見上等人屈半膝，與下官見上官禮同，聞民十以前猶未廢也，此禮名曰打千。——作者批注

初七日　晴　燥　星期六

早起，項君導余到飯廳早餐。教職員四桌，學生約十五桌。年長者六十餘歲，年輕者二十餘歲，皆各縣來者。廩附生佔百分之九十，少數則爲童監。早餐食麵。每桌四菜，豬肝、雞蛋、炸饅頭二盤，麵粗而多細砂，頗難吃。午餐大米飯，有六菜，三葷三素。河南人不慣食大米，用筷子時以筷向上挑飯，如食麵狀。聞他學堂不食大米飯，此則屈先生順湖北教員之請也。晚飯亦係麵食，開封雞、豬肉、菜均便宜，惟魚、鴨甚貴，有"魚龍鴨鳳"之諺。今日方與屈先生一談，彼囑余明日去拜會提學使孔公。會不會不要緊，使其知余到汴，屈好說話也。晚間與項君談甚久。

初八日　晴　星期日

今日星期，學生放假外出。余亦帶蔣僕出遊各街。所謂正街，大商店遠不如武漢，只能與吾邑相較耳。大商店布疋、鐘表、風琴集於一家。南門大街新修馬路，浮砂土，足行其上即陷寸許，設天雨不堪行矣。滿天風沙亂飛，以故各家茶杯中，停二三分鐘起沙塗一層。且城內皆吃井水，味帶鹽味，極不合衛生也。聞今年已開有澡塘，僅池塘而已。河南人向不洗澡，又食生葱蒜，與人對語，臭氣難聞。街行遇長衫左衽之人甚多，余問蔣僕，則其風俗如此，不能改者。又見大家婦女坐於本屋正門限上下者，亦是舊習。河南屋矮，無覆瓦，僅有仰瓦，以石灰貼黏之，蓋大風時起故也。遊覽三小時歸。

此學堂爲大貢院改建，因陋就簡，所費不多。監督、堂長、監學及教習各室與辦公地址，皆大主考房，十四房官房。衡鑒、文明二堂未改，略加修葺，主考匾額猶存。其老號舍封閉未用。河南大省，當時秀才應科場者，聞二萬餘人，中額八十餘名[1]。堂中藏書甚多，皆明道書院移

---

[1] 壬寅科河南中額一百六十四人，癸卯河南中額八十一名。——作者批注

交保存者，並經世、應用、文集、專著諸部，俱堆集監督室中。余心緒亂，亦未檢閱。

初九日　晴

余以臥室不便，蔣僕爲余在外邊租得一間臥室，吃飯仍在堂中。屈先生囑余譜樂譜數闋，謂以之合風琴唱歌，如《梁父吟》《塞上曲》《大風歌》《秋風辭》等等。余以事未定，漫應之曰可。下午一時，帶蔣僕至學署挂號請見。提學使內回信，許明日再往見。晚搬行李外宿。

初十日

今晨起，頭暈作嘔，未進飲食。發信二件，一寄家中，一寄省城周德宣，謂到此不服水土，恐難久駐。午飯後，又帶蔣僕外出散步，並至湖北會館晤孝感張君、黃陂王君，皆係謀事者。彼等談開封晚間不靖，時有小偷、小匪劫物。警察虛名而已，不能緝盜，會館前日某君被劫云云。觀其戲台中聯，多用楚陳良典故，如"願學北道楚陳良"云云。又一聯云："燕趙多慷慨悲歌之士，梨園爲衣冠人物所歸。"與張君言欲觀黃河，則距城有四十里，不能去。歸寓後，項君來視余，謂此學期快滿，人員未能變動，看下學期如何耳。余因向項君露川資不足之意，項君允許轉達屈先生，並願助余川資回鄂。余答以作借款可也。項能以直言相告，余甚感之①。

十一日　晴　燥

在堂中取得《明儒學案》一部，計四十本，明道書院刻書也。在寓中閱，不感興趣。黃藜洲尚有《宋元學案》，余未之見。正午帶蔣僕出外，問有酒肆否。彼引至一店中，仍蘆席爲屋，與駐馬店同。食菜三味，

---

①　項君之名已忘之，民元過宋埠問王福堂先生，尚記其號，今又忘之。其人似待予甚厚。——作者批注

一雞絲炒肉，一腰花，一雞蛋，味口不同。亦有大米飯，余僅食少許，囑蔣盡食之。開價三百二十文，較之武漢便宜大半數，皆汴省出產者也。欲觀宋故宮與龍亭，心煩中止，僅遠見鐵塔而已。今日在堂晤見沈增祺，黃岡人，在河南候補，兼本堂功課者。彼云與屈、阮二師極熟，知余不能在此久留，亦未多談。途遇屈先生問余意，余表示歸鄂。彼面不悅狀，謂余身體不佳，且無忍耐之性。余未答，然自悔此行孟浪，輕於出省，徒耗旅費，反令彼不快。轉思余爲家貧所累，致有來汴之舉，愧恚甚。

十二日

在汴寓，終日悶坐。略與蔣僕言，余須回鄂。

十三日

今日在寓煩悶之至。天氣漸熱，思歸甚切。晚間，項君送洋二元助余，謂屈先生云余歸志決，即贈八元爲川資。項又向某教員籌借二元①。

十四日

今早屈送八元，亦由項君轉送來。余面謝之，謂歸楚仍以學業爲重，畢業後不愁無位置也。晚，付蔣僕一元作工資，彼在堂定一月工資爲八百文也。蔣喜甚，謝余，囑其明晨送余搭車回鄂。七時到堂見屈先生辭行，彼似不高興，或者慮余歸向阮師道其寡情歟？

十五日　晴　夜月色佳

五時起。六時蔣僕來，雇人力車，裝行李等件。蔣送余至車站，俟車到，余上車，彼打千行禮，猶戀戀不捨。途中曾爲余言，彼四十年間充門子、長隨等事，積銀八百餘兩。爲前東家過班捐候補府，不料東家過班後，到省即卒，是以窮困至今云云。車開行，蔣方離去。下午抵駐

---

① 項君清末即死，民六予至宋埠問及其兄所云。——作者批注

馬店，仍住前次棧中。飯後出門一遊，九時寢。

十六日　晴　熱　星期一

四時半起。立時上車，七時開，下午五時到漢。下車後天色早，渡江徑到警察學堂，將物件放稚香兄處，說明在汴情形，擬明日仍到堂。

十七日　晴　熱　星期二

上午十時到堂，向王監學消假。余詭稱到汴後料理侍疾等等，叔父已轉好矣，遂回鄂。王亦未詳問也。當與肖鵠、泮香及義齋周德宣說明經過。下午仍照單上課。晚七時寫信與父親，詳述河南不能就事經過。九時半寢。以連日車上勞頓，睡甚恬也。

十八日　星期三

自今日起安心上課，不動謀事之念矣。下午五時至庚壬堂，晤阮、屈二先生，說明歸鄂之必要。

十九日

二十日

廿一日

廿二日

今日星期，至阮、屈二先生處，再詳述汴事。屈云項某非好人，在屈監督處頗攬權。

廿五日

廿六日

明令段芝貴爲黑龍江巡撫，後爲御史趙啓霖參撤職。旋又以趙參不實，乃革趙職①。

廿九日

報載，我國已贖回山東高密及膠州德國兵房。

三十日

今日見報，任載澤爲度支部尚書，肅親王爲民政部尚書，財政任官，大權歸於滿員。

五 月

初一日　此月小　星期二

上下午照單上課。

初二日

初三日

初五日　星期六

今日學校放假，余至陸軍小學訪石雲衢，還往汴時借款，知已回縣矣。

初六日　星期日

---

① 清廷庸愚顛倒，即用人納諫二人可證。——作者批注

初七日

初八日

上午上課後，余頗有感想。自念今日爲二十二歲初度，家中貧困不能解，此學堂畢業期尚遠，何時可以救貧耶？自身僅一人，無人幫助家事，父親年老，負債何日可清耶？心煩意亂，不可名狀。

初九日

初十日

報載，因預備立憲，准各省官民言事，呈都察院、疆吏甄錄代奏。

十一日

十二日

十三日　今日星期

今日出街買零件。竹素軒周幼書前云有扇子可畫，每柄二角，不求好。余上星期共畫十二把，今日取回洋二元四角，不無小補。曾誠齋同學之戚王華軒，在漢口開中西報館二年餘，彼云可薦余充訪事員或主筆，暑假後來堂再說，此一機會也。學堂自明日起，停課温習，準備大考。

十四日

停課温習。

十五日

停課。

十六日

今日大考開始。下午無課，外出二次。周幼書囑余帶紈扇二十把，在暑假中就家中畫就，來省時再交潤筆。

十七日

十八日

十九日

今日上下午考習字、圖畫畢，明天可以回縣。

二十日　今日星期

今日出外數次，購買花青、深紅、胭脂等顏色六樣，預備作畫之用。

廿一日

早起渡江，搭小輪回縣。同輪多係各學堂放假回縣者。下午一時即到，見父母甚健，學兒亦養得甚好，至慰。飯後清理帶回各物件。此次暑假四十天，延長可至五十天，在家可以補習。

廿二日

今日出外訪問各親友。

廿三日

許价人先生來看余，並攜來紈扇六把，係彼充校長，其同事請彼畫者。彼轉托余爲之暫畫六把，許之。

廿四日　晴熱

今日衛初、德宣來云，劉菊坡現來西山寺避暑，我等須往西山一遊。

議定下午約振卿、涂養俠、孟愚溪同往，蓋方言、農務兩學堂均先放假也。下午四時，夕陽西下，六人同行。至則菊坡方獨飲，有小醉蟹十餘枚佐酒，自云捉自西山溪澗者。吾邑西山寒溪溪澗中，秋初均產小蟹，不知何以生此物也。與菊坡談笑甚久。八時半，興盡下山。振卿攜有獵槍，擊暮鳥三響。予歸後作詩一首，填詞一闋，甚得意。

廿五日

今日寫昨日詩詞。下午閱報，美國對中國表示好感，減收庚子賠款本息三十三兆五千餘萬兩。

廿六日

廿七日

今日下午五時，本縣有郵局划子傳言，安慶於昨日有劇變，撫台恩銘為革命黨徐某刺殺，當即斃命，此信係黃州電報局傳出消息云云。滿城遂多揣測之謠風。

廿八日　晴

今日，安徽案謠言大起。因典當鋪及衣鋪安徽人最多，皆云殺巡撫者，係警察學堂監督、候補道徐錫麟云。

廿九日

下午一時，父親自東門看病歸云，已晤見王元興米店王長卿，在皖垣候補，新搭輪回黃州轉縣者。皖撫恩銘為滿人。候補道徐錫麟，號伯蓀，山陰人，壬寅科副榜，出日本學警察，回後辦巡警學堂。前日該堂行畢業禮，請恩撫到堂，徐以手槍擊死，聞係真革命黨云。

六 月

初一日 晴 熱

今日巷議街談，俱爲安慶革命黨事。

初二日

初三日

初四日

連日漢報俱轉載安慶刺恩銘事，有言學堂須停辦者種種妄言。

初五日

初六日

今日曬家中書籍，八股書太多，藏之何益，特燒去一部分。

初七日

初八日

余外出至衛初、德宣二家略談。德宣擬今年下季教書，不住兩湖。余謂君須看遠些，何必如是。蓋彼之志願，一以爲年放棄百二十餘串之館事可惜，又須住城中作訟師也。

初九日

初十日

十一日

十二日

十三日

連日在家。早起補習功課，畫紈扇一二件。下午天熱，未做事。余宅向北，天門又大，下午二三時熱不可耐。晚間在堂屋支鋪睡，與父談史學，每至夜半未能安寢。

十四日

十五日

十六日

十七日

連日補習功課，下午五時或至各友處談談。

十八日

十九日

今日上午十時，涂小舫師來云，九江有電來，謂仲舫觀察病重，囑涂師約父親今晚搭大輪到九江涂公館看病，父親許之。下午五時，涂師及小書、愷臣等來約父親，當即匆匆與同渡江，搭大輪。余送出門謂，此行如涂觀察病愈，則請其薦余一事，辭去學堂肄業，以償家中欠債。父云看情形如何。

二十日

廿一日

廿二日

今日南門涂宅得九江電，知仲舫已故矣。

廿五日

今晨，父親與涂小書自九江歸家，告知仲舫卒後情形，將來涂氏必爭家産。

三十日

湖廣總督張之洞單獨出奏，設立湖北存古學堂①，已獲准立案。

七　月

初一日　今日立秋

初二日

初三日　今日星期

聞省中開學期近，清理家中各事，並約衛初以往省日期。周德宣不願住兩湖，擬在縣中教書。

初四日

初五日

---

① 存古學堂爲特立者。又湖北陸軍特別堂、法政別科，都爲張之獨創。——作者批注

初六日

今日祀祖宗，因開學期促，余不能照向例十四日祀祖也。報載上諭化除滿漢畛域①，並令內外各省長官陳辦法。

初七日

初八日

六時起，別父母到省。在小北門外與衛初同搭小輪船，下午四時到漢。五時渡江到學堂，同學已到三分之二矣。此次余等已撥在第二堂上課，因已成立新三堂也。寢室撥在第十一室，一號易贊周，二號夏宗言，孝感人。三號肖鵠，四號左德威，五明樂正，俱應山人。六號張耀麟，長樂人。七號汪復琦，應山人。八號係余鋪位，九號羅道南，松滋人。十號童冠軍。當陽人。

初九日　星期六

上下午均有課，課單無多更變。火食此時尚好，不知將來如何。晚寫家信報知雙親。檢閱近日報載，天津議事會成立。又載派達壽往日本，汪大燮往英國，于式枚往德國，為考查憲政大臣。天津議事會成立，派人往日英德三國考查憲政。

廿五日

電召鄂督張之洞入京。聞張督車行至武勝關山洞附近，囑兵役辦四人輿，乘之登山越過此山洞，再換乘火車。張公迷信舊事，其名洞，懼入洞，即向傳所謂老猿精轉胎者也。張有夙慧，年十六中北闈解元，或

---

① 因徐刺恩案，忽而想化除滿漢畛域。——作者批注

者性根異常人也。報載十五日秋瑾爲紹興府貴福所殺①。

廿八日

上諭補張之洞爲軍機大臣，並兼管學部。張爲首創新學、興辦學堂者也，宜俾以此職。又載十五日紹興府滿員殺秋瑾事，係爲該地劣紳胡道南所報告。噫！胡某何必結此人命債耶？又錄秋瑾平時感憤詩一首云："莽莽神州歎陸沉，救時無計愧偷生。搏沙有願興亡楚，博浪無椎擊暴秦。國破方知人種賤，義高不礙客裳貧。經營恨未酬同志，把劍怨歌涕淚橫。"

八　月

朔　此月小建

前日曾誠齋介紹余充《中西報》訪員，已登出訪稿二條，分甲、乙、丙、丁四種，該報得甲者少，得丙、丁者多，蓋一級洋一角也。漢口各報訪員被人輕視。做論說爲李宗藩，夏口人，主筆，又應城范韻鶯，又上海詹幸樓，俱諸生。余欲做論說，每篇可得洋二元，惟須操心。作論説不能隨隨便便也，看一看再定②。

初二日

初三日　星期二

今日試做一篇論說，題爲《論中國宜仿外國巡捕法》，寄交該館去，署名素秋。命名之義倒無所謂，因《奏定學堂章程》中，學生未畢業不准充報館訪事及主筆人，違者即開除並索賠學膳費也。事甚秘，

---

① 殺秋瑾爲紹興府貴福，貴福滿人也。——作者批注
② 始在《中西報》賣文。——作者批注

同室諸人余更不使其聞知。僅義齋曾誠齋係薦余做論説者，亦秘而不與他人言也。

初四日

今日查閲《奏定學堂章程》第四條，一、各學堂學生未畢業，不准作報館主筆及訪事人。三、學堂學生不准離經叛道，妄發狂言怪論刊佈報章，違者開除後，並追繳歷年學費。

初八日　星期日

今日星期。上午在自習室又做論説。從此以後，每星期日作文一篇，可得洋二元。又兼訪事，約得一二元。從此可月得十元至十五元之數，較之在縣充小學教員薪水多矣。惟星期不能閑遊，又不能不操心耳。報載廣東欽州匪起，城防失守①。又和裕峪即間島。爲日本派官駐之，經力爭乃退。

初九日　星期一

初十日

十一日

十二日　星期四

明令裁旗丁餉，以馬廠莊田分別計口撥給歸農。旗丁依賴國家二百五十餘年，如何能耕。又令各省籌設諮議局，各府、縣、州設立議事會。

十五日　今日中秋　星期日

今日堂中備有酒菜。學生午餐後各外出，余則無處可走。

---

① 此即黃興率安南志士二百餘人攻入者，當時報稱爲匪。——作者批注

十六日

報載，奉天日人因被我國警察圍攻，遂索賠款、斥革、解除軍械四事。徐世昌允之。又載，各省會設調查局，各部院立審計處。又於前日考試東西洋留學畢業生。又令民政部議定地方自治章程，飭各省先擇地試辦。

九　月

朔　此月大建　星期一

報載，南洋華僑上書實行立憲為請。又載，命農工商、度支兩部會同考定度量衡劃一制度。又湘省聯名上書，請立民選議院。

初六日

報載，滬寧鐵路上海至鎮江一段已通車。又明令飭督撫速設諮議局於省城，由紳民公舉議員，以備資政院選舉議員時公推遞升，再籌備各省議事會。

初七日　星期日

上午在自習室作畫扇二柄，條幅一，應各友所請者。下午作論說。自上月作《中西報》主筆後，以後不作訪員。前日與該館鳳叙曾字竹蓀，吳縣人，以諸生辦報多年，現為該館總編輯。談甚洽。彼請余以後兼做小說，因該報篇幅每感小說缺乏。原請天門胡石庵做小說，石庵兼他報做小說，一時忙不過來。余許之，以後當兼做小說，每千字二元，不甚操心，且較論說為易成，又不懼外界攻訐辯論也。今日報載，俄人潛移中俄界碑，置於華境一百六十方里外，現外交部與之交涉。俄人私移中國界碑。

初八日

初九日

初十日

留洋學生考試後，上諭賜章宗元等三十六人進士、舉人出身。科舉停後復有進士、舉人出身。

十三日　星期六

今日下午課畢，請假回縣省親。定明晨搭小輪，買海參及糖食數事。

十四日

晨六時起，七時已到漢搭輪船。下午二時到家，見父母康健，學兒亦養得好，至慰。飯後往各親友家略坐談，此每次回縣照例也。

十五日

十六日

在縣。此次因在《中西報》做論說，得有賣文錢十六元以補家用，現余心已安然求學矣。

二十日

擬定明晨返學堂。清理各事畢，出城至寒溪小學堂訪理化教員余韻吾，談片刻歸。

廿一日

早六時飯畢。母送余出門，訓甥送余上小輪。下午四時到漢，旋即渡江到學堂消假。報載，北京修年鑒，飭各省設調查局，各部院設統計處，以備刊印年鑒之用。又令王大臣會議八旗生活，以美國所退庚子賠款作經費。美退三十三兆餘銀兩，完全爲旗人打算。

十　　月

初一日　此月小建　星期三

以顧炎武、王夫之、黃梨洲三大儒從祀孔子廟。聞太后先不悦，因黃著《明夷待訪錄》有《原君》一篇故。

初五日　星期日

今日至鶴樓一遊。下午仍在堂做論説。余就報館事後，每日有送報人專送一份報，並帶稿子過江，甚爲方便。報價每月一元，有兩大張，可謂廉矣。此一元價，館中並不扣薪，名曰"義務報"。余閲後，貼上郵票一分，即寄家中矣。俄人前月潛移界碑事，經交涉，現已允移還原處。又報載，陸軍部撥款六十萬復興福建船廠。間島華官禁止日韓協同採該地銀礦，日使向外部詰問。

初十日　星期五

今日爲皇太后萬壽節，各學堂放假。余渡江到《中西報》一談，就該館午飯後歸。

十二日　星期日

今日爲《中西報》作論説二篇，備明日送稿。下午到勸業場一遊，便看丁厚餘店中對聯、骨董、銅器等等。前日，日韓浪人在間島採銀礦，韓人曾爲華官捆綁一次，日使乃詰問。

十六日　星期四

今日課畢。晚間借牟鴻勳《太平天國戰史》一閲。牟買革命書報甚多，同學中喜排滿者多借閱。不願者懼談革命二字，謂文普通劉朝禄、宋教仁之案可怕也。

十九日　星期日

上午外出一次。下午做論説未成。牟鴻勳在某處借得抄稿，係順治帝之母博爾濟急特氏下嫁攝政王多爾袞之詔書。此詔草擬者爲漢奸范文程囑漢奸金之俊所爲者。金爲吳江人，係與陳之選首先投降者。其詞曰："朕以渺渺之身，托諸兆民之上，撫有夷夏，克紹丕基。內賴皇母皇太后之迪訓，外仗皇父攝政王之匡扶，得免隕越。惟是開基建極，皇父功多。而皇父玉德讓國，謙抑自持。□況以皇父德邁周召，功軼桓文。諸王貝勒，六部九卿，合詞籲請，僉謂父母不宜異居。孝親尤貴養志。□謹於某月日，恭請同居，恭行大婚典禮。著禮部敬謹將事，勿負朕誠心孝奉之至意。欽此"云云。余前於癸卯冬所見《江蘇》雜誌中與此文有異同，有"皇太后盛年寡居，春花秋月，悄然不怡。朕以孝治天下，不能使皇叔鰥居"云云。惟順治帝是時僅十齡，文義未深，禮教仍循滿洲舊俗，故不知念及生父太宗，一任無恥漢奸文人弄此筆墨耳。又聞前輩先生私云，順治帝二十餘歲時知此案爲奇辱，且欲奪洪承疇封典，掘其墳以洩憤，後爲滿人某大臣勸之乃止。

十一月

初一日　此月大建　星期四

今日閱報，民政部已定《報律》頒行。

初四日　今日大雪節

報載廣西鎮南關忽爲匪所據，該處稱義軍起義者爲孫逸仙，並有黄興指揮軍事。

初八日

上諭嚴厲切責學生干預國政，立會演說，抗拒官吏及要求參政等等。

初十日

十一日　星期日

今日做論説一篇。午後外出，歸時見門房窗中有自東京寄來雜誌，拆開係《天討》一書，其外包皮封面仍書寄牟鴻勳。牟原與余約，東京寄來之件，惟張肖鵠與余可以先拆先看。攜至寢室私閱，言論動人，照相甚多，侮辱張前監督之洞及現時袁世凱總督。一首墜，一頭分二面。又獵狐圖一幅，題曰："東方賤種，曰鞨與胡。射夫既同，載鬼一車。"又一片曰"太平翼王夜嘯圖"，寫翼王披髮倚馬，仗劍月下，情景淒烈萬狀。上題云："力拔山兮氣蓋世，時不利兮雖不逝。蜀道之難難於上青天，令人聽此凋朱顏。"以上均章太炎題句，內容論民族極明晰，硬説滿洲人實非人種也。余閲三夕方竣，交楊伯康閲，囑其閲後再交鴻勳收存。

廿五日　今日星期

上午在自習室做論説一篇，俾明日交報差帶漢。午飯後因思圖畫教習沈雪廬先生屢囑余過其寓一談畫法，久未往者，今日特走謁。至西街東巷內，進入乃一舊式公館，至則義齋同學程文瀾與吳鐵生兩人在座。沈師甚喜，並向程、吳二君誇余畫有根柢云。坐半時，與程等同出。沈師面囑余再過其家傳授心法也。

十二月

初一日　此月小建　星期六

今日上下午未缺課。余喜音樂課，餘時覓風琴練習之，覺此門功課學問太淺易矣。報載，廣東寧陽鐵路工竣通車。派姜桂題率兵二十營南下，防剿江浙梟匪，謂梟匪與革命黨人有勾結事。

初九日　星期日

早，渡江至報館算薪水，得十四元。以後義務報請該館直接寄余家。余之稿件則由縣寄漢。

初十日　星期一

學堂大考，今日考文學，下午考習字。預計十四日即考完，余十五可回縣也。

十一日

十二日

十四日

連日大考，今日下午二時已畢。同學已紛紛請假先歸。晚間出外購海菜等等。

十五日　星期六

早六時渡江。七時小輪開，人客極多。午後二時到縣。到家後，見雙親及家中人均好，甚慰。將帶回雜貨檢出。報館所得薪尚有十四元，交父親。今年年假有此錢助家用，不似去年窘困矣。

十六日

下午至各親友處奉看。劉幼浦、汪小軒今年未住學堂，在縣中閑遊，不知彼二人以後如何過活也。報館今日已寄《中西報》來，在家可知大勢及武漢近事，至慰。

十七日

十八日

十九日

今日做論說。準備以後做六篇備《中西報》之用，可得洋十二元，明年到堂有用費矣。

二十日

廿一日

廿二日

連日除外出看客，餘時在家做文，做小説即《寒溪避暑記》已成十則，明年試登之。

廿三日

廿四日

今日寫春聯四副。午後外出一次。晚間送竈神。清出字畫，明天掃舍宇更換之。

廿五日

換字畫。下午寫一駢文賀年函寄沈雪師，明天寄出。

廿六日

廿七日

今日下午囑厚訓買各物，準備明晨吃年飯。今臘除還各家借款利息外，應有餘款十二串文，多買魚、肉、雜貨。母親與內子辦年飯至夜分乃寢。

廿八日

晨四時起，代父親料理進祖宗各事，天明時全家團聚。

廿九日　除夕　星期六

晨起貼春聯，挂門錢等事，一如曩昔。下午四時半，照往年例，仍送大香至普山祖父母墳前，匆匆即歸。今日午飯時祀祖宗，夜間燈燭等事，囑厚訓幫忙招呼。十時半家人團年，轉鐘三時余目昏，遂和衣寢，家人尚在守歲。

清光緒三十四年（1908年）戊申日記

今年與沈雪廬師過從甚密，余畫學得以有進步者，皆師指導之力也。二十以前作畫不知筆法、水法、皴法，迨親見師作畫，則三法俱得之。沈師愛余甚，謂能傳其衣缽。其子維銘亦住兩湖義齋，師並未許其能傳家法。此是當時語，以後在民元銘亦以畫師稱，且在滬上賣畫。其年，師在上海《國粹學報》、神州國光社任繪畫編輯。師本官僚，無革命思想者，以其同鄉柳亞子及順德鄧實字秋枚。爲友，故亦參加。然揆其意，亦似棄輕軒冕者。師於梁節庵、劉聘之均反對之，謂梁、劉喜人奉承，彼不願。余喜閱《國粹學報》，師又時以《神州國光集》給余閱之。所影印多忠烈遺墨，如黃道周、張蒼水、史閣部、文信國諸公文字，斥元畫趙孟頫而不錄即其例也。又本年上季日記多缺，未能補記。

今年在報館作文多，並做小說，即《寒溪避暑記》也。暇時閱革命排滿諸書，深佩《民報》中章太炎、戴天仇、胡漢民之文。胡爲廣東壬寅科舉人。《江蘇》雜誌，愛吳稚暉之文，吳爲某科舉人。寫作均佳，並見其一相片。並時時訪搜太平天國文字，曾向孝感同學盛、夏二君索取洪秀全討滿清檄文。暑假中得盛寄，惟文太劣，想非原作。

今年秋冬二季爲學友作書畫甚多，字則屏聯，畫則小件，因余不願作大件，作則以墨蘭應酬之。

本年冬際，清太后及光緒帝相繼死，本爲革命之好時機，惜未成也。清廷覺悟未透徹，如是假立憲之策以起。邇時文人志士受革命新書之浸潤，各學堂、軍隊中實心排滿者漸多。《揚州十日記》《嘉定屠城記》以及淺顯之《警世鐘》《猛回頭》《革命軍》諸書，翻印流傳，當道愈禁愈熾，吾知清室之亡不遠。更有日本人，新做丸藥名曰消暑聖藥者，釘大木標本於各城門口處，曰"清快丸"。識者謂此讖語也。

壬辰正月峙山復閱戊申記竣特記四則於此

正 月

初一日　此月大建　星期日

四時起，進香祀祖、出方等儀節，由父親率領余敬謹爲之，如歷年例。五時往岳廟進香，天明後至各親友家拜年。

初二日　星期一

今日在家應門，未外出。

初三日

今日下午，夏生、次松、小齋等來拜年，俱開門留談片刻，夜間祀祖母忌日。

初四日

余外出至幼浦、小軒、夏生家坐談。談及中國積弱，列強侮辱特甚。現時愛國青年如革命黨者，皆欲挽救吾國危機。而滿人近時歧視漢人，表面猶時曰滿漢並用，其實虛僞更甚。

初八日

今日家中請年客一桌，程松師、洪小坪、張叔華等七人。

初九日

報載，醇親王載灃補軍機大臣。軍機大臣滿人多漢人少。

十八日

報載，粵海關緝獲日本汽船二辰丸船名。私運大宗軍火到廣州。日使要求釋放，並索賠款。

二十日

今日在各親友家略坐談。晚間清理各物畢，備明日到省上課。與父親談及以後安心住學堂三年，省中零用，家中接濟，當於報館賣文錢補救之。

廿一日　星期六

早起飯畢，母送余至門外。厚訓送余到北門外搭小輪往漢，下午四時到。五時到學堂，同學已到三分之二。

廿二日　星期日

今日上午到漢口中西報館算薪水賬。下午四時回堂，購零用各物。五時至沈雪師家拜年並贈小圖章一對、小腰圓章一枚，此爲劉幼浦贈余者，石不佳。又陳元章書長卷一張。沈師大喜，留余晚餐，談甚久出。

廿三日　星期一

今日上下午僅上四堂，教員有請假者。同學陳肖峰私爲余言，前日總督趙次帥開學時來堂演說，謂省城各學堂收到日本寄來革命雜誌《民報》等書，學生不忠君愛國乃與革黨通聲氣。不料本堂學生中尚有看《天討》者，實爲大逆不道，現已囑劉監督密查云云。趙爲漢軍旗人，雖是本堂監督，不關心本堂事也。《天討》一書，去冬係余先閱者，此書專罵滿奴。其相片中所剪照者，侮辱袁世凱，張相國，前曾、李二人。中間言論，胡漢民、戴天仇、章太炎三君説得警透。余似閱後還牟君者。

三十日　星期一

明令以醇親王載灃補授軍機大臣。總之，增滿員勢力而已。

二　月

初一日　此月小建　星期二

今日上下午功課未缺堂，晚飯後出外買零物。

初二日

初三日

初四日

初五日

今日許學源、張立群約余與肖鵠等在馮檖家訂蘭譜。余初許之，繼思人太多，馮君雖同堂，平昔並非熟人，彼學問甚淺，繼而悔之。旋池少欽又來勸，遂許晚間同去。飯後六時，余與諸人同往府街口馮宅，每人寫蘭譜一份，並爲十二份，各取其一。以夏秋舫爲首，次張肖鵠、張立群、黄牟漁、張福蓀、許學源、馮檖、池少欽、朱嶠三、張文藻、易贊周、劉永壽十二人。寫至十二點鐘方畢，馮宅並未有何招待，殊爲怪事。同人十一，匆匆返學堂。各人雖未明言，余心已鄙馮之爲人矣。到室後，福蓀、秋舫與余均生怨恨。

初六日　星期日

今日作文一篇，《寒溪避暑記》六則，以字計可得二元。去年承誠齋之薦，乃得有此收入，自己零用不缺，又可接濟家用。雖曰自己賣文字，設無曾君推薦，則難進步，此可感激者也。

初七日

堂中劉汝璘定有《國粹學報》，上海神州國光社出版，文字極佳。有劉光漢、鄧實諸人之作，舊文字訓詁等等，均有根柢。古文一流，非普通滬上各報文字也。附有筆記、日記、名家之作。余喜借閱之。此報每月一册，材料豐富，中多鼓吹革命排滿文字，但滬當局並未禁止發行。

初九日

任趙爾豐爲駐藏大臣兼邊務大臣及川督，爾豐爲現鄂督趙爾巽之弟，漢軍旗人。

初十日

北京頒布《大清礦律》。前定《報律》，現有《礦律》。

十八日

粤省因"二辰丸"案①，現在四民抵制日貨，風潮甚大。日使向政府要求解禁。

三 月

初一日　此月大建　星期二

今日下課後，外出至兩湖勸業場一遊。有胡林族姪在該場值班照場，名胡占元。余每逢假期亦可至內閱覽，因識萬發祥古玩店老板。場內有古玩店六家，以丁老板所收售者較多。

初二日

---

① "二辰丸"軍火是接濟革命黨人孫、黃等。——作者批注

初三日　星期四

今年三月初五清明，余擬請假回縣祭祖墳。

初四日

初五日　今日清明　星期六

今日上午請假，下午仍上課，擬明晨回縣。同學王繼範、朱純如亦請假一星期回大冶，須經武昌縣轉保安至大冶，蓋王君在大冶有商店也①。

初六日

晨四時半即起，五時渡江搭小輪，朱、王同船。午後一時抵家，王、朱二君均在余家吃飯。聞之母親云，涂小舫師昨日已病故矣，父親現在其家料理喪殮未回。余聞之痛泣難過，因涂師待余甚厚。癸卯、甲辰之際，師爲余盡心改文，受益不少。甲辰入泮之前，師爲余維持、關心之事甚多。師與父親交甚厚，在縣中親友雖多，如王長卿、傅象虛輩，師均往來冷淡，獨對父親極敬重，交最深也。四時，余至南門涂宅一視，問各事畢即歸。晚間，囑厚訓料理朱、王二君消夜，並在堂屋支鋪爲彼等宿具。

初七日

早起，爲朱、王二君辦早飯，食畢別去。朱回朱山頭，王回大冶縣。余在家趕辦祭祖墳包袱，囑厚訓幫寫，期以一日辦竣。

---

① 王君庚申丙子尚見過，年六十餘。朱於丙寅冬見過，次年聞在漢口三分里妓家遭情敵慘擊殺。——作者批注

初八日　晴

今日早飯畢，十時隨父親出城祭各祖墳。跑山往返大約七八里，下午三時方畢。回家，足力疲乏，小睡半時。今日父親在途時與余言，涂師得一份仲舫先生業產，致與其堂弟涂小書、漾霞、郁廷、善卿四人慪氣，去年得吐血疾，至今養成癆疾以死，輿論惋惜。然無人不罵小書造意令其弟郁廷爭家產，冒稱仲舫在日郁廷曾過繼仲舫。但涂氏親友皆鄙笑之，彼等不顧也。縣令顧印愚於去臘小書等搶柩時，曾面斥小書，謂其無人心也。噫！錢財業產之害人如此哉！父親又云，去臘涂小書不爭立繼，小舫所許分之遺產不止此數，乃一搶柩而遭其戚友反對之，致分業僅得其半也，則自取其咎也。

初九日

今日約劉老表同往小橋過去李家下灣祭先曾祖胡正華公墳，墳為道光年所葬，尚完好，四圍界石漸為李姓湮沒。正華公殁時值大荒。祖父邇時僅九歲，同在呂家細屋。夜飯後或係中毒，次晨祖父呼之，則正華公不知夜間何時死去矣，後就呂宅後葬之。此事父親向不與余言。祖父在時即或言過，余年稚未記憶也。唯母親每於余祀曾祖墳歸後屢言之，傷哉貧也。曾祖實以年荒中毒死矣。

初十日

今日在縣中看各親友。晚至涂師靈前叩奠，以今夕為師首七，余具錁袋、包袱祀之。

十一日

在縣閱報，江寧鐵路已成功。又皖省紳民請願速開民選議院。

十二日

今晨搭小輪往省回學堂，五時方到。詢之同學，此星期無特別事。

十三日　今日星期

上午在自習室做小說，成六則，又做論說一篇。下午至勸業場一遊。三時至沈師寓致謝，因前日請假回縣時，沈師曾派人送一函來。首云"明日錦旋，病軀不克走送，歉之，茲送上水梨八枚以備歸舟之需"。尾款稱"峙三仁弟學人"，下稱"友生沈塘頓首"。須親往謝之也。沈師見余至，大喜，留晚飯，談畫法甚久，皆余前所未聞者。並指示四王畫訣及吳惲畫法真理，又談及銅磁玉竹各事。蓋沈師早在督署幕中，於張制軍所藏書畫等等，一一見之也。又語次露出不喜劉聘之、梁節庵兩監督，謂均勢利中人也。沈師前贈余扇面，一畫楓林飛瀑，極佳，係臨本。並題原詩："空齋悄無人，飛泉隔林響。紅葉滿山秋，峰嵐似屏嶂。"

十四日

今晨劉監督通知，兩齋學生由四監學於九時率領至按察使衙門內，看桃花盛開，蓋梁監督早署湖北臬司也。余等到署，得見梁師所藏書約二十餘櫃，外門悉以玻璃罩之，得見內藏書之名與其本數。又見書房花廳中所懸多名人字畫，近人畫則沈雪師有四幅，均佳。又一幅寫塞上雪景，毳幕中一胡軍官著胡服，以首伸出外望。上題二句："一聲塞雁千山月，大雪三更細柳營。"蓋為月夜雪景也，望之寒氣逼人。到後花園見桃花樹三十餘棵，半已凋謝，餘者三分之一。又見一高大塚，云是陳友諒之墓，歷任臬司均培修敬禮。然是否陳之真塚，則無從證明矣。十一時方歸學堂開飯，今日不虛此遊矣。下午仍上課。

十五日

報載，廣東拱北關查獲大宗軍火入口，係日艦裝入者，大約為黨人所購。

十六日

省中各中、小學監督、堂長等，漸漸防止學生閲革命書籍，並在察院坡新書店檢查，叮嚀告誡不許販東京寄來雜誌等等。學堂當局多有奴性者也。前日同堂學生杜本倫作文中，有"服從堂規爲有奴性"，大爲教員金華祝所呵責。蓋金係有奴性之人也，在日本倡言革命，回國後劉聘之請其教教育。原任教員渡邊幾治日本學士辭聘回國，無人承乏，乃大膽接充此席。上堂完全吹牛，拿日本瑣碎之事摻入講詞，以欺學生。其實學生中，每堂均有出洋留學之人也。金黄陂人，爲金允紳之姪，前兩湖學生，派赴日本學速成師範者，八個月即歸矣①。

四　月

初一日　此月大建　星期四

初二日

初三日

初四日　星期日

上午在自習室作論説一篇，《寒溪避暑記》五則。午後二時往沈師家，見其臨畫。沈師見余至，擱筆與余談。又檢出彼家藏古畫數件相示，又以自臨各册幅示余，漸能悟其用筆、用墨諸法，方知昔日路徑之誤。

---

① 金以辦學保舉縣知事，在江西署縣缺二次，有貪聲，抗戰後一年死。——作者批注

且我邑劉清安、談潤山諸先輩另一派也。劉、談諸人皆學蘄州吳松、王恕畫派，爲應酬求速計，爲賣畫計，不得不走此一路，近於海派者也。傍晚外出一次，因肖鵠云長街某裱店裱有張廉卿大聯一副，親往視其用筆之法。

十一日　今日星期

上午作文，作小説六則。預計此月可得中西報館賣文錢二十元，端節前須寄歸貼家用也。

十二日

十五日

今晨謁聖後外出一次，未請假，買回顏色等等。

二十日

報載雲南革命軍起義，陷河口，河口主其事者爲胡漢民，指揮軍隊爲黃明堂、張德卿等。又載廓爾克入貢。又諭旨嚴禁鴉片及種烟。

廿三日

北京舉行廷試東西洋留學生。科舉停止已四年矣，此又變相科舉也。

廿六日

尼泊爾入貢，此繼廓爾克者也。中國積弱，甲午戰敗及日本併朝鮮後，外人輕侮甚。今乃有小國來朝，吾知滿員樂不可支矣。哀哉！前日，授留學生章宗元等翰林院編修、庶吉士、主事、内閣中書、七品小京官、知縣等名稱，儼然科舉復活矣。此等翰林、主事名何科耶？殆曰戊申恩科歟？怪哉！我邑何福麟即此次考取之内閣中書，在家懸直牌曰"欽點内閣中書"。又上諭通令各省督撫飭所屬成立議事會。

廿九日

報載日本"二辰丸"案索賠費二十一萬八千元。又載禁烟大臣奏定禁烟查驗章程。開始禁烟。

五　月

初一日　此月大建　星期六

晨，隨同監督至楚學祠謁聖。上下午均有課。晚飯後到沈師家問畫法。沈師於各名家歷史甚詳，迭爲余述王石谷、惲南田逸事。又見師臨名人之畫，並臨其上下款與紅色印章，以求其與原畫相似。此則余初見者，開一畫法矣。擬求師於暑假前爲父親作一畫扇，並爲余作絹幅山水，師允之。師兼充上海《國粹學報》古畫，或作名人肖像等等寄滬，該報出版後照付照相費，並另給潤筆，月約二十餘元云。今晚談至八時方回堂。

初二日　星期日

上午在堂作論說二篇，筆記五則，又擬作插畫一幅。現時漢口各報亦如上海各報，間有插畫。余擬作畫榴花小幅，題曰"五月榴花照眼明"句。明日午當交送報人取去，晚間題詩。

初三日

今晨將報館文稿檢齊，並昨日所畫榴花小幅極簡之筆，上角題曰"五月榴花照眼明"，中係以詩云"開拓赤心迎曉日，漫將弱質媚春風。光明照澈三千界，領取花間一捻紅"，下款"素秋作"，備於端午日出版也。晚飯後，以銀元五元、官票五張，請石雲衢帶回縣，交父親助端節開銷之用。

初四日　星期二

今日上下午均上課。午後六時外出，見長街賣角黍者甚多，令人想及家鄉端午情況。

初五日　今日端午節放假

今日放假，早點有角黍、鹽蛋等等。十時渡江至漢口寶順里中西報館，晤竹蓀、心如及德門，諸人留余午飯，酒肴甚豐。又結算薪水補八元，余零用不愁矣。

初六日

初八日　星期六

余今日二十三初度。光陰似箭，學業未成，自慚而已。

初九日　星期日

今日未作文，十時到沈師家，見師正臨畫，宋畫原畫已舊黑，又不能用雲皮紙鈎，師乃以玻璃覆畫上，用墨筆勾在玻面，以後再用絹覆玻面上畫之，亦是一法。設有透明之紙可買，則不費此苦力矣。師云是王伯恭名儀鄭者所藏宋人《丹荔圖》云。在沈師家午餐，再閱看其所臨各畫。

初十日

今日上下午均有課。晚自習時，做論說一篇，草草成之。又做小說三則，無事實可記，空談鬼狐理論而已，因館中需用急也。

十五日

今日，沈師贈父親紈扇一，新式者，雙紈面，較普通單紈者稍大。畫係臨李世焯《柳陰漁父圖》，水墨畫，極佳。余晚過其家取得之，請同學葉用階轉乞雷豫釗先生寫反背一面①。

十六日　星期日

今日做論説未成，爲劉菊坡畫扇面。又同學數人乞畫蘭幅，遂至佔去做文時間。

十七日

晚飯後到新太祥看字畫、磁器等等。古玩商雖讀書不多，看字畫甚有經驗，騙人處雖多，其説理亦可聽也。報載民政部又諮各省督撫設立地方議會，以立國會基礎。又"二辰丸"案，日本竟索賠償費二十一萬八千元。北京有允意。

廿一日　星期日

今日專做小説十則，準備暑假前向《中西報》結算薪水。午後三時，到沈師家看畫，看古玩、銅鼎、康熙磁等等。師教余認識古董真僞之法。學堂明日停課，準備大考。

廿四日　今日夏至　星期一

今日停課温習。

廿五日

今日上午考文學，下午考教育。

廿六日

今日上午考算學，下午考修身、地理等等。

---

① 沈師畫至今尚保存之，計已五十年矣。——作者批注

廿七日

考物理，下午考化學。

廿八日

今日考習字、圖畫，下午考音樂、體操。

廿九日

今日大考各門畢。

三十日　晴　熱　星期日

今日往沈師家，說明不日回家，師指示余寫畫要訣，又諄諄教余以鑒別古畫真贋法。又須購日本人所印《中國書畫名家款印》三冊，以補助鑒古書畫之具。談二小時，辭行歸。

六　月

初一日

今晨謁聖，少數學生同去，路近縣分學生均於昨日回家矣。余午飯後過江，到《中西報》結賬，賣文錢得十五元，除購物作川資外，應有十一元回縣也。在長街購得白洋紗一丈二尺，做長褂甚妙。

初二日

早起渡江搭小輪，船上人多。下午一時到家，見父母及家中均安好。

初三日

往各處看親友。今日《中西報》已寄到家，以後逐日得知武漢情形。

初四日

清理帶回各書籍，並向易泮香借得康有爲所著《歐洲十一國遊記》與父親閱。今時革命暗潮漸增，縣中圖書室已停閉。從前癸卯、甲辰兩年日本所印各雜誌鼓吹革命者，縣中亦有人閱看。而程松師甚反對之，謂此爲大逆不道之人則閱此等書籍。噫！迂矣。

初五日

初六日

今日清理書籍，就庭前置門扉曝之。

初十日

報載，京浦路北段已開工。鄭孝胥等電請政府速開國會。京浦路開工。

十五日

任張之洞督辦粵漢鐵路大臣。資政院已奏定院章，吉林公民成立保路會。

七　月

初一日　此月大建　星期二

今年開學在立秋後幾天，中元祭祖可照老日期。買燒紙，辦祀祖包袱。

初二日

初三日

初四日

連日均在家辦包袱、餜袋等事。下午乃外出會親友或閒談。報載京師及各省士民呈遞國會請願書，又八旗、吉林等省亦同時呈請請願。連日天氣甚熱，不能做事。晚飯後或往小西門，在稚松家略談時事，滿人係借立憲美名籠絡漢人。

十四日

今日家中祀祖。朱、胡二姓及外祖包袱分列，具酒肴誠敬典禮。仍由父親率余及甥輩行禮，一如往昔。晚間程稚松來談，並約余十八日到學堂。稚松住理化專科，後余進學堂，將來必先余畢業，可以就事。余住此學堂已錯誤矣。

十五日

報載，土耳其公使到京。查禁各省政聞社並社員。

十七日

今日與父親商定明日到省。余住此堂已足二年，尚有三年，前途茫茫，又生焦灼。幸已就報館，月月有兼薪，又較在縣教小學爲佳耳。晚間清理各事。早寢，展轉不寐。

十八日　星期五

早五時起，母親與内子先起爲余造飯。食畢出門，母仍送至門首。余與訓甥同往江干，稚松與松師已先在江干。余上輪船後約半小時乃開，下午五時方到學堂。與同屋易、張諸同學相見，詢近事。

十九日　星期六

今日上課，同學尚有四分之一未到。晚外出至沈師家談甚久，見其壁懸張廉卿六尺大聯一副，六十以後書也，墨沁甚，精神飽滿。文曰：

"劍匣之中有龍氣，酒杯以外如鴻毛。"上款華甫尊兄屬正。師云以六百文得自荒貨攤者，重裝去價一元。並面囑余以後代覓廉老對聯雜件及董文恪畫云云。又座客有趙小初其人者，向沈師索購《國粹學報》一册去。趙涇縣人，聞亦能書。

二十日　星期日

今日上午作論說一，又筆記小說六則。昨已購得《夜雨秋燈錄》《諧鐸》《子不語》等小說，不時閱看，余之《寒溪避暑記》多仿爲之。下午三時到沈師家看字畫，漸有辨古字畫經驗及看銅磁之訣，沈師益余之智多矣。

廿一日

今日上下午有課，同學已到齊矣。仁齋同學二百二十餘人中，余已認識大半。從前老三堂同學兩滿人俱退學，僅有義齋恩俊一人尚在學堂，聞同學亦未排彼也。下午七時，有見大星從西北空際飛至東南方墜地而隕，其光爍爍照庭宇，其聲如雷鳴。市人見者多，但余實未見之。

廿二日

聞昨夕墜星，外間謠傳爲紫微星，應在光緒帝。革命黨人聞之甚喜。今年革命暗潮甚烈，或者清帝敗亡之徵歟？

廿三日

報載，北京連日會議組織新內閣。噫！此爲立憲制度預備耶，又載考察憲政大臣達壽歸自日本云云：日本萬世一系之天皇也，中國學日本，故前有倡大清萬世一系者。余悉滿漢之見，近三年來日深一日，欲借立憲美名以消漢人正氣。回思揚州十日、嘉定三屠之慘，以及呂留良、徐述夔、戴名世以文字遭禍，凡我漢族之有血性者，當如何感想前輩文人歟？

廿七日　處暑節　今日星期

稀飯後未出門。同學多人乞余書畫者，積壓已久，今日盡一日力爲之。自習室內，張耀南亦爲人作工細之畫，與余同在室中問答，尚不寂寂也。余今年畫道大進，已別盡海派與蕲、黃淺俗一脈盡淨矣。從前杜本倫亦能畫，沈師甚喜之，惜其已捐知縣退學矣。手眼疲甚，晚間早寢。

三十日　星期三

學堂此季已添授英文，每週三點。仁齋教員金釗，鎮江人。義齋教員張銘，安徽人。金住過日本正則英語學校者。教本有二種，一正則英語讀本，一英文法程。

八　月

初一日　此月小建　星期四

初二日

初三日　此月小建　星期六

連日上課。學堂已添博物，教習高桑良心，日本人，教授合法。

初四日　星期日

今日作論説、小説。下午出門購零物，如牙粉、襪子、大小字筆等等。皆賴有報館薪水，得以優裕用度。四時至勸業場一遊。二家古玩店，一丁姓，一周叟，均爲熟人，可以隨便看物。丁姓藏件多，周叟咸寧人，無多存物，即有少數亦非佳者。丁名厚餘，有眼力，然言大而誇。云與沈師甚熟，因爲買古玩之顧主也。

十一日　星期日

今日星期。稀飯後即渡江至中西報館算薪水賬，得十三元。下午即歸，購零用品。

十二日

今日下午課畢，送洋六元、官票六張，請石雲衢帶回縣，交家中開銷中秋節賬。

十三日

十四日

今晚在伍億豐買月餅及瓜子數事，因今年下季已新結識友人蕭安伯、興仲昆季。蕭君漢陽人，住銅元局武郡公所十號。其房東李益三與余爲同鄉，金牛人，住省城已三代矣。明日恐其來堂也。興仲通英文，彼請余爲之改文學，余亦藉以補習英文也。

十五日　今日中秋　星期四

今日放假。九時，李益三、蕭興仲來拜節，並約過其家。余許以午後去。正午，堂中開飯，添菜四樣，喝酒學生自備。劉菊坡住高等警察學堂，今日同黃篤生來寢室談，謂革命暗潮近來甚大。同室張耀麟君，時有王子繡名文錦者來會。王爲三十一標司書生，密語張君，謂軍界中現贊同革命之人不少。王時向張借款零用。余謂彼自有餉，何必借錢。張曰彼爲革命黨也。

十七日

報載，北京會議組織新內閣。又吏部奏改銓選章程。又中日合辦之鴨綠江伐木公司詳細章程在盛京簽押。

九　月

初一日　此月大建　星期五

八時，同學諸人隨班謁聖。今日上下午課忙。

初二日

今日下午六時，至蕭宅閒談。彼家所藏字畫亦多佳者，如查士標、金冬心之畫，曾國藩、林則徐、莫友芝、吳熙載之字尤多。

初三日

今日上午做論説、小説，又做章回體白話之《別有天地》，則憑空杜撰者也。與做文言相較，則太便宜矣。成二回，明日送去，自問不佳，換錢而已，且白話體無人攻訐。

初四日

報載，達賴喇嘛覲見於仁壽殿。又京浦鐵路洛口建橋行開工禮。此路成時，可便利南京到北京行旅也。

初九日　星期六

今日重九。下午課畢，與肖鵠至范允師宅。訪劉菊坡，談甚久歸。

初十日　星期日

上午作畫二件，做論説一篇。下午至沈師宅坐談，得知名書畫家歷史。又見所藏各名家真偽之手筆，以後可以見字畫立辨其優劣矣。五時歸。聞督署已有告示，禁革命排滿書報，明日當有報載矣。

十一日　星期一

今日課畢，閱報載督署告示。大意謂准軍機處函開，近聞南中各省書坊報館有寄售悖逆各書，如《支那革命運動》《新廣東》《浙江潮》《并吞中國策》《革命軍》《新湖南》《中國魂》《二十世紀之怪物帝國主義》《新民叢報》《瀏陽二傑論》《廣長舌》尚有七八種未錄。等書，駭人聽聞，喪心病狂，殊堪痛恨。以下俱置罵語句。☐仰各書坊、報館及諸色人等知悉，自示之後如敢故違，定即飭捉嚴辦。其學堂諸生及士民人等，務各束身自愛，不得購閱云云。其實以上十二種余前年即已閱過，《民報》《天討》《太平天國戰史》，則入兩湖以後初閱者也。吾料以後禁令一出，私購者尤多，學生好奇，愈禁而愈買也。又派貝勒毓朗、侍郎梁敦彥勞問美艦。吾國近五年親日，近來情形又轉為親美矣。李鴻章使俄以後曾親俄，英、法二國則冷淡視之，法國諒山之仇，尚隱隱記之。噫！積弱之國，滿漢又不能同心，外夷早已扼吾喉矣。

十　月

初一日　此月大建　星期日

今日做論說，時有訪稿之特別者亦寄報館。小收入何必放棄耶？向人借錢一串文，人家有難色。得訪稿四角一條，有何不可？特字稿四角，值錢四百四十文。

初三日

聞連日督署、府署、江夏縣均派暗探查各學堂學生，慮有革命黨組織在內，故各學堂緊張。報載，湖北、江西陸軍在太湖秋操，湘鄂革命黨人乘機煽動革命排滿學說。頒發憲政謄黃於各省①。

---

①　上諭直接寄各省張示者，名曰"謄黃"。——作者批注

初七日　星期六

報載，派閩省官吏在廈門大宴美國艦隊官兵。噫！美國不勤遠略，因此吾國而親之耶？

初八日　星期日

今日上午至蕭宅，李益三及黃君亦來談。蕭氏兄弟留余午飯，並有其表兄關杰在座。關爲關炯之弟，現住方言學堂習英語者，聞功課極好。又云彼同班徐殿甲，廣濟人，英文尤佳，蓋時時以字塊寫英文置衣袋中，刻刻摸出閱讀，故有進步。以《孟子》"一齊人傅之，衆楚人咻之"之語證之，是在人練習不練習耳。晚間收到范騰霄自東京寄來精印的《揚州十日記》，余再先閱之。

初九日　星期一

初十日　星期二

今日皇太后萬壽節，放假。正午有菜，有酒、麵。下午至蕭宅坐談。傍晚在沈師家坐談。

十一日

連日晚飯後向沈師問畫道。沈師習畫已三十餘年，在鄂甚有名，張宮保署中信任之。

十五日

頒發憲法謄黃，揭之通衢，以安人心。此計之拙者也，滿漢畛域何能化除，今時人心非復從前懼禍者。

十八日　星期三

今日課畢，在寢室閒談。有人謂革命排滿何時成功？近來軍隊中讀書人當兵，俱看新書、雜誌，革命思潮一日千里，不久必起變化。仁齋牟鴻勳、邢光祖恐是真革命黨，但堂中尚未完全覺察。牟與郭教務長有淵源，或不致開除也。但同人談到康、雍、乾三朝文字獄時，痛恨至極。余每與人談時，不覺流涕。

廿一日　星期六

廿二日　星期日

今日在自習室作文二篇，又小說四則。下午至沈師家，借得《國粹學報》二册。歸後，五時袁夏生來。

廿三日　星期一

今日爲勸業場婦女閱覽期，男子除在場內開店者外，他人不得攔入。余以認識胡太輔、李有才、馬小田三警士，故得入觀。稀飯後即往，因上午第一堂無課也。至則胡已外出，晤李有才，以目示意，向余耳語云，君知昨夜北京有喜詔到督署否，恐光緒帝已薨矣。蓋朝廷制度，君主龍馭上賓時，先以繼立者示各省長官，次日即發憂詔，所謂先喜後憂。余曰汝何以知之。彼云昨夕適在本場總辦公館中聞之，時已十一時矣。再問數語遂歸。偶與同寢室諸人言之，而堂中監督以下職員似未知消息也。下午二時，學堂管教員已知北京有喜詔到鄂，究竟死者係光緒抑皇太后，不能斷定。黃昏時，城中喧傳死者係光緒帝。義齋同學晏凱來云，北京有急電到鄂，云張公被刺，袁公倖免，諸王爭立，速調北洋兵入京以備不虞云云。同學以晏語不足信，恐係革命黨趁機造謠圖起事也。旋有同學自外回堂者云，軍警戒嚴。余外出至西街沈師處探訊，因沈師原爲張相國幕賓，張爲余學堂之前監督，理應走訪問。至則沈師適抱病二日，聞余來顰蹙曰，張公已被刺，甚爲感傷。余謂尚未證實，可勿憂慮。談片刻辭歸。九時堂中點名後，各室同學紛紛議論。各省軍、學界必從此動搖，革命軍可以起矣。喧談至夜分乃已。

廿四日

今日上午，聞喜詔立者爲宣統帝，明年改元。光緒早死一日，次日太后亦死。現在各署正準備哭靈，已設奠所於紫陽橋，各大員須哭臨牌位。四堂同學梅寶瓚來云，哭臨大員須帶胡椒粉少許，到靈位前以手摸兩眼，即大聲喊叫而流涕矣。梅祖父雨田曾爲南昌縣知縣，知此法云云。余謂此不傷心之淚也，作僞哉官僚。又傳言各堂學生及庶民須蓄髮四十九天，如喪考妣，即本朝從前死君舊例。噫！君之視臣如草芥，則臣視君如寇讎。太后素恨漢人，何能動人民哀痛耶？是率天下人民盡作僞乎？

廿五日

今日下午閱報載一趣事，此訪員必作戲弄之文也。新聞謂各大員哭靈後，有至誠者，如八省膏捐大臣柯逢時，見光緒帝位而哭，見太后位至不哭。又謂某某大員真哭，其餘各員乾叫而已。同學四百餘人今日奉諭出外剃頭一次。噫！此真苛法也。

廿六日

堂中各同學議論，冀各省革命黨必有趁機而起者，但只有謠言未有事實。

廿七日

今日聞得確息，光緒帝係廿一日崩，西太后係次日死。北京電，授醇親王以攝政王名義。同學笑曰，清代開國以攝政王多爾袞興，此次必以攝政王亡也。噫！宋朝得天下於小兒，亦失天下於小兒，是同一理耳。定明年改元曰"宣統"。

前日報載，皖熊成基起義，被江邊礮船擊散，可惜！熊已逃。

廿八日

廿九日

報載，宣統帝已登極，以後一切由攝政王作主，大臣協議而已。

三十日　今日小雪節　星期一

報載，四川全省礦務總公司已成立。滬報載，二十六日熊成基在安慶乘秋操起事，搶陸軍小學槍支，至火藥庫取得子彈。率馬隊攻省城後，爲朱家寶電秋操軍及水師又大通防營來援。次日江面兵輪齊集，炮毀其營。熊遂率隊沿途退卻解散，至廬州時尚有三百餘人，漸漸不濟事矣。熊後幾經艱苦，乃向北而逃至哈爾濱，謀再起。天失此機，而朱家寶輩忠於帝室，可恨也！

十一月

初一日　此月小建　星期二

今日堂中管教員等率同學生謁聖時，冬帽摘去紅纓，以後並不准着紅色衣物等。噫！舜之死也，百姓如喪考妣，係出於天下人民之至誠。此則用壓力視百姓爲兒孫，吾料百人中有九十九人不願作此醜態。其餘一官吏，當亦非真心愛戴皇家也。

初三日

報載，宣統登極，百官朝賀。

初十日

報載，大學士張之洞奏調鄂湘士紳到京商議粵漢鐵路借款。

十二月

初一日　此月大建　星期三

初二日

今日起停課三日，温習功課之緊要者，下星期一即大考。

初五日　星期日

余今日作文一篇、筆記六則，《別有天地》稿即停止。因意味少，且杜撰事，實不能長久下去。擬大考畢，渡江算報館薪水。

初六日　星期一

今日起，教育、文學兩門考完。

初七日

今日下午八時至蕭宅，坐談甚久。余今年下季收入多，添置之物亦多，設無報館文稿費，不知作何窘狀矣，念及薦余賣文報館者爲曾誠齋，可感也。

十一日　星期六

各門功課不重要者，已提前一日考三門或四門，今日考畢矣。

十二日　星期日

今早渡江，就報館午飯，算清論説、小説薪水十九元餘。在漢口黄志成買海參、香蕈、紅白糖等物，去洋四元餘。午後四時回堂，備明日與理化專科程稚松同回家。

十三日　星期一

早六時稚松即來，約乘車至漢陽門。天寒甚，雇民船渡江上小火輪。七時半開馭，到縣下午三時矣。雇力伕送網籃到家，叩見雙親，甚喜。小兒已兩歲餘，活潑萬分。今年國喪，各家須照喪親例，貼黃色或白、藍色春聯，甚至堂中連紅對不許挂，冤哉！

十四日

飯後出門看各親友。

十五日　今日小寒節　星期三

清理家事，算兩年賣文收入。此兩年中，除自用置衣物用去往返川資外，所餘已交家中濟用者，尚比在縣充小學教員二年全薪而有餘。設不住省城學堂，在縣教小學，一生不能伸頭，以後前途茫茫矣。

十六日

報載，派端方至上海，與英人會議禁烟。又載，已向比國收回京漢鐵路管理權。又頒佈調查户口章程。又北京上諭云，袁世凱有足疾，飭即日出京回籍。戊戌政變，六君子之死，光緒帝之幽禁，皆袁世凱一手造成，不知攝政王何以將袁輕輕放過？釋袁是爲後來逼宮報應耶。攝政王何以對光緒？

廿四日

今夕送竈神。報載，頒發各省城鎮鄉地方自治事宜。

廿五日

今晨掃舍宇，換字畫，一年一度之事。父母年漸老，余則馬齒漸增，仍是窮儒。泰興金鉽，生於乙亥年五月，二十一點翰林，余以之比則慚愧多矣。金君其夙慧者耶？金鉽抗戰時年六十九尚存。

廿六日

廿七日　星期一

今日下午帶同甥兒女外出買物及年菜等，辦年飯。

廿八日

晨四時即起，五時父親起，與同進香，天明時吃年飯。今年劉表兄因七月間討錢，父親面斥他幾句，下季竟負氣不來，是以未約來吃飯。此人好吃懶做，將來必困窮矣。

廿九日

今日報載，憲政編查館奏設考核專科，考核憲政籌備事宜。

除日

今年炮鞭燈燭及堂屋內外挂燈仍如前例。夜間團年酒畢，帶同訓甥外出一次，各街安靜無爭吵者。歷年除夕討年賬爭吵者多，今夕尚無聞。父親與余轉鐘一時半和衣寢。

清宣統元年（1909年）己酉日記

本年日記缺者甚多，因所存材料大半失去。辛卯補抄摘錄無多。事隔四十餘年，更無從追憶。

湖北第一次展覽會，僅具雛形。藝術品陳列亦不完備，惟事屬創舉，則不無可記耳。余之作品有書畫，有文章，俱獲一等獎狀，於湖堂有聲色，而郭教務長尤推重余之學業。

科舉已停五年，而己酉恩科忽又提起，於是各縣有拔貢三名，名曰廣額。因舊制逢酉，每隔十二年各縣只有一名拔貢也。又舉孝廉方正，各縣亦係兩名。余是年在學堂，以卒業後有獎叙，故兩項選舉考試未加入。而同邑廩附且忌余加入與之爭選矣。

報館筆資、書畫收入較去年增加，交遊亦同時漸廣，如是武漢人士有知姓名者矣。

壬辰四月峙三復閱宣統紀元日記竣書

正　月

朔　元旦　此月小建　星期五

五時半起，父親率余敬祖宗，出方。回宅後又帶余及甥兒至岳廟行香，回家時天已明，遂閉門。囑甥兒女代應答來客之語。八時余帶父親名片及自己名片，向各親友賀年投片，下午四時乃畢。

初二日

今日上午拜年的客仍多，下午我出門走了幾處親友，都不開門。

初三日

晚九時焚楮、具供，祀先祖母，明晨爲祖母忌日，歷年如此。祀後余母必説祖母生時窘苦之狀至於流涕不止。余請於母以後不必提也，徒增余與大姊悲痛耳。祖母卒時大姊年十一，與祖母同床臥，不知也。

十四日　今日立春

下午三時半，具香燭行迎春禮，舊例也。今晨縣官迎春，余未出門往看。得志願爲。彼丈夫也，我丈夫也，何看爲？

十五日　今日元宵節

今日出城遊月半，王久旂、文旂同行。人多如鯽，余僅至萬壽橋即歸。

二十日

報載，上海開萬國禁烟會，中國出席。此次會畢，吾國禁烟或不徒爲具文也。

廿一日

中央批准《中美公斷專約》。

廿三日

準備明日往省到學堂，午後將應帶書籍清就。每次正月出門，母命帶蕎麥果子一盒。

廿四日　星期日

今晨六時飯畢出門，厚訓送余搭小輪，母親立門外望余行。慈母之恩何時可報耶？今日搭客多，船七時開行，下午四時到漢口。當即渡江到堂，飯後與同室易、夏諸君話舊事。

二　月

初八日　此月大建　星期六

初二日　星期日

今日上午在蕭宅談時局，就其家午飯。飯後至沈師家，問畫理畫法。未作報館文。

初三日

上下午均有課，同學尚未到齊。晚間在正學堂畔略坐，湖柳俱發青，蛙聲閣閣。新月如鉤，衆星閃閃，真如金剛鑽在天際懸之，外國詩人亦有此感也。

初八日　星期六

今日下午作論說一篇，備明交報館之用。

初九日　星期日

在自習室作文，續昨日者，又作小說六則。下午至蕭宅補習英文，興仲則以中文乞余改之，彼此交換甚爲有益。蕭宅藏名家字畫多，其祖知縣公所愛者。其父在上海公共租界會審公堂充文案，書法甚佳，爲關季華之甥。其表兄關炯現充會審公堂委員，已七年矣。季華名棠，曾爲羅田縣訓導，某科舉人，善書歐體，爲近代名家。

初十日

十五日　今日驚蟄　星期六

今日父親自漢口來堂。傳達呼余出，乃知父親爲涂小書兄弟來分漢口、武昌房子遺產者，請父親作調解人也。余引父至寢室，並見同室肖鵠、福蓀諸人，談半時。下午搖鈴上課，余請假二小時，引父親在學堂各處參觀。又在音樂室按風琴三譜與父聽。至理化專科晤稚松，僅談數語出。余送父親出門，雇車至漢陽門渡江。父云三天內即回縣。

十八日

北京示各省預備立憲，維新圖治之宗旨。又詔，庚子拳亂誤陷被罪之許景澄、立山、徐用儀、聯元、袁昶，加恩予諡，數員之忠今日乃得昭雪。西太后不死，此案不敢提矣。

廿一日

報載，學部奏改初等學堂章程，中學堂課程分文、實兩科。

三十日　星期日

今日作論說一篇，小說五則。

閏二月

一日　此月小建　星期一

初二日

初三日

此數日無事可記。每提及畢業事，尚有三年，真緩不濟急也。幸有報館事，雖操心，然能得薪以接濟家用，兼可自己添置物件，不受窘困，心轉快然。

十三日　星期六

下午課畢，請假一星期回縣祀祖。五時即渡江，在中西報館宿，與曾心如談至夜深。

十四日

今日自報館雇車至洋船碼頭，搭小輪回縣。下午一時到家，見父母甚健，學兒養得甚好。

十五日

趕辦包袱，下午已齊，明天可祭各祖墳，四時至各戚友處奉看。

十六日

早飯後，父親帶余及甥兒，仍約劉表兄來。彼現在補入縣中新兵隊，尚未進隊。余遂約之，一同出城祭各處墳，下午三時半乃畢。

十七日

與表兄、訓甥同祭李家下灣對面小山上曾祖胡正華公墳，坐船去。此墳完好如曩昔，祭畢仍乘原船歸。經儒學，便謁彭烈五老師，談次勸余舉孝廉方正，由邑紳遞稟，老師核准，送提學使，每縣二人。余笑曰，此四字誰能當之無愧耶？我邑只有城內佘生香先生可以當此。遂出。

二十日　星期六

今日下午看各友人，晚間將應帶之物檢齊，備明晨到省。

廿一日

五時起，母親與內子仍爲余造飯，食畢出門，母送之。余同訓甥匆匆到河干，上小輪。下午四時到漢。六時到學堂。

三　月

朔　此月小建　星期二

初二日　今日穀雨節　星期三

今日下午五時，在葉宅借來王夢樓長卷，又查士標畫册一本，欲臨之，以畫太細，遂止。

初三日

漢報上諭，庚子拳亂誣陷被罪之立山、徐用儀、聯元、許景澄、袁昶，恩予加諡。拳亂北京，下等人與流氓結合，日圖報復，殺人視爲尋常之事。慈禧信用端王與剛毅，以爲拳匪能滅洋人也。滿人中惟立山、聯元知世界大勢，不附和拳黨。許、袁曾使各國，以爲釁不可開，遂爲太后所殺。

初十日

上月初，余與牟鴻勛言，請渠寄函范騰霄，在東京補買一本《民報》寄歸，因爲首册有駁康梁保皇爲非是也。今日首册寄到，由牟交余一閱。《民報》首册第一頁列有黃帝像，内容有《排滿平議》《論立憲必先革命》《論中國宜改民主政府》《請看立憲之真相》等等，文字清朗動聽，真可稱革命先鋒也。其駁梁啓超之《新民叢報》謂革命可以召瓜分説，此文尤透闢，精微可誦。噫！康梁欲保皇，其如現時人心向背何？晚九時以後，秉燭閱之。監學查房已過，余閱此已盡半册。明夕可交邢伯謙，再轉示楊、夏諸君秘存之。此書係余所索得者，捐之衆人可也。

十七日　今日立夏　星期四

連日課忙。代數係趕班速授，余不喜算術。晚間與同學池、張諸君商議菱湖詩社，每值課餘作詩遣悶，同人均贊成之。擬題二：一、《送春詞》，不拘五七言律絕均可；二、《菱湖春夜讀書志感》。

四　月

初一日　此月大建　星期三

上下午均有課。晚間與同學閒談，清初有攝政王，清室以興；現在有攝政王，恐江山不久。是猶宋代取天下於小兒，亦失天下於小兒也。又聞宣統皇帝生於丙午年，現只三歲餘，其登殿受賀時大哭不止。攝政王抱之曰：別哭，別哭，快完了。因群臣分班叩頭，時間甚久，皇帝已哭得不了。以理推之，攝政王擁抱過緊，懼其墮下御座也。

初二日

初三日

今日購得《國粹學報》一冊，讀鄧實、劉光漢文，確有古味。鄧爲甲辰諸生，順德人，似有革命性者。

初五日　星期日

今日作文一篇，又爲同學畫扇子三柄。下午四時至蕭宅略坐即歸，致未作報館論說。

初九日

報載，商辦鐵路滬嘉綫告成。又廣東商辦新寧鐵路告成。

初十日

今日閱報，滬上革命暗潮大。推想吾國兩湖、兩廣革命志士思起者何止千萬，蓋久蟄終有一日出頭矣。報載中國與瑞典訂立通商條件。與瑞典通邦交。

十八日

今日上海報載，日本首相伊藤博文在哈爾濱閱兵，爲高麗人安重根以手槍擊斃之。安被執，侃侃而談。此快人心之事。李鴻章議和，昔曾受制於伊藤，韓國之亡亦伊藤與東學黨聯絡，有以致之。此老賊不死，中國必爲高麗之續矣。

廿三日

上海報又載一次安重根事。安爲最有血性男子，吾國人可景仰者也。吾國甲午戰敗，乙未割地，皆伊藤此獠左右李鴻章。設李不被日人刺客槍擊，爲各國所動怒，其賠款尚不只前提之數也。丁未日本併高麗，中國不敢鳴一聲。倘不振作，一任舉國文恬武嬉，抑壓民氣，其能勉於日本之侵併歟？此真可慮之事。

五　月

朔　此月小建　星期六

今晚自習室，余將菱湖詩社啓事貼於壁。安陸池澤棠、張之鶴、余與肖鵠列名發起人，啓則余所擬者也。加入會員，一堂蔡乙青，四堂梅寶瓚、陳芷南等，三堂係新班，無加入者。計已有十一人。首次由余值課，題目一《鶴樓懷古》、二《菱湖晚眺》，不拘五七言絕律古風均可，限三日交卷。

初二日

初三日

今日作文及小説，準備端節過江算賬。

初四日

初五日

今日到報館結算薪資。

初八日

自今日起停課待大考，十五可望放暑假。余今日二十四歲初度。

初十日　星期日

今晨渡江至報館結算薪水賬，晤及何海鳴，衡陽人。彼現亦能做論説矣。何原充訪事，余久未見其人。胡石庵在館中，正在爲鳳竹蓀畫山水小立軸，水墨雅淡，有書生味，緣其父胡翹連太史亦能畫，殆家學歟？與談片刻，就館中午飯，竹蓀、曾心如、王德門同席，略添二菜而已。下午四時歸。

十一日

十二日

報載，補授端方爲直隸總督。又載京中設立軍諮處，又皇帝自稱大清帝國統屬海陸軍大元帥，未親政以前由攝政王代理。

十五日

今日大考已畢，余準備明日回縣。

十六日

晨起，齋夫陳四，蘄水人，此人甚勤，余對彼甚好。是以每逢寒暑假回縣之前，必多給酒資與彼，較之他同學加一倍。以故陳對余招呼甚好，所謂人向利邊行也。陳先雇車在學堂後門候余出，上車仍送數十步。余渡江後搭小輪，下午零時即到家。見父母甚喜，學兒亦慧。飯後外出，先至程師處，因稚松未同歸也。

十七日

縣中龍船大會不減往昔。東門總船紮得美麗，船上大小神像衣服俱綢製者，焚船之先一小時則脫下，仍紙衣也。余七八歲，先叔父森亭公必抱余至東門大廟前一觀此總船，今夕見之，猶想見昔時情況。與訓甥、學兒今夕觀之。

十八日

今日十一時北門外放神船，余攜學兒登城觀之。

十九日

今日開始補習功課。預定以後每日上午畫畫及應酬之作，寫字一張，做小說數則。作文之日則不做他功課。下午二時以後休息，蓋以天氣熱日加一日。余性不能作葉子戲，又不善麻雀牌，酒烟嗜好俱無，僅作畫消遣而已。列一課單，自明日起，以一個月爲限，正午看報。《中西報》送到時多在午前，蓋由黃州大輪交到郵局者。如下午四時送到，則小輪船所帶者。

二十日

早起，今日照課表做事。傍晚到劉、汪、袁、程諸家去坐談。周德宣早退學，杜衛初已捐知縣，分發湖南去矣，故城内無同學。德宣爲人不孝於其父，余不重其人，往來極少。

廿一日　晴

今日飯後，余尋出紅蠟箋立軸紙一張，請父親寫行書一幅，寫《晝錦堂記》一段。父親謂已數年未作應酬書，今日寫此，留爲家傳紀念之物品。寫竣，誤一字，"昔"誤"夕"，又誤"仲夏"爲"首夏"，父謂有餘暇心氣和平時當畫蘭四張爲紀念物。

廿二日

報載，以貝勒載洵、薩鎮冰爲海軍大臣。又以載濤、毓朗管理軍諮處事務。海軍陸軍大權，俱以年輕之滿人親王爲之。疑漢人不可用，然不如是不足以動漢人之怒，真所謂使天下之人不敢言而敢怒。西后既死，滿漢歧視尤甚，或亦有天意存焉。又近人甚稱《聊齋志異》中所記俠女一則，爲呂晚①之女殺雍正者也。"維民所止"，胡宗葆視學時以此句出題，漢奸有獻媚者，謂此爲雍正無頭，致胡氏亦以文字獄受慘禍。哀哉！

六　月

朔　此月大建　星期六

天氣漸熱，每日作事至正午須休息一時許，小睡半時即足矣。晚間與父親在堂屋宿，點蚊烟或在天井中乘涼，談史學，至十二時倦乏乃寢。

初二日

北京度支部奏定，各省官商錢銀號、錢莊、銀行不准濫發紙幣。又載商辦浙江鐵路杭嘉一段已告成。又明令薩鎮冰爲海軍提督。中國學海

---

①　晚，後脱"村"字。

軍資格老者僅薩一人。

初六日

今日曬書及字畫，耽擱一天未做事。藏書可棄者八股文有五六套，毫無用處。醫書多爲父執借去，父親亦未索還。

初七日　今日大暑節

上諭令載洵、薩鎮冰巡視沿海沿江武備。

廿一日

報載，諭江督張人駿爲籌備南洋勸業會正會長。吾國選派大臣出洋，鑒於各國商業比較多，有博覽會之設也。

廿二日

廿三日　今日立秋　星期日

接省友函，今年假期延長兩星期，在家可以溫習。余寫信寄《中西報》，囑其將余應得之報紙仍寄縣宅，因原約其此月底即止也。

七　月

初一日　此月小建

今日下午至西山寺一遊。寺中《百佛圖》，今晨已懸挂，蓋舊例也。惜無繪者姓名，與主持僧坐談片刻歸。

初二日

今日開始辦理祀祖宗包袱，餘時仍做小説或論説。

初九日　今日處暑節

將縣中親友求書對屏等件一一書畢，分交以了此債。午後二時起，檢出應畫之團扇折扇小件，逐一爲畫花卉或松藤等等，六時乃竣。

十二日

今日，父親率余祀祖。包袱仍分朱、胡二姓及外祖等。酒則一席，敬謹祀之。約二時許，乃焚楮送神。晚間各街盂蘭會仍盛，聞此會我邑行之二十年未改者。

十三日

十四日

十五日　晴　熱

今日清理往省應帶之物及米粉子等等，準備明日往省到堂也。黃昏時，聞縣署盂蘭會熱鬧之至。九時余抱學兒至署中看會，兒今三歲餘，頗慧，問此問彼，余一一告之。遇二姨妹與談數語，囑其轉尊爹、尊婆及岳母説余明晨往省矣。九時半，帶學兒歸。

十六日　星期二

晨六時起，母親與內子爲余造飯。食畢別母出門，母仍送余，立門外。余請母親不必如此，令余心中不快。到江干，匆匆上小輪即開矣。下午四時抵漢，當即渡江到堂。同室諸人已到齊，相與訊問各家近況。

十七日

上午課，計算人數已到齊。未到者極少，均係事故請假者也。下午用電話告知中西報館心如、竹蓀，謂余已來省，明日請派送報人來取稿件去。

十八日　星期四

學堂英文已加功課。經學教員已換江人度，漢川人，廩生，兩湖書院生，年約五十。

十九日

閱報，學部籌款建立京師圖書館，此爲吾國設圖書館於首都之始。
北京設圖書館。

廿三日

今日報載，與日本訂立圖們江中韓界務條款。又與日本訂東三省交涉五案條款。

廿八日　星期日

今日作文一篇。下午至楊子榘師寓談，因師欲聘余教其兩世兄算術也。

廿九日

八　月

初一日　星期二

初二日

初五日　星期六

今日晚飯後至沈師家，聞其住宅不久賣去，辭學堂事回吳江本籍，不再爲余等教師。俟其屋成議後，攜款回籍，事先必通知余云云。並授以余作畫各訣，囑勤爲之有獲也。談甚久乃出。

初六日　星期日

今日作文做小説，午後成文一篇。晚間上自習，聞堂長傳四堂班長及義齋班長四人到堂長室，告以湖北學使及學務公所要各中學生辦書畫、手工及文字或新發明之科學器具，挑選成績優者開湖北展覽會一次，仿西人例也。班長回各室向同學告之。余書畫同學所知者，文章就已成之大考、月考、百分者可提取重書，交文學教員加批送去。

初七日

初八日

報載，農工商部奏請試辦富藏公債票。又載京師至張家口鐵路已成功，名曰京張鐵路。聞大學士張之洞病革。

十三日　星期日

今日渡江至報館核算薪資，正午回堂。午後三時送洋十元請石雲衢帶縣，交父親助秋節開消之用。

十四日　星期一

今日上物理課，三澤教員試驗火車模型，説明物理，並提及湖北開展覽會事。

十五日　今日中秋放假

早起，堂中稀飯備有糖包子。午後添四菜，可飲酒云。余上午九時至沈師家賀節，師云屋已售出，大約此月底得款即回吳江。

十六日

堂中催學生成績送展覽會。學使委人辦理此會，在蘭陵街舊普愛醫院舊址爲會場，現正趕緊佈置。仁、義兩齋學生辦手工成績者，每日午後在手工室去，不上課，仁齋有孫汝枚等六人。余以大地平方圖地名尚有未填完者，補填。此圖以日本龜井忠一之原圖爲藍本，余繪此圖自今年三月起，屢作屢止者，今乃爲重要成績也。高五尺，寬九尺。又劉監督交下絹畫二件，一爲漁翁罷釣蹲於水邊，一爲小雀立樹枝，漁子神情活躍。堂中買白絹，請余照式臨之。又囑余另作山水、花鳥各一幅，五天內須成功，交堂長彙裱裝潢送會展覽。

十七日

十八日

十九日

今日書畫及大地圖俱辦就，交監學室。下午一時，郭堂長請余至室，問如何裱法爲好。余謂地圖過大，須用稀洋布裱，四周用藍邊，安十六枚銅絆子乃佳。字畫則用綾裱，本堂裱件係百壽巷馬文藻齋承包。彼知裱法、何者受看，不待囑也。郭謂義齋教員汪絡年，浙江人，已有山水二幀，縱橫一尺二寸，頗佳，不願書己名送會，願書君名列會中，以兩湖學生中圖畫以君爲第一者。余許之出。

二十日　星期日

今日上午作文，作小說。下午至沈師處，知其回籍期已近。其圖畫課請習字教員黃桂棻代理，以後直接下去。黃字挺芝，順德人，原充文普通、西路小學、軍醫學堂圖畫教員者，現教余等幾何畫，人品甚高，在鄂已十年矣，係候補通判資格。

廿二日

提學使黃紹基有文到堂，催學生成績送會展覽，劉監督轉催余作品。

廿九日　星期二

展覽會內部佈置已就緒，今日課畢去看過。余之大地圖覺特別，臨日本博士畫漁翁最為人注視，山水二幀懸得太高。方言學堂杜鑒畫木炭，六寸張相國之洞像甚肖，閱者亦多。其餘文普通、存古、農務、礦務、鐵路及理化、博物兩專科，五路小學及女子師範，均有各種藝術陳列品，此為吾鄂破天荒之事。歐風東漸之影響也。博物專科近來開辦者，其學生黃祖香、賈立荃二人圖畫甚佳。下月朔正式開幕，任人閱覽，不過有守衛、指示之人耳。余以本堂有人在會佈置，乃得先入。回堂後，乃作一論說評論此事，極力誇本堂成績之佳。明日送《中西報》，後天開幕時恰有此論以抬本堂聲價，各堂不批評則自低矣。不用素秋名字，改用石谷子名字，慮同學疑余，又恐他學堂恨余也。

三十日

今日報館送報人帶余稿至館，另函囑竹蓀明日必登出，想該館以為應時之文，必能先登也。

九　月

初一日　此月大建　星期四

上午上課。十二時送報來，余之論說已登出。譽揚在先，以後觀者必至注視兩湖也。午飯後，余同學數人去閱覽，人多如鯽，約一時許出。此時觀者皆注視字畫、手工品，無人看各堂考試之卷也。下午仍上課。晚間聞學堂當局甚爲快意，以爲報紙評論本堂藝術、文學均優，而不知實余之手筆也。牟鴻勳、蔡以貞雖知之，亦秘密不與外人言，亦慮他學堂有妒者。

初二日

初三日

湖北省諮議已成立，前日初一已開會。我邑選來議員有鄭潢、金式度二人，此全邑所知者。鄭城內人，以廩生捐皖候補道。金亦廩生，金牛人，言辭流利，在內鄉充紳士最久。此次吾邑得選二人，故分內外鄉之界也。

初九日

今日報載，載洵、薩鎮冰自滬起程赴歐洲各國考查海軍。又頒資政院選舉章程。又封禁上海《民吁日報》。又給留學生項驤等以進士、舉人出身。又載緊要一諭，革直督端方職。因葬兩宮時，端方曾帶照相匠照相，爲隆裕太后覺察，大怒，認爲大不敬之罪。端滿員也，故處置甚輕。

初十日

聞展覽會正在結束，審核評等。余之大地圖及畫件、文學均列特等，由學使發褒獎狀三張。其餘堂中列乙等者四人。他學堂無特等者。此在內由學務公所及各堂專門教習所組織之審查會，義齋圖畫教員汪洛年審查後告知郭教務長。自是兩湖同學及齋夫人等無不知余字畫、文學之佳，各教員均向監督問余學識如何。

十一日　今日霜降

今日星期，尚未閉幕，會中男女觀者尤衆。余僅看一小時即出。晚間仍爲報館作文，並寫家信一封與父親詳説開會情形。晚間堂中傳聞，展覽會審查峻事，余之畫件、地圖、文學已獲有最優等獎狀云云。

十八日　星期日

今日上午至蕭宅坐談，下午作文，作筆記小説。

十九日

今日下午有圖畫，黄先生上課已一星期。所教花卉或走獸，不教山水，因沈師專教仁齋學生以樹木、竹石、山水等等在先也。黄師喜余畫，謂有天才。

廿四日　星期六

今日擬請假一星期回縣，周監學許之，余定明晨搭小輪。此次積有潤金十餘元，可以歸看雙親。

廿五日　星期日

五時半起，陳世送余上車。余渡江搭小輪船回縣。下午一時半到家，見父母康健，兒子養得甚好，甚慰。

廿六日　今日立冬節

今日看縣中戚友，又出小西門普山看先祖父母先叔墳，立片刻回。進城時便訪程師，畧坐談。

廿七日

父親談及今年醫道進款，以前三年比較，每月少收三分之一。緣周致廷、徐文軒兩醫本來醫理欠缺，而鄉人信之，所謂"時醫"耶！但黄舜卿、程少圃學問經驗均比周、徐二人強幾倍，而無人延治病者。真諺所謂行時、背時之説信然。

廿八日

廿九日　星期四

三十日　星期五

今晨五時起，母親仍爲余造飯，食畢送余至門外，候余走至十餘家方進去。母親念兒，但兒何時得以安心以養母耶？思之黯然。出城後，至江干搭小輪，人客不多。下午五時即到堂。

十　月

初一日　此月大建　星期六

今日堂中無課，飯後至蕭宅，與興仲昆季座談甚久歸。又至勸業場會胡占元，與談各事出。便訪新泰祥古玩店，看字畫、磁器等等。郭文卿賣字畫、古玩於沈師，余每爲之添價，彼曾感激余幫助者。郭今日面要求余爲之寫張廉卿對子二付，謂余學張神似，買古董者不能辨。彼有仿張印二枚，余囑其取出一閱，果相似。郭許每對酬洋二元，謂寫二副君可得四元，比做報館文一篇得二元而勞心者，勞逸有別矣。余初未之許，以爲此作僞之事未免欺人矣，容日再商，遂出。過師古齋裱店，看所裱各名家字畫。晚寫家信寄雙親，明晨發出。

初二日　星期日

早，新泰祥郭文卿來會余，謂須請余寫張體對二付、屏一堂，酬洋四元。余未許。郭謂玩古董得真跡，眼佳者可買十分，次者八層，餘則六層以下。曾、左、林、胡之字假者多，張廉卿之字假者十分之一，然寫得好如君者尚少。此作僞取財，賣與達官大賈，不傷雅，不欺心也。

言之有理，許以來日爲彼書之。飯後余至蕭宅談甚久歸。

初三日　星期一

初四日　星期二

天氣漸寒，今年下季功課漸緊。余欲求英文深造，乃時與蕭氏兄弟往來。惟年齡已長，平時以縣中家累，父親年老，欠外債未還，時縈於心，致腦筋悶痛，晚間每患失眠。蓋收入雖有，自己零用不缺，而心實不安耳。

初八日

報載，湖南巡撫岑春蓂奏，粵漢鐵路湘省境內由湘人籌款自辦。

初九日

郵傳部奏，派人員調查湘路事。

十六日　星期日

今日爲郭文卿寫大小對三付、屛一堂，完全摹廉卿體，就其家吃飯，得洋六元歸。

十七日　星期一

今日下午，以昨得寫字款購鐘鼎文六本，襪子一雙並糖果二包，用去一元五角。回思此不義之財，用盡爲好。同學朱純如謂，貴官名士無錢不得買書畫，彼無鑒別力，欺騙何害？古董店騙其財，亦悖入悖出之理也，於君何傷？余聞其言有理，以後有請余者，當精心爲之摹仿，較作文少操心耳。

十一月

初一日　此月小建　星期一

今日堂中發七、八、九三月分數，榜貼自習室門外，余平均分數均九十六分以上，列最優等。與上季二、三、四月月考分數相同，應在前三名之列。

初二日

初三日

初六日　星期六

上下午課甚忙。傍晚外出，至新泰祥古玩店坐談。郭君讀書太少，對於字畫、銅磁、玉竹均有眼力。與談久，甚有益也。惟彼勢利之徒，不可與論交情耳。

初七日　星期日

今日作論説二篇。晚間仍與同學爲菱湖詩社應酬。

初八日

初九日

十四日　星期日

今日作文一篇，午後往蕭宅補英文。余對英文有進境，惟心中事多，學堂課繁，且年齡已長，記憶力不強奈何？

十五日　星期一

　　今日下午三堂俱無課。至諮議局訪阮次扶先生，彼爲黃安新來議員也。阮與我邑鄭子書於乙巳在武昌辦縣師範時，時至鄭宅宴會者。至則聞鄭被選爲資政院議員，前已入京矣。與阮略談，便索該局印就各縣議員表一份歸。正議長吳慶燾①，襄陽人，江西候補道。副議長夏壽康，黃岡人，翰林院編修。又湯化龍，蘄水人，法部主事。聞投票時上五府預議投吳爲正，人數佔多。如是下五府以黃州府人數多，乃搶兩副長也。名爲代議士，其實仍以官階功名爲重，非真正民選也。吾邑有兩人，論言論心計，以金式度爲合格。而資政院重官階，鄭潢以候補道資格，無須運動亦當選也。故夏口密昌墀、光化唐學瀛，以進士、拔貢均當選。至於各縣選來之議員，無一布衣者。如江夏胡大濂，舉人；蒲圻但祖蔭，候補直知州；興國鄧殷源，舉人；漢川劉邦驥，舉人；羅田姚晋圻，主事；黃梅邢璜，知縣；蒲圻張國溶，翰林，副議長；漢陽萬昭度，候補道；孝感黃贊樞，知府；沔陽胡柏年，拔貢，主事；麻城余應雲，知縣；安陸陳培庚，候補道；江夏呂逵先，中書科中書；漢川何世謙，內閣中書；黃陂劉賡藻，舉人；孝感陶峻，優貢；黃安阮次扶、蘄州陳國瓚、應山張國琪、宜都劉起霈均副貢；隨州李繼膺，舉人；棗陽謝鴻舉，知縣；荊州駐防廣芳，法部主事；歸州鄭萬瞻，中書科中書；監利董欽墀，內閣中書；興山談鈺、鄖陽趙麟書，俱拔貢生；興國劉文駿、大冶周孚、廣濟劉寅熙、應山王光翰、天門胡壬林、當陽曹道南、雲夢左質鼎、監利張樹森、長陽陳登山、又晏宗傑，以上俱歲貢；京山蔡中煌、穀城劉元丞、利川倪惠淵，均優貢。議員中起碼是廩附生學堂畢業者，有襄陽孫傳烈；中學。楊清源，房縣人，日本法政大學。餘爲候選知縣、通判、訓導之類，總之必須備一候補官吏資格。建始劉德標爲候補都司，乃一

---

① 吳慶燾不久以道員資格晋見總督，爲衆議員所詈，遂辭職去。後選湯化龍爲正，以張國溶副之。——作者批注

武官資格，不知何以當選。本省諮議局共九十四名，純爲官議局，何能代表民意哉！

十六日

十七日

十八日

以上三日及以後資料散失，未尋得。

十二月

朔　此月大建　星期二

初二日　星期三

今日下課後，外出購物，見司門口、漢陽門等處又添釘有"清快丸"商標。日本人太壞，仁丹已經武漢通行，成爲中國人必需藥品，又製清快丸來騙人錢，實屬可惡可恨者。又以同音惡字來藐視中國人，殆清朝可快完之兆耶？

初三日

今日堂中各班停課，預備年終大考，聞下星期五即考畢。報載，賞給西洋留學生詹天佑、嚴復等舉人、進士出身。又載美國提議，將滿洲鐵路改爲公共鐵路，日俄兩國起而反對之。此有厲害衝突關係，外國欲瓜分中國，不許一國獨有權利。

初六日　星期日

今日渡江到報館結算薪資。下午三時，就漢口黃志成買海菜，去洋四元餘，購大網籃一枚裝置之。餘洋十一元，又有寫字潤金九元，此次回縣可能幫家中開消用費矣。

初七日

今日大考文學、教育。

初八日

今日報載，山東巡撫收回德人所開辦之礦產。又憲政編查館奏定法院編制法，法官任用、司法區域分割及審判廳管轄案件各種章程。初期司法獨立。

十一日

今日堂中各門功課俱考畢，近縣人可請假先歸。

十二日

今日到蕭宅，談甚久。至郭文卿處，取得舊紙及手卷舊尾段未書者，帶回家中可寫張體小行書。

十三日

堂中今日仍開火食。余同室未歸者，有肖鵠及汪復琦二人，余則就省中添買零物，準備明晨回縣。給陳世酒錢一串五百文，陳喜甚。

十四日

五時起，陳世爲余雇車，攜籃上車。余到漢陽門渡江，到漢口搭小輪，人客甚多。或謂君係此日搭輪，人尚少，如在二十四日以後則擁擠不堪矣。下午一時到家，叩見雙親，歡悅萬狀。今年帶歸洋雖多，然魚行及洪小坪、張二少奶奶借款未還本，父親今年醫道收入已減，恐此二十元還三處利息不夠，須轉本也。可畏哉！借貸之不可增加也。

十五日

今日出門，看各親友。前日在省城，與葉仙樵説明，彼願借余二十串文過年者，或可寄來，幫助開銷之用。然未必可靠，因係初交。余見其人不切實，彼前面許，聽之而已。

二十日

報載，新疆巡撫電請緩辦該省諮議局。該省情形與內地不同，辦理自屬不易也。余意揣測，該省回、維、漢等雜處，又兼俄人陰謀種種，當官者處此境不易。倘庶人橫議，政令難行矣。

廿三日

今夕送竈神。明晨掃舍宇，換字畫，寫春聯，辦理過年諸事。雙親健在，爲人生之樂事。回想畢業期尚差二年，心亂如焚矣。

廿四日

早起，換字畫，挂室內外簷燈及方燈，紮繩懸挂，勞勞一日方竣。父親素喜鬧熱，歷年如此，以甥兒女及大姊尚居余家。余子純學已四齡矣，一家大小以盼年來休息也。

廿六日　今日夜間立春

早起清理家中各事。晚十二時，行接春禮後遂寢。

廿七日

今日午後添置魚肉等等，辦年飯，母親、大姊、內子均同辦理，至十二時寢。

廿八日

早四時起，五時祀祖宗，六時吃年飯，天尚未明也。

三十日　星期三

　　午後四時具酒席，焚香楮、包袱祀祖，舊例也。傍晚點燈燭，佈置火盆三處，家人守歲。學兒放炮竹爲樂。今年年關又算安然度過。父親結算，一年總收入僅二百餘串，較之往年少八十串，幸余今年以賣文賣字收入，家中實收者共二百串之譜，填補有餘。惟外欠之債則利息加增，轉而爲本金，此則不可不注意之事也。十一時團年酒。十二時余以疲乏，與父親均先睡去。囑內子與甥兒女守歲，至出方時再呼余起。